E.W. Pless
AUCH NARREN STERBEN EINSAM

BASTEI-LÜBBE-TASCHENBUCH
Band 10 778

Originalausgabe
© 1986 by Gustav Lübbe Verlag GmbH, Bergisch Gladbach
Printed 1986
Einbandgestaltung: K.K.K.
ISBN 3-404-10778-0

Der Preis dieses Bandes versteht sich einschließlich
der gesetzlichen Mehrwertsteuer.

1

»Erstmals seit dem Vietnamkrieg sind in Fort Lewis im Bundesstaat Washington 776 Soldaten einer Spezialtruppe der ›Green Berets‹ reaktiviert worden, die vor zehn Jahren aufgelöst worden war. Generalmajor Leroy Suddath, der Kommandeur dieser Spezialtruppe des amerikanischen Heeres, sagte, die Einheit werde heute mehr als je benötigt. Der »sowjetische Expansionismus« schaffe weiterhin mit Hilfe von Aufständischen ein Klima, in dem unkonventionelle Kräfte wie die ›Green Berets‹ benötigt werden könnten, um ›Befreiungskriege‹ zu beenden.«
29. 8. 1984 Süddeutsche Zeitung

Die signalrot lackierten Schwimmer des H-34 *Choctaw*-Hubschraubers leuchteten grell in der Sonne, als Lieutenant Ginger das winzige Rettungsschlauchboot verließ und sich in die Ladebucht zog, aus der der Lauf eines schweren Maschinengewehrs ragte. Ginger drehte sich um, hob die rechte Hand und stieß sie mit steifem Daumen den acht uniformierten Männern entgegen, die sich am Ufer versammelt hatten. Die Turbinen des Helikopters heulten auf. Der Luftdruck der Rotoren peitschte das kristallklare Wasser der Lagune. Mühsam zog sich der Helikopter in die hitzeflimmernde Luft und schwirrte wie eine riesige Libelle in Richtung Puerto Lempira davon.
Sergeant Mickler warf den Stummel seiner Zigarette ins Wasser. Die Glut verzischte. Nach wenigen Augenblicken löste sich das Papier. Tabak quoll heraus und verbreitete sich zu einem kleinen Teppich, eine giftbraune Nikotinbrühe hinter sich herziehend. Die vom Preßwind der Flug-

maschine erzeugten Wellen schwemmten den Tabak unter den aus Eisenholz gefertigten Anlegesteg.
Mickler starrte auf den Punkt, hinter dem der Militärhubschrauber verschwunden war. Zum ersten Mal hatte er das Gefühl, von der Welt abgeschnitten und mit seinen sieben Miskito-Söldnern allein gelassen worden zu sein, die – sehr seltsam – diesmal nicht wie eine Kette wilder Enten durcheinander schnatterten, sondern wie betroffen in die Weite blickten. Sie schienen zu ahnen, daß Ginger den Einsatzbefehl gebracht hatte.
»Zieht das Schlauchboot ein«, befahl Mickler ruhig, bemüht, seine innere Erregung nicht zu offenbaren. Er schulterte den tschechischen *Kalaschnikov*-Maschinenkarabiner und trat unter den Schatten einer Palme. Er beobachtete, wie zwei der kleinwüchsigen, in verwaschenen *Camouflage*-Kampfanzügen steckenden Männer das Boot an einer Nylonleine einzogen und im Ufergestrüpp versteckten.
Sie beobachteten ihn.
Er rieb sich das unrasierte Kinn; spürte den Schweiß, der bitter riechend aus seinen Achseln strömte, schüttelte den Kopf und sagte: »Rückmarsch ins Lager!«
Sie lauschten auf den Klang seiner Stimme und betrachteten die Aluminiumkästen, die der Hubschrauber vor knapp fünfzehn Minuten abgeseilt hatte. Sie fragten sich, was es mit dem Gespräch auf sich hatte, das Sergeant Mickler mit dem Lieutenant abseits zwischen dem wuchernden Farn geführt hatte. Nur widerwillig nahmen sie den Nachschub auf, marschierten in das Dickicht des Dschungels und flüsterten miteinander. Sie stellten keine Fragen, denn sie wußten, daß ihnen der sie um Köpfe überragende *Gringo* keine Antworten geben würde. Nicht jetzt, nicht später, sondern erst dann, wenn es notwendig war. Wann das aber war, entschied Mickler allein.
Unter den Kampfstiefeln schmatzte der Sumpf. Im von grellen Blüten zerrissenen Laubdach des Urwaldes kreischten Vögel, brüllten Affen und surrten handtellergroße

Insekten. Wolken von blutgierigen Moskitos stürzten sich auf die Männer, stießen die harten Rüssel in deren Fleisch und soffen sich voll. Die Feuchtigkeit war unerträglich, zusammen mit der Hitze wurde sie zur Hölle.
Die Männer flüsterten miteinander. Mickler kannte ihre Sorgen. Sie glaubten den Gerüchten, daß die Vereinigten Staaten von Amerika in geheimen Verhandlungen mit den Sandinisten in Nicaragua standen und daß es in absehbarer Zeit zu einer Einigung und damit zum Stillstand des Guerillakrieges gegen die Revolution in Managua kommen würde. Für das Volk der Miskitos, von den neuen Machthabern jenseits der Grenze unterdrückt, wäre damit das Ende der Hoffnung, je einen eigenen Staat errichten, Selbstbestimmung und Freiheit erreichen zu können, gekommen.
Er gab keine Erklärung. Schweigend stampfte er in ihren Trittspuren durch den Dschungel. Er hatte es längst aufgegeben, nach den Moskitos zu schlagen, die beulenartige Schwellungen auf seiner schwitzenden Haut hinterließen. Es war hoffnungslos, weil es zu viele von den kleinen, gierigen Viechern gab. Selbst die von der Army gelieferten chemischen Abwehrmittel versagten hier ihren Dienst. Es gab nur eines: Aushalten, hinnehmen, mit dem Stachel leben, der ein bösartiges Jucken hinterließ – und sich jeden Abend mit den Fieber vorbeugenden Medikamenten vollzustopfen.
Lieutenant Ginger hatte den Angriffsbefehl gebracht.
Die Aluminiumkisten waren mit hochbrisanten Sprenggranaten gefüllt, deren Abschußvorrichtungen sich bereits seit Tagen im Lager befanden.
Um Punkt 23 Uhr würde der von sämtlichen nationalen Kennzeichen befreite Helikopter eintreffen, das Kommando mitsamt den Waffen und Geräten an Bord nehmen und in Richtung Grenze fliegen. Er würde sie überfliegen und auf Puerto Cabezas zuhalten, wo die Sandinisten ein zentrales Nachschubdepot für den Kampf gegen die Miskito-Contras eingerichtet hatten.

Der Befehl lautete: Das Depot anzugreifen und zu vernichten.
Über das Ziel der Operation hatte Lieutenant Ginger, der Führungsoffizier, niemals gesprochen, obwohl er mit Mickler in langen Nächten die von einheimischen Agenten zusammengetragenen Informationen bis zum Erbrechen studiert hatte. Es lag klar auf der Hand: Die Sandinisten sollten in ihrem Versuch, den Widerstand von Puerto Cabezas aus zu brechen, zurückgeworfen werden. Der Weltöffentlichkeit sollte außerdem mit diesem Angriff demonstriert werden, daß die Miskito-Guerillas zu militärisch sinnvollen Schlägen in der Lage waren. Im Hintergrund stand die Stärkung der inneren Opposition, und damit die Schwächung der amerikafeindlichen Volksregierung in Managua.
Mickler wechselte den Sturmkarabiner von der rechten auf die linke Schulter. Seine Hose war bis zu den Kniekehlen naß. Wie eine Maschine bewegte sich sein unter extremsten Bedingungen durchtrainierter Körper vorwärts; er empfand weder Schmerz noch Last, aber auch keine Freude. Er war ein Apparat, dazu da, um Befehle auszuführen, die in irgendwelchen Stäben fern von diesem lausigen Flecken erdacht und erstellt wurden und über deren Zweckmäßigkeit er nicht nachdachte. Was er bedauerte, war, daß er in dieser Nacht nicht auf die andere Seite der Lagune übersetzen konnte, wo die in baufälligen Baracken untergebrachten Kindernutten sehnsüchtig darauf warteten, die kaum entwickelten Reize ihrer Körper für eine Handvoll Centavos zu verkaufen, um sich und ihre Familien davon ernähren zu können.
Das Leben ist ungerecht, dachte Mickler und strich sich dabei über sein Glied, das in Erinnerung an die letzte, in Erschöpfung geendete Nacht unerwartet anschwoll. Er beobachtete die unter den schweren Lasten gebeugten Rücken seiner Miskito-Guerillas, die mit einem Fanatismus, der ihn oft erschreckte, ihr schweres Partisanenlos im mörderischen Dschungel ertrugen, ohne je Klagelaute von sich zu

geben. Alles in allem waren es feine Kerle, aber auch arme, herumgestoßene Hunde, die ebenso mißbraucht wurden wie die Kinder drüben auf der anderen Seite der Lagune, die für Geld ihre zarten Leiber hingaben. Sie waren Bauern auf dem Schachbrett der Politik, wurden hin- und hergeschoben und geopfert, wenn die Spieler es so wollten.

Was ihnen letztlich über alle Erschwernisse half, war ihre Gläubigkeit an den Großen Bruder im Norden, der ihnen Männer wie Mickler schickte, um sie für die blutreichen Angriffe gegen die neuen Machthaber in Nicaragua auszubilden. Was sie so unendlich stark machte, das war ihr unzerbrechlich erscheinender Fanatismus, geboren aus dem erklärten Willen, das eigene Schicksal in die Hand zu nehmen. Wenn nicht heute, dann morgen. Wenn nicht die Väter, dann die Söhne. Kämpfer für eine Zukunft, die zu dunkel war, als daß man ihr hätte vertrauen können. Stumme Helden, die den eigenen Tod geringschätzten, wenn er nur einen Zweck erfüllte. Es waren Soldaten aus Verzweiflung und Notwendigkeit. Kämpften sie nicht, so wartete auf sie das triste Los herumgestoßener Flüchtlinge. Kämpften sie, konnten sie das nur als Erfüllungsgehilfen anderer Mächte, die zufällig und für den Augenblick die gleiche Zielsetzung hatten.

Mickler mochte die Männer, die er »seine Jungens« nannte. Er hatte ihnen während der Spezialausbildung im Dschungellager nichts geschenkt, sie so hart herangenommen, daß die Hälfte klammheimlich desertiert war. Die aber geblieben waren, hatten sich als zuverlässig erwiesen. Mit ihnen, dessen war er sicher, ließe sich das Nachschubdepot der Sandinisten dem Erdboden gleichmachen.

Die Vorhut erreichte das zwischen wilden Bananen versteckt angelegte Lager. Erleichtert setzten die Männer die schweren Metallkisten unter dem mit frischen Farnen getarnten Sonnendach ab. Erschöpft ließen sie sich auf roh zusammengezimmerte Bänke fallen, ohne auch nur eine Sekunde lang die Waffen aus der Hand zu legen. Sie schöpf-

ten Wasser aus dem Reservoir, tranken und beobachteten Mickler immer weiter, hoffend, er werde endlich eine Erklärung abgeben.
Aber Mickler schwieg. Er lehnte an einem der Stützpfeiler, wischte sich mit einem Tuch das nasse Gesicht ab und suchte nach Zigaretten. Er fand sie, zündete sich eine an und kontrollierte die Uhrzeit.
Vier!
Noch sieben Stunden, bis der Choktaw-Hubschrauber einschweben würde. Noch knappe acht bis zum Angriff.
Mickler steckte das nasse Tuch in die Beintasche seiner Uniformhose und sog an der Zigarette. Seine Augen brannten, der Körper juckte. Er hätte brüllen mögen, aber er schwieg, weil weder Brüllen noch sonstwas helfen könnten. Auch er nahm einen Schluck Wasser. Als er die zur Schöpfkelle verformte Tomatendose ins Reservoir zurückfallen ließ, atmete er tief durch und sagte:
»Ruht euch aus. Versucht zu schlafen. Um 22 Uhr ist eine Nachtübung angesetzt.«
Sie fixierten ihn aus glänzenden, hellwachen Augen. Sie schienen an dem Klang seiner Worte zu riechen. Er winkte ab.
»Rod, du meldest dich bei mir!«
Er stampfte über den festgestampften Boden des Platzes und tauchte wenig später in seiner Hütte unter, die von einem breiten, aus armdicken Ästen gefertigten Tisch beherrscht wurde. Er ließ sich auf den Feldstuhl fallen und stützte den Kopf in die Hände.
Reglos verharrte er und starrte durch die gespreizten Finger auf die Karte, die die Hafenstadt Puerto Cabezas und das Gelände bis zur Bucht in Reliefauflösung darstellte. Er las die mit blauen und roten Stiften eingezeichneten Lagemerkmale und fragte sich, wieviele seiner Männer die Operation überleben würden. Denn eines war sicher: Die Sandinisten rechneten mit einem Störmanöver. Die Frage war, ob sie einen Kommandoschlag mit einkalkuliert hatten.

Lieutenant 1. Class Allen Ginger hatte von einem »lausigen Unternehmen« gesprochen, davon, daß »Sachen nicht ganz koordiniert« waren. Gemeint hatte er die Verminung des Hafens und den Raketenanschlag auf die Öltanks auf der Außenmole. Einige Millionen Kilo Crudeoil waren in Flammen aufgegangen. Für den Gegner sicherlich ein Anlaß, die Wachsamkeit seiner Streitkräfte zu verstärken. Und ihre Feuerkraft...
Mickler schrak auf, als er den leichten Schritt an der Tür vernahm. Er ließ die Hände sinken, als Rod nach kurzem anklopfen eintrat. »Sergeant, ich sollte mich bei Ihnen melden.«
Mickler nickte und wies mit dem Kinn auf den aus Rohren und Leinen gefertigten Stuhl vor dem Tisch. Der Miskito-Söldner, den Mickler zu seinem Stellvertreter ernannt hatte, nahm Platz. Kehlig fragte er: »Geht es los, Sergeant?«
»Es geht los«, bestätigte Mickler. »Aber du wirst es für dich behalten, nicht wahr?«
»Selbstverständlich, Sir.«
»Die Leute werden von mir persönlich informiert. Heute nacht um 22 Uhr.«
»Yes, Sir!«
Mickler schob dem kaum Zwanzigjährigen die Zigarettenpackung zu. »Du hast die Aluminiumbehälter gesehen, Rod. Sie enthalten eine Menge Raketengeschosse, die in jene Abschußrohre passen, die wir drüben im Depot haben. Nimm dir zwei Leute und präpariere das Zeug. Wenn wir gelandet sind, werden wir dazu keine Zeit mehr haben.«
»Yes, Sir.«
»Verteile frische Uniformen und drei Tagesrationen. Es kann sein, daß wir uns zu Fuß durchschlagen müssen. Möglich, daß der Helikopter, der uns aufnehmen soll, Feindberührung hat.«
»Yes, Sir!«
»Kontrolliere jeden einzelnen unserer Männer. Unter keinen Umständen dürfen Ausrüstungsgegenstände amerika-

nischen Ursprungs mitgeführt werden. Weder Feuerzeuge noch Uniformteile. Zur Verpflegung verwendest du die Rationen aus den grauen Kisten, die mit dem Aufdruck ›Made in Argentina‹ gezeichnet sind.«

»Yes, Sir. Ich werde alles genau prüfen.«

Mickler seufzte auf. Er langte unter den Tisch, löste den Verschluß einer Munitionskiste und zog eine flache Flasche Johnny Walker hervor. Er nahm einen Schluck und hielt sie dem Miskito hin.

Rod lehnte ab. »Darf ich das Ziel erfahren, Sergeant?«

Mickler deutete auf die Karte, tippte mit dem Zeigefinger auf Puerto Cabezas.

Rod leckte sich über die Lippen. »Ganz in der Gegend bin ich zu Hause, Sergeant. In Ninayeri. Das liegt nördlich vom Hafen.«

Mickler nickte. Er kannte die Geschichte seines Unterführers, das Schicksal der Familie. Sie hatte die Flucht vor den neuen Machthabern nicht überlebt. »In Puerto Cabezas hat sich inzwischen viel geändert«, sagte er leise und mit der Geduld eines Mannes, der die schrecklichen Erinnerungen eines Menschen respektiert. »Die ›Spaniards‹ haben einige Dinge auf den Kopf gestellt und eine Garnison errichtet. Auf den Straßen siehst du Lastwagen, die im kommunistischen Teil Deutschlands hergestellt wurden. Die Waffen der Soldaten sind sowjetischen Ursprungs; das Leben ist nicht mehr das alte.«

»Ich weiß«, murmelte Rod. Und nach einer kurzen Pause, die er nutzte, um die Knöchel seiner linken Hand knacken zu lassen: »Aber wir werden zurückkehren! Wir werden die Spaniards dorthin zurückjagen, woher sie gekommen sind. Wir werden frei sein in einem freien, unabhängigen Staat Miskito.«

»So wird es sein«, sagte Mickler. Für sich fügte er hinzu: Möglicherweise.

Er gab seinem Unterführer weitere Instruktionen und entließ ihn schließlich. Aus einem Aluminiumkasten zog er

einen Briefblock, Kuverts und einen Füllfederhalter. Gebeugt begann er einen Brief an seine Mutter zu schreiben, die mit ihrem zweiten Ehemann Joseph Shapiro in Baton Rouge, Louisiana lebte. Er teilte ihr mit, daß er »mit einiger Wahrscheinlichkeit« in wenigen Wochen auf Urlaub kommen würde. Er fügte zögernd hinzu: »Wenn die Umstände es erlauben, selbstverständlich. Grüße mir Jos und sage ihm, daß ich es noch immer nicht bereut habe, Soldat der US-Forces geworden zu sein.«
Er faltete den Bogen sorgfältig, steckte ihn in den Umschlag, versah ihn mit der Adresse und klebte ihn zu. Er steckte ihn in die Metallbox, in der seine persönliche Habe untergebracht war. Er war sicher, daß Lieutenant Allen Ginger dafür sorgen würde, daß der Brief auf den Weg gebracht wurde. Dann, wenn nach dem Abflug das Lager aufgelöst werden würde. Oder, fügte er in Gedanken hinzu, wenn du die Operation nicht überleben solltest...

Im Blechteller unter der zischenden Gaslampe krümmten sich die schuppigen Leiber der Insekten, die – vom Licht verführt – der vermeintlichen Sonne entgegengeflogen und mit versengten Flügeln abgestürzt waren. Ein brodelndes Summen stieg aus dem Wust der Verkrüppelten auf und mischte sich mit dem Gebrüll der Nachttiere, die durch den feuchten Dschungel schlichen. Zu Krüppeln deformiert, wendeten sich die entstellten Körper, unfähig, ihr Leben zu meistern; dazu verurteilt, qualvoll zu krepieren, wenn sie nicht die Gnade einer Spinne oder eines nahrungssuchenden Vogels fanden, der sie als willkommenes Futter gierig in sich hineinschlang.
Mickler schlug mit der herausgeklappten Schulterstütze seines AK-74 Maschinenkarabiners gegen die Lampe. Die Insekten taumelten auf den festgestampften Lehmboden des Lagerplatzes und wurden ein Opfer seiner Stiefel, die er über ihnen drehte. Er wischte sich den Schweiß von der

Stirn und beobachtete die angetretenen Miskitos, deren Gesichter im Schein hin- und herpendelnden Leuchte wie geölt aufblitzten. Ihre Augen waren so ausdruckslos wie immer. In ihnen war nicht zu erkennen, ob seine Offenbarung, der Angriff stände unmittelbar bevor, ihnen Angst eingejagt hatte. Sie standen in Habacht-Stellung, wirkten wie Spielzeugsoldaten und entbehrten trotz ihres martialischen Äußeren nicht der Lächerlichkeit. Und doch, sie hatten sich als gute Soldaten erwiesen, als Männer, die sich den harten Gegebenheiten des Dschungelkampfes anpassen konnten. Sie waren fintenreich, verschlagen und grausam bis zur Selbstaufgabe.

Ohne es zu wissen, hatten sie während der letzten Wochen die Einzelheiten des Angriffsobjektes an Modellen kennengelernt. Unter Bedingungen, die denen in Puerto Cabezas glichen, hatten sie den Angriff bis zum Erbrechen geübt. Jeder einzelne wußte, welche Aufgabe er zu erfüllen hatte. Sie alle zusammen bildeten einen Körper, der, wie nur mit einem Gehirn ausgestattet, funktionierte.

Er, Sergeant Mickler, war dieses Gehirn. Die sieben Miskitos waren seine Arme, Kreaturen, die er in erbarmungslosem Training zu funktionierenden Werkzeugen geformt hatte.

Rod Minguez, sein Unterführer, kontrollierte die Uniformen und Habseligkeiten und sonderte unerbittlich alles aus, was nordamerikanischen Ursprungs war. Er ließ sich die Magazine der spanischen Star-Pistolen zeigen, untersuchte jede einzelne Patrone, ehe er auf Mickler zuging, salutierte und meldete, daß das Kommando zum Abmarsch bereit sei.

Mickler verschränkte die Arme vor der Brust. »Eines noch«, sagte er verhalten. »Kein Soldat weiß, wie eine Operation endet. Er kann fallen. Er kann verwundet werden. Er kann in Gefangenschaft geraten. Was das bedeutet, wißt ihr. Es bedeutet, daß man denjenigen, den es erwischt, mit allen Tricks, die sich Generationen von perversen Sadisten ausge-

dacht haben, schinden und foltern wird. Es bedeutet, daß das Leben zu Ende ist. Ihr wißt das! Und ihr kennt meine Empfehlung: Sollte man euch hochnehmen und ihr habt noch die Gelegenheit, eine Waffe zu benutzen, Jungens, dann richtet sie gegen den Feind, aber denkt daran, daß der Tod der Gefangenschaft vorzuziehen ist. Die vorletzte Kugel für den Feind, die letzte für dich selbst. Habt ihr verstanden?«
»Yes, Sir«, dröhnte es ihm im Chor entgegen.
Mickler wischte sich über das feuchte Gesicht. »Soweit das. Es kann aber auch sein, daß es diesen oder jenen erwischt, daß wir verwundet werden. Wir alle wissen, was das heißt. Wir alle haben gelernt, daß man einen Kameraden nicht im Stich lassen darf. Ich will, daß ihr euch daran erinnert und daß ihr danach handelt. Habt ihr verstanden?«
»Yes, Sir!«
»Und noch was«, rief er ihnen zu. »Unsere Aufgabe lautet, das anzugreifende Objekt zu vernichten, gleichgültig, wie viele Opfer es kosten wird. Damit sind beide Seiten gemeint. Mit Gefangenen werden wir uns nicht belasten. Ist das klar?«
»Yes, Sir«, tönte es zum dritten Mal zurück.
Mickler zog ein Tuch aus der Brusttasche seiner Uniformbluse und trocknete sich die schweißnassen Hände. Er nickte Rod Minguez zu und deutete auf die gestapelten Kisten, die mit hochbrisanten Raketengeschossen vollgepackt waren. »Die Abschußgeräte klar?« fragte er heiser.
Rod Minguez ging die Reihe der Söldner ab. Er prüfte, ob die vier dazu eingeteilten Männer ihre Geräte auf dem Rücken trugen, drehte sich um und meldete: »Yes, Sir, die Werfer sind klar.«
»Nehmt das Material auf!«
Sie gehorchten. Ihre Rücken bogen sich unter der Last. Die mit 32 Patronen gefüllten Magazine der Sturmkarabiner in den Leinentaschen auf ihren Körpern klapperten. Sie stell-

ten sich in Zweierreihen auf, zwischen sich die schweren Geschoßbehälter.
Mickler löschte die Gaslampe. Er hob den linken Arm, las die Uhrzeit ab und wartete drei Minuten, bis er den Befehl zum Abmarsch gab.
Es war 22 Uhr 50.

In das dumpfe Singen der Turbinen mischte sich das Flappen der Rotoren. Über den Wipfeln der Bäume stand Dunst. Hindurch leuchtete fahl die abnehmende Scheibe des Mondes. Schattengleich huschte der H-34 Choctaw auf die Lichtung zu. Mickler preßte den Daumen auf die batteriegespeiste Signalanlage und ließ den rot abgedeckten Scheinwerfer aufflammen.
Der mit besonderen Dämpfeinrichtungen ausgestattete Hubschrauber flog eine Schleife und setzte von Norden her auf den roten Markierungspunkt zur Landung an. Preßwind jagte den Männern entgegen, die ihr Material aufnahmen und geduckt losrannten. Sie schoben die Kisten ins Ladeluk, aus dem gedämpftes Licht drang. Zwei Soldaten zogen die Behälter, dann die Männer an Bord. Mickler stieg als letzter ein. Er hing noch im Luk, als die Flugmaschine schon wieder zu steigen begann.
Das Licht erlosch. Die Glut einer Zigarette funkelte in der Dunkelheit. Es roch nach Petroleum und Auspuffgasen. Lieutenant Ginger hangelte sich in den Frachtraum.
»Wie sieht's aus, Sergeant?«
Mickler bekam eine Strebe zu fassen und hielt sich daran fest. »Alles klar«, gab er gepreßt zurück. Der Helikopter schüttelte sich, als er eine steile Kehre flog.
Ginger fand neben Mickler Halt an der Ladewand und rief meckernd: »Du verfügst über die verdammt besten Jungen, die man in diesem lausigen Land auftreiben kann. Ich denke, mit ihnen wirst du es schaffen. Unser Eimer hier wird dich um Punkt ein Uhr am Landepunkt erwarten. Du

hast fünf Minuten, um einzuladen. Was später kommt, muß sich auf seine Füße verlassen. Das ist ein Befehl, Sergeant.«
Mickler preßte sich an die im Takt der Turbinen vibrierende Außenhaut des Hubschraubers und lachte leise auf. Er bedauerte, daß Ginger ihn nicht hören konnte. Nur zu gut wußte er von den Bauchschmerzen, die der Lieutenant bekam, wenn er an die Möglichkeit des Scheiterns der Operation dachte.
»Ich habe gesagt, daß das ein verdammter Befehl ist, Sergeant!« brüllte Ginger in den Laderaum.
»Ich habe Ohren um zu hören«, schrie Mickler in das Dröhnen der Triebwerke hinein. »Und ich habe eine Stimme, um zu sprechen, Lut. Damit sage ich dir, daß ich meinen Leute befehle, deinen Eimer in Fetzen zu schießen, wenn er abhebt, bevor mein letzter Mann an Bord ist. Hast du verstanden, Lut Ginger?«
Ginger hangelte sich bis zu Mickler durch und schlug ihm mit der flachen Hand gegen die Brust. »Keine Gefangenen, Mike«, sagte er so leise, daß nur Mickler es hören konnte. »Auf beiden Seiten nicht, eh?«
Mickler preßte die Lippen hart aufeinander. Gingers größte Sorge war es, daß einer der Miskitos in die Hände der Sandinisten fallen könnte, die sicherlich alles daransetzen würden, den Jungen umzudrehen, um ihn als lebenden Beweis für die Verschwörung der USA gegen das schwache Nicaragua vor die versammelten Fernsehkameras zu stellen.
»Du kennst unser Problem, Sergeant. Du weißt, wie scharf die Brüder drüben darauf sind, was in die Hände zu bekommen, mit dem sie demonstrieren können, daß unsere Firma hinter den Contras steht. – Wir dürfen es nicht zulassen. Auf keinen Fall. Verstanden?«
Mickler nickte. Er zog Zigaretten aus der Seitentasche seiner Hose und schob sich eine zwischen die Lippen. Er schaffte es wegen des hereinjagenden Windes erst nach

einem Dutzend Mal, Glut in den Tabak zu ziehen, und sog den Rauch tief in die Lungen.
»Ob du mich begriffen hast, Sarge?« fragte Ginger noch einmal.
»Yes, Sir«, brüllte Mickler zurück.
Ginger klatschte ihm die flache Hand auf die Schulter, wünschte Hals- und Beinbruch und schob sich wieder in die Pilotenkanzel. Das gedämpfte Licht der Instrumente leuchtete schwach nach hinten in den Laderaum. Die Miskitos kauerten auf den Sitzen. Mickler erkannte die markanten Züge seines Unterführers mit den Augen, die auf ihn gerichtet waren. Er fragte sich, ob einer dieser Männer von ihm erschossen werden mußte, weil es laut Befehl Gingers zu verhindern galt, daß die Sandinisten drüben Gefangene machten. Er schüttelte den Gedanken wie Wasser von sich ab, tastete sich in das Luk und hielt sich an der Lafette des 30/30 MG's fest.
Der Urwald war zum Greifen nahe. Das dichte Laubwerk schien auf ihn zuzustürzen. Die Adern eines Wasserlaufs blitzten im Mondlicht, verloren sich wieder und machten dem silbrigen Glanz eines Hügels Platz, der von steigendem Dunst eingenebelt wurde.
Mit Gewalt versuchte er, die Bilder zu verdrängen, die seine unterdrückte Todesfurcht ihm ins Gehirn projizierte. Er kämpfte gegen das flaue Gefühl im Magen, das ihm wie ein Warnzeichen, wie die Vorahnung eines nicht zu umgehenden Unheils erschien. Zum ersten Mal während seiner militärischen Laufbahn erkannte er ganz klar den Zwang, dem er unterworfen war. Im Grunde gab es für ihn keine andere Möglichkeit als die, seinen Auftrag zu erfüllen. Er war Teil einer riesigen Maschinerie, unfähig, sich daraus zu befreien, dazu verurteilt, Befehlen zu gehorchen, ob er sie nun für sinnvoll befand oder auch nicht. Ein Mann zudem, der sein Los freiwillig gewählt hatte, stolz darauf war, einer Organisation anzugehören, die prinzipiell subversiv vorging und überall dort eingesetzt wurde, wo es – wie die

Zeitungen schrieben – dirty work, schmutzige Arbeit, zu verrichten gab. Für ihn war es kein Geheimnis, daß die mächtige CIA hinter ihm stand, ein Polyp, dessen Arme den gesamten Erdball umfaßten und der seine Fäden aus unendlich vielen Tarneinrichtungen überall spann.
Er zerdrückte die Zigarette. Der Wind trieb ihm Tränen in die Augen. Er kniete sich nieder, rutschte bis zum Luk und schob die Beine darüber hinaus, bis sie frei in der Luft hingen und vom Fahrtwind an die Kufen gepreßt wurden.
Eine kindliche Freude ergriff ihn, eine Art Trotz, ganz so wie vor unendlich vielen Jahren, als er während der wenigen Stunden, die seine verbitterte Mutter ihm als Freizeit gewährte, in steile Felswände geklettert war, um das Gefühl einer gewollten Gefahr auszukosten – um dieser Frau zu beweisen, daß sie ihn niemals nach ihren Vorstellungen formen könnte. Weder jetzt, da sie kraft Gesetzes die Gewalt über ihn hatte, noch in Zukunft. Die würde er bestimmen. Geträumt hatte er von wilden Schlachten, in denen der junge Soldat Mickler sich auszeichnete. Gegen feuerspeiende Panzer war er angestürmt, gegen Horden von Feinden, bereit, sein Leben für den armen Verwundeten unter dem Stacheldraht zu opfern. Und immer war es ihm gelungen, den schon fast Toten aus dem Feuer zu ziehen, ihn zu retten, wobei er selbst »ein Ding verpaßt« bekommen hatte.
Und dann war sie gekommen, diese Frau, die seine Mutter war. Sie hatte an seinem Krankenbett gestanden, hatte geweint und den Arzt gefragt, ob »er« durchkommen würde. Sie hatte sich neben ihn gekniet, seine Hände genommen und ihren Gott angerufen, ihren Sohn zu verschonen. Ein Held, hatten die anderen Verwundeten gesagt. Der »Große Mickler«, der sein Leben opfert, um das eines anderen zu retten. Und er war aufgewacht, hatte aus unendlich müden Augen die Mutter angesehen und gesagt: »Ich habe es tun müssen, man kann keinen Mann im Stich lassen«. Sie hatte genickt und ihn verstanden. Und sie hatte

nicht geschimpft, sondern ihn gestreichelt. Diese Frau war eine gute Mutter gewesen, rührend um ihn besorgt und ganz anders als jene, die morgens das Haus verließen und abends zwar zurückkehrten, aber wohl vergessen hatten, daß es ihn gab.

Mickler spuckte gegen den Wind. Der Speichel klatschte gegen seine Uniform. Es kümmerte ihn nicht. Er war sich im klaren darüber, daß er vor dreißig Jahren der Wirklichkeit entflohen war; er erkannte in dem Jungen, der er einst war, das eingeschüchterte Geschöpf, das sich in eine Traumwelt geflüchtet hatte, weil die Realität zu schwer zu ertragen gewesen war. Der ätzende Spott in der Schule, die Prügel, die er bezogen hatte, das Alleinsein hatten ihn zum Einzelgänger werden lassen – und zum Feigling. Er hatte sich selten gewehrt, höchstens bei tiefster Verzweiflung oder einer unerklärlichen Todesangst. Immer wieder hatte er mit der Furcht leben müssen, seine Klassenkameraden würden ihn wie eine Laus totschlagen. Schon in ihrem Flüstern hatte er eine körperliche Bedrohung empfunden. – Um so ausgeprägter und wilder wurden seine Heldenträume.

Er hatte niemals etwas anderes als Soldat werden wollen, Soldat in einem Krieg, in dem er sich bewähren und auszeichnen konnte. Was ihn in Deutschland gestört hatte, war, daß ihm dort die Chance zum Kämpfen nicht geboten wurde. Einer Friedensarmee hatte er nicht angehören wollen. Wohl deshalb und weil er sich an Berichten darüber berauscht hatte, war er im Alter von fünfzehn Jahren zum ersten Mal von zu Hause fortgelaufen. Er war bei Straßburg über die Grenze gegangen, um sich dort als Freiwilliger von der französischen Fremdenlegion rekrutieren zu lassen, die in jener Zeit – 1960 – in Algerien eingesetzt war. Er war wegen seines jugendlichen Aussehens auf Unglauben gestoßen, als er behauptet hatte, neunzehn Jahre alt zu sein. Die Soldaten hatten ihm eine Mahlzeit und die Empfehlung gegeben, nach einigen Jahren wiederzukommen,

dann, »mon ami, wenn wir entweder mit Windeln ausgestattet werden oder du trocken geworden bist«.
Wie ein Hund war er durch Frankreich gestreunt, hatte es ein zweites Mal in Marseille versucht, war aber von der Polizei eingefangen und nach Deutschland zu seiner Mutter zurückgeschickt worden. »Du wirst enden wie dein Vater«, hatte sie ihm prophezeit. »Haltlos bist du schon. Was fehlt, ist der Alkohol. Aber der wird wohl noch kommen.« Sie hatte nicht begreifen können, daß er allein war und auch der quälenden Einsamkeit hatte entfliehen wollen. Und ihr, die ihr Leben mit dreißig Jahren für beendet gehalten hatte. Eine bigotte Frau, die jeden Morgen vor dem Dienstantritt eine Kerze in der Kirche anzündete. Eine Frau, die sich nachts im Bett wälzte und kalte Duschen gegen ihren trotz allem brennenden Körper nahm, die dennoch hin und wieder laut stöhnte, so daß Mickler in seinem Bett hochfuhr, in ihr Zimmer stürzte und fragte, ob sie Schmerzen habe. Hysterisch hatte sie ihn angeschrien, er solle sie in Ruhe lassen. Er hatte begriffen, daß ihr nichts weiter als ein Mann fehlte. Nur fürchtete sie sich davor, erneut enttäuscht zu werden, einen »Säufer im Haus zu haben, so was wie deinen Vater, dem du immer ähnlicher wirst«.
Er hatte sich vor den Spiegel in der Garderobe gestellt und gleichzeitig Fotos seines Vaters betrachtet, den er während des Scheidungsprozesses zum letzten Mal gesehen hatte. Ähnlichkeiten hatte er keine feststellen können. Er war weder so schlank wie dieser fröhlich blickende Mann, noch so groß und hatte keinesfalls diese feingeschnittenen Gesichtszüge. Selbst das Haar unterschied sich in Dichte und Farbe. »Du spinnst einfach«, hatte er seiner Mutter beim nächsten Ausbruch vorgehalten. »Auch habe ich noch nie Alkohol angerührt, außer damals bei Tante Anette, als du mich dazu gezwungen hast.« Wie eine Erscheinung hatte sie ihn betrachtet, weil er es gewagt hatte, ihr zu widersprechen.
»Ich wäre froh, wenn du endlich einen Beruf erlerntest und

die Aussicht bestünde, daß du selbständig wirst«, hatte sie müde gesagt.
»Und dann, Mutter? Was wird dann mit dir sein? Wirst du Wände einrennen?«
Sie hatte nicht geantwortet. Sie war in ihr Zimmer gegangen, hatte sich umgezogen und hatte mit dem Hinweis, das Essen stünde in der Herdröhre, die Wohnung verlassen. An diesem Abend war es wohl, als sie Joseph Shapiro kennengelernt hatte, diesen zartgliedrig-schüchternen Amerikaner, den sie vom ersten Tag an mit Haut und Haaren beherrschte und der es bis zum Umzug in die Vereinigten Staaten nie gewagt hatte, auch nur ein Glas Bier anzurühren.
Von diesem Tag an war sie wie verwandelt gewesen: eine Frau, die wieder hoffte und sich in langen Sitzungen vor dem Spiegel zurechtmachte. Jünger war sie ihrem Sohn erschienen, aufgeweckter. Und sie hatte es unterlassen, morgens in der Kirche Kerzen anzuzünden.

Mickler rieb sich das Kinn. Die Gesichtshaut war vom feuchtkalten Fahrtwind gefühllos geworden. Er zerdrückte den Zigarettenrest am Gestänge der MG-Lafette und beobachtete, wie die Funken davonstoben. Im Bauch des Choctaw kauerten die Miskitos und kämpften mit den Ängsten, die wohl jeder Soldat vor einem Einsatz zu überwinden hat. Die Turbinen dröhnten. Lieutenant Ginger steckte den Kopf in den Laderaum und hob die rechte Hand.
Mickler las die Zeit ab.
Noch zehn Minuten bis zur Landung.
Rechts voraus tauchten die Lichter einer Ortschaft auf. Ein Geflimmer, das von unsicherer Stromversorgung zeugte. Mickler schätzte, daß es sich um die Stadt Maniwatla handelte, in der – die Berichte der Agenten waren voll davon gewesen – mit Hochdruck an einer Luftwaffen-

basis gearbeitet wurde. Die Baustelle war mit unzähligen Flugabwehrkanonen und einigen Raketenbatterien bestückt, um etwaigen Luftangriffen der Contras begegnen zu können.

Das Land war ein waffenstarrendes Heerlager geworden. In den Menschen wühlte die Angst vor dem großen Schlag, der dauernd angekündigt, aber nicht verwirklicht wurde. Propagandisten beschworen die Invasion und hielten damit die Leute bei der Stange. Angst macht solidarisch. Sie ist der Schlüssel zum Erfolg aller Revolutionen.

Der Pilot zog den Helikopter jäh in eine nördliche Schleife, über einen dichtbewaldeten Hügelkamm und ließ ihn gegen das glitzernde Band eines Flusses fallen. Dicht über dem Gewässer fing er die Maschine ab und nahm die Geschwindigkeit zurück, um die Turbinengeräusche noch stärker zu dämpfen.

Die Ufer des Flusses waren von hohen, dicht belaubten Bäumen bestanden. Mickler hatte das Gefühl, zwischen steilen Felswänden einer Schlucht hindurchzufliegen. Er stemmte sich aus der Luke, hangelte sich in den Laderaum des Hubschraubers und stieg über ausgestreckte Soldatenbeine zu Rod Minguez durch. Er stieß ihn an.

»Alles klar, Oldboy?«

»Yes, Sir!«

Mickler kniete sich neben Minguez auf den geriffelten Boden. Er riß eine frische Packung auf und zündete sich eine Zigarette an. »Wir sind über einem Nebenarm des Huahua. In etwa drei Minuten haben wir den Fluß unter uns.«

»Yes, Sir.«

Mickler lehnte sich gegen die Metallwand. Die kurzen, mechanischen Antworten seines Unterführers waren für ihn ein Zeichen, daß der Mann mit seinen eigenen Gedanken beschäftigt war, mit der Frage, ob man die Operation überleben würde. Vor Einsätzen wurde so gut wie nie gesprochen. Befehle wurden geflüstert und weitergegeben.

Die Spannung wuchs ins Unerträgliche. Und das war gut so, weil sie wie Sprengstoff war, der später im Kampf explodierte. Diese Spannung war wie ein kraftvoller Motor, der die Soldaten antrieb.

Er schwieg. Er starrte auf die Glut seiner Zigarette und spürte jähen Druck im Rücken, als der Hubschrauber die Richtung änderte.

Sie waren über dem Huahua, der auf Puerto Cabezas zufloß.

Noch sechs Minuten.

»Okay!« dröhnte Lieutenant Gingers Stimme über den Bordlautsprecher. »Macht euch bereit!«

Die Männer verharrten für Sekunden, ehe Leben in sie kam. Sie erhoben sich, tasteten sich an den Laufschienen zum Luk, bildeten dort eine wohlgegliederte Traube.

Mickler quetschte sich an seinen Soldaten vorbei ins Luk. Er verlagerte das Gewicht des Maschinenkarabiners, spürte neben sich Rod Minguez und stellte im schweißigen Dunst Uringeruch fest. Er verzog die Lippen. In gewisser Weise war er gerührt, weil sich einer seiner Miskitos wie ein verängstigter Hund schlichtweg bepißt hatte. In dem unmenschlichen, maschinenmäßig ablaufenden Manöver war das so etwas wie eine Geste, die bewies, daß es Menschen waren, die den mörderischen Schlag ausführen würden, Menschen aus Fleisch und Blut und – trotz aller Diszipliniertheit und harten Kampftrainings – mit Schwächen, die einfach nicht auszutreiben waren.

»Twohundred!« bellte Gingers Stimme über die Lautsprecher.

Zweihundert Sekunden bis zur Landung.

Auf dem Band des Flusses dümpelte ein Kahn. Der Mann, der im Heck stand und das Wriggruder bediente, starrte nach oben. Die Maschine huschte über ihn hinweg. Der Preßwind ließ das Boot tänzeln.

»Onehundredsixty«, sagte Ginger verhalten.

Mickler tastete nach dem Sicherungsbügel seines AK-74, legte ihn auf Dauerfeuer und lud durch.

Spätestens jetzt, dachte er und starrte hinaus in die Nacht, spätestens in diesem Augenblick müßten sie ihr Sperrfeuer schießen, wenn sie uns entdeckt hätten. Er blickte an dem stumpfen Bug vorbei ins Land und entdeckte erschreckend nahe die grellen Lichter des Hafens von Puerto Cabezas. Hinter hohen Öltanks ragten die Aufbauten mehrerer Schiffe in die von hellen Strahlern erleuchtete Nacht. Auf dem Kai rollten Lastwagen. Kräne reckten ihre Ausleger empor. Nur Menschen waren nicht zu erkennen.

»Onehundredtwenty«, erklang blechern die Stimme des Lieutenants. Sie war kühl wie die eines Auskunftsautomaten, gelassen und voller Zuvertrauen, notwendiger Bestandteil eines Programms, an dem die Akteure keinen bestimmenden Anteil mehr hatten, nichts weiter als ein Steuerungsmittel waren, der einen zum Handeln bestimmten Apparat in Bewegung setzte.

Der Pilot veränderte die Stellung der Rotoren. Der Choctaw flog träger, schüttelte sich häufiger und senkte die stumpfe Nase. Er glitt knapp einen Meter über den Spiegel des Flusses dahin, von dem der Geruch eines Gemisches von faulendem Wasser und Vanille ausging.

Draußen war alles genau so, wie Mickler es an Modellen und Karten kennengelernt hatte. Der Landarm, auf dem die Sandinisten mit Hilfe kubanischer Instruktoren ein Übungsgelände zur Abwehr amphibischer Operationen eingerichtet hatten, schob sich faustartig in den Fluß hinein. Lichter, wie Perlen auf einer Schnur gereiht, zeigten den Verlauf des mit Stacheldraht gesicherten Zentraldepots an. Dahinter wurde der riesige, von hohen Palmen eingefaßte Trainingsplatz sichtbar, an dessen südlichem Rand sich sechs flache Baracken und die drei sowjetischen Hubschrauber duckten, um die herum Erdwälle aufgeschüttet waren. Dahinter drohten die Rohre von Fla-Waffen in den Himmel.

Ein schmaler Seitenarm des Huahua durchschnitt das

Gelände. An seinem östlichen Ufer leuchtete weiß das auf Holzsäulen ruhende Haus, das vor der Revolution einem Somoza-Familienmitglied gehört hatte und in dem nun die Kommandantur eingerichtet war. Die Brücke, die die beiden Landstücke miteinander verband, war während des Vordringens der Sandinisten von Nationalgardisten in die Luft gesprengt worden. Quadratische Pontons, mit stählernen Rollplanken bedeckt, ermöglichten den Übergang für jene schweren Lastfahrzeuge, die unaufhörlich Material, Munition und Waffen in das Depot rollten.

Die Schwachstelle war das Flußufer. Es war nur durch einen mannshohen Erdwall gesichert. Der Operationsplan sah vor, den Hauptangriff von dort aus vorzutragen, während begleitend zwei Ablenkungsmanöver gegen die Kommandantur und den Helikopterlandeplatz angesetzt wurden.

»Sixty«, sagte Lieutenant Allen Ginger.

Die Lichter des Depots rissen ab. Der Choctaw glitt auf einen mit dichten Büschen bewachsenen Hügel zu, an dessen Fuß sich der Landeplatz befand. Staub ballte sich unter dem Metallrumpf, wurde hochgerissen. Die Maschine kam zum Stillstand.

»Okay! And good luck, boys!« sagte Lieutenant Ginger.

Mickler sprang ab.

Schlamm spritzte unter ihren Kampfstiefeln auf. Die Aluminiumkisten, in denen sich die Raketengeschosse befanden, standen im Matsch des weichen Untergrundes. Der Choctaw zog hoch und jagte dem blinkenden und gurgelnden Fluß entgegen.

Null Uhr.

Die Operation begann mit der Präzision einer elektronischen Schaltung. Drei Miskitos lösten sich wie Schatten vom Landeplatz und brachten auf dem Hügelkamm das leichte Maschinengewehr in Stellung. Die Deckel flogen von den Metallkisten. Die Männer hängten sich die Leinenta-

schen über die Schultern, in deren Laschen die Raketengeschosse für die rumänischen RPG-7-Abschußrohre steckten. Mickler lief dem Flußufer des Huahua entgegen. Ihm folgten zwei der RPG-7-Schützen. Rod Minguez und der letzte Mann stießen zu der Gruppe auf dem Hügelkamm. Die Fünfergruppe schob sich lautlos durch das Buschwerk und gelangte nach zweihundert Metern steilen Abstiegs an den Rand eines Maisfeldes. Sie trennten sich.
Die Dreiergruppe, die einen Raketenwerfer mit sich führte, überquerte das Maisfeld. Ihr Ziel war der Helikopterlandeplatz. Die beiden anderen Männer, unter ihnen Rod Minguez, erreichten einen schmalen Fußpfad und bewegten sich in Richtung Osten auf die Kommandantur des Ausbildungslagers und Depots zu.
Mickler erreichte das Flußufer.
Null Uhr drei.
Die beiden Miskitos schlossen auf. Mickler verharrte im Schutz eines lianenüberwucherten Baumes und suchte den Anleger, der zufolge der Geheimdienstberichte unvermint war. Er entdeckte den hölzernen, auf einer Batterie von Öltonnen ruhenden Steg am Ende des Erdwalls, in dem – Luftaufnahmen hatten es erwiesen – zwei Beobachtungsstände der Sandinisten eingerichtet waren. Er stieß seinen Hintermann an. Er setzte sich wieder in Bewegung, den AK-74 schußbereit im Hüftanschlag.
Die Lichterkette des Depots tauchte auf. Dunkel hob sich vom hellen Himmel ein stählerner Turm ab, auf dem ein Windgenerator angebracht war. Mickler wußte, daß er sich nun landeinwärts zu bewegen hatte, um kurz vor dem Landungssteg erneut dem Fluß entgegen zu marschieren. Was er nicht wußte, war, ob die Beobachtungsstände auf der Westseite des Erdwalls besetzt waren. Anzeichen dafür fand er keine.
Null Uhr sieben.
Rod Minguez und Ernie Boogie erreichten die Trasse der Feldbahn, mit der vor der Revolution die Ernte ins Sammel-

lager vor Puerto Cabezas transportiert worden war. Links von ihnen leuchtete im Schein der Bogenlampen die weiße Fassade der Kommandantur auf. Die beiden Männer schoben sich im Schutze des Bahnkörpers weiter vor, bis sie eine rostende Wasserpumpstation erreichten, die ihnen als Halte- und Angriffspunkt vorgegeben war.

Ernie Boogie klappte die Stützen des leichten MG aus und verankerte die Waffe im trockenen Untergrund. Rod Minguez stieg auf das zerfallene Gemäuer der Station und schob ein Geschoß in das Abschußrohr. Er visierte den Mitteltrakt der Kommandantur an, dessen Fenster erleuchtet waren. Die Entfernung betrug zweihundert Meter. Rod Minguez stellte sie auf der Skala seiner RPG-7 ein.

Null Uhr zehn.

Die drei Miskitos der dritten Gruppe robbten auf die gepflügte Ackerfläche vor dem Stacheldrahtzaun des Helikopterlandeplatzes zu. Die Tarnkleidung ließ ihre Körper mit dem rotbraunen Untergrund verschmelzen. Die geschwärzten Gesichter der Guerillas waren selbst auf kurze Distanz nicht zu erkennen. Die lichtabsorbierende Farbe ihrer Waffen ließ keine Reflexe zu.

Vor dem Maschendrahtzaun, hinter dem sich die dunklen Körper der Hubschrauber duckten, war der Acker glatt wie ein Brett. Die Sandinisten hatten ihn sorgfältig geeggt, um freies Schußfeld für die Posten zu beschaffen, die in kleinen Unterständen rund um die Flugmaschinen verteilt waren.

Die Männer verharrten. Sie brachten ihre Waffen in Stellung. Sie hatten den Befehl, ihr konzentriertes Feuer dann zu eröffnen, wenn die Kommandantur unter dem ersten Einschlag erzitterte.

Null Uhr 14.

Die Wellen des Huahua leckten wie schlürfende Zungen das morastige Ufer. Mickler kroch über den ästebesäten Schlick. Er spürte die beiden Miskitos, die unter der schweren Last der Waffen litten, dicht neben sich. Er blickte immer wieder auf den von Bulldozern aufgeworfenen Erd-

wall, auf dem sich die Doppelstreife der Sandinisten bewegte, und schob sich lautlos in die schlammige Flut des Flusses.
Aus einem der Unterstände ragte der Lauf eines Maschinengewehres. Über das Gelände rollte ein Jeep, dessen Scheinwerferlicht über das Land zuckte. Die baumwollenen Uniformen der Männer sogen sich voll Wasser, wurden schwer und kalt. Insekten stießen ihre Rüssel durch die Haut. Mickler tauchte in der schmutzigen Uferbrühe unter und bewegte sich schneckengleich auf den Anlegesteg zu, hinter dem ein langer, schmaler Einbaum dümpelte.
Der Jeep hielt auf das umzäunte Depot zu. Vor dem stacheldrahtbewehrten Tor wurde er abgebremst. Ein Uniformierter stieg aus, kontrollierte die Wache. Es war wie in einem Film, dessen Ton abgedreht war. Nur in den Büschen lärmte Getier, die Luft war voll vom Gesurre beutegieriger Insekten.
Mickler hielt die Kalaschnikov mit dem Lauf nach oben, um zu verhindern, daß Wasser ins Schloß eindrang.
Vierzig Meter bis zum Steg.
Das Tuckern eines Außenbordmotors erklang.
Mickler verharrte regungslos. Seine Blicke glitten über die leichtbewegte Oberfläche des Flusses. An der vorspringenden Landzunge tauchte ein flaches Boot auf, über dessen Steuerstand ein rotes Licht glühte. Mickler ahnte die Gestalten hinter dem hochgezogenen Bord, zu erkennen waren sie nicht. Er stieß Gonzo Byass, seinen Hintermann, an und zischte einen Warnruf. Lautlos tauchten die drei Guerilleros in die schlammige Brühe des Flusses, auf der Treibholz tanzte.
Das Boot hielt stur seinen Kurs, passierte die Landnase und glitt mit dröhnendem Motor vorbei, wobei es eine lange, schaumige Kiellinie hinter sich ließ.
Mickler stemmte sich aus dem Wasser. Drüben vor dem Depot stieg der Offizier wieder in den Jeep, der ruckartig anrollte, eine Schleife drehte und dabei die kleinen, rotglü-

henden Rücklichter zeigte, die vom Aufflammen der Bremssignale überflutet wurden. Der Wagen hielt auf den mit Bunkern bestückten Erdwall zu, rollte daran vorbei und tauchte für Augenblicke zwischen Bananenstauden unter. Vom Fluß her dröhnte der hochgedrehte Außenborder. Abgase zogen wie Schleier über den Strom. Gegen den Schimmer des Toplichtes waren zwei Menschen zu erkennen. Mickler konnte nicht herausfinden, ob es sich um bewaffnete Sandinisten handelte.
Null Uhr 22.
Mickler setzte sich in Bewegung. Die Sohlen seiner Kampfstiefel schmatzten im Uferschlamm. Die Gestalten der drei Männer verschmolzen mit der Uferlinie. Meter um Meter schoben sie sich auf die Landzunge zu, die Waffen schußbereit in den Fäusten. Ihre Blicke saugten sich an der Landschaft fest, registrierten jede Einzelheit. Wasser tropfte an ihnen herab. Die Uniformen hingen schwer an ihren Gliedern. Sie keuchten unter der schweren Last ihrer Waffen. Ihre Sinne waren zum Zerreißen angespannt. Ihre Muskeln zitterten in Erwartung jähen Abwehrfeuers.
Noch dreißig Meter.
Die Uferlinie schob sich landeinwärts. Sträucher, deren blütenbehangene Äste ins Wasser rankten, versperrten die Sicht. Mickler schob sich durch einen Vorhang von Lianen, stieg über knorrige Wurzeln, erschrak, als er plötzlich die weite, freie Fläche der Landzunge zum Greifen nahe vor sich sah. Und den Bunker, aus dem der Lauf eines russischen Maschinengewehres ragte!
Er blieb abrupt stehen.
Er wischte sich mit der linken Hand über das nasse Gesicht. Seine Augen brannten. Wie durch eine Nebelwand erkannte er die beiden Uniformierten im engen Erdloch.
Null Uhr 26.
Mickler atmete aus. Gonzo Byass hangelte sich neben ihn,

Ricco Baudelare, der dritte Mann, kniete nieder und betastete seinen Schenkel, in den sich ein spitzer messerscharfer Ast gebohrt hatte. Blut näßte seine Finger.
Mickler biß sich auf die Lippen. Den Bunker mit Handfeuerwaffen anzugehen, barg das Risiko eines Fehlschlages. Es gab keine Gewähr dafür, daß die beiden Soldaten mit dem ersten Feuerstoß getötet werden würden. Möglicherweise reagierten sie besonnen, tauchten weg, um wenig später die Maschinenwaffen konzentriert einzusetzen. Damit wäre der Weg zum Depot versperrt, der Plan, aus nächster Nähe mit Sprenggranaten zuzuschlagen, unmöglich geworden. Es gab nur eine Lösung: Man mußte das MG-Nest mit einem Raketengeschoß ausschalten.
Mickler hob den linken Arm.
Null Uhr 28.
Rod Minguez hatte den Befehl, um Punkt Halb den Angriff mit einem Feuerschlag gegen die Kommandantur zu eröffnen.
Noch zwei Minuten.
Mickler drehte sich um.
»Packe sie mit deinem Rohr, Gonzo«, flüsterte er. »Wir haben noch knappe zwei Minuten.«
Er entdeckte den knienden Ricco Baudelare. Der Junge stöhnte leise.
»Was ist mit dir?«
»Mein Bein«, gab Ricco zurück. »Es ist durchstochen.«
»Kannst du laufen?«
»Yes, Sir, wird schon gehen.«
Gonzo Byass kniete und visierte den Erdbunker durch die Optik an. Er verstellte die Entfernungsskala und richtete sie auf neunundzwanzig Meter ein, um zu erreichen, daß sich das Sprenggeschoß durch die Erde der feindlichen MG-Stellung fraß und erst im Innern des Bunkers explodierte.
»Du nimmst dir den zweiten Bunker vor«, befahl Mickler. Seine Linke deutete auf den schwach erkennbaren Punkt

im mittleren Bereich des Erdwalles. »Das sind gute sechzig Meter.«
»Yes, Sir.«
Null Uhr 29.
Mickler ließ den Tragegurt des Maschinenkarabiners von der Schulter gleiten. Seine Finger tasteten über den Einstellflügel der Waffe, er stellte fest, daß er auf dem Punkt für Dauerfeuer rastete. Mit der Linken griff er nach einer der Splitterhandgranaten, die er an den Aufsätzen der Brusttaschen festgeklemmt hatte. Mit den Zähnen riß er den Splint heraus.
»Wir gehen zwischen Erdwall und Bananenhain vor«, befahl er leise, drehte den Kopf und fügte hinzu: »Wirst du es schaffen, Ricco?«
»Ja, Sergeant«, gab der junge Miskito zurück, obwohl der Schmerz seinen Körper durchflutete. »Es geht schon, wenn ich auch eine Menge Blut verliere.«
Die Lichtkegel des Jeeps geisterten über das flache Gelände des Stützpunktes. Das Grollen eines schweren Motors – wahrscheinlich der Diesel eines der Schiffe im Hafen, überlegte Mickler – hing in der feucht-heißen Luft. Wind ließ das Laub der Büsche rascheln. Gonzo Byass und Ricco Baudelare knieten unter überhängenden Ästen eines Strauches. Ihre Abschußrohre drohten gegen den Erdwall. Mickler hielt den AK-74 schußbereit an der Hüfte. Sein Zeigefinger schmiegte sich um den Abzug.
Bis zum Angriff blieben noch zehn Sekunden...

In Baton Rouge war Mickler sich fremd und verloren vorgekommen. Es hatte sich gezeigt, daß seine in einem Schnellkurs erworbenen Englischkenntnisse nicht ausreichten, um Beziehungen zu anderen Jugendlichen aufzunehmen, die ihn Fritz genannt und links liegengelassen hatten. Einen Job hatte er trotz der Bemühungen seines Stiefvaters Joseph Shapiro nicht gefunden. Das war schlimm genug, zumal

ihm seine Mutter die Kosten seines Unterhaltes immer wieder vorgehalten hatte. Damals hatte er begriffen, daß sie in ihm eine Gefahr für ihre Beziehung zu Joseph gesehen hatte. In ihren Augen war er als Störenfried erschienen, als ein Kostenfaktor, der Joseph Shapiro auf seltsame Gedanken bringen konnte, auf die Idee möglicherweise, die Mehrausgaben als Prüfstein des Verhältnisses zu werten. Es war eine schlimme Zeit gewesen, voller Einsamkeit und Sehnsüchten nach jenem Deutschland, nach dem er sich jetzt wie nach einer stillen fernen Insel sehnte.
Er hatte nicht gewußt, wohin er gehörte. Das fremde Leben hatte ihn erdrückt. Seine Mutter hatte er »die Frau« genannt, weil sie ihn um ihrer eigenen Sicherheit willen nur zu gern losgeworden wäre. Joseph war nicht der Mann gewesen, der ihn hätte verstehen oder ihm helfen können. Er hatte selbst damit zu kämpfen, sich in die altvertraute, aber dennoch neue Umwelt einzufügen.
Heimlich hatte Mickler mit seinem leiblichen Vater, der in Hamburg lebte, Briefe gewechselt. Er hatte ihn angefleht, ihn zurückzuholen, aber lediglich vage Antworten erhalten, die alle in dem Seufzen endeten, das man noch »zuwarten« müsse. Erst spät hatte Mickler erkannt, daß sein Vater einfach nicht das Geld besaß, ihn kommen zu lassen und wohl auch kein Interesse hatte, sich den Amboß von Sohn an den Hals zu hängen.
Jos und seine Mutter hatten geheiratet.
Mickler hatte einen Tankstellenjob gefunden. Nach drei Wochen hatte er ihn an den Bruder des Monteurs verloren, der nach schwerer Verwundung in Vietnam Rechte geltend gemacht hatte. Nur an Samstagen hatten sie ihn zum Wagenwaschen geholt, das ihm einige Dollar und immer wieder den Anwurf des Kriegsveteranen bescherte, »daß so'n junger Kerl 'n Schweinehund ist, wenn er nicht loszieht und die verdammten Kommunisten umbringt, die dabei sind, die ganze Welt zu erobern. Hier«, hatte Jerome Walker gebrüllt und die rechte Faust gegen das künstliche

Hüftgelenk getrommelt, »hier siehst du, was ein Mann für sein Land zu tun hat! Gibt genug verdammte Schwule, die sich vor dem Einsatz drücken. 'n anständiger Kerl aber weiß, was er zu tun hat!«
»Mich nimmt die Army doch nicht«, hatte Mickler entgegnet. »Erstens bin ich Deutscher und zweitens bin ich zu jung.«
Jerome Walker hatte ihm eine Bierdose zugeworfen. »Niemand ist zu jung, wenn es um die Freiheit geht. Sind nicht unsere Väter auch für euch in Europa verblutet? Schicken wir nicht unsere Jungens in die Dschungel nach Asien? Warum tun wir das? Ich will es dir sagen, Oldboy: Amerika kämpft, damit ihr da drüben auf die Straßen gehen und gegen uns demonstrieren könnt, damit ihr frei bleibt. Und noch eins: Hast du 'ne Ahnung, wie viele Jungens aus Deutschland rübergekommen sind, um Seite an Seite mit uns gegen die rote Flut zu kämpfen?« Walker hatte die Bierdose zwischen den behaarten Fingern zerdrückt. »Lies mal die Gefallenenlisten, mein Junge! Was siehst du da? Krüger und Meyer und Müller und Benthaus! Und das sind Jungs aus Germany, die sich freiwillig gemeldet haben, weil sie die Zeichen der Zeit verstehen, weil sie wissen, daß alles im Eimer ist, wenn wir uns nicht wehren. Ihr habt doch die Wirklichkeit des paradiesischen Kommunismus im anderen Teil eures Landes vor Augen! Ihr wißt doch, was auf uns alle wartet, wenn wir jetzt nicht schießen! Ihr seid doch unsere Freunde, Junge. Und das heißt, es ist unsere gemeinsame Sache, den gemeinsamen Feind zu schlagen, den dam'nd Kommies die Fresse zu polieren.«
Für Mickler war der Hinweis darauf, auch als Deutscher in die US-Army eintreten zu können, eine Art Offenbarung gewesen. Er hatte sich in einem Rekrutierungsbüro gemeldet, war aber herb enttäuscht worden, als man ihn nicht genommen hatte. »Du brauchst die amerikanische Staatsbürgerschaft«, hatte der Major ihm erklärt. »Oder du

kehrst nach Deutschland zurück und meldest dich von dort aus. Dann, Junge, wird sich wohl ein Weg finden lassen.«
Er war nicht zurückgekehrt. Er hatte mit Jos, seinem Stiefvater, darüber gesprochen. Jos hatte mehrere Telefongespräche geführt und schließlich einen Antrag auf Einbürgerung gestellt, der den Hinweis enthielt, daß der Antragsteller gewillt sei, sofort nach Anerkennung als US-Bürger als Freiwilliger in die Army einzutreten.
Sieben Monate später war Mickler als Rekrut nach Fort Bragg abkommandiert und dort mit menschenverachtender Brutalität zum Soldaten der Special Forces ausgebildet worden. Als Angehöriger der *Green Berets* war er nach Vietnam verlegt worden, wo er feststellte, daß die Wirklichkeit des Krieges wenig mit dem zu tun hatte, was Jerome Walker darüber berichtet hatte.
Kein Heldengesang, der ihm entgegenklang, sondern die bittere Realität eines Kriegsschauplatzes, der von heimtückischen Regeln bestimmt wurde. Die Siege, von denen die Zeitungen und Fernsehanstalten berichtet hatten, waren keine. Der Alltag hieß Warten und blindes Operieren gegen Feinde, die nicht zu greifen waren; hieß Überleben mit einer Moral, die auf Krücken ging; hieß Hinterhalt und Blut; hieß Sehnsucht nach dem Ende, das schon absehbar war.

Rod Minguez stieß Ernie Boogie an, als die grünlich schimmernde LCD-Anzeige seiner Uhr auf halb eins sprang. Ernie Boggie drückte den Auslöser. Fauchend jagte die Sprengrakete aus dem Rohr und schlug Sekunden später in die weiße Fassade der Kommandantur. Das Geschoß bohrte sich durch die Außenwand und explodierte dumpf grollend. Die Wand erzitterte und löste sich im nächsten Augenblick in Staub, Schutt und Licht auf.
Ernie Boogie schob die nächste Rakete in das Rohr. Er brauchte genau drei Sekunden, um sie abzufeuern. In das Fauchen der Feststoffdüse meckerte grell das leichte MG,

dessen Leuchtspurgeschosse wie glühende Perlen auf die unteren Fenster des Verwaltungshauses zuschossen und die Scheiben zerfetzten. Die zweite Sprengrakete schlug zu hoch ein. Sie riß eine Bresche in die aus leichten Tonplatten gebildete Dachbrüstung, zerschlug das Dach und ließ es Bruchteile von Sekunden später vulkanartig in den Himmel platzen.
Uniformierte rannten aus dem weißen Gebäude. Rod Minguez schwenkte den Lauf des MG und drückte ab. Eine lange, gleißende Garbe raste den Sandinisten entgegen und schien von ihnen aufgesogen zu werden. Männer wurden wie von Keulen getroffen davongeschleudert. Die dritte Rakete jaulte in den offenen Eingang der Halle und ließ das Haus erzittern. In der gleichen Sekunde flog mit ohrenbetäubendem Getöse einer der Helikopter in die Luft. Eine grelle Rauchsäule stieg in den Himmel. An deren Fuß loderten dunkelrot zuckende Flammen auf.
»Okay!« brüllte Mickler, als der dumpfe Schlag durch die Nacht rollte und der Explosionsblitz seine Augen blendete. Ricco Baudelare und Gonzo Byass drückten gleichzeitig ab. Aus den Erdlöchern wuchsen verschreckt wirkende Gestalten, die, als die Geschosse einschlugen, von der Gewalt der Granaten wie Papierfetzen davongetragen wurden. Eine Wolke ätzenden Treibmittelrauches nebelte die drei Männer ein. Byass und Baudelare luden nach. Mickler stürmte geduckt aus der Deckung und auf den Bananenhain zu. Seine beiden Männer folgten ihm.
Rechts von ihnen flog der zweite Helikopter in die Luft. Vom Depot her kam ein langanhaltender Feuerstoß aus einer automatischen Waffe. Die Projektile rissen die Oberfläche des Flusses auf. Schreie gellten durch die Nacht. Mit ohrenbetäubendem Krachen explodierte die Munition des brennenden Hubschraubers. Feuerstöße aus Maschinenwaffen bellten. Eine Handgranate barst und ihre Splitter rissen das Laub von einem Baum.
Mickler erreichte den Bananenhain.

Von rechts dröhnte der Jeep heran. Die wie Schatten in dem Gefährt kauernden Soldaten hoben sich deutlich vor dem grellen Licht der Scheinwerfer ab. Mickler jagte einen Feuerstoß in die Richtung. Das Fahrzeug machte eine jähe Linksbewegung, prallte gegen einen Mast und kippte um.
Mickler drehte sich um. Gonzo Byass und Ricco Baudelare waren dicht hinter ihm. Ihre Zähne und Augen blitzten im Lichtschein der brennenden Trümmer. Über der Kommandantur hing eine weiße Rauch- und Staubwolke, die von einem weiteren Einschlag einer Granate auseinandergetrieben wurde. Mickler verließ den Bananenhain. Links war der Erdwall und das glitzernde Band des Flusses. Rechts flammte der Treibstoff der Hubschrauber, explodierten Granaten. Geradeaus hoben sich dunkel die Wände der Depotbaracken in den rauchverhangenen Himmel.
Er lief weiter, tauchte wenig später im Schutz des Erdwalles unter und schob sich Meter um Meter auf das Depot zu. Unter seinen Kampfstiefeln knirschte Asche. Schweiß rann ihm über das Gesicht, das fratzenartig im Widerschein der Feuer aufleuchtete. Er schätzte die Entfernung zum Ziel ab. Knappe hundert Meter. Er dachte an die warnenden Worte Allen Gingers: Geh nicht zu nahe ran, Oldboy. Die Kommies haben eine Menge hochbrisanten Zeugs unter den Dächern. Ihr geht drauf, wenn ihr es zu gründlich machen wollt.
Er blieb stehen. Gonzo Byass prallte gegen ihn. Mickler warf sich gegen den Erdwall. Er wechselte das Magazin seines AK-74. Das leergeschossene ließ er liegen. Aus brennenden Augen starrte er auf die durch Büsche erkennbare Kommandantur, auf die im Dreisekundentakt Raketen und fortdauernd kurze Stöße aus einem MG jagten.
Ihn wunderte der geringe Widerstand, der von den Sandinisten ausging. Ein Widerstand, der zudem unkontrolliert und chaotisch zu sein schien. Die Garben aus den Waffen der Gegner jagten wahllos ins Gelände. Die Überraschung war gelungen. Der Gegner schien nicht zu wissen, woher der Angriff kam.

Mickler wischte sich den Schweiß von der Stirn. »Okay«, brüllte er gegen den Gefechtslärm an, erhob sich und lief weiter.
Der dritte Helikopter platzte wie eine überreife Melone beim Aufschlag einer Sprenggranate auseinander. Ein Rotorblatt pfiff über den Platz und durchschlug einen Maschendrahtzaun, um schließlich gegen die Wand einer steinernen Baracke zu prallen. Von der Kommandantur her platzte das knatternde Schießen einer sowjetischen Duschka auf. Die 12-Millimeter-Leuchtspurgeschosse zischten auf die Pumpstation zu, rissen die Stahlrohre auf und ließen die Erde in Fontänen hochfliegen. Rod Minguez' leichtes MG antwortete mit einem langen Feuerstoß. Garben aus automatischen Waffen knatterten. Scheinwerfer blitzten auf und fluteten ihr gleißendes Licht in den Nachthimmel, in den öliger Rauch riesige Pilze zeichnete, die vom landgehenden Wind wieder zerrissen wurden.
Es war Null Uhr 37.
Sieben Minuten waren seit dem ersten Granateinschlag vergangen. Die Abwehr des Gegners zeigte immer noch keine Geschlossenheit, obwohl Motorengedröhn erklang und Mickler deswegen vermutete, daß die Sandinisten Verstärkung heranbrachten. Die mitgeführte Munition der Kampfgruppe ging ihrem Ende entgegen, der Rückzug mußte innerhalb von Minuten angetreten werden. Das aber hieß, der Beschuß des Depots durfte nicht länger hinausgezögert werden.
Mickler verharrte. Lichtreflexe zuckten über ihn hinweg. Der Abstand bis zum Depot betrug noch gute sechzig Meter. »Allright«, rief der Sergeant schrill. »Rotzt das Zeug aus den Rohren!«
Er kniete nieder, behielt den AK-74 im Anschlag, während seine beiden Miskitos stehend ihre RPG's klarmachten. Mickler beobachtete das Gelände. Der Hubschrauberlandeplatz glich einem Trümmerhaufen. Aus den zerfressenen Bäuchen der zersprengten Fluggeräte zuckten riesige Flam-

men. Gestalten lagen auf dem Boden, rührten sich nicht. Und über allem barsten weitere Raketen, zischten knatternd die Salven aus den automatischen Waffen, hallte Gebrüll und das Schreien von Verwundeten.
Der Gegner stieß auf den Mittelpunkt des Stützpunktes vor. Gruppen von Soldaten sprangen von Lastwagen und verteilten sich im Gelände. Mickler preßte das schweißüberströmte Gesicht an den kühlen Stahlrohrkolben seiner Kalaschnikov und sog die rauchgeschwängerte Luft tief in die Lungen. Ricco Baudelare feuerte. Dessen Waffe war mit Sprenggeschossen geladen, die die Aufgabe hatten, die Außenwände der Depotbaracken zu zerreissen. Gonzo Byass war mit Brandgranaten beladen, die beim Explodieren ungeheure Hitzegrade entwickelten und dafür sorgten, daß die Munition und das Explosivmaterial in den Hallen wie Azeton entzündet werden würden.
Das Geschoß klatschte gegen die Außenwand der Baracke. Ein Feuerball blendete die Männer. Das Gebäude zitterte unter der Wucht des Projektils. Platten zerbarsten und wurden in die Luft geschleudert. Ein riesiges Loch klaffte in der Wand.
Baudelare lud nach.
Gonzo Byass feuerte die erste Brandrakete ab.
Eine Maschinengewehrgarbe fraß sich stanzend über den Hof und auf die drei Männer zu.
Mickler riß den Maschinenkarabiner herum, visierte das Mündungsfeuer der schweren, automatischen Waffe an und jagte einen kurzen Feuerstoß aus dem Lauf.
Die große Depothalle erzitterte. Gleißende Helligkeit drang aus dem Gebäude heraus. Das Dach knickte im Mittelteil nach oben weg. Eine weiße Flamme zuckte in den Himmel. Rauch jagte mit ungeheurer Schnelligkeit über den Platz. Und dann brüllte es vulkanartig auf.
Die Baracke tauchte in Rauch und Feuer unter, die Wände wurden wie Papier zerfetzt und in den Himmel gehoben. Eine ungeheure Hitze schlug den Männern entgegen.

Bäume bogen sich im Feuersturm. Mickler warf sich auf den Boden, krallte die Hände in den lockeren Untergrund, während Trümmerstücke über ihn hinwegrasten und Ricco Baudelare von einem Stahlstück in Höhe der Brust wie weicher Teig von einem scharfen Messer durchtrennt wurde. Gonzo Byass wurde wie Papier gegen den Erdwall geschleudert, schlug mit beiden Armen um sich und schrie mit aller Kraft. Über Micklers Rücken rasierte ein Splitter, riß ihm die Haut in Fetzen herunter und blieb irgendwo in seinem Körper stecken. Er öffnete den Mund, schluckte Sand und Staub, hustete, während seine Ohren vom Knattern weiterer Explosionen taub wurden. Halb blind robbte er auf den Erdwall zu, stieß auf Gonzo Byass, der benommen herumkroch und nach seiner RPG-7 suchte.

»Abmarsch!« brüllte Mickler in das Toben der Explosionen hinein. Er rammte dem jungen Miskito den Kolben seiner Kalaschnikov in den Rücken und trieb ihn damit hoch. Sie stolperten über den Hang des Erdwalls. Sie entdeckten den abgetrennten Oberkörper Ricco Baudelares. Mickler spürte, wie es ihm hochkam. Sein Mageninhalt ergoß sich über seine verschwitzte und staubüberkrustete Uniform. Aus den Tiefen seine Körpers kroch stechender Schmerz in ihm hoch. Er keuchte. Er ließ sich fallen, rollte dem Wasser entgegen, grub die Hände in den weichen Uferschlamm und zog sich weiter. Die Kalaschnikov riß Furchen in den weichen Untergrund. Er war nur noch ein Bündel aus Fleisch und Sehnen, in dem nur ein Wille pulste: Davonzukommen, sich zu retten! Dicht neben ihm kroch Gonzo Byass.

Sie erreichten das Ufer des Flusses. Sie krochen in die Flut. Sie zogen ihre Körper nach. Die jähe Kälte ernüchterte sie. Mickler setzte sich auf. Er blickte zurück. Am Himmel stand eine rotglühende Feuersäule, aus der riesige, schwarze Fettwolken pufften. Sein Gesicht war verzerrt und glühte rot im Widerschein der Flammen, die fauchend über das Land jagten und aus denen knatternde Explosionen brüllten. Das

Wasser rund um Mickler färbte sich rot von seinem Blut. Er bis sich auf die aufgeworfenen Lippen, er lachte, versuchte sich hochzustemmen und wurde von einer jähen Schmerzwelle zurückgeworfen.
Gonzo Byass watete einige Meter entfernt im Wasser. Der junge Miskito drehte sich um. Seine starken Zähne blitzten. Er hob die Hand, als wollte er sich verabschieden. Seine Lippen bewegten sich. Die Worte, die er brüllte, gingen im Inferno einer heftigen Explosion unter, die das Land erzittern ließ.
Mickler versuchte es zum zweiten Mal, sich aus der Brühe zu erheben. Er nahm die Kalaschnikov zur Hilfe und stützte sich darauf ab. Seine Knie versanken im Schlamm. Er spannte die Muskeln und brüllte wie ein geschlagenes Tier, als der Schmerz erneut nach ihm griff. Er fiel. Sein Oberkörper tauchte im Schmutzwasser unter. Er schluckte Schlamm. Verzweifelt drehte er sich auf die rechte Seite und sog pfeifend die Luft in die Lungen.
Gonzo watete torkelnd heran. Er legte die Arme unter die Achseln des großen Sergeanten und zog ihn tiefer ins Wasser. Mickler umklammerte den AK-74, als wäre er seine einzige Rettung. Er hatte das Gefühl, als wenn ein Speer mit Widerhaken in seinen Eingeweiden wühlte. Er biß sich die Lippen blutig, er brüllte: »Laß mich, Mann! Laß mich!«
Gonzo ließ ihn fallen. Mickler tauchte unter. Prustend und Wasser speiend kam er wieder hoch. Der Schmerz ebbte ab. Mickler legte einen Arm um die schmalen Schultern des Miskitos. So gestützt schoben sie sich durch die rotbraune Flut, der Spitze der Landzunge und dem sicheren Dschungel entgegen.

Später, es war wie zwischen Wachen und Träumen, spürte er die vibrierenden Planken eines stampfenden Schiffes unter sich, hörte pfeifenden Wind in hohen Takelagen und vermeinte, salziges Wasser zu riechen, das gischtend über

das Deck wogte. Er blickte hinauf in den Himmel, suchte nach den blinkenden Himmelsgestirnen, was er aber entdeckte, war nur das gedämpfte Licht einer drahtnetzbewehrten Lampe, deren Schein müde, erschöpfte Gesichter mit einem Film aus Schweiß zu bewerfen schien – und Lieutenant Ginger, dessen Mund sich bewegte, und dessen Hände sinnlos in der stickigen Luft herumfuchtelten und dessen Stimme durch das Donnern der See klang:
»Sauber, Sergeant, verdammt sauber. Diesen Schlag werden die verdammten Kommies so leicht nicht verkraften!«
Mickler empfand das Lachen des Offiziers wie klirrenden Frost in einer Winternacht, so scharf wie den Schmerz, der unter seiner Haut wellenartig immer wieder und wieder explodierte. Er fühlte im Rücken eine glitschige Masse, tastete mit der linken Hand danach und tauchte in eine Brühe aus warmem Blut und Schweiß. Und er wußte, daß es sein eigener Saft war, der da das Segelleinen der Bahre überflutete. Er brüllte. Er schlug um sich. Er schrie: »Was ist mit Ricco, Lieutenant? Was ist mit dem Jungen?«
Sie rissen ihm die Hose auf. Sie stachen ihm eine Nadel ins Fleisch und preßten eine durchsichtige Flüssigkeit in seinen Körper. Mickler wehrte sich gegen die Schatten, die bleischwer in seiner Brust tobten; er atmete pfeifend, seine Augen rollten, und er schrie, bis seine Stimme versagte und bis eine Wolke ihn einhüllte, die ihm den Schmerz aus den Gliedern sog.
»Keine Panik, Junge«, sagte Allen Ginger und tätschelte die stoppeligen Wangen des Sergeanten. »Die Schramme, die du abbekommen hast, ist nichts weiter als ein verklemmter Furz. Du wirst sehen, der Doc gibt dir 'ne Pille, und dann knatterst du ihn raus. Und dann ist Ruhe, Sergeant, dann bist du in Ordnung.«
Mickler schmeckte Blut auf den zerbissenen Lippen. Er starrte in die Dunkelheit und begriff, daß er im Bauch eines Helikopters lag, daß die See weit fort und die Gischt reine Einbildung gewesen war. Irgendwie, sagte er sich, mußt du

es geschafft haben, den Landepunkt zu erreichen. Irgendwie mußt du an Bord gekommen sein. Jäh flackerten die grellen Vernichtungsbilder vor ihm auf. Er sah die wie Pilze aufsteigenden Feuersäulen, die aus dem Depot schlugen; er hörte die gewaltigen Explosionen, als die Munition, der Treibstoff und das Material entzündet wurden. Er spürte wieder die Panik, die ihn ergriffen hatte, als er am schlammigen Ufer des Flusses lag und die Brühe seinen Körper umspült hatte und er nicht wieder hochkam.
Er hob den Kopf. Wie durch wehenden Nebel erkannte er die hockenden Gestalten der Männer an den Wänden des Laderaumes. Er zählte. Er kam nur bis fünf.
»Wo?« fragte er lallend. »Wo, Lieutenant?«
»Ganz hoch oben, unerreichbar für die Kommies«, kam die Stimme seines Vorgesetzten. »Sie haben keine Chance mehr, uns zu schnappen, Sergeant. Nicht die Spur, falls dich das beruhigt. Wir landen in zehn Minuten auf sicherem Boden.«
»Die Leute«, stieß Mickler hervor. »Wo sind sie?«
Ginger tauchte wie ein riesiger, schwebender Ballon vor ihm auf. Auf dem zufriedenen Gesicht des Berufssoldaten lag Genugtuung. »Alles in Ordnung, Oldboy, du solltest dir keine Gedanken machen.«
Mickler schloß die Augen. Das ist es, dachte er voller Müdigkeit. Keine Gedanken machen, schlafen, schlafen und schlafen ... Aber er spürte dieses Stück Eisen in seinem Körper, und er wußte, daß irgend etwas schiefgelaufen sein mußte. Nicht mit dem Unternehmen, sondern mit ihm.

2

> »Nicaragua hat wegen des nächtlichen Angriffs auf das Landwirtschaftsdepot in Puerto Cabezas, bei dem, wie gemeldet, 28 Menschen den Tod gefunden haben, eine Dringlichkeitssitzung des UNO-Weltsicherheitsrates beantragt. Dabei solle die durch ›eine neue Eskalation der Aggression bedrohte Situation‹ erörtert werden. Wie der nicaraguanische Geschäftsträger Julio Icaza Gallard ausführte, sei seine Regierung im Besitz ›unerschütterlicher Beweise‹, daß der Angriff von Angehörigen der US-Streitkräfte durchgeführt worden sei. Die Regierung von Honduras bestritt in einer Protestnote energisch jegliche Verantwortung für den Angriff. Die von nicaraguanischer Seite erhobenen entsprechenden Vorwürfe seien ›verleumderisch‹. Honduras habe es sich zum Grundsatz gemacht, keinerlei Angriffsaktionen gegen benachbarte Staaten auszuführen oder zu unterstützen.«
>
> Meldung der »Washington Post« vom 21. 9. 1984

Über seinem Bett rotierte ein langarmiger Ventilator, der die heiße Luft im Krankenzimmer zu einem Dunstbrei aus Schweiß und Desinfektionsmitteln verrührte, in den sich der Geruch der Havanna mischte, die Lieutenant Allan Ginger zwischen den Zähnen geklemmt hielt. Durch die grünen Moskitonetze, die vor den Fenstern angebracht waren, blickte Mickler auf den spiegelglatten See, auf dem einsam und verloren ein Boot schwamm, an dessen hölzernen Auslegern ein Fischernetz hing. Er fühlte sich gut. Der Schmerz, der ihm die letzten beiden Nächte zur Hölle gemacht hatte, war vom Morphium, das ein Sanitäter ihm

gespritzt hatte, aufgefressen worden. Nur wenn er sich bewegte, spürte er, daß sein Rücken zerfetzt und ein Teil der Haut von dem elenden Splitter abrasiert worden war.
»Die Bastarde lügen, daß sich die Balken biegen«, sagte Ginger und sog an der Zigarre. »Die Zeitungen sind voll von ihrem Gestank, den sie in ohnmächtiger Wut abgefurzt haben. Sie behaupten, wir hätten ein harmloses Sammellager für landwirtschaftliche Erzeugnisse in die Luft geblasen. Aber wir haben es ihnen gezeigt, Junge. Wir haben eine Maschine rübergeschickt, die mit feinen Luftaufnahmen zurückkehrte, die keinen Zweifel am militärischen Wert der Anlage lassen. Damit haben die Burschen drüben sich selbst in den Arsch getreten. Das Ding geht voll ins Plus! Sie müssen die Hosen runterlassen.«
Mickler schloß die Augen. »Was ist mit den Jungens«, fragte er heiser. Das Sprechen bereitete ihm Mühe. Er hatte Schwierigkeiten, die Worte zu formen. Was über seine Lippen floß, war ein träges Lallen.
»Ricco Baudelare und Jesus Rosario sind geblieben«, gab Ginger zögernd Auskunft. »Cheheese, Pargin und Gonzo sind leicht verwundet. Gonzo hat dich durch den Fluß geschleppt, Sergeant. Ohne ihn wärest du wie eine Ratte ersoffen.«
Mickler nickte. Er erinnerte sich verschwommen an jene mörderische Nacht, an sein Taumeln und Kriechen, an den jungen Miskito, der ihn aus der Gefahrenzone gezerrt hatte. Ein Blackout lag über der Zeit des Abfluges mit dem Choctaw.
»Aber sie lügen«, sagte Ginger. »Weder Ricco noch Jesus sind je offiziell bei uns registriert gewesen. Was sie machen, ist nichts weiter als ein riesiger Propagandawirbel. Die Russen unterstützen das Ganze natürlich. Aber damit haben wir ja gerechnet. – Wie fühlst du dich?«
Mickler drehte den Kopf, versuchte ein Grinsen und fragte: »Wie fühlt ein Mann sich, dem man die Eier breitgetreten hat, eh?«

»Du lebst, Mann«, gab Ginger ungerührt zurück. »Und du kriegst'n Orden und 'n neuen Rang; du kriegst, wenn Doc Baxter dir den Splitter aus'm Bauch geholt hat, 'n Haufen Urlaub, mein Freund. Alles in allem bist du ein Glückspilz, denke ich.«

»Warum wartet er so lange mit der Operation, Lieutenant? Warum hat er das Eisen nicht sofort rausgeschnitten?«

Ginger hob die Schultern. »Er wird seine Gründe haben. Vielleicht sah er ein Risiko. Du kennst die Messerhengste. Entweder schneiden sie dir beide Beine ab, wenn du 'n Kratzer am Arsch hast, oder sie warten drauf, daß du das Zeug ausscheißt.«

»Baxter ist keiner von der Sorte, Allen. Er weiß verdammt genau, was und warum er etwas macht.«

Ginger rollte die Zigarre im Mundwinkel. Er hielt dem Blick des Verwundeten nicht stand. Mickler schüttelte den Kopf.

»Du weißt mehr, als du sagst, Lieutenant. So ist es, nicht wahr?«

»Was soll ich wissen?« wich Ginger aus. Er zeigte Unbehagen.

»Daß es komplizierter steht, als es aussieht. – Wie, Allen? Komm, pack aus, ich werd' es ertragen müssen. – Ist was endgültig kaputtgegangen?«

»Irgendwelche Nervenstränge«, sagte Ginger. »Ich hab's nicht so recht kapiert, weil das chinesisch für mich ist.«

»Lähmung?«

»Nein, nein. Irgendwas mit deinem Unterleib.«

Mickler ließ den Kopf auf das Kissen sinken. Er atmete schwer. Die Hitze machte ihm zu schaffen. »Wieso Unterleib, Lieutenant? Ich habe das Ding irgendwo hinten reingekriegt.«

»Frag Baxter, Junge. Ich kann dir keine Erklärung geben.«

»Baxter gibt mir 'ne Spritze, ehe ich den Mund aufmachen kann. – Wie spät ist es?«

»Elf«, sagte Ginger. »Die kommen gleich, um dich zu operieren.«

Ginger stand auf. Er stieß Mickler an. »Ich sehe dich später, Junge.«
»Okay«, gab Mickler zurück. Er biß sich in den Unterarm.
»Nur keine Panik, Soldat«, erklang die Stimme Gingers. »Du hast überhaupt nichts zu befürchten. Doc Baxter ist der Beste, den du kriegen kannst. Er versteht sein Handwerk.«
»Klar«, sagte Mickler.
Ginger verließ den Raum. Mickler drehte sich auf die Seite. Er beobachtete den Ventilator. Er lauschte in sich hinein, aber da war nichts. Kein Schmerz und keine Antworten auf seine besorgten Fragen.

Die beiden Sanitäter zogen ihm das Netzhemd aus, zogen eine durchsichtige Flüssigkeit in eine Spritze und setzten sie in seinen linken Oberschenkel. Sie hoben ihn hoch, legten ihn vorsichtig auf einen Transportkarren und rollten ihn aus dem Zimmer.
Auf dem Weg zum Operationssaal verlor Mickler schon das Bewußtsein.

Der Arzt stand am Fenster und hielt die Arme vor der Brust verschränkt. Über seiner Brust hingen die Schläuche eines Stethoskops. Sein von unzähligen Falten zerrissenes Gesicht wirkte, als wäre es mit ungegerbtem, getrocknetem Leder überzogen. Hellbraune Augen, die an Bernstein erinnerten; ein schmaler, dünnlippiger Mund, dessen Winkel nach unten wiesen, und die Nase spitz wie ein Raubvogelschnabel.
»Was?« fragte Mickler, dessen große Hände auf dem weißen Laken hin- und herrutschten und der noch immer die Wirkung des Betäubungsmittels spürte. Wie besoffen fühlte er sich.
Doktor Baxter stieß sich vom Fenster ab und kam leichtfüßig wie eine Maus auf das Bett zu. Vom weißlackierten, aus

Stahlblech gefertigten Nachttisch nahm er eine weiße, nierenförmige Emailleschüssel. Er schüttelte sie, bis der Inhalt, ein zentimeterlanges, gezacktes Gußstück, auf und nieder tanzte und schepperte.

»Das«, sagte er rostig. »Hergestellt irgendwo in der Sowjetunion. Talbet behauptet, es sei das Stück einer 155er Granate.«

»Und?«

Mickler starrte auf das winzige Stück Metall, das harmlos in der Schüssel lag. Unvorstellbar, daß es ihn beinahe umgebracht hätte. Unvorstellbar auch, daß es ausgereicht hatte, ihm die Haut in Fetzen vom Rücken zu ziehen und obendrein noch Unheil in seinem Körper anzurichten.

Doktor Baxter nahm den Granatsplitter mit spitzen Fingern heraus. »In Asien gab's Leute, die haben es sich vergolden lassen, als Anhänger an einer Kette. Als Talisman, verstehst du?«

»Ich war drüben, Doc.«

»Andere haben Ohren gesammelt und sie in Spiritus aufbewahrt.«

»Ich weiß, Doc.«

Baxter ließ den Splitter fallen. Er landete auf dem weißen Bettlaken und hob sich dunkel davon ab. »Du könntest es genauso machen, Mickler. Es aufbewahren als Erinnerung.«

»Ich will den Schrott nicht, Doc.« Angewidert schob Mickler das Gußstück über den Bettrand. Es fiel auf den Fliesenboden und prallte gegen den Eisenrohrrahmen des Bettes. »Ich will wissen, was mit mir los ist.«

»Du bist weitgehend in Ordnung, Soldat. Drei Wochen, und du wirst dich bewegen können. Nur auf Frauen steigen, Mickler, das wirst du niemals mehr können.«

Mickler grinste, als hätte er einen faden Witz gehört. Seine Bauchmuskeln vibrierten. Er ballte die Hände, öffnete sie wieder. Er starrte den kleinen, vertrocknet aussehenden Arzt an. »Sie sind so was wie'n Sadist, Doc, was?«

»Weil ich dir die Wahrheit sage, Soldat?«

»Weil Sie sie mir so verdammt schonend beibringen, Doc.«
Baxter lächelte. »Ich habe dich aufgeschnitten, mein Junge. Ich habe dir das mistige Ding aus den Därmen gefischt. Ich hätte dir auch mit 'nem Staubbeutel so lange auf den Arsch klopfen können, bis der Splitter rausgefallen wäre.«
»Ich verstehe«, sagte Mickler leise. Tief im Magen schien sich ein Ballon aufzublähen und ihn auseinanderzureißen. »Nichts geht mehr?«
»Nichts, was ich wüßte, mein Junge.«
»Wieso?«
Baxter schlug die Hände gegeneinander. »Wenn ein Knochen dazwischengewesen wäre, hätte sich der Splitter darin verfangen. Er wäre nicht bis zum Nervengewebe in deinem Unterleib durchgedrungen und hätte da nicht herumschneiden können. Hat er aber, mein Junge. Und weil er hat... rien ne va plus... mir tut's leid, glaub mir. Ich habe alles versucht, aber es gibt Dinge, gegen die sind wir machtlos, obwohl Organe verpflanzt und Großtaten der Medizin vollbracht werden.«
»Irreparabel?«
Doktor Baxter hob die Schultern. »Ich jedenfalls sehe keine Chance für dich, Mickler.«
»Die großen Kliniken zu Hause?«
»No.«
»Woher wollen Sie das wissen?«
Doktor Baxter rieb sich das schmale, tiefbraun gebrannte Kinn. »Ich habe meinen Job gelernt, Soldat. Du bist nicht der erste Fall dieser Art, der unter mein Messer kam. Und ich hatte Gelegenheit, andere über meinen Einsatz hinaus zu beobachten. Hoffnungslos.«
»Das kann sich auch nicht mehr von selbst regulieren, irgendwie zusammenwachsen?«
»Versuch mal, zu Fuß zum Mond zu kommen.«
Mickler schloß die Augen. Er pumpte Atem in sich hin-

ein, um den Ballon zu verdrängen, der seinen Leib zu sprengen drohte. Er stöhnte. Er spürte plötzlich rasende Schmerzen, die – er begriff es Sekunden später – Auswüchse seiner Verzweiflung waren.
»Ich könnte so nicht leben, Doc!«
»Du wirst es müssen. Andere haben es vor dir geschafft, Junge.«
»Aber nicht ich! Ein Eunuch, ein... Mann, haben Sie 'ne Ahnung, was da auf mich zukommt?«
»Ja.«
»Das ist die Hölle, nicht wahr?«
»Wenn man keine Bedürfnisse hat, nicht.«
»Hat man die denn nicht?«
»Das wird sich zeigen, wenn deine Wunden ausgeheilt sind, Mickler. Jetzt können wir nur mutmaßen, eine Prognose ist nicht abzugeben.«
»Himmel!«
»Du lebst. Das ist viel wert.«
»Ach ja?«
»Etwa nicht?«
Mickler stöhnte erneut auf. »Sie haben keine Ahnung, wie man sich fühlt. Es wäre besser gewesen, wenn ich bei der Operation draufgegangen wäre. Als leere Hülse leben müssen, niemals mehr eine Frau anfassen... ein verdammter Eunuch sein... nein, Doc, nein!«
»Was willst du?«
»Nicht das!«
»Mann, du hast keine große Wahl. Entweder quälst du dich durch oder...«
»Oder was?«
Mickler starrte den kleinen Arzt an, der die Augen geschlossen hatte und auf den Zehenspitzen wippte.
»Was, Doc?« hakte er bitter nach.
Baxter öffnete die Augen. »Wenn du nicht leben willst, mußt du sterben, Mickler.«
»Soll ich mich erwürgen?«

»Warum nicht, wenn das Leben dir zu schwer ist?«
»Hören Sie auf!«
»Du könntest dich erschießen, Mickler. Vielleicht findest du jemanden, der es für dich macht.«
»Vielleicht«, erwiderte Mickler kaum hörbar.
Doktor Baxter legte ihm eine Hand auf die Schulter. »Oder 'ne Überdosis, Soldat. Ein Spritzbesteck würde ich dir vorbeibringen.«
»Das würden Sie tun?«
»Ja, Mickler. – Wenn du es willst. – Willst du?«
Er schwieg. Und er sagte sich und wenig später dem Chirurgen, daß er über die Frage nachdenken würde, solange wenigstens, bis ihm eine vernünftige Entscheidung möglich sei. Jetzt, so kurz nach der Operation, mit Schmerzen im Bauch und in den Eingeweiden und noch immer unter der Wirkung des Betäubungsmittels, wäre er sicherlich kaum fähig, die Dinge objektiv zu sehen. »Aber haben Sie vielen Dank, Doc. Ich glaube, es war schon richtig, daß Sie mir kein Windei an die Hose gehängt, sondern die bittere Wahrheit gesagt haben.«
Der Arzt bückte sich, hob den Granatsplitter auf und warf ihn zurück in die emaillierte Schale. Er nickte seinem Patienten zu und verließ das überhitzte Krankenzimmer. Er war bereits im Flur, hatte die Tür hinter sich geschlossen, als er wieder zurückkehrte.
»Nur, um auch das zu sagen, Mickler: Ich habe trotz allem veranlaßt, daß Sie ins Army Medical Center nach Washington geflogen werden. Kann ja sein, daß meine Kollegen herausfinden, daß ich mich geirrt habe.«
»Wollen Sie mir Hoffnung machen?«
»Nein.«
»Was denn?«
Baxter winkte ab: »Tue nur meine Pflicht, Soldat. Das ist alles.«
»Danke«, sagte Mickler und drehte den Kopf. Die Tür fiel mit einem leisen, schmatzenden Geräusch ins Schloß. An

der Decke drehte sich der langarmige Ventilator und Mickler ballte die Hände, um sie wieder und wieder gegeneinander zu schlagen.

Es dauerte mehr als eine Woche, bis Mickler erkannte, daß auch die Verlegung ins Army Medical Center keine andere Wahrheit als die des Dr. Baxter zutage fördern würde. Das Hospital am Rande von Tegucigalpa, in dem eine Abteilung für Angehörige der US-Streitkräfte eingerichtet war, verfügte über modernste medizinische Geräte, das dem in Washington, wie ihm der Technische Direktor nicht ohne Stolz berichtete, in keiner Weise nachstand.
»Wir sind jederzeit in der Lage, selbst komplizierteste Operationen durchzuführen«, erklärte Dr. Lorrimer. »Darin steckt auch Logik, mein Freund: Ist es nicht der Krieg, der die Grenzfälle der Medizin produziert? Selbstverständlich ist er es, und so bedauernswert es sein mag, es ist eine Binsenwahrheit: Die Kriegschirurgie war schon immer der Motor des Fortschritts, weil sie sich fortdauernd vor schier unlösbaren Problemen sah und sieht.«
Der untersetzte Mann im weißen Anzug hatte Mickler durch die verschiedenen Abteilungen des Hospitals geführt und die Apparate mit Engelsgeduld erklärt. Kernpunkt der relativ kleinen Anlage war anscheinend das Diagnosezentrum, dem ein riesiges Labor angegliedert war. Computergesteuerte Geräte standen zur Analyse zur Verfügung und gaben den verwundeten Soldaten das Gefühl, ihrem Schicksal hoffnungslos ausgeliefert zu sein.
Und doch: Als Mickler am 20. September in einem Ambulanzwagen zum Flughafen gefahren und in der riesigen Militärmaschine auf ein komfortables Bahrenbett gezurrt wurde, um nach Washington zu fliegen, pulste Hoffnung in seinem Hirn. Die Hoffnung, Dr. Baxter könnte sich trotz allem geirrt, etwas im komplizierten System des Zellgewebes übersehen und eine falsche Prognose abgegeben haben.

Der Begleitschwester versprach er, sie in Tegucigalpa nach der Genesung zu besuchen. Er zwinkerte ihr zu. Er streichelte ihr schwellendes Hinterteil und sagte: »Wir werden uns ein ganzes Wochenende in einem wunderschönen Hotel am Golfo de Fonseca nehmen, werden die besten Sachen trinken, die es unter der Sonne gibt, werden die Tür abschließen und sie erst dann wieder öffnen, wenn mein bester Freund nach dem Krückstock brüllt. Es wird eine herrliche Zeit werden, Ivadale.«
Sie lachte. Sie zeigte ihm die Spitze ihrer Zunge. Sie schrieb ihre Adresse auf ein Blatt ihres Notizblockes, fügte die Telefonnummer ihrer Dienststelle hinzu und ließ zu, daß er seine Hand zwischen ihre Schenkel schob. Und sie nickte.
Mickler schob den Zeigefinger unter ihr Höschen, fühlte ihr weiches Schamhaar, streichelte es, drückte und drang ein. Er schloß die Augen. Er atmete heftiger. Seine Sinne glühten. Er spürte Verlangen. Und das machte ihn sicher, daß der Defekt, den Baxter dramatisiert hatte, behoben werden konnte.
Wie auch nicht, wenn die Sensoren funktionierten! Wenn der Anblick einer Frau ihn elektrisierte und wünschen ließ, mit ihr ins Bett zu steigen, um sie zu lieben. War das nicht der unumstößliche Beweis dafür, daß er »in Ordnung« war? Er fühlte sich gut. Er glaubte an sich und seine Wiederherstellung als Mann. Er betrat den riesigen Hospitalkomplex mit dem Gefühl, als Sieger herauskommen.
Nur er verlor.

»Es ist wie bei einem Automotor«, führte Dr. James Rutherforth nüchtern aus. »Sie drehen den Zündschlüssel, sehen die Kontrolleuchten aufflammen, hören den Anlasser und das Geräusch der sich bewegenden Kolben – aber die Gase in den Zylindern werden nicht gezündet, die Explosionen, die das Triebwerk zum Laufen bringen, bleiben aus. Müssen ausbleiben, weil die Zündkerzen keinen Strom erhalten.

Irgendwo ist die Zuleitung, und damit die Stromzufuhr unterbrochen. An einem Auto ist es leicht, die entsprechenden Kabel auszuwechseln; bei Ihnen nahezu aussichtslos, weil wir keine Implantate zur Verfügung haben, weil wir noch nicht so weit sind, Nervenbahnen zu überbrücken.«
»Und was hat es mit meinen Gefühlen auf sich, mit meinem Trieb, mit meinem Verlangen?«
»Ein Problem, über das wir viel nachgedacht haben, dessen Lösung aber Ihre Einwilligung voraussetzt. Wir können medikamentös dagegen angehen, die Triebe also soweit dämpfen, daß Sie damit leben können, oder – das allerdings ist ein Risiko – wir müßten einen Gehirneingriff vornehmen und versuchen, die zerebale Triebsteuerung auszuschalten.«
»Was allerdings nicht mehr rückgängig zu machen wäre, nicht wahr?«
»Leider, Mr. Mickler, wäre es in der Tat eine endgültige Sache, zu der ich Ihnen auch nicht raten kann.«
»Wie funktioniert eine solche Gehirnoperation, Doktor?«
Rutherforth strich sich über die hohe Stirn, die so kahl wie ein Fußball war, blinzelte durch geschliffene Brillengläser und lehnte sich zurück. »Kein schmerzhafter Eingriff, Sergeant. Ihnen wird ein winziges Loch in die Schädeldecke gebohrt. Es können auch mehrere sein, durch die dann Sonden in das bestimmte Zentrum geführt werden, um es stillzulegen. Es handelt sich um eine Art von Verbrennen.«
Mickler spürte kalte Schauer auf dem Rücken. »Nein«, sagte er abwehrend. »Damit wäre wohl das Finale erreicht.«
»Diese Prozedur ist auch nicht risikolos. Eingriffe bei Triebtätern haben fatale Folgen gezeigt. Nein«, wiederholte er, »dazu kann ich Ihnen nicht raten. Ich bin sicher, Sie werden mit Ihrem Defekt, wenn Sie ihn so nennen wollen, leben lernen.«
»Mag sein, Doktor, mag sein...«
Seine Stimme hatte den Klang verloren, war dumpf und träge. Er dachte an Ivadale und daran, daß sie vergeblich

auf ihn warten würde. Er stand auf. Seine Schultern hingen herab. Schwerfällig reichte er dem Mediziner die Hand. »Dann kann ich also nach Honduras zurückversetzt werden?«
»Wollen Sie es denn?«
»Ja«, sagte er bestimmt. »Eine schlappe Kanne hindert einen ja nicht, Soldat zu bleiben, nicht wahr?«
»Meines Wissens nicht«, gab Dr. Rutherforth zurück und fügte hinzu: »Es sei, Sie wären gezwungen, damit zu schießen.«

Als Mickler in das Militärcamp von Puerto Lempira zurückkehrte, waren seine Wunden verheilt. Die von dem Granatsplitter vom Rücken gefetzte Haut bildete sich neu. Unangenehm war lediglich das fortdauernde Jucken. Er bezog sein Quartier und richtete sich dort ein. Am nächsten Morgen meldete er sich zum Dienst zurück. Lieutenant 1. Class Allen Ginger drückte ihm die Hand, zog eine Flasche Whiskey aus dem Schubfach seines Schreibtisches und sagte bedeutungsschwer: »Major Rawlings hat 'ne Überraschung für dich parat, alter Junge. Ist gestern mit der Abendmaschine aus der Heimat gekommen.«
»Eine positive Nachricht aus dem Medical Center?«
Ginger schüttelte den Kopf. »Das leider nicht. 'ne Urkunde, die dich zum Lieutenant macht.«
Er hätte sich freuen sollen, er konnte es nicht. Die Beförderung ließ ihn kalt, auch die Worte, die Major Rawlings für den »mutigen und disziplinierten Einsatz gegen den Weltfeind Nummer eins« fand sowie die Gratulationen der Kameraden interessierten ihn nicht. Er vergaß, die neuen Rangabzeichen annähen zu lassen und gab die Anweisung dazu erst, als er von Ginger darauf hingewiesen wurde.
Was er nicht vergessen konnte, war, daß er kein Mann mehr war, sondern eine leere Hülse, die sich von den Kameraden zurückzog und, wenn Lachen erklang, bitter den Mund

verzog, weil er dahinter Spott vermutete. Obwohl er dagegen mit aller Kraft ankämpfte, vermochte er das Gefühl der Minderwertigkeit nicht auszuschalten. Auch zu Allan Ginger, der bemüht war, das demütigende Thema nicht zu berühren, ging er Stufe um Stufe auf Distanz. Vor seiner Verwundung hatte auch er von seinen nächtlichen Frauenabenteuern geredet, den horizontalen Einsatz in allen Farben ausgemalt und dem Machista in seiner Seele Honig gegeben. Nicht nur Allan Ginger war Zeuge seiner ungewöhnlichen Potenz geworden, sondern eine Reihe anderer Soldaten, mit denen er Nacht für Nacht die Puffs in der Umgebung »abgehakt« hatte, darauf aus, den eigenen Rekord im Beschlafen von Frauen zu überbieten, der bei vier Nutten innerhalb einer Nacht lag. Er war halbtot gewesen, aber er hatte beim Frühstück am anderen Morgen getönt, die fünfte Nummer sei nur deshalb nicht zustande gekommen, weil der Dienstantritt ihn zum Abbrechen gezwungen habe.
Mickler litt.
Die Wunden waren zwar vernarbt, aber sein Bewußtsein hatte sich noch nicht auf die veränderte Situation eingestellt. Er war unfähig, seinen Zustand als unabänderlich anzuerkennen. Da halfen auch die triebdämpfenden Medikamente nicht, die ihm Dr. Baxter bei den wöchentlichen Visiten aushändigte. Immer wieder experimentierte er an sich herum und erlitt einen Zusammenbruch, wenn sich die ersehnten Erfolge trotz aller Manipulationen nicht einstellten.
Mickler hatte niemals Schlafprobleme gehabt. Jetzt wälzte er sich übermüdet im Bett, das Hirn voller greller Bilder wüster Kopulationsszenen. Er kämpfte mit nackten Frauenleibern, er brüllte vor Verzweiflung, er verließ nachts den Stützpunkt, fuhr mit dem Jeep in entlegene Dschungeldörfer und kaufte sich aufreizende Frauen, in der Hoffnung, mit ihnen werde die Hemmung, wie er seinen Schaden bezeichnete, beseitigt werden können.

Er erreichte, daß sein Verlangen bis ins Unerträgliche gesteigert wurde, aber er fand keine Erlösung.
Er soff, um sich zu betäuben.
Er kapselte sich ab. Er fühlte sich wie ein verwundetes Tier, das von einer Hundemeute in die Enge getrieben worden ist. Er biß beim geringsten Anlaß um sich. Den Dienst in der Männerwelt des Militärs, den er geliebt hatte, empfand er als Hölle, wohl deshalb, weil er auf Schritt und Tritt den Symbolen von Kraft und Potenz ausgesetzt war. Schon die Sprache der Soldaten war von anzüglichen Kürzeln durchsetzt, die einem Assoziationen zum Geschlechtsverkehr aufdrängten. Er selbst benutzte sie, wenn er seine Rekruten zurechtstutzte: »Du Linkswichser sollst den Arsch heben und nicht die Erde bumsen!« »Napf dich von den Titten deiner Mammi ab, du Flöte!«
Worte! Aber Worte, die zur Katastrophe wurden, wenn einer der Jungens grinste oder gar eine anzügliche Bemerkung machte.
Wie Jim Hazeltine während einer Geländeübung, als er »Rohrkrepierer« gemurmelt hatte.
Mickler war wie unter Schlägen zusammengezuckt. Er hatte den Mann in der Pfütze angestarrt, die Arme in die Hüften gestemmt und gebrüllt: »Wiederhole das, Soldat!«
Hazeltine hatte verschreckt um sich geblickt, seine Kameraden hilfeflehend angesehen. Mickler war auf ihn zugestürzt, hatte ihn hochgerissen. »Ich habe dir einen Befehl gegeben, Soldat!«
»Yes, Sir, das haben Sie, aber ich weiß nicht, wie ich ihn verstehen soll.«
»Hoch mit dir!« »Yes, Sir!«
Hazeltine war aufgesprungen.
Mickler hatte seinem Sergeanten befohlen, die Leitung der Übung zu übernehmen. Er war mit Hazeltine in den Dschungel marschiert, hatte den Jungen vor sich hergetrieben, bis er dem Zusammenbrechen nahe war. Dann hatte er seine Frage wiederholt: »Was hast du gesagt, du Schwein?«

»Nichts, Sir.«
»Du lügst, du Ratte! Und du lügst, weil du feige bist, ein verdammter, feiger Hund, der nicht zu seinen Worten steht!«
»Yes, Sir!«
»Was hast du gemeint? Warum hast du das gesagt?«
Hazeltine hatte ihm die Hände entgegengestreckt. »Das wird so unter Kameraden erzählt, Lieutenant. Daß Sie 'ne Verwundung abgekriegt haben, und daß Sie impotent sind.«
Mickler hatte ihn angestarrt. Einen Augenblick lang war er versucht, den jungen Mann niederzuschlagen. Aber er hatte sich gebremst, er hatte sich umgedreht, dem Soldaten den breiten Rücken gezeigt und ihm befohlen, zur Gruppe zurückzukehren. Er war tiefer in den Dschungel hineingegangen, hatte sich auf einen morschen Baumstamm gesetzt und die ACP 45 aus dem Leinenholster gezogen, durchgeladen und die Mündung zwischen die starken Zähne gesetzt. Klar, daß die Sache mit seiner Verwundung kein Geheimnis geblieben war. Klar auch, daß die Männer im Camp darüber herzogen. Ist schon was Seltenes, 'n knochenharten Vorgesetzten zu haben, dessen Nüsse taub sind, und der kalt wie 'n erloschener Vulkan ist und dem Staub aus 'm Beutel fliegt. Ein armes, bedauernswertes Schwein, das sich bei den Jungens abreagiert und der 'n Knacks weg hat, weil er mit der Sache nicht fertig wird. 'n Wrack, wenn du so willst, der noch mehr zum Wrack wird, weil er sich totsäuft und nachts mit den blanken Fäusten gegen die Wände seiner Stube trommelt, der ins Kissen beißt und heimlich abhaut, um weiß der Himmel was anzustellen, damit es ihm kommt. Vielleicht ist er aber auch 'n Schwuler, der das Gerücht von seiner Kampfverletzung bewußt in die Welt gestreut hat, um sich zu tarnen, der nachts deswegen abhaut, weil er sich irgendwo draußen im Land einen stiernackigen Bumser hält, der ihm den Arsch versilbert. 'n seltsamer Vogel jedenfalls, ein Typ mit Macke, den du

vorsichtig zu nehmen hast, der sich daran aufgeilt, daß er seine Leute schikaniert...
Die nehmen dich nicht mehr ernst, hatte Mickler sich gesagt, während sich in seinem Mund der bittere Geschmack des Waffenöls verbreitete. Sie lachen hinter deinem Rücken, sie sehen in dir einen Kerl, der da oben nicht richtig ist.
Sein Finger hatte am Abzug gezuckt.
Die Hunde!
Haß brach wie eine Flut in ihm auf. Er fühlte sich als Opfer einer heimlichen Verschwörung. Dieses Gefühl reizte seinen Widerstands- und Kampfeswillen. Er wollte nicht zurückweichen. Er wollte sich durchsetzen. Er nahm die großkalibrige Waffe herunter, spuckte aus und erhob sich.
Er marschierte dem Camp entgegen. Er war entschlossen, es jedem zu zeigen, der ihn nicht ernst nahm. Im Augenblick sah es für ihn so aus, als wenn die ganze Welt es war, die ihn lächerlich machen und verhöhnen wollte. Aber er war ein Kerl, der es ihnen schon zeigen würde...

3

> »Eine Katastrophe, meine Herren, wenn ich das Kind schon beim Namen nennen soll, eine Sauerei, an der wir uns die Zähne ausbrechen werden. Mein Vorschlag: Wir behandeln die Sache als bedauernswertes Unglück. Das müssen wir wohl, wenn wir die Vorgeschichte in unser Urteil mit einbeziehen.«
> Major Rawlings am 22.10.1984 vor den versammelten Offizieren des Militärcamps von Puerto Lempira.

Am Samstag, dem 20.10.1984 erwachte Mickler mit dem Gefühl, in kochendem Wasser gebrüht worden zu sein. Er wälzte sich auf die linke Seite, spürte den Schweiß, der in dicken Bächen über seinen Körper lief und vom Laken des Bettes aufgesaugt wurde. Er riß die Augen auf. Gegen die Fensterscheiben trommelte heftiger Regen. Der Himmel über dem Lagerplatz war grauverhangen. Schwere Wolken entluden ihre Last in tobender Wut. Die Palmen vor seinem Fenster wurden vom Wind gepeitscht. Ihre weitausladenden Wedel klatschten gegen die Mauern und erzeugten düstere Trommelwirbel, in das röchelndes Schnarchen schnitt.

Mickler schob sich aus dem Bett. Seine Füße stießen gegen den verkrümmt auf dem Fußboden liegenden Körper Lieutenant Allen Gingers. Der Offizier lag auf dem Rücken, hielt die Hände über der Brust verschränkt und stieß den Atem pfeifend aus den Lungen.

Mickler seufzte laut auf und preßte die Hände gegen die schmerzenden Schläfen. Jäh kam die Erinnerung an den

Vorabend, der mit einem Essen in der Stadt begonnen und mit einem wüsten Besäufnis in einer Cantina des Hafens geendet hatte. Mit einem Taxi waren sie ins Camp zurückgekehrt, hatten an der Torwache Haltung einzunehmen versucht und sich wie Kinder vor Lachen geschüttelt, als sie über den Platz getorkelt waren. Auf den Stufen der Offiziersunterkunft waren sie wie nasse Säcke umgekippt. Kriechend waren sie bis in Micklers Zimmer gerudert, wo sie einer weiteren Flasche das Genick gebrochen hatten. Diese wiederum hatte sie bewußtlos gemacht. Sie waren wie die Fliegen umgefallen.

Mickler stieg über Ginger hinweg, wankte ins Bad und stellte sich unter die Dusche. Er drehte den Kaltwasserhahn auf. Erst als der Guß eisig über ihn schüttete, begriff er, daß er die Uniform noch trug. Er sprang aus dem Becken, glitt auf den glatten Fliesen aus und prallte gegen einen Schrank, der unter seinem Gewicht wie Glas zersplitterte. Handtücher, Shampooflaschen und Zahnpastatuben flogen durch das Badezimmer. Micklers Schädel prallte gegen das Toilettenbecken und riß die Brille herunter. Er brüllte lachend und kämpfte sich aus dem Wust frei.

Die Dusche rauschte. Wasser troff von seiner Uniform. Er stand vor dem großen Waschbeckenspiegel, starrte sich ins aufgequollene Gesicht und hörte, wie die Tür auffuhr.

Lieutenant Allen Ginger stützte sich am Rahmen ab. »Herr im Himmel!« murmelte er verschwommen. »Wieso führst du hier einen verdammten Krieg, ohne mir ein Wort davon zu sagen, eh?«

Er bemerkte die durchweichte Uniform seines Kollegen, warf einen Blick auf die laufende Dusche, grinste und setzte sich in Bewegung. Er stellte sich unter den perlenden Strahl, riß die Arme hoch, schnaufte und prustete. Schlagartig wurde er nüchtern. »Himmel«, murmelte er, »ich hab' den totalen Blackout. Was mache ich in deinem verdammten Badezimmer, Soldat?«

»Du feierst deinen Abschied«, gab Mickler müde zurück.

Ginger nickte. Er schnitt eine Grimasse. »Que mierda es! Da fühlst du dich wohl in deinem verdammten Sauhaufen, und dann geben die Stabshengste dir'n Befehl, die Klamotten zu packen.«
Die Versetzungsorder war am Morgen des Vortages gekommen. Gleichzeitig der Bescheid, daß Lieutenant 1. Class Leon Morelli zur Ablösung in Marsch gesetzt werden würde. Die Ankunft war für den 20. Oktober angekündigt worden. »Kennst du Lut Morelli, Soldat?« hatte Ginger beim Mittagessen gefragt. »Du wirst den geschniegelten Kerl kennenlernen!« Ginger hatte lustlos in seiner Suppe herumgestochert. »Ein Homo, wenn du mich fragst, ein Kerl, der Darmverschlingungen kriegt, wenn es knallt. Gehörte zu unserem Haufen in Vietnam. Ein verdammter Motherfucker, Lieutenant, dem du aus'm Weg gehen solltest.«
Ginger stieg aus der flachen Wanne, griff sich ein Handtuch und rubbelte damit den Kopf trocken. Mickler lehnte an der Wand. Aus trüben Augen beobachtete er seinen Vorgesetzten und Freund. Er wußte, daß dieser Ginger ihm fehlen würde.
Er riß sich die Kleider vom Leib, ließ das kalte Wasser über seinen heißen, nackten Körper laufen. Ginger verließ das Bad. Im Türrahmen blieb er stehen. »Wir sehen uns, wenn Hurensohn Morelli einschwebt. Hoffentlich bricht der Köter sich den Hals dabei.«
»Änderte das was?«
»An meiner Versetzung nicht, Soldat. Aber du hättest weniger Probleme. So long, boy!«
Er verschwand. Mickler legte den Kopf in den Nacken und ließ das kalte Wasser über sein Gesicht laufen. Sein Herz hämmerte, der Schädel dröhnte, als wenn mit Knüppeln dagegen geprügelt würde. Ginger geht, dachte er in wachsender Verzweiflung. Er wußte nur zu gut, daß er den einzigen Freund verlor. Seine Rechte ballte sich. Er schlug sie wütend gegen die gefliese Wand, bis Blut gegen die

Kacheln spritzte und sich mit dem abtropfenden Wasser vermischte.
Es war mehr als ein Abschied, es war ein nicht wiederherstellbarer Verlust. Ginger hatte wohl Ehrgeiz gehabt, aber er war ein Kerl gewesen, auf den man sich verlassen konnte. Ein Kamerad, ein Freund...
Mickler verließ das Badezimmer. Er frottierte sich ab, zog frische Unterwäsche und die neue Uniform an. Er kämmte sich, rauchte zwei Zigaretten, band sich den Schlips und legte die Coltpistole um, ehe er sein Quartier verließ, um in der Kantine einen Kaffee zu trinken.
Ginger fehlte an diesem Morgen.
Mickler grüßte frostig. Er ließ sich den Kaffee bringen, trank und stierte vor sich hin. Er rauchte zwei weitere Zigaretten, erhob sich und verließ den Raum.
Hinter ihm klirrte das Gelächter seiner Offizierskollegen, das, wie er glaubte, voller Hohn und Spott war.

Die mit heulenden Triebwerken niedergehende Maschine wurde von einer Bö getroffen und senkte die Nase zu schnell. Das Fahrwerk federte unter der Gewalt des Aufschlags, die breiten Reifen ließen das zentimeterhoch stehende Wasser aufsprühen und fegten es als Schleier über die Rollbahn, in der das Transportflugzeug wie ein Boot auf schwerbewegter See untertauchte. Sekundenlang hatte Mickler das Gefühl, der schwere, mit hoher Geschwindigkeit dahinrasende Kasten werde seitlich ausbrechen und gegen den Erdwall geschleudert, hinter dem geduckt wie urzeitliche Tiere eine Reihe von Helikoptern stand. Doch der Pilot schaltete die vier Triebwerke auf Gegenstau und brachte die steil in den Himmel aufragende Nase des Fliegers wieder nach unten. Mit blitzenden Warnlichtern schoß das schwere Gerät dem Wendepunkt entgegen, verlangsamte die Fahrt und wurde von dem Einweisungsjeep in die Warteposition gelotst. Aus dem grauen Himmel stürzte der

Regen. Von den Dächern der Militäranlage platschte das Wasser und grub sich in die rostbraune, mit Grasnarbe bedeckte Erde, um in tiefen Rillen abzufließen.
Sergeant Webster wischte mit der behandschuhten Hand die Windschutzscheibe vom Atemdunst frei. Er warf einen kurzen Blick auf Mickler und murmelte was von lausigem Wetter. Mickler zog eine Packung Zigaretten aus der Uniformbluse, riß ein Streichholz an und sog Glut in den hellen Tabak. Aus schmalen Augen beobachtete er die Maschine, auf die ein Pulk von Lastwagen und Jeeps zurollte. Die Heckklappe wurde heruntergefahren. Winzig klein hob sich der Kopf eines der Besatzungsmitglieder durch die Scheiben des Cockpits.
»Solch ein Kerl kann nur bei diesem Wetter kommen«, knurrte Webster. Mit der linken Hand schlug er in die Innenbeuge des rechten Armes. Der Unterarm schnellte nach oben. »Haben Sie 'ne Ahnung, was das für einer ist, Lieutenant?«
»Ich will keinen Klatsch hören, Webster!«
»Is' es ja auch nicht, ist die nackte Wahrheit, Lut. Dem Kerl gehören die Eier abgeschnitten. Ich seh ihn noch vor mir, wie er gerannt ist, als sie in der Neujahrsnacht loslegten...«
»Du warst dabei, Webster?«
»Und Jenkins von der Zweiten, und Lynham, Sir. Er hat den Schwanz eingezogen und sich verpißt und seine Jungens, das schwör ich, hat er hängen lassen.«
»Warum habt ihr ihm die Kiste durchgehen lassen?« Mickler beobachtete noch immer die Ladeluke, aus der riesige, mit Netzen bespannte Frachtpaletten geschoben und von Gabelstaplern in Empfang genommen wurden.
Webster schwieg. Er blies warmen Atem in die klammen Hände.
»Warum?« fragte Mickler noch einmal und drehte sich um. »Schiß gehabt?«
»Sie können's nennen, wie Sie's wollen, Lut, aber man hat so seine Erfahrungen.«

Das schlägt auf den Geist. Zuviel beschriebenes Papier, auf dem man jederzeit nachlesen kann, was der eine oder andere an Böcken geschossen hat. Kein Verzeihen, kein Vergessen. Die Bürokratie hält den letzten Furz fest, Dinge werden wichtig, die im insektenverseuchten Busch keine Bedeutung haben. Mickler gestand sich ein, süchtig nach dem Leben mit seinen Miskitos zu sein.
»Okay«, sagte er widerstrebend, »ich werde versuchen, den Alten weichzukriegen. Aber das heißt nicht, daß ihr Schweinehunde euren Privatkrieg gegen Morelli weiterführen könnt. Ich verspreche dir, daß ihr im eigenen Schweiß ersaufen werdet, wenn noch mal was gegen den First Class läuft! Hast du begriffen, Webster?«
»Yes, Sir!«
Mickler erhob sich. Er schnallte sich den Gurt mit dem Army Colt um, nahm einen zweiten Schluck aus der Flasche und verließ danach hinter Webster sein Dienstzimmer.
Mayor Rawlings empfing ihn zwei Minuten später mit klirrendem Eis in der Stimme: »Bisher habe ich geglaubt, besonders Ihre Einheit könne als Beispiel genannt werden, Lieutenant, wenn es um Ausbildungsstand, Einsatzbereitschaft, Waffenführung und Disziplin geht. Meine Meinung hat sich nach den letzten Zwischenfällen geändert. Lieutenant Ginger hat Ihnen eine saubere Abteilung hinterlassen. Ihre Führung hat daraus einen stinkenden Sauhaufen gemacht!«
Mickler preßte die Lippen hart aufeinander. Sein Gesicht lief rot an.
Mayor Rawlings erhob sich, trat vor den Schreibtisch und blieb dicht vor Mickler stehen. »Wir haben geglaubt, einen tüchtigen Offizier in Ihnen zu haben. Mir scheint, Ihnen ist die außerordentliche Beförderung zu Kopf gestiegen.«
»Sir!«
Rawlings, der einen Kopf kleiner als Mickler war, stellte sich auf die Zehenspitzen. »Den einzigen Entschuldigungsgrund, den ich zu Ihren Gunsten erkennen und nennen

kann, ist der Ihrer Verwundung. Werden Sie mit den – zugegeben – bedauerlichen Folgen nicht fertig, Soldat?«
Mickler schluckte. Sein Adamsapfel tanzte auf und nieder.
»Hat Ihnen das Morelli eingeblasen, Sir?«
Der Mayor trat einen Schritt zurück. Scharf kam es zurück: »Ich habe Ihnen eine klare Frage gestellt, Lieutenant. Ich erwarte eine konkrete Antwort!«
»Sie lautet nein. In jeder Beziehung, Sir! Weder führe ich einen stinkenden Sauhaufen noch ist mir die Beförderung zu Kopf gestiegen. Ich bitte um ein klärendes Wort!«
»Bitte«, gab Rawlings überraschend sanft zurück. »Sagen Sie, was Sie zu sagen haben, erklären Sie mir, wie Sie der Meinung sein können, einen ordentlichen Haufen zu führen, wenn sich in ihm Zwischenfälle der Art häufen, wie Sie mir als Meldungen auf dem Tisch liegen. Was ist Ihren Leuten ins Gehirn gestiegen, Mickler?«
»Morelli, Sir.«
»Wie bitte?«
Mickler zögerte. Es widerstrebte ihm, hier sein Wissen preiszugeben. Viel lieber hätte er die Auseinandersetzung mit Morelli selbst beigelegt. Da aber nun offensichtlich von dessen Seite eine offizielle Meldung vorgebracht worden war, fühlte er sich verpflichtet, den Zusammenhang darzustellen.
»Sir«, sagte er entschlossen, »Jenkins, Lynham und Sergeant Webster haben vor Jahren in Vietnam unter Lieutenant Morelli gedient... unter einem Morelli, der – und das ist nicht nur die Meinung der drei Genannten, sondern auch eines Offiziers, den ich jedoch im Augenblick nicht namentlich nennen will –, seine Leute feige im Stich gelassen hat. Morelli wurde abgelöst, allerdings hatte sein Verhalten in der Kampflinie aus Gründen, die ich nicht genau kenne, keine disziplinarischen Folgen. Aber menschliche! Lynham ist damals verwundet worden. Die Verantwortung scheint Morelli zu tragen...«
Rawlings schnaufte hörbar. Sein Gesicht versteinerte, aber

er unterbrach Mickler nicht, der seinen Bericht mit einer kurzen Schilderung der Besprechung in Morellis Dienstzimmer beendete. »Ich habe versucht, eine Art Gentleman's-Agreement zu erreichen, Sir«, fügte Mickler hinzu. »Lieutenant Morelli hatte jedoch nichts Besseres zu tun, als mich als Komplize am Komplott gegen ihn zu bezeichnen. Er wies meine Vorschläge ab und mich schließlich hinaus.«
Mayor Rawlings betrachtete nachdenklich seine Fingernägel. Er blickte Mickler an. »Wer ist der Offizier, der Ihnen von Morellis Rolle in Vietnam berichtet hat, Lieutenant?«
»Es tut mir leid, Sir, aber ich kann den Namen nicht preisgeben, solange ich befürchten muß, daß er in irgendwelchen Papieren genannt wird.«
»Ich verspreche Ihnen, ihn für mich zu behalten.«
Mickler nickte. »Das ist etwas anderes, Sir. Es war Lieutenant Ginger.«
Rawlings drehte sich abrupt um. Er öffnete einen Blechschrank, kramte eine Akte hervor, warf sie auf den Tisch und blätterte darin. Sein rechter Zeigefinger fuhr über gelbe Kanzleibögen. Er las einen Abschnitt, sah auf und nickte. »Jetzt verstehe ich«, sagte er leise. Er richtete sich auf. Seine Mundwinkel zuckten. »Es tut mir leid, Lieutenant, daß ich Sie angepfiffen habe.«
»Keine Ursache, Sir.«
Rawlings schlug mit der flachen Hand auf den Tisch. »Haben Sie Morelli auf die Vietnamgeschichte hin angesprochen?«
»Ja, Sir. Er hat keinen Versuch gemacht, sie als Verleumdung abzuweisen.«
»Ich verstehe... aber nicht nur den Zusammenhang, Lieutenant, sondern auch, daß wir in einer beschissenen Situation stecken. Haben Sie eine Ahnung, was hier im Camp los ist, wenn Lynham und Jenkins aus dem Arrest entlassen werden und überall herumerzählen, daß Morelli sich nicht hat durchsetzen können?« Rawlings wartete die

Antwort nicht ab. »Dann«, fügte er bitter hinzu, »ist die Disziplin beim Teufel, dann...«
Er winkte ab, ohne den Satz zu vollenden.
»Ich werde mir die beiden vorknöpfen, Sir. Ich verspreche Ihnen, daß Morelli sein Gesicht wahren kann. Es sind vernünftige Leute, Sir.«
»Ich hoffe es«, seufzte der Mayor. Er griff zum Telefonhörer, drückte eine interne Nummer und gab die Anweisung, die beiden Soldaten zu entlassen. »Sprechen Sie mit den beiden Hurensöhnen, Mickler. Ich knöpfe mir Morelli vor. Und kein Wort von dem, was hier gelaufen ist, verstanden?«
Mickler atmete auf. »Verstanden«, sagte er, ehe er salutierte und das Büro Mayor Rawlings' verließ.

Kein guter Sieg, dachte Mickler, als er die Offiziersmesse betrat und damit das Gespräch der Kollegen abrupt beendete. Eisiges Schweigen herrschte, als er das Tablett auf den Ausgabetresen stellte und dem Mädchen Anweisung gab, ihn mit Kartoffelbrei, Sauce und gebackenem Lachs zu bedienen. Er nahm eine Dose Bier aus dem Kühlfach, schob sie in die Hosentasche, griff nach dem Besteck und drehte sich um.
Die Männer an den Tischen senkten die Köpfe.
Morelli saß zwischen Unham und Diedier, Offiziere, die noch vor Wochen als Kadetten in schmucken Uniformen Paradeschritte gelernt hatten. Rosige, glatte Gesichter, Kerle mit Stallgeruch, die wußten, daß Morelli einer der ihren war, und die zu ihm hielten, weil er zu ihnen gehörte.
Mickler besetzte einen der freien Tische. Er kehrte den Kollegen den Rücken. Seine Backenknochen mahlten. Er öffnete die Bierdose. Schaum spritzte über seine Uniformbluse. Klar, daß Morelli nicht geschwiegen hatte. Klar, daß er seinen Freunden seine Version der Geschichte berichtet hatte. Klar, daß die ihn verstanden, mit ihm fühlten und

ihn, Mickler, the bloody german, der er in ihren Augen war, die Verantwortung für das Desaster zuschoben. Einer der Soldaten, mit dem er ein bißchen hart umgegangen war, hatte das böse Wort »Little Hitler« geprägt, das ihm seit der Beförderung anhaftete.
Er trank das Bier. Er stocherte in seinem Essen. Er war wie mit Elektrizität geladen und fühlte sich versucht, aufzuspringen, um den Sachverhalt richtigzustellen. Aber er blieb sitzen. Er fürchtete sie, die Männer, die eine Mauer um ihn errichtet hatten. Es war aussichtslos, diese einreißen zu wollen. Morelli hatte sein ätzendes Gift versprizt. Mickler war für sie alle der verdammte Hurensohn, der sich mit Lynham und Jenkins gemein gemacht hatte.
Er ließ das Essen stehen. Unter seiner Haut kribbelten Armeen von Ameisen. Er stieß gegen einen Stuhl, der polternd auf den Kunststoffboden fiel. Ein Tölpel, sagte er sich, der das Gelächter seiner Kameraden fürchtet.
Es war kein Trost, zu wissen, daß Morelli von den Mannschaften systematisch niedergemacht wurde. Wo immer er auftauchte, gellten Pfiffe. Auf dem Schießstand war ein Plakat befestigt worden, das einen feige vor einer Mücke davonrennenden Offizier zeigt. Die Flügel des Insekts waren mit den Initialen VC bemalt worden. Victor Charly, wie der Viet Cong von den GI's genannt worden war.
Mayor Rawlings hatte recht behalten. Nur Schweigen hätte den Frieden aufrechterhalten können. Es war Morelli gewesen, der gegen den heimlichen Pakt verstoßen hatte. Kein Wunder, daß Jenkins, Lynham und Webster sich ebensowenig an das Abkommen hielten und auf ihre weniger subtile Weise das böse Gift verspritzten.
Mickler spürte es: Die Katastrophe war unausbleiblich. Kein Mann hält einen solchen Druck auf die Dauer aus. Es blieben Wunden, die nicht verheilen können, die immer wieder aufbrechen. Irgendwann kommt dann die Explosion...
Mickler betrat sein Zimmer.

Er öffnete den Kühlschrank, zog die Whiskyflasche aus dem Fach und sog den Stoff in sich hinein. Die Ameisen unter seiner Haut schienen glühende Stiefel angezogen zu haben. Ihr Gerenne wurde unerträglich. Der Lieutenant riß sich die Uniform vom Leib. Er stellte sich unter die Dusche, ließ kaltes Wasser über sich rauschen. Ein Nachtfalter kämpfte gegen das Moskitogitter am Fenster, versuchte das Licht zu erreichen, ohne zu erkennen, daß er es niemals schaffen würde. Erschöpft würde er irgendwann fallen und von einer Fledermaus erwischt werden. Gelebt werden. Gefressen werden.
Hurensohn Morelli!
Mickler trocknete sich ab. Das Kribbeln unter der Haut war geblieben. Trotz der Kälte des Wassers. Trotz des Willens, nicht daran zu denken. Er trank. Er zog eine frische Uniform an. Das sind die Nerven, sagte er sich. Sie laden sich auf. Sie vibrieren, zucken wie die Hände eines Säufers, der keinen Stoff mehr hat. Sie gaukeln dir diese grellen Bilder vor die Augen, die dich fertigmachen. Es ist ein Zauber, Mann, Illusion. Doc Baxter hatte es erklärt: »Einbildung, Soldat, die du bekämpfen mußt. Im Notfall hast du deine Medikamente. Oder mich. Du brauchst nur 'rüberzukommen. Wir werden schon eine Lösung finden.«
Irgendwas lag in der Luft.
Da war Morelli, der seine Niederlage nicht verdaut hatte. Ein kleiner Scheißer, dessen miese Vergangenheit ihn fertigmachte, die – in seinen Augen und wohl zu Recht – seine Zukunft gefährdete. Unversöhnliche Gegner im Camp. Ein First Class Lieutenant, der seine Möglichkeiten überschätzte, der Unterstützung suchte und bei den Kameraden fand, die nicht über den Rand ihrer Schirmmützen blicken konnten.
Mickler öffnete den Toilettenschrank, in dem er die Medikamente verwahrte. »Das hilft dir«, hatte Baxter gesagt. »Es ist besser, du frißt die Chemie, Soldat, besser jeden-

falls, als durchzudrehen. Du weißt nie, wo es endet, wenn du dich gehenläßt.«

Mickler nahm einen der Tablettenstreifen. Sein Daumen preßte die Pille aus der Plastikumhüllung. Er öffnete den Mund und schob das Sedativ hinein.

Sein Magen rebellierte. Angewidert spuckte er die Pille ins Toilettenbecken. Wütend knallte er die Tür des Schrankes zu. Er leerte die Whiskyflasche. In dieser Nacht, sagte er sich, machst du deinen letzten Versuch. Du kaufst dir zwei oder drei dieser prallen Nutten, du gibst ihnen genügend Bares, daß sie dir das Mark aus den Knochen saugen, du läßt dich gehen, du säufst, bis die starre Mauer knirscht, die Barriere fällt. Es sind die Nerven, Mann, irgend so'n Fädchen, das unterbrochen ist. Das ist Psyche, nicht Körper, das ist Angst, die du mit deinem starken Willen erledigen kannst.

Er warf die leere Flasche in den Papierkorb, griff nach einer vollen und schlug ihr an der Fensterbank den Hals ab. Er füllte ein Glas. Grüne Glassplitter blitzten im Licht des Raumes. Er trank, spürte den Nebel im Kopf, das Kribbeln der Ameisen, deren trommelnde Beinchen heißer und heißer wurden. Ein letzter Versuch sagte er sich. Ein allerletzter.

Mickler zog die ACP 45 Pistole aus dem Leinenholster. Er lud die Waffe durch und steckte sie unter die Uniformbluse in den Hosenbund.

Dann verließ er sein Zimmer, ging nach draußen, startete den Jeep und fuhr aus dem Camp.

Alkohol spült Angst aus der Seele, bläht den Ballon der Hoffnung und läßt gegen Mauern rennen, die nicht zu nehmen sind. Mickler lag auf dem Bett. Auf seiner Haut perlte der Schweiß. Die kleine Pralle mit den strammen Schenkeln spülte sich den Mund mit Pfefferminzlikör, Concha saß auf dem Bettrand, wog Micklers schlaffes Glied in

der Hand, schüttelte nachsichtig-bedauernd den Kopf und sagte leise: »Pobre muchacho, nada de nada funciona...«
Armer Junge, nichts, aber auch gar nichts geht.
Sie litt mit ihm, sie bedauerte ihn. Sie war eine gute Frau, eine Person, die – obwohl sie niemals ein Wort schreiben gelernt hatte – mehr von Micklers Psyche verstand als all die weißbekittelten Herren, die nichts weiter als Trost für ihn übrig hatten. Und Chemie. Die Frau streichelte seinen Unterleib. Sie hob die Schultern. »Du willst, daß wir es weiter versuchen, muchacho?«
»No«, sagte Mickler. Unter dem blechernen Lampenschirm lärmten Insekten. Durch das Fenster zog heiße Nachtluft. Concha nahm eines der Handtücher und rieb den Körper des Soldaten ab. »Wenn du dich waschen willst, mußt du die Schüssel nehmen. Soll ich Wasser einfüllen?«
»Gib mir aus der grünen Flasche«, sagte Mickler. Teresa, die Fünfzehnjährige, kam heran, hielt ihm ein Glas entgegen und beugte sich herab. Ihre Brüste waren schlaffer als die der Älteren. Sie wippten auf und nieder. Mickler nahm die Flasche und ließ den Likör in seine Kehle laufen. Er griff der Kleinen mit den festen Schenkeln zwischen die Beine. Seine Finger glitten in die warme Nässe.
Es sind nicht nur die Nerven, dachte Mickler zum hundertsten Mal, es ist nicht das kleine Fädchen, von dem der Funke nicht überspringen kann. Es ist ein Defekt, den sie nur mit dem Messer beheben können.
Mickler dachte an die ACP-Pistole, die unter seinen Kleidern auf dem Schemel lag.
Er schob die Beine über den Bettrand. Er griff nach der Unterwäsche, und zog den Slip an. Die Mädchen hängten sich ihre Fähnchen über. Sie hatten in dieser Nacht einen guten Schnitt gemacht. Sie brauchten nicht mehr zurück auf die Veranda, konnten die Dollars nehmen, die er ihnen auf das Bett geworfen hatte; sie konnten gehen, ohne ihre Hüften kreisen lassen zu müssen, sie brauchten in dieser Nacht keine geilen GI's und Seeleute mehr.

»Gracias, Kinder«, sagte er und knöpfte die Bluse zu. Er schob die Waffe in den Hosenbund. Er zog eine Dollarnote aus der Tasche und legte sie zu den anderen. Im Tulpenglas, das er auf den Boden gestellt hatte, stand noch grün der süße Likör. Der Anblick ließ Micklers Magen rebellieren. Als er den alkoholsauren Mageninhalt in der Kehle spürte, schwankte er und begriff, daß er total besoffen war. Vor seinen Augen wehten grünviolette Schleier, hingen schwer die großen Brüste Conchas, die wie Gelee zitterten, als die Frau sich ruckartig bewegte.
Fluchtartig verließ er den aus dünnen Brettern zusammengehämmerten Raum. Im Flur schlug ihm der bitter-saure Geruch schwitzender Menschen entgegen. In einem rot ausgeleuchteten Gelaß, dessen Vorhang nur halb geschlossen war, entdeckte er die aufgestellten zuckenden Beine einer Schwarzen. Seine Schritte dröhnten auf den rohbehauenen Planken. »No«, brüllte er, als die zahnlose Alte am Eingang ihm ein verwaschenes Handtuch und ein pflaumengroßes Stück Seife hinhielt. Er stürzte auf die Veranda, geriet in eine Gruppe feilschender Plantagenarbeiter und kämpfte sich hindurch.
Ultimo, sagte er sich. Nada de nada. Nichts geht mehr. Er steuerte den Jeep an, der unter einer Palme stand. Er hatte das Gefühl, auf der Spitze eines Kreisels zu sitzen und sich in wahnwitziger Eile zu drehen. Keuchend stützte er sich auf dem nachtfeuchten Kotflügel des Wagens ab, schüttelte sich, um den Nebel aus seinem Schädel zu vertreiben. Seine Kehle brannte. Die Pistole drückte sich scharf gegen seine Bauchdecke. Über ihm lärmten Vögel in den Wedeln der Palme.
Er stieg in den Jeep. Er startete den Motor. Er schaltete und ließ die Kupplung bei Vollgas ruckartig kommen. Sein Kopf flog nach hinten. Der Wagen schoß auf die Gruppe von Seeleuten zu, die vor einer der Baracken standen und um die Preise feilschten. Er riß das Steuer herum. Der Wagen schlidderte haarscharf an den Männern vorbei. Mit der

Stoßstange riß er einen Abfallbehälter um, aus dem sich faulendes Obst über den unbefestigten Weg ergoß.
Er brachte den Wagen unter Kontrolle. Er rülpste. Die Lichter der Cantina blitzten links zwischen Oleanderbüschen auf. Er spürte das Brennen in der Kehle. Er visierte die blühende Hecke an und gab Gas. Der Jeep durchbrach die Büsche, bohrte sich wie ein Geschoß in die weiche Tropenerde und blieb stecken. Die Reifen wühlten sich in den Untergrund. Mickler drehte den Schlüssel. Er stieg aus. Ohne sich um den Wagen zu kümmern, stampfte er der Cantina entgegen, in der eine Indio-Combo verzweifelt versuchte, gegen den dröhnenden Stimmenbrei der Männer und Frauen anzuspielen.
Auf der Holztreppe blieb er stehen und rieb sich die Stirn. Dr. Rutherforth, der Typ aus dem Medical Center in Washington, war es wohl gewesen, der gesagt hatte, daß es das Gefühl des Versagens ist, das ein Mann zu überwinden hätte, um mit einem Zustand dieser Art fertig zu werden. »Allein in den Vereinigten Staaten gibt es Millionen von Männern, die irgendwann festgestellt haben, daß sie impotent sind. Millionen Schicksale, Mickler, die – mit wenigen Ausnahmen – gemeistert werden. Sexualität ist zwar die wichtigste Nebensache der Welt, aber eine Nebensache.«
Mickler lehnte sich gegen das Treppengeländer. Er starrte auf seine Hände, an denen noch der Geruch der Frauen haftete. Er schüttelte den Kopf und stöhnte. Irgendwo in den Windungen seines Gehirns steckte eine Antwort, nur ließ sie sich nicht hervorlocken. Soviel stand fest: Rutherforth war im Unrecht. Insoweit, als er nicht verstand, daß mit dem sexuellen Versagen auch die Fähigkeit zum menschlichen Glück abhanden kommt, das – wahr oder nicht? – seine Grundlage in der Berührung mit anderen Menschen hat. In der Berührung mit einer Frau, dem Empfangen und Geben von Zärtlichkeit. Wie aber, fragte Mickler sich, könntest du zärtlich sein, einer liebebereiten Frau gegenüber? Du entfachst in ihr Leidenschaft, die du jedoch

nicht befriedigen kannst. Für die Frau ist es, als wenn sie es mit einem Automaten treibt, mit dem Vibrierstab, mit billigem Ersatz. Sie muß ja pervers sein, wenn ihr so was gefällt.
Er stieß die Schwingtür der Cantina auf, bahnte sich den Weg zum Tresen, der von Trauben von Frauen und Männern belagert wurde. »Scotch«, brüllte er, als er die Aufmerksamkeit des Barmannes erregt hatte. Mit Daumen und Zeigefinger maß er gut fünf Zentimeter ab.
Pepe schob ihm eine Flasche Ballantines und ein Glas entgegen. »Vom letzten Mal, Señor«, schrie er. »Du hast sie nicht mehr geschafft.«
»Aber bezahlt, was?«
Er verstand die Antwort nicht. Der schwellende Leib einer Frau preßte sich an seine Hüfte. Der schwüle Duft eines süßen Parfüms wehte an ihm vorbei, erinnerte ihn jäh an die verzweifelten Versuche der beiden Frauen, seine sexuelle Gier so sehr zu reizen, daß das, was er »unterbrochenes Fädchen« nannte, funkensprühend eine Brücke zu seinem Lustzentrum schlug und ihn fähig machte, sich von dem ungeheuren Druck in seinem Inneren zu befreien, den er – und das war das Fürchterliche – noch nie genau hatte lokalisieren können. Das Zentrum lag irgendwo zwischen Unterleib und Gehirn, sagte ihm sein Empfinden, obwohl er während der Behandlung in den verschiedenen Hospitälern genügend medizinisches Wissen angehäuft hatte, um zu wissen, daß sein Verlangen von einigen Ganglien im Großhirn ausgelöst wurde. In etwa von der gleichen Knotenanhäufung aus, die seine Aggressionen kontrollierte, vermutete er. Denn während der letzten Monate hatte er die Erfahrung gemacht, daß immer dann, wenn er nervlich stark angespannt wurde, sich die Reize erhöhten. Wie im Falle der Auseinandersetzung mit Morelli, die ihn mehr mitgenommen hatte, als er zuzugeben bereit war.
Er hatte nicht das Zeug zum Diplomaten. Oft genug zweifelte er daran, je ein guter Offizier zu werden. Seit der Stunde, als ihm die Folgen seiner Verwundung bewußt

geworden waren, schwamm er in einem uferlosen Meer aus Selbstzweifeln. Dagegen half auch Whisky nicht.
Er leerte die Hälfte des Glases. Aus schmalen Augen betrachtete er sein zerquollenes Gesicht im Spiegel hinter dem Tresen. Zwischen zwei Brandyflaschen starrte ihm sein Antlitz entgegen. Kurzgeschnittene Haare, die mittelhohe, von einer Narbe zerteilte Stirn, gequollene Lider, die schweißnasse, sattelartige Nase und sinnliche Lippen, auf denen der Whisky das Licht der Cantina reflektierte.
Die Combo spielte gegen den sich steigernden Stimmenlärm an, intonierte die latinisierte Fassung von »Me and Bobby McGee«. Die Frau neben Mickler stieß ihn zum zweitenmal an.
Der Whisky im Glas schwappte über den Rand. Mickler barg die Flasche an seiner Brust, drehte sich um und entdeckte unter der girlandenbehängten Balustrade neben der Combo Morelli, der den rechten Arm um Diedier und den linken um eine blutjunge Mulattin gelegt hatte. Hazeltine und Unham, ebenfalls Busenfreunde Morellis, saßen gleichfalls am Tisch. Hazeltine verstand sich als Opfer Micklers, seitdem der ihn mal hart herangenommen hatte.
Morelli spielte den Betrunkenen.
Er neigte den Kopf zu Diedier und flüsterte. Jäh lachten beide auf. Hazeltine drehte sich um. Unham schlug sich mit beiden Händen auf die dicken Schenkel.
Mickler war sicher, daß sie ihn meinten. Er fragte sich, warum Morelli vorgab, im Rausch zu sein. Er hat was vor, sagte er sich. Er verspritzt sein Gift, diese ohnmächtige kleine Laus, die ihre Niederlage nicht verwinden kann.
Er drehte sich um, war unentschlossen, ob er den Ausgang oder einen Tisch wählen sollte. Hazeltines wieherndes Lachen zerschnitt das Dröhnen der Musikinstrumente. Mickler wählte den Tisch. Es gibt keinen Grund, vor dem Kerl davonzulaufen. Seine Hände zuckten. Er

fühlte sich versucht, aufzustehen, hinüberzugehen, Morelli vom Stuhl zu ziehen und ihn vor den Augen der Offiziere und Mannschaften auf die Bretter zu schicken.
Das ist es, worauf der Kerl wartet, daß du die Nerven verlierst, darauf, daß du blindwütig wie ein gestochener Stier auf ihn losgehst, daß er seinen rosigen Gesichtern, diesem Arschgelichter, endlich beweisen kann, was er für'n Kerl ist, daß sie einen Anlaß haben, dich zu packen, dir 'ne Abreibung zu verpassen, so daß du wochenlang jeden Spiegel meidest.
Mickler leerte das Glas.
Die Mulattin fixierte ihn, öffnete den Mund und schob aufreizend langsam den Daumen hinein, um ihn schnell, als wäre Glut in ihrer Kehle, wieder herauszuziehen. Sie knickte ihn ab. Sie fiel in das schallende Gelächter der Männer ein, erhob sich, drehte sich um und zeigte Mickler ihr fettes Hinterteil.
Morelli strich ihr über die Backen. Sein Gesicht wirkte zufrieden wie das einer Katze, die sich ihrer Beute sicher weiß. Diedier senkte den Kopf. Hazeltine prustete in sein Glas. Unham schüttelte den Kopf. Ihm schien das Spiel zu weit zu gehen. Er sprach auf Morelli ein, der die Zunge über seine Unterlippe gleiten ließ und der Kaffeebraunen die linke Hand zwischen die Schenkel schob. Er riß ihr das Kleid über die Hüfte. Sie trug keinen Slip. Ihre Hinterbacken waren narbenübersät. Wahrscheinlich hatte ihr Zuhälter sie wegen zu geringer Einnahmen blutig geprügelt. Morelli schüttelte sich. Kreischend rief er: »Du mußt dir'n Blech vor den Mastdarm nieten, wenn so'n Kerl in deine Nähe kommt.«
Mickler schenkte den Rest aus der Flasche in sein Glas.
Das Mädchen setzte sich. Morelli schüttelte den Kopf. Er schob ihr unter dem Tisch etwas zu und redete auf sie ein. Sie wehrte sich gegen das Ansinnen des Offiziers. Unham erhob sich. Sein »Hört endlich auf damit!« gellte durch den Raum. Er warf Geldscheine auf die Tischplatte, dann ging er

mit steifem Rücken und verzerrtem Gesicht auf den Ausgang zu. Morelli zwang das Mädchen zum Aufstehen. Unsicher näherte sie sich Mickler.
»Die sind betrunken.«
Mickler wandte den Kopf. Rechts von ihm stand Unham.
»Lassen Sie sich nicht provozieren Sir! Die wissen nicht, was sie tun!«
Mickler rieb sich die Stirn. Nebel wallten in seinem Hirn. Schwerfällig erhob er sich. Er atmete tief durch und versuchte das lähmende Gewicht des Alkohols von sich abzuschütteln, um wenigstens körperlich mithalten zu können, wenn Morellis Spiel aufging, Fäuste flogen und Knochen brachen.
»Bitte, Sir!« flehte Unham mit sich überschlagender Stimme noch einmal. »Seien wenigstens Sie vernünftig!«
Die Mulattin war heran. Aufreizend wiegte sie ihre Hüften und drehte ihm den Hintern zu. »Ich hab'n Bruder, Mann«, kreischte sie, »der hat noch'n Süßeren, und der fährt voll auf so' nen Kerl wie dich ab.«
Mickler schlug zu. Seine offene Rechte fegte das Mädchen von den Beinen. Sie kreischte, flog gegen den Nachbartisch und riß ihn und zwei Männer mit sich.
»Bitte, Sir!« schrie Unham verzweifelt.
Mickler stampfte los. Vor seinen Augen waberte Nebel, durch den grelle Lichtpunkte spritzten. Er erreichte Morellis Tisch. Hazeltine versuchte, sich nach links auf den Tresen zu abzusetzen. Mickler trat zu, erwischte ihn zwischen den Beinen. Hazeltine flog in Richtung Combo. Seine schmerzgepeinigte Stimme übertönte den Stimmenbrei. Mit dem Kopf knallte er gegen die große Trommel. Das Fell zerriß. Morelli hob die Hände. »Machen Sie keinen Fehler, Lieutenant! Das wird teuer für Sie!«
Diedier tauchte unter den Tisch. Mickler beugte sich vor. Er faßte Morelli an der Bluse. Er zog ihn an sich heran, rammte ihm das rechte Knie gegen den Bauch und ließ ihn gleichzeitig fallen. Morelli brüllte. Mickler rammte ihm die Stiefel-

spitze in die Seite, riß ihn aber wieder hoch und holte mit der rechten Faust weit aus. Der Schlag kam. Das Gesicht Morellis schien zusammenzuklappen. Blut spritzte über Micklers Uniform. Morelli torkelte gegen den Tresen. Nase und Lippen waren ein Brei aus Blut und Fleischfetzen. Er schrie wie von Sinnen. Mit der rechten Hand griff er zum Pistolenholster. Die Finger schlossen sich um die Waffe.
»Nein!« brüllte Unham.
Die Katastrophe, sagte sich Mickler, der die Bewegungen Morellis wie in Zeitlupe aufnahm, und weder Furcht noch Entsetzen spürte, als Morelli die Waffe auf ihn richtete und den Schlaghammer zurücknahm. Jäh sprang er nach links. Morelli feuerte. Die Kugel schlug gegen die Wand und ließ den Gipsputz in Wolken in die Cantina fliegen.
Micklers Rechte schob sich unter die Bluse. Er faßte die Pistole. Er riß sie heraus, zielte kaum, drückte ab.
Morelli wurde gegen den Tresen geschleudert. Der Kopf knallte gegen einen der hölzernen Stützpfeiler. Blut spritzte gegen die Spiegelwand. Die schwere Waffe des Offiziers polterte zu Boden. Mickler schüttelte sich. Er hörte Unham, der immer wieder »Um Gottes willen, um Gottes willen!« leierte. Er senkte die Schußhand. Er ging auf den Tresen zu. Er winkte Pepe, dem Cantinero. Dumpf fragte er, was er zu zahlen habe. Pepe schüttelte stumm den Kopf, winkte ab.
Irgendwer schrie: »Bezahlt ist genug!«
Mickler nickte. Er drehte sich um. Er ging dem Ausgang entgegen, ohne von irgendeinem der Gäste aufgehalten zu werden. Er lief über den Platz und in den Busch hinein. In gewisser Weise, sagte er sich, während er in einen wassergefüllten Graben fiel, hat alles seine Richtigkeit. Ein Kerl wie du hat es nicht anders verdient. Er stieg am anderen Ufer wieder an Land. Die Pistole hielt er immer noch umklammert. Er begriff, daß er nicht mehr ins Camp zurückkehren durfte, wenn er verhindern wollte, verurteilt und hingerichtet zu werden. Er torkelte tiefer in den Busch hinein.

4

An jenem späten Nachmittag, als Mickler die Spezialklinik in Hamburg-Niendorf betrat, beschlich ihn zum zweiten Mal während seines Lebens das Gefühl, ein Mann ohne Wert und Lebensberechtigung zu sein. Zum zweiten Mal sagte er sich, daß es für ihn – und viele andere – besser gewesen wäre, wenn er seinerzeit Opfer des mörderischen Angriffes auf das Munitionsdepot in Nicaragua geworden wäre – besser jedenfalls, als dieses Leben zu führen, das zu einem Großteil darin bestand, sich die gutmeinenden Ratschläge letztlich doch hilfloser Mediziner anzuhören und zu befolgen, die – wußten das die Herren denn nicht? – ebenso sinnlos waren wie das Hoffen auf einen endlichen Erfolg.

Gut, Dr. Lichtenfels, der ihn zur Psychotherapie an Dr. Lescek nach Niendorf überwiesen hatte, war ein mitfühlender, vielleicht sogar mitleidender Mann, der alles versucht hatte, Micklers Verletzung zu beheben. Er hatte Rechnungen zurückgezogen, als Mickler ihm eingestehen mußte, das Geld nicht aufbringen zu können und auch keinen Versicherungsschutz zu haben.

»Ich kann Ihnen zum gegenwärtigen Zeitpunkt keine klare Antwort geben, Mickler«, hatte Dr. Lichtenfels gesagt. »Ihre Chancen, geheilt zu werden, stehen nicht gut. Fünf Prozent für Sie. Unter günstigen Umständen. Dennoch sollten Sie sich nicht zu Verzweiflungshandlungen hinreißen lassen. Schon morgen kann sich das Bild geändert haben. Und Sie sind jung genug, um warten zu können.«

»Ich lebe heute, Doktor«, hatte Mickler verzweifelt gesagt. »Ich leide jetzt! Ich habe Gefühle, ich spüre Verlangen, ich werde verrückt, wenn ich einer Frau nahekomme, begreifen

Sie denn nicht?« Dr. Lichtenfels war aufgestanden, hatte dem bedeutend größeren Mickler eine Hand auf die Schulter gelegt und ihn ans Fenster gezogen. Dort hatte er mit dem Kinn auf die Straße und die Passanten gedeutet und leise gesagt: »Was meinen Sie, wieviele von denen ähnliche Probleme haben? Die Welt ist voller Gebrechen! Ihr Leiden ist keineswegs einzigartig, es berechtigt auch nicht zum Aufgeben. Sie können hoffen. Darauf, daß irgendwann eine Operation vorgenommen werden kann. Nur im Augenblick halte ich es für zu riskant, den Eingriff vorzunehmen. Es wäre Lotterie, Mickler. Ich bin überzeugt, daß es Ihnen, wenn Sie sich der Therapie bei Dr. Lescek unterziehen, leichter werden wird, mit Ihrem Leben zurechtzukommen. Wollen Sie darüber nachdenken?«
Er hatte dem Mediziner den Rücken zugekehrt und den Kopf geschüttelt. Nur nicht denken, hatte er sich gesagt. Das macht dich meschugge, das bringt dich um, dann bleibt dir nur noch der Strick. Oder du säufst, bis der Alkohol dich in die Erde schaufelt, oder du läufst Amok, weil dich das, was dich aufbläht, zerreißen wird. Nein, nein, nur nicht denken! »Wie steht es mit Medikamenten?« hatte er gefragt.
»Betäubung hilft Ihnen auch nicht darüber hinweg. Medikamente können in diesem Fall nur Krücken sein, die sehr bald brechen. Was Sie benötigen, ist anderer Natur, ist ein neues Bewußtsein, eines, das Ihnen erlaubt, mit Ihrem Zustand fertig zu werden. Gehen Sie zu Dr. Lescek. Er kann und wird Ihnen helfen!«
Mickler hatte das Kuvert mit dem Überweisungszettel achtlos in die Jackentasche geschoben und versprochen, den Therapeuten aufzusuchen, war dann aber über Wochen hinweg unschlüssig und der Klinik ferngeblieben. Er traute dem Mann nicht, diesem weißen Kittel, der viele Worte für viel Geld produzieren, aber keine grundlegende Hilfe bringen würde. Dachdecker, wie sie die Psychiater in der Army genannt hatten, schufen mehr Unheil als Gutes, in der

Regel handelte es sich um aufgeblasene Trottel, die für relativ geringen Sold unter die Fittiche der Streitkräfte gekrochen waren, weil sie im freien Wettbewerb elendiglich an ihren polierten Nußbaumschreibtischen verhungert wären. Couchstrategen, die für alles eine Erklärung fanden, selbst dort, wo nur das scharfe Skalpell eines Chirurgen und die Nähnadel Hilfe bringen konnten. Wie bei ihm, Mickler, knapp über vierzig Jahre alt, verbittert und mißtrauisch, weil er damit rechnete, eines Tages wegen der Schüsse verhaftet zu werden, mit denen er in Puerto Lempira Morelli aus dem Leben geprügelt hatte. Und doch, er lebte, kroch von Tag zu Tag und überwand schließlich seine Skrupel und tauchte nach vier Gläsern Korn und zwei Litern Bier in Niendorf auf.
Dr. Manfred Lescek, ein naturalisierter Tscheche, den die Kommunisten aus seiner Heimat vertrieben hatten, erwies sich als sonnengebräunter Fünfziger, der einen Teil seines Vermögens in blitzenden Goldzähnen angelegt hatte. Er erwies sich als freundlich, wenn auch extrem energisch. Ohne die Akte, die Micklers detaillierte Krankengeschichte enthielt, aufzuschlagen, hatte er zunächst nur geplaudert. Lauter unwichtiges Zeug, das dann doch zielsicher den Werdegang Micklers offenlegte. »Sie sind Deutscher, nicht wahr?«
»Ja.«
»Wie konnten Sie Angehöriger der US-Kampftruppen werden?«
»Weil ich den Wunsch und zweitens den Willen hatte.«
»Fühlen Sie sich zum Töten bestimmt?«
»Nein. Wenigstens heute nicht mehr. Früher war das anders, früher war die Wirklichkeit für mich nicht greifbar, sie war romantisch verklärt, war ein Film, wenn Sie verstehen, was ich meine.«
»Sie träumten gerne?«
»Klar.«
»Haben Sie Familie?«

»Wie man's nimmt. Mein Vater lebt hier in Hamburg.«
»Haben Sie Kontakt zu ihm?«
»Hin und wieder...«
»Und Ihre Mutter?«
»Lebt drüben. In den USA.«
»Aha«, machte Dr. Lescek. »Sie haben also auch die amerikanische Staatsbürgerschaft.«
»Ja.«
»Wovon leben Sie?«
Mickler hob die Hände. »Ich mache diesen und jenen Job. Vom angesparten Sold ist auch noch was übrig. – Befürchten Sie, mir Mahnungen zustellen zu müssen?«
»Wird es dazu kommen?«
»Möglich.«
Lescek ging darüber hinweg. »Berichten Sie von dem Einsatz, bei dem Sie sich die Verwundung zugezogen haben.«
Widerwillig berichtete Mickler, fügte hinzu:
»Um ehrlich zu sein, ich empfinde die Sitzung wie Kasperletheater. Glauben Sie ernsthaft, Worte bringen mich weiter? Mein Schaden hat keine seelischen Ursachen, die man sich mal eben herunterquatschen kann.«
»Darum geht es nicht.«
»Worum sonst?«
»Um die Folgen Ihrer Verletzung, Herr Mickler. Darum, daß Sie mit Ihnen zu leben lernen. Dr. Lichtenfels hat mir Ihre Krankengeschichte überlassen. Sie zeigt Sie als Mann, der eine Reihe von – in der Tat – seelischen Problemen hat, die durchaus zu beheben sind, die, wenn wir Sie lokalisiert und bewältigt haben, Motor Ihrer Heilung sein können.«
»Können Sie das weniger prosaisch ausdrücken?«
Lescek legte die Hände ineinander. »Ja«, sagte er, »kann ich. Ganz einfach: Wenn Sie sich nicht weiter selbst kaputtmachen, werden Sie erstens freier leben können und zweitens das Risiko einer möglichen Operation verringern.«
»Wie das?«

»Glaube versetzt Berge, mein Lieber. Insoweit haben die Bibelberichterstatter recht.« Lescek nickte. »Glauben Sie mir getrost, es ist so, wie ich es Ihnen sage.«
Mickler blickte den Psychiater zweifelnd an. »Wissen Sie«, antwortete er schließlich zurückhaltend, »ich habe eine Odyssee durch einen Haufen Krankenhäuser gemacht. Bisher hat mir jeder Mediziner nur eines gesagt: Im Augenblick nicht machbar, wenn aber, dann nur per chirurgischem Eingriff. Da unten zwischen meinen Beinen ist was zerstört worden, eine feine Nervenverästelung, Dr. Lescek. Und die können Sie nicht wegbeschwören, die bleibt, bis sich ein beherzter Kollege entschließt, die Klinge anzusetzen.«
»Haben Sie den Mann gefunden, der das Skalpell für Sie wetzt?«
»Bisher nicht.«
»Aber Sie haben Gefühle, ja?« Lescek tippte mit dem Zeigefinger auf die Akte. »Hier steht, daß sie suizidgefährdet sind, weil sie nicht damit fertig werden können, zu wollen, ohne zu können. Ist das Ihr Problem, oder ist es das nicht?«
»Zugegeben.«
»Wenn es das aber ist, Herr Mickler, und wenn Sie den Skalpellartisten noch nicht gefunden haben, wieso sträuben Sie sich gegen Hilfe? Sind Sie unfähig, ein kleines Rechenexempel nachzuvollziehen? Wollen Sie sich zerstören, als Mensch kaputtgehen?«
»Natürlich nicht! Ich laufe ja von Tür zu Tür, um das zu verhindern.«
»Laufen Sie nicht nur, setzen Sie sich hin und wieder. Entwickeln Sie Vertrauen.«
»Und dann?«
»Verlieren können Sie nichts, oder?«
»Eigentlich nicht...«
»Dann gibt es auch keinen Anlaß, die Therapie nicht aufzunehmen. Wir arbeiten in Gruppen, mit Männern aller möglichen Herkunft, die jedoch alle Ihr Problem haben, wenn die Ursachen auch anders gelagert sind. Ich schlage vor, Sie

kommen morgen nachmittag wieder und steigen in eine der Gruppen ein. – Nun?«
»Okay«, versprach Mickler. »Wann soll ich hier sein?«
»Um sechzehn Uhr. Sie bekommen unten in der Registratur eine Karte.«

Die Karte hieß Laufzettel und wurde mit einer Stahlklammer ans Revers geheftet. Jene Patienten, die längere Zeit der Therapie unterworfen waren, erhielten einen Plastikausweis, unter dessen Folie ihr Paßfoto aufgeklebt war.
Für Mickler war nach der zweiten Sitzung klar, daß er niemals zu diesem ausweisähnlichen Kärtchen kommen würde. Dr. Lescek hatte den Versuch gemacht, ihn mit Hypnose in Tiefschlaf zu versetzen, um, wie er behauptete, »einen besseren Zugang« zu finden. Mickler hatte sich mit Zähnen und Klauen gegen den Versuch gewehrt, hatte, während der Psychologe seine Kunstgriffe vornahm, die Frage zu beantworten versucht, ob dieser Mann im weißen Kittel verpflichtet war, der Polizei Mitteilung zu machen, wenn er bei der Behandlung von einem Verbrechen erfuhr. Mickler hatte keine Antwort gefunden, aber den Entschluß gefaßt, niemals wieder in die Klinik zu gehen.
»Und warum nicht?« hatte Dr. Lescek stirnrunzelnd gefragt. »Was fürchten Sie?«
»Nichts.«
»Doch. Sie haben Angst. Mich interessiert, aus welchen Gründen. Wollen Sie nicht zu Ihrem eigenen Nutzen darüber sprechen?«
»Nein.«
»Erschreckt Sie die Hypnose?«
»In der Tat.«
Lescek war auf ihn zugegangen. Er hatte genickt und nach seinen Schultern gefaßt. »Sie haben eine falsche Vorstellung von dieser Art der Behandlung, mein Lieber. Ich

kann Sie nur dann in den Tiefschlaf versetzen, wenn Sie es wollen. Ich kann Ihnen nichts entlocken, was Sie nicht auch bei vollen Bewußtsein freiwillig preisgäben.«
»Ich habe nichts zu verbergen.«
»Selbstverständlich nicht, Mickler, aber ich entdecke an Ihnen psychopathische Züge.«
»Was wollen Sie damit sagen?«
»Daß Sie Hilfe benötigen. Sehr rasche und sehr wirksame. Daß Sie einen schwerwiegenden Fehler begingen, wenn Sie die Therapie abbrächen.«
»Sie ist sinnlos!«
»Nein!«
»Sie ist für Seelenkrüppel, für Kerle, die ihre Frau für ihre Mammi halten und fürchten, was Schlimmes zu begehen, wenn sie – wenn auch nur gedanklich – über die eigene Mutter steigen. Das ist es doch, Doktor! Da können Sie vielleicht was ausrichten, aber bei mir ...«
Er hatte Dr. Lescek stehengelassen, war hinaus und die Treppe hinabgestürmt. An der Rezeption hatte die Telefondame ihn aufgehalten und gesagt: »Ein Gespräch für Sie, Herr Mickler. Wollen Sie bitte annehmen?«
Es war Lescek. Ein sanfter Lescek, der voller Zurückhaltung sagte: »Ich erwarte Sie morgen, Mickler. Versprechen Sie mir, daß Sie kommen!«
»Sie kennen meine Meinung.«
»Deswegen bitte ich Sie.«
»Ich werde darüber nachdenken.«
Er hatte aufgelegt und war gegangen. Am Ochsenzoll hatte er eine Wurst gegessen, in einem Supermarkt zwei Flaschen Johnny Walker gekauft und war nach Hause gefahren, um sich mit dem Alkohol zu betäuben.

Mickler kämpfte gegen den Widerstand an, den Lescek in ihm auslöste. Er nahm dessen Anweisungen hin, sprach von sich, von seinen Problemen, kaute zum dritten Mal die

alten Sprüche wieder und hörte – diesmal lediglich in einer anderen Sprache – die gleichen Worte wie in den Vereinigten Staaten und Mittelamerika. Nur eines hatte sich verändert: Er war Teil einer Gruppe, die aus vier liebesunfähigen Patienten bestand, Typen, deren traurige und gleichzeitig satte Gesichter sich glichen wie ihre Leiden. Was sie von ihm unterschied, war ihre penetrant zur Schau getragene Hoffnungsseligkeit. Sie glaubten an den Erfolg des Zaubers, den Lescek trieb.
Das machte ihn noch verzweifelter. Für sie empfand er in gewisser Weise Mitleid, wenngleich er auch begierig darauf war, zu erfahren, was Lescek in der kommenden, großartig angekündigten Sitzung als Krücke für den Selbstbetrug anbieten würde.
Eine der Helferinnen führte sie ins Obergeschoß, in einen der Säle, deren Fenster und Wände mit dicken Schaumstoffmatten abgedeckt waren, offensichtlich, um Lärmbelästigungen zu verhindern. In der Mitte des Raumes stand ein großer Fernsehmonitor, daran angeschlossen war eine Kamera, die – so Lescek – die Bewegungen der Gruppe zur späteren Kontrolle aufzeichnen würde. Der Therapeut schaltete das Gerät ein. Die Männer grinsten verlegen ihre verkleinerten Duplikate auf der Mattscheibe an, rissen die Blicke von ihren seelenlosen Spiegelbildern erst los, als Monika hereinkam, ein Mädchen von vielleicht fünfundzwanzig Jahren, das außer schwarzer Wäsche nur einen alles enthüllenden Schleier trug.
»Seine Geheimwaffe«, höhnte Mickler, ohne den Blick von dem festen Frauenkörper lassen zu können. Dr. Lescek zeigte sein goldstrotzendes Gebiß, klatschte aufmunternd in die Hände und rief im Stile eines alternden Conferenciers: »Wir werden ganz zwanglos sein und versuchen, unseren Gefühlen freien Lauf zu lassen.«
Monika betrat das hölzerne Podest vor dem Fernseher. Sie lächelte professionell. Mickler fragte sich, ob sie für Geld auch für's Bett zu haben wäre.

»Fragen beantworte ich später«, rief Dr. Lescek. »Jetzt folgen Sie meinen Anweisungen: Entkleiden Sie sich!«
»Ich heiße Monika«, sagte das Mädchen.
Mickler verspürte verstärkten Speichelandrang in der Mundhöhle. Er schluckte mehrmals und schüttelte kaum merklich den Kopf. Der ist behämmert, der Kerl, dachte er voller Abwehr, er macht dich und diese Leute da vor dem Schlitz bewußt lächerlich, er will dir zeigen, was du für'n mieser Krüppel bist.
»Zur allgemeinen Beruhigung, meine Herren«, rief Lescek, »darf ich Ihnen sagen, daß die Aufzeichnung dieser Sitzung selbstverständlich dann gelöscht wird, wenn wir sie nicht mehr benötigen.«
»Warum bieten Sie sie nicht gleich Beate Uhse an?« rief Werner, ein Mann von fünfzig, dessen Glatze schweißnaß glänzte.
Die Männer lachten. »Seien Sie doch nicht albern, Herr Höfer«, gab Lescek säuerlich zurück. »Das ist kein Spiel, wenn ich darauf aufmerksam machen darf.« Er klatschte wieder mit den Händen. Aufmunternd sagte er: »So fangen Sie doch endlich an!«
Ein komplett Verrückter, dachte Mickler, der die Nässe seiner Hände an der Hose abwischte. Ein perverser Sadist, der sich an unserer Qual aufgeilt.
Monika hob den Schleier, ihr Becken kreiste. Die Art, wie sie sich produzierte, erinnerte an billige Pornohefte. Was fehlte, war der verkrampft zum O geformte Mund. Die Männer rührten sich nicht.
Lescek seufzte: »Ich bitte Sie sehr, meine Herren! Fangen Sie endlich an!«
»Vielleicht begreifen wir die ganze Geschichte nicht«, sagte Mickler angewidert. »Vielleicht sollten Sie sie uns erklären?«
»Ganz meine Meinung«, kam es aus der Gruppe.
Lescek schüttelte verärgert den Kopf: »Sie werden sich daran gewöhnen müssen, meine Anweisungen zu befol-

gen, die – das können Sie unterstellen – wohlüberlegter Teil einer Ihnen nutzenden Therapie sind. Ersparen Sie mir für den Augenblick weitere Erklärungen, ziehen Sie sich endlich aus!«

Nur zu deutlich schwang die Drohung in den Worten mit, die Therapie (und damit die Wiedererlangung der Liebesfähigkeit) könne bei weiterem Widerstand gefährdet sein. Genau das erzeugte bei den Patienten Furcht. Sie begannen sich auszuziehen. Mickler sagte sich zum zweiten Mal, daß er es bei Lescek mit einem Sadisten zu tun hatte. Dennoch öffnete er den Verschluß seiner Hose und zog den Reißverschluß nach unten.

Monika wand sich in und aus dem Schleier, faßte ihn schließlich mit spitzen Fingern und ließ ihn auf das Podest gleiten. Ihr Lächeln wirkte total gekünstelt. Sie hatte große, ebenmäßige Zähne, wunderschöne, ins Violette spielende Augen, die jedoch von einer klirrenden Kälte beherrscht wurden. Sie macht es für Geld, dachte Mickler, wie die Nutten in Puerto Lempira. Er betrachtete ihre kleinen, festen Brüste, die Haut, die gebräunt und makellos war, wenn man von einer fingerlangen Narbe rechts unten neben der Scham absah.

Mickler atmete schwer. Die Anweisungen des Therapeuten befolgte er mit der Mechanik einer Maschine, dabei stellte er sich die Frage, wie er es Lescek begreiflich machen konnte, daß er sich hier nicht nur fehl am Platz fühlte, sondern es auch war. Der Zauber war sinnloser als seine zurückliegenden Versuche mit gekauften Frauen. Diese Lockerungsübung würde ihm nicht die Befreiung bringen, die Dr. Lescek sich davon versprach. Im Gegenteil, er spürte Blei in der Seele und im Körper, er zweifelte an sich und seiner Entscheidungsfreiheit, und sein Zorn wuchs. Aber er gehorchte.

Dr. Lescek schien versöhnt. Er bot seinen Patienten wieder jenes zuvorkommende, im Grunde aber nichtssagende Lächeln, das Sympathie und Vertrauen zugleich schaffen sollte und wohl auch bildete, wenngleich Mickler es zu durchschauen glaubte und deshalb verabscheute. Aus schmalen Augen beobachtete er die Verrenkungen der anderen Patienten, das zögernde Entblößen von fetten bis faltigen Bäuchen und schlaffer Männerhaut. Jeder dieser Leute wehrte sich gegen die Blicke, versuchte, die Scham zu verstecken, sehr wohl wissend, daß sie hier waren, weil sie damit keinen Staat mehr machen konnten. Klar war, daß sie symbolisch zum Eingeständnis ihrer Schwäche gezwungen werden sollten. Micklers Gesicht verdüsterte sich, trotzig schob er die Unterlippe vor. In seinen Augen irrlichterte beherrschter Zorn. Das Mädchen auf dem Podest ängstigte ihn. Er fürchtete das Eingeständnis seiner Schwäche, weil er sicher war, damit in eine Haltung gezwungen zu werden, die ihm jede Hoffnung rauben würde. Die Hoffnung auf eine Operation...«

Lescek ist dein Feind, stellte er bitter fest, ein verdammter Scheißer, der will, daß du dir 'ne Kastratenrolle in die Seele brennst, daß du aufgibst, daß du zu Pillen greifst und seinen schwülen Mist nachbetest; du mußt dich dem Kerl entziehen, wenn du nicht willst, daß er dich mit seiner aufgefuchsten Seelenkiste erwürgt.

Monika schälte sich aus dem schwarzen Slip.

»O Gott!« stöhnte Richard, ein kaum Dreißigjähriger, der unten im Warteraum bereitwillig berichtet hatte, bereits eine solche Therapie erfolgreich absolviert zu haben. »Leider bin ich dann wieder abgestürzt, und das, weil ich mich nie von dieser Frau habe trennen können. Aber jetzt, jetzt habe ich's gemacht. Eine Frau, das müssen Sie wissen, eine Frau kann einen Mann ruinieren.«

»Vergessen Sie die Socken nicht«, sagte Dr. Lescek sanft, als spräche er zu einschlafenden Kindern. »Legen Sie auch den Schmuck ab. Fühlen Sie sich frei und unbeschwert.«

Monika tanzte.

Mickler fühlte sich genarrt. Er bedauerte, dieser Mummenschanz-Therapie zugestimmt zu haben, die über soge-

nannte gruppendynamische Bewegung seelische Befreiung schaffen sollte, das erklärte Endziel vor Augen, die Liebesunfähigkeit zu überwinden. »So oder so müssen Sie hindurch«, hatte Lescek behauptet, »auch dann, wenn bei Ihnen am Ende der Chirurg mit seinem Skalpell steht.« Bislang hatte der Spuk nur Selbstvertrauen gekostet. Erschreckt erkannte sich Mickler auf dem Monitor, legte die Hände vor das Geschlecht und drehte dem Therapeuten den Rücken zu. Lescek lächelte unbeirrt.
»Kommen Sie näher, reichen Sie sich die Hände, bilden Sie einen Kreis um Monika!«
Die Patienten zögerten, keiner der Männer hatte den Mut, den Anfang zu machen, sich in die unmittelbare Nähe des Mädchens zu begeben, obwohl sie sich – wie Mickler – danach sehnten, sie zu berühren. Dr. Lescek schien sich zu amüsieren. Er hat auch allen Grund dazu, dachte Mickler, als er die eingeschüchterte Phalanx der Männer betrachtete, Bürger unterschiedlicher Herkunft und Bildung: Hartfried, dessen wulstiger Hängebauch wahrhaftig kein schöner Anblick war, mit Doppelkinn und vernarbtem Gesicht, die Oberschenkel von Zellulitis überfroren. Strähnig-graue Haare, dickglasige Hornbrille, hinter der große, erschreckte Kinderaugen flackerten. Oder Werner, dessen Rippen wie bei einem ausgemergelten Karrengaul hervorstanden. Rolf, der Bulle mit dem Geist eines Frosches, ein Bulle von Mann, der urplötzlich in Tränen ausbrechen und sein Leid wie ein orientalischer Teppichhändler bejammern konnte. Und er selbst: Groß, durchtrainiert, hellwach und dennoch am Boden seiner Existenz, voller Mißtrauen und Ablehnung. Ein Mann, der wußte, daß er niemals wieder seinen Fuß auf amerikanischen Boden setzen durfte, weil er dort wegen des tödlichen Schusses auf Lieutenant Morelli gesucht wurde, ein Mann, der sich von Honduras aus quer durch den Kontinent nach Brasilien geschlagen und – mit Hilfe seiner Mutter, die ihm seine deutschen Dokumente verschafft hatte, zurück in die Bundesrepublik geflüchtet war.

Monika winkte auffordernd. Die Patienten bildeten den geforderten Kreis. »Enger, meine Heren, enger!« befahl das Bronzegesicht Lescek.
Sie rückten dem Mädchen näher, berührten die Haut voller geheimer Ängste, weil sie nicht nachvollziehen konnten, welchen Sinn die sonderbare Handlung für sie haben konnte. Sie waren gehemmt und erwarteten eine Erklärung. Lescek jedoch bot ihnen das gewohnte Lächeln, nickte nur hin und wieder, als handelte es sich bei der Prozedur um eine glatt ablaufende Generalprobe eines Bühnenstückes. Rolf kicherte mädchenhaft. Sein Kinn quetschte sich zwischen die Brüste Monikas. Mickler, der die Hüfte des Nebenmannes knochig spürte, empfand das Spiel als pervers, als Rummel, der nichts bringen konnte.
»Näher, näher!« ordnete Lescek an.
Wir werden die Kleine umbringen, dachte Mickler, als der Druck der Gruppe auf den nackten Körper zunahm. Die Brüste Monikas rieben über seine Schulter, ihr Bauch glitt über seine Schenkel. Richard kicherte. Mummenschanz, sagte Mickler sich, Affentheater, wer so was erfindet, muß selbst meschugge sein.
»Sehr schön!« rief der Therapeut. »Treten Sie zurück!«
Er verschränkte die Arme vor der Brust. Monika hängte sich den Schleier über die Schulter und angelte mit dem rechten Fuß nach ihrem Slip. »Unser Ziel ist Hemmungsabbau«, erklärte Dr. Lescek. »Wenn Sie jetzt analysieren, welcher Art Ihre emotionalen und mentalen Reflexe auf die Annäherung waren, werden Sie eine breite Skala von Eindrücken nennen können: Widerstand, Scham, Unverständnis, Furcht – um nur eine Kurzfassung zu bieten – werden in ihnen gewesen sein. Ihnen, Herr Höfer, steht Verstörtheit im Gesicht geschrieben. Wenn auch, unser scheinbares Spiel hat einen tieferen Sinn. Verhaltensweisen können verändert werden. Hier geht es darum, Staus abzubauen, unterschwellige Ängste, die der Betroffene in der Regel nicht erkennt, bewußt zu machen und zu eliminieren. Ich

darf Ihnen sagen, Sie befinden sich bereits auf dem Weg zur Befreiung. Klingt großartig, ich weiß, entspricht aber der Wahrheit.« Er klatschte in die Hände. Monika stieg vom Podest. Aufmunternd nickte er Mickler zu. »Fangen wir mit Ihnen an. Berichten Sie, was Sie gefühlt, was Sie gedacht haben, als Sie sich Monika näherten. Was empfanden Sie?«
Mickler schürzte die Lippen.
»Sagen Sie es spontan!« forderte Lescek.
»Ich kam und komme mir wie ein Idiot vor«, gab Mickler grob zurück.
»Ja? Nennen Sie Gründe!«
Mickler trat aus der Reihe. Er raffte seine Kleider auf. Er hob seine Unterhose an und drehte sich um. Seine Mundwinkel zuckten. »Ich glaube nicht daran, daß Theaterspielen mir weiterhelfen kann, Dr. Lescek. In meinem Fall, und das wissen Sie sehr genau, versagen Triebmittel à la Monika. In mir stecken weder unterschwellige Ängste noch Kindheitstrauma. Ich bin ein Krüppel, Doktor, und Sie wissen das verdammt genau. Ich brauche keine Psychokrücken. Ich brauche einen Arzt, der endlich mal nicht mehr dummes Zeug schwätzt, sondern, wie Sie so schön sagten, sein Messer wetzt. Entweder oder, aber kein Voodoo und keinen Zauber.«
Er stieg in die Hose, streifte Hemd und Jacke über, die Schuhe.
»Bitte!« sagte Dr. Lescek, »wir sollten miteinander sprechen, ehe Sie einen Entschluß fassen, Mickler!«
»Geschenkt, Doktor. Ich mache das hier nicht mehr mit, ich... ich weiß nicht, was, aber ich weiß, daß ich nicht mehr will.« Er nickte den anderen Männern zu und stampfte auf die Tür zu, die Sekunden später knallend ins Schloß fiel.
Er rannte über den Gang, an Monika vorbei, die sich – wohl aus Furcht, er könne durchgedreht sein und sie gewaltsam nehmen – an die Wand preßte, stürzte über die Treppe nach unten, warf sein Pappschild auf den Rezeptionstresen und floh auf die Straße. Tief sog er die abgasgeschwängerte Luft

in sich hinein, ehe er den Wagen aufschloß und sich hinter das Steuer fallen ließ. Schwachköpfe, dachte er, Hirnrissige, die nicht begreifen, was mit dir los ist. Er sehnte sich nach einem Bier. Er startete den Motor, verspürte Hunger und entschloß sich, den Hauptbahnhof anzusteuern, um in der ›Pantry‹ ein blutiges Steak zu essen. Sozusagen als Grundlage für die Besäufnis, die er an diesem Tag veranstalten wollte, um die Enttäuschung aus seiner Seele zu treiben.

5

Achsen spürte die Blicke wie Nadelstiche in seinem Rücken, während er vor dem großen Bürofenster stand und die Lagerhallen betrachtete, die er im letzten Jahr, als er auf neue Umsatzrekorde baute, hatte errichten lassen. Vor den Rampen standen riesige Lastwagen, die, als hätte sich seitdem nichts verändert, be- oder entladen wurden. Gabelstapler rollten in die Lager und kehrten zurück. Es war scheinbar wie immer. Keiner der Leute schien zu ahnen, wie brüchig der Boden war, auf dem ihre Existenz sich gründete. Sie bekamen ihre Gehälter, machten ihre Arbeit und vertrauten der Firma, die – Berger würde es gleich aussprechen – am Rande des Ruins stand.
Es lag nicht nur am fehlenden Geld, daß es in rasender Fahrt abwärts ging, es mangelte Achsen an zündenden Ideen, an Mut und jenem gesunden Maß Brutalität, mit dem er das Geschäft aus dem Boden gestampft hatte. Der steile Aufstieg aus dem Nichts hatte ihn satt, wohl auch blind und überheblich gemacht. Die feinen Drähte in seinem Hirn, die früher immer geglüht hatten, sobald sich eine Gefahr zeigte, waren lange ohne Reaktion geblieben. Jetzt – Achsen gestand es sich ein – war es wohl zu spät; der Sturz konnte nur noch durch ein Wunder aufgehalten werden. Aber Wunder sind Ruhigsteller für Leute, die die Welt für ein Jammertal halten, die zu feige sind, sich in ihr zu behaupten, zu kämpfen, sich den Weg nach oben freizuschaufeln – mit welchen Mitteln auch immer.
Achsen spürte eine unendliche Leere in sich, ein Gleichgültigkeitsgefühl, das ihn hinderte, seine Kraft dagegen zu mobilisieren. Aber auch Angst schüttelte ihn, die Angst,

nach Jahren schwindelerregenden Erfolges auf der Verliererseite gelandet zu sein. Welch ein Triumph für die Neider, wenn sein kleines Imperium krachend zusammenbräche! Applaus für einen Toten...
Er rieb sich das Kinn. Er würgte, als säße ein Korken in seiner Kehle. Ihm war, als wüchsen Mauern steil um ihn herum nach oben, schlössen sich zu einem unendlich langen Tunnel, in dem kein Lichtschimmer mehr zu sehen war.
Urlaub machen, dachte er, drei Wochen ausspannen, um auf andere Gedanken zu kommen. Einfach mal abschalten, die Kontoauszüge, die Einnahmen und Rechnungen vergessen, nur du sein, sich gehen lassen, um aufzutanken. Danach mit neuer Kraft und frischen Ideen wieder anfangen, den Stall ausmisten, mobilisieren, was zu mobilisieren war, und diesen verdammten Geldschweinen die Stirn bieten, sie niedermachen, sie erledigen!
Er schüttelte den Kopf. Unmöglich, sagte er sich, du kannst den Laden nicht im Stich lassen. Du wirst gebraucht, ohne dich ist hier alles in drei Tagen kaputt. Da hilft auch Berger nicht, der sich hinter dir die Beine in den Bauch steht und sich ängstigt, weil er genau weiß, daß wir jetzt schon auf Trümmern stehen.
Achsen stieß sich vom Fenster ab. Er schritt auf den Schreibtisch zu und musterte den zartgliedrigen Mann, der – niemand wäre auf den Gedanken gekommen – im Krieg hochdekorierter Oberst gewesen war. Er nickte ihm zu, übersah die verkrüppelte Hand im Ausschnitt der abgewetzten Tweedjacke, ebenso die schwarzen Sorgenränder unter den Mausaugen, zögerte, weil er sich fürchtete, die böse Nachricht laut werden zu lassen, rang sich dann aber doch durch, obwohl er sich wie ein Henker fühlte: »Pannwitz, das Schwein, hat abgelehnt, Oberst. Bares nur gegen Sicherheiten, sagte er.«
Berger nickte. »Das war zu erwarten.«
»War es«, gab Achsen zurück. Er öffnete den Biedermeier-

Sekretär, in den er ein Barfach hatte bauen lassen, nahm Gläser und Cognac heraus und schenkte auch für Berger ein, ohne ihn gefragt zu haben. Er reichte dem Oberst den Schwenker. »Die Spatzen pfeifen es von den Dächern, mein Lieber«, sagte er leise, »daß Frau Dreher ihre Einlage aus der Firma gezogen hat.«
Achsen prostete seinem Wirtschaftsjuristen zu. Er trank, wie ein Ertrinkender nach Luft schnappt. »Solche Nachrichten brauchen keinen Telegrafen, das ist wie im afrikanischen Busch, Berger. Das Trommeln die Gehirne so raus. Und jeder fängt es auf. Schon seltsam, nicht wahr?«
»Ihre ehemalige Mitgesellschafterin wird kein Geheimnis aus der Tatsache gemacht haben, Herr Achsen.«
»Natürlich nicht! So eine Kuh, so eine...« Er winkte angewidert ab. Jeder im Haus wußte, daß Elvira Dreher nur deshalb ihre kostbaren Millionen in die Firma geschossen hatte, weil er an anderer Stelle gefeuert hatte. In ihrem Bett. Der letzte Bote zischelte hinter vorgehaltener Hand, daß die füllige Blonde dem Chef hörig war. War, sagte sich Achsen.
Laut sagte er: »Wir müssen einen Geldverleiher aufreißen, der nicht unbedingt mit Netz und doppeltem Boden arbeitet. Unsere Sicherheiten sind mager, aber wir haben ja Substanz. Die Waren, die Gebäude und Liegenschaften. Da muß sich doch was herausholen lassen!«
Berger schwieg.
»Die Schweine«, murmelte Achsen. »Das geringste Risiko ist ihnen zuviel.«
»Bei uns geht es nicht um das geringste«, erwiderte Berger. »Das letzte Jahr war wie ein Seiltanz.«
Achsen hob die starken Brauen. »Was heißt das schon? Es lief doch!«
»Bis der unerwartet kalte Winter den Einbruch bescherte.«
»Ja, aber unsere Investitionen hätten ebensogut einschlagen können. Ich bin nach wie vor überzeugt, daß wir wieder hochkommen. Sobald der Winterschock abgeklun-

gen ist. – Haben Sie mit Wellmer gesprochen? Was sagt er wegen der Beteiligung?«

Berger nippte an seinem Cognac. »Er wartet ab. Ich vermute, er rechnet sich aus, daß er uns billiger kriegt, wenn er in die Konkursmasse greifen kann. Wellmer ist ein Fuchs, Herr Achsen.«

»Ein gottverdammtes Schwein ist er!«

»Wenn schon, dann ein sehr kluges. Sie sollten sich da nichts vormachen. Er rechnet haarscharf. Um es vorsichtig auszudrücken, mit einem Vergleich, aus dem er sich frei nach Wahl bedienen kann. Wir können uns ja nicht wehren, wenn die Gläubiger terminieren.«

»Noch haben sie es nicht getan! Noch sind wir liquide! Noch können wir kämpfen!«

Berger seufzte. »Wie denn? Wohin wollen Sie gehen? Zu welcher Bank, Herr Achsen? Es gibt niemanden mehr, der das Wagnis eingeht. Und die Decke, die wir anzubieten haben, ist einfach zu kurz.«

»Unsere Bilanz kann sich sehen lassen!«

Berger schüttelte den Kopf. In seinen Augen blitzte es mitleidig auf. Achsen konnte nicht feststellen, ob es Selbstmitleid war, das den Oberst a. D. bewegte. Berger sagte: »Wir haben 'ne Bilanz, die halsbrecherisch frisiert ist, Herr Achsen. Ich kriege Schüttelfrost, wenn ich daran denke. Was meinen Sie, wie schnell die den Kitt zwischen den Zahlen entdecken?«

»Quatsch! Seien Sie nicht so ängstlich. Es geht wieder aufwärts. Der Winter ist vorbei und wir haben noch einige Tage, um Geld aufzureißen. Das Land ist doch voll davon. Milliarden von Mark warten darauf, angelegt zu werden. Wir brauchen 'ne Million, die sich auch finden wird. Soweit es die Absatzlage angeht, haben wir fruchtbare Zahlen. Was wir erreichen müssen, ist, die überfälligen Forderungen wegzudrücken. Was können wir denn Ihrer Meinung nach über den Monat schieben?«

»Nur Unwesentliches, wenn Sie die Wahrheit hören wollen.

Wir kommen nur dann heil über die Runden, wenn es irgendwie gelingt, eine Million flüssig zu machen. Schaffen Sie das, Herr Achsen, wird wohl auch Pannwitz wieder Vertrauen haben. Das wäre 'ne Chance, aber so wie es aussieht...«
»Das Grundstück in Wandsbek haben Sie vergessen?«
»Nein.«
»Na also! Das bringt doch die Hälfte der Summe!«
Berger schüttelte den Kopf. »Bringt es schon, aber nicht uns, Herr Achsen. Sie scheinen vergessen zu haben, daß die Hypothekenbank mit siebzig Prozent beteiligt ist. Was da übrigbleibt, ist 'n Furz. Was wir brauchen, habe ich Ihnen gesagt, das ist 'ne saubere Million.« Er seufzte und verschränkte die Hände wie zum Gebet. »Ich kann nur eines sagen...«
Achsen leerte das Glas. »Und?«
»Sie sollten sich mit den Dingen abfinden, den Mut haben, den Vergleich zu beantragen. Noch ist er möglich. Wenn Sie über Gebühr zögern, kann ein bösartiger Sachverwalter möglicherweise auf betrügerischen Konkurs plädieren. Was das bedeutet, wissen Sie. Dann sind Sie verratzt. Es wird kein Trost für Sie sein, wenn ich die Zelle neben Ihnen besetzte.«
Achsen warf den Cognacschwenker in den Papierkorb. »Sie sehen zu schwarz, Oberst! Noch haben wir eine ganze Woche! Sieben Tage sind eine Menge Zeit. Ich werde schon einen Draht finden. Sie werden sehen!«
»Wir haben keine Woche, es sind nur noch vier Tage, bis die Bankschulden fällig sind.«
»Hören Sie auf!«
»Es ist meine Pflicht, Sie auf die Gegebenheiten hinzuweisen. Das habe ich getan. Versichern kann ich Ihnen, daß ich die Zeit nutzen werde, um die Bücher soweit wie möglich in Ordnung zu bringen. Es muß ja nicht jeder über den Gips stolpern, den wir in die Lücken geschmiert haben...«

Achsen nickte. »Bleiben Sie auch bei Wellmer am Ball. Sie kennen den Kerl aus gemeinsamen Kriegstagen.«
»Das ändert seine Meinung auch nicht.«
»Auf jeden Fall versuchen Sie es. Ich selbst werde alles tun, um die Sache aufzuhalten. Ich werde auch mit Frau Dreher sprechen. Möglich, daß sie sich umstimmen läßt und ihren Anteil wieder zur Verfügung stellt.«
»Wenn, dann sind Sie ein Genie, Herr Achsen. Sollten Sie es schaffen, dann sorgen Sie dafür, daß die Dame nicht mehr so ohne weiteres das Chaos heraufbeschwören kann. Nageln Sie sie auf einen Vertrag fest, der uns im Notfall Zeit läßt. – Beim Militär ging der Spruch um, Frauen hätten den Verstand zwischen den Beinen.«
»Sie Spießer«, sagte Achsen.
Berger verbeugte sich artig und verließ das luxuriös eingerichtete Chefzimmer. Achsen schenkte sich in einem frischen Glas Cognac ein, warf sich in den Ledersessel hinter seinem Schreibtisch und trank. Die vor Berger gespielte Selbstsicherheit verwehte wie Staub im Sturm. Er stützte den Kopf in die Hände. Einen leeren Kopf, dessen Gehirnmasse keine produktiven Gedanken mehr erzeugen konnte, einen Schädel, in dem nur hohles Brausen war, ganz hinten der Wunsch nach Abtauchen und Verschwinden. Aber auch das war nicht mehr möglich. In der Firma gab es so gut wie keine Barbestände mehr, die Achsen sich hätte unter den Nagel reißen können, um damit die Flucht vor dem Desaster zu finanzieren. Um nach Spanien oder in die Karibik zu gehen, dort erst einmal unterzutauchen, bis der Zusammenbruch vergessen war. Deutlich wie nie zuvor sah er das Ende auf sich zukommen, eines mit Schrecken und der Schande, eingebuchtet und erledigt zu werden. Die Gläubiger – Lieferanten, hauptsächlich aber Banken – würden ihn in der Luft zerreißen. Besonders die Geldinstitute kannten keine Gnade. Rücksichtslos würden sie jeden an die Wand drücken, um sich die vorhandenen Werte zu sichern. Ihn, Achsen, würden sie wie eine heiße Kartoffel

fallen lassen und dafür sorgen, daß er niemals mehr ein Bein hoch bekam. Sie würden ihn zum alleinigen Sündenbock machen, obwohl ausgerechnet diese Burschen ihm die Kredite geradezu aufgedrängt hatten, als die Firma florierte. Aber wer weint, kriegt kein Geld zurück, dachte Achsen. Er lehnte sich zurück. Er trank den Cognac, der für ihn eine Krücke war. Er starrte auf die blanke Mahagonitischplatte und wehrte sich gegen die auf ihn einstürzenden Gedanken des Unterganges.

Noch bestand Hoffnung! Noch waren die Rückzahlungstermine nicht angelaufen, noch hatte keine Bank die Kredite gekündigt und die Restsummen eingefordert, noch gab es die Möglichkeit, irgendwo ein Loch aufzureißen, um andere damit zu stopfen. Und Elvira Dreher konnte unter Umständen dazu gebracht werden, ihren unsinnigen Beschluß rückgängig zu machen. Zum Henker mit ihr!

Im Grunde war es Elviras Eitelkeit, ihr verletztes Selbstwertgefühl, das zum Niedergang geführt hatte. Trotz ihres Alters war sie nicht reif genug, um zu begreifen, daß ein Mann wie er, Achsen, hin und wieder eine Abwechslung brauchte. Sie hätte darüber hinwegblicken, es nicht wahrnehmen können. Natürlich war es dumm gewesen, sich ausgerechnet ihre jüngere Schwester ins Bett zu ziehen...

Ich werde sie anrufen, werde mit ihr sprechen, werde ihr klarmachen, daß man so nicht auseinandergehen kann. Sie muß doch begreifen, daß sie eine Firma nicht so ohne weiteres ruinieren kann.

Achsen griff nach dem Telefonhörer, wählte die ihm geläufige Nummer und preßte die Muschel ans Ohr. Das Freizeichen klang endlos. Wahrscheinlich sitzt sie wie immer im Bad, lackiert sich eine Maske ins Gesicht, bügelt die Falten vom Hals, läßt sich von ihrer Schickse das Haar striegeln...

»Ja?« sagte sie ungeduldig.

»Achsen«, sagte er steif, als hätte es nicht die langen Jahre ihrer Intimität und des gemeinsamen Lebens draußen in ihrer Villa gegeben. »Ich glaube, wir sollten noch einmal

miteinander sprechen, ehe... ehe Unheil angerichtet wird.«
»Du sprichst bereits. Was weiter?«
»Was ich meine ist, daß wir uns zusammensetzen sollten. Es geht doch nicht nur um uns, an der Sache hängen eine Menge Mitarbeiter. Überlege mal, was geschieht, wenn der Laden kracht! Wie viele Leute auf der Straße sitzen.«
»Ist das alles?« kam es kalt über den Draht.
Achsen schluckte. Er sah sie vor sich. Ihr hartes Gesicht, die falkenhaften Augen, das Vibrieren der Nasenflügel. »Nein, es ist nicht alles. Ich will, daß wir uns zusammensetzen. Ich komme zu dir hinaus, wenn du ja sagst. Es geht doch nicht nur um uns, um unsere beschissenen Gefühle. Die Firma, Elvi, die viele Arbeit... du verstehst doch, was ich meine, nicht wahr? Man sollte eine solches Werk nicht aus persönlichen Motiven zerstören.«
»Es waren deine persönlichen Motive, Robert. Du konntest deinen Trieb nicht unter Kontrolle halten.«
»Mann Gottes!«
Elvira Dreher lachte auf. »Laß doch den alten Herrn über den Wolken, Robert. Ich jedenfalls habe dich lange genug gewarnt, ich habe dir gesagt, was kommen wird. Lange genug habe ich auf ein Zeichen deiner Vernunft gewartet. Es kam nicht.«
»Du weißt, wie schwer mir alles in letzter Zeit war!«
»Und mir? Was, glaubst du, ging in mir vor? O nein, mein Lieber, ich glaube nicht, daß uns Worte weiterhelfen können. Mein Entschluß ist gefaßt, ich werde ihn nicht mehr umstoßen. Es ist deine Sache, deine Probleme zu lösen.«
»Du bringst mich damit um!«
Sie lachte wieder. Kalt sagte sie: »Ich will dich umbringen, Robert. Je schneller, desto besser. Du sollst ein Bruchteil dessen erleiden, was ich erdulden mußte. Das ist mein letztes Wort.«
»Elvira!«
Sie legte auf. Achsen warf den Hörer auf die Gabel. Seine

linke Hand zuckte unkontrolliert. Er wischte sich über den Mund. Du Dreckstück, dachte er blind und hassend. Seine Hände schlossen sich. Ihm war, als läge ihr Hals dazwischen...
Aus, sagte er sich, als er seine Umgebung wieder wahrnahm. Der Abgrund, das Nichts. Er stand auf, ging im Zimmer auf und ab. Seine Lippen bebten, er ballte die Hände, trommelte gegen die seidenbespannte Wand, schrie, bis sich die Sekretärin über das Sprechgerät meldete und ihn fragte, ob er einen Wunsch habe.
»Nein!« brüllte er wütend. »Lassen Sie mich in Ruhe!«
Sie tat ihm den Gefallen. Achsen warf sich wieder in seinen Sessel. Er bezwang seine umherirrenden Gedanken, beherrschte sich und versuchte, sich auf die Probleme zu konzentrieren, die zu bewältigen waren. Er wollte nicht aufgeben und besann sich auf seine kämpferischen Qualitäten. Noch kannst du kämpfen, sagte er sich. Und du wirst kämpfen!

Es war einer jener Tage, die Mickler nur zu gerne aus seinem Dasein gestrichen hätte: die Leere, die Zweifel, den richtungslosen Haß, der ihn zerfraß, Selbstmitleid und das Wissen, nichts weiter als ein Torso zu sein, ein Ding, das zwar wie ein Mensch aussah, tatsächlich aber keiner war, sondern ein nutzloses Etwas, das irgendwo im luftleeren Raum schwebte. Nur dann zu ertragen, wenn man die Zeit mit Alkohol füllte, sich in einen Rausch versetzte, der dafür sorgte, daß die wie Rattenzähne nagenden Gefühle abstumpften oder gar verdrängt wurden. Ein Tag, der im totalen Rausch irgendwo in der Gosse auf Sankt Georg enden würde. Wie die vielen zuvor, seitdem er nach Deutschland zurückgekehrt war, um den Greifern der US-Army zu entgehen.
Aber auch ein wohlvorbereiteter Tag. In seiner Jackentasche steckten adressierte Kuverts. Er schob Wagenschlüssel und

seine persönlichen Papiere hinein, verschloß den Umschlag sorgfältig und kaufte im Hauptbahnhofspostamt eine Marke, klebte sie auf und steckte die Sendung in den Kasten. Die Prozedur gab ihm das Gefühl, freier, unabhängiger und weniger gefährdet zu sein. Keiner der Ganoven würde vor Glück brüllen, wenn er ihn nachts ausraubte. Was er finden konnte, war Kleingeld, wenn überhaupt. Eine billige Uhr, deren Verlust zu verschmerzen und mit einem Zwanzigmarkschein zu ersetzen war. Die Post war im Stadtbereich noch in Ordnung. Wagenschlüssel und Dokumente würde Mickler am nächsten Tag im Postkasten finden.

Er verließ den Bahnhof, strich durch die Mönckebergstraße und begann seine Tour in einem Kaufhaus, wo er mehr als zwei Stunden verbrachte. Von der sterilen Luft ermüdet, marschierte er zurück in den Bahnhof. In der Schwemme keilte er sich zwischen Pennern und Reisenden an den Tresen, wimmelte einen rachitischen Schwulen ab und bestellt vier Halbe, die er mit verbissener Wut vertilgte. Das Fünfte teilte er mit einem Kerl, der nach Knoblauch stank und versprach, für ihn zu beten, wenn er ihm einige Tropfen abließ. Der Mann schluckte dann zwar wie eine Kreiselpumpe, vergaß jedoch das Gebet. Mickler verzieh ihm. Er hatte Dr. Lescek und dessen Zauber vergessen. Er ging in die Halle, schlenderte einige Male auf und ab. Es dunkelte, als er in Richtung Steintordamm abzog, wo er – das war sicher – den Anfang einer fürchterlichen Besäufnistour machen wollte. Denn dieser Tag hatte keinen anderen Abschluß verdient.

»Guten Tag«, sagte Ruth, als ihr »Oberst« Berger vor dem Aufzug begegnete. Sie lächelte ihm zu. Berger preßte die Lippen aufeinander, nickte kurz und schob sich fluchtartig in die Kabine. Sie hob die Schultern. Sie wußte seit einiger Zeit, daß der verkrüppelte Prokurist in ihr eine Feindin sah,

die Frau, die – letztlich – verantwortlich für den Niedergang der Firma war, weil – woher wußte der vertrocknete Kerl das? – sie mit Achsen ins Bett ging. Nein, korrigierte sie sich, es ist nicht das Bett, es ist die Tatsache, daß Elvira Wind davon bekam. Das wirft er dir vor; daß Achsen sich bei ihr erleichterte, fand Berger in Ordnung.
Ruth betrat das Sekretariat. Sigi Balldau, die Vorzimmerdame, nickte. »Gehen Sie nur hinein«, sagte sie säuerlich.
Ruth drückte die Klinke. Achsen brütete am Schreibtisch, starrte die Cognacflasche an, warf ihr einen kurzen Blick zu, ohne sie wirklich zu sehen. Er wirkte älter als er war, verbraucht und kraftlos. Die Schultern hingen herab.
Ruth lächelte, zeigte erfrischend weiße, makellose Zähne.
»Habt ihr einen Trauerfall?«
»Was bringt dich darauf?«
»Berger! Früher hat er mir wenigstens guten Tag gesagt. Ich hatte den Eindruck, er haßt mich.«
Achsen starrte sie an. »Berger leistet sich keine Gefühle, Ruth. Er ist eine Maschine, eine Art Computer, darauf programmiert, richtig oder falsch zu handeln.«
»Er mag mich nicht.«
»Er mag niemanden. Er ist in der Firma, weil er Geld dafür kriegt. Bilde dir nichts ein.«
»Er weiß, daß wir miteinander schlafen.«
Ruth entledigte sich ihres Jäckchens, warf es auf einen der freien Sessel.
Achsen schwieg.
»Er wirft mir vor, Anlaß des Krieges zwischen dir und Elvira zu sein.«
»Woher willst du das wissen?«
Ruth legte die Hände ineinander. »Eine Frau fühlt das, Robert.«
»Hör doch auf! Ich glaube nicht an den sagenhaften weiblichen sechsten Sinn. Was ich mich frage, ist, wie deine Schwester Wind von der Sache bekommen hat. Wir waren doch immer vorsichtig.«

»Scheinbar nicht. Unsere Telefongespräche...«
Er hob ruckartig den Kopf. »Auf die Balldau kann ich mich verlassen. Sie würde niemals aus dem Nähkästchen plaudern.«
Ruth nahm Platz, legte die langen, schlanken Beine übereinander, verschränkte die Arme vor der Brust. Nachdenklich sagte sie: »Dein Blondie im Vorzimmer ist der typische Fall von Frust, Robert. Sie war immer scharf auf dich. Irgendwann ist ihr nun aufgegangen, daß nichts laufen wird. Die Quittung hast du.«
»Sagt dir das deine Intuition?«
»Der kühle Verstand. – Sie kann es gut mit Berger. Berger aber weiß Bescheid. Also?«
»Ach was! – Willst du einen Cognac?«
Sie nickte. Achsen schenkte ein. Erhob sich und reichte ihr das Glas. »Das alles ist sekundär«, sagte er leise. »Wichtig ist, daß ich mich jetzt nicht an die Wand drücken lasse.«
»Das versucht sie, nicht wahr?«
Achsen schlug die geballte Rechte in die offene Linke. »Ja«, gab er wütend zurück. »Sie will mich fertigmachen! Sie erlebt den Rausch der Rache. Eine alternde Frau, Ruth, die bösartig wird, weil sie nichts mehr vor den Schlüpfer bekommt.«
Ruth lehnte sich zurück. »Hast du wieder mit ihr gesprochen?«
»Telefoniert, aber...«
»Sie läßt sich nicht erweichen, meine liebe Schwester?«
»Du kennst sie doch gut genug.«
»Zu gut. Wenn ich an das Erbtheater denke? Hast du eine Ahnung, was sie vorhatte? Sie wollte mich zeitlebens an der kurzen Leine halten, meinen Teil des Vermögens in irgendwelchen Zinspapieren anlegen und mir so was wie ein monatliches Gehalt zahlen.«
»Du hättest dich darauf einlassen sollen.«
»Du verstehst das nicht, Robert. Diesen Wunsch, endlich frei und unabhängig zu sein! Meine Eltern haben mich

immer zu kurz gehalten. Die Linie wollte Elvira fortsetzen. Ich habe ihr einen Strich durch die Rechnung gemacht.«
»Dir selbst auch.«
»Weil ich gelebt habe?« Sie lächelte dem großen Mann zu und schüttelte den Kopf. »Non, je ne regrette rien, mein Lieber. Ich habe es genossen, das Geld aus dem Fenster zu schmeißen, Robert; Elviras Haß, ihr Zittern, weil sie es nicht verhindern konnte! Weißt du, wie sie gelitten hat?«
»Ich weiß, wie stolz sie darauf ist, recht behalten zu haben. Du bist pleite, Ruth.«
»Ich hatte einige schöne Jahre.«
»Was bedeuten sie schon?«
»Alles, Robert, wenn du mehr als zwei Jahrzehnte unter fürchterlichem Druck gesteckt hast. Ich konnte ich sein. – Was hatte Elvira?«
Er schwieg, knetete die Hände.
»Mein Gott!« stöhnte er.
»Sie hatte einen Mann, den sie bezahlte. War es so, oder war es nicht so?«
»Du stellst Fragen!«
Ruth hob die Schultern. »Es ging darum, wer mehr vom Leben hatte. Ich glaube, das war ich. Elvira ist verbittert. Was hat sie denn? Sie hat dich verloren. Die Würze in der Geschichte ist, daß sie dich ausgerechnet an mich verloren hat. Sie ist verbittert. Sie sitzt auf ihren Geldsäcken und wagt es nicht, in einen Spiegel zu sehen. Eine alternde, verbitterte Frau, Robert, die selbst die eigene Schwester kurzhält, um ja nicht Gefahr zu laufen, Kapitalerträge opfern zu müssen. Sie ängstigt sich. Vor dem Alter! Sie kann nur noch Gift verspritzen. Natürlich, dich bringt sie damit um die Firma. Aber was, frage ich dich, hat sie?«
Achsen drehte ihr den Rücken zu. »Was sie hat?«
»Das Gefühl, sich gerächt zu haben. Aber das kann doch nicht von Dauer sein.«
»Ihr reicht es, mich zu erniedrigen. Sie weiß, was die Firma für mich bedeutet. Ich habe fünfzehn Jahre meines Lebens

für sie geopfert. Eine Menge Familien leben von dem Geschaffenen.«
»Dir schlägt doch nicht etwa das soziale Gewissen?«
Er drehte sich um, fixierte Ruth mit bösen Blicken. »Natürlich mache ich mir auch Gedanken um die Angestellten und Arbeiter. Ich bin kein Reptil, Ruth!«
»Eine Aussage, die ich bestätigen kann.«
»Du denkst nur ans Bett!«
»Du irrst dich, Robert. Ich mache mir Sorgen. Um dich, um die Firma. Ich wünschte, die Mittel zu haben, dir helfen zu können. Auch für mich wäre es mehr als Genugtuung, wenn Elvira mit ihrem Vorhaben auf Sand liefe.«
»Entschuldige«, sagte er betroffen. »Ich habe dich nicht kränken wollen. In vier Tagen muß ich Farbe bekennen. Pannwitz, das Schwein, hat mir heute klar gesagt, daß seine Bank keinen Aufschub geben wird. Vier Tage sind bitter wenig. Und deine Schwester zieht den Strick um meinen Hals. Sie will mich in der Gosse sehen.«
»Selbstverständlich! – Hast du jemals daran gedacht, reuig zu ihr zurückzugehen?«
»Ja«, sagte er aufrichtig.
Ruth erhob sich. Sie legte die Arme um Achsens Hals, drückte ihm einen Kuß auf das Kinn und fragte: »Sie hat nein gesagt?«
»Sie hat gesagt, daß sie mich umbringen will.«
»Physisch?
»Nicht physisch. Du weißt, wie sie es meint.«
»Hast du darüber nachgedacht, warum sie so bitter reagiert?«
»Weil sie mich haßt.«
Ruth schüttelte den Kopf. Ihr langes, blauschwarzes Haar flog. »Nein«, sagte sie weich. »Weil sie dich liebt, Robert. Weil sie glaubt, dich wieder einfangen zu können, sobald du am Ende bist.«
»Das ist doch keine Logik.«

»Doch, Robert. Weibliche! Oder eben – die meiner Schwester.«
»Schwachsinn wäre eine solche Kalkulation. Elvira kann sich doch ausrechnen, daß nichts mehr geht, wenn sie mich kaputtgemacht hat!«
»Sie denkt so, glaube mir.«
»Das hieße, sie wird hart bleiben?«
»Ja.«
Achsen stöhnte. »Das ist doch pervers! Erst ruiniert sie mich, dann will sie mich wiederhaben. Wo steckt da ein Sinn?« Er löste sich von Ruth, ging auf und ab, blieb stehen und sagte: »Du kennst sie sehr genau, nicht wahr?«
»Sie ist meine Schwester, Robert.«
»Was ich meine, ist: Gibt es deiner Meinung nach keinen Weg, der sie von ihrem Wahnsinnsvorhaben abbringen könnte?«
»Doch.«
Achsen atmete hörbar ein. »Und welchen? Welchen, Ruth?«
Ruth verschränkte die Arme vor der Brust. Ihre Augen verengten sich. Sie lachte auf. »Du haßt sie, nicht wahr?«
»Welchen Weg gibt es!« stieß er hervor. »Bitte, Ruth!«
Sie musterte ihn. »Nur einen, Robert. Du mußt sie umbringen.«
Achsen stand wie erstarrt. Seine Stirn zog sich in Falten. »Du bist verrückt!« sagte er rauh. »Man kann nicht einfach einen Menschen umbringen!«
»Du wolltest eine Antwort. Ich gab sie dir.«
»Aber das ist doch der pure Wahnsinn!«
»Verdient hätte sie es, nicht wahr?«
»Ich maße mir keine Richterrolle an.« Achsen zog Zigaretten aus der Jackentasche und zündete sich eine an. Er sog den Rauch in die Lungen. »Der Gedanke ist pervers, Ruth.«
»Auch Elvira ist es. Sie tötet auch. Mit subtileren Mitteln.«
»Sie vernichtet.«
»Dich, Robert. Hast du nie daran gedacht, es ihr heimzuzahlen? Hast du nie brennenden Haß gespürt, wenn du mit

ihr sprachst und sie dir hohnlachend ins Gesicht schrie, dir den Hals zudrücken zu wollen? War nie der Gedanke in dir, sie zu töten?«
»Nein!«
»Aber ich dachte daran. Ich war einmal drauf und dran, ihr Gift ins Essen zu mischen. Damals, als wir uns vor Gericht wegen des Erbes stritten.«
»Schau an«, sagte Achsen.
»Es wäre Notwehr gewesen. Sie hat mich zur Verzweiflung gebracht. Sie wollte mich als Mensch, als Schwester vernichten. Es wäre die richtige Antwort gewesen.«
Die richtige? fragte Achsen sich. Und wenn Elvira tot wäre? Was wäre damit gewonnen? »Sie ist immerhin deine Schwester«, sagte er laut.
»Wir hatten eine gemeinsame Mutter, mehr nicht.«
»Dennoch.«
»Nein, nein! Es gibt keine Bande zwischen uns. Sie sieht es ebenso. Für sie bin ich das verlotterte, geile Flittchen, das die angeblich hart erarbeiteten Beutegelder der Eltern verpraßt hat. Wußtest du, wie mein Vater sein Geld gemacht hat?«
»Er war Reeder.«
»Ja, Reeder, ein Mann, der durch die Welt reiste und Schrott kaufte. Einzige Bedingung: Die Kähne mußten noch schwimmen. Er hat sie absaufen lassen, Robert. Ihm war es egal, ob die armen Schweine, die er hat anheuern lassen, dabei ertranken. Ihm ging es nur um die Versicherungsprämien, um Geld. Mutter war da anders. Als sie es durchschaute, als sie begriff, wer der Mann war, den sie geheiratet hatte, als die Gerichtsverhandlung wegen der »Lucille«, die vor Zypern abgesoffen ist, all die Fragen aufwarf, als sie mitkriegte, daß er trotz des Freispruches schuldig war am Tod der vierzehn Griechen, da, Robert, starb sie. Und weißt du, wie sie starb?«
Er schüttelte den Kopf.
Ruth schrie: »Sie starb im Gärtnerhäuschen, Robert! Sie hat

sich mit einem Gartenschlauch erhängt. Zumindest war das die Version der Gerichtsmenschen. Ich habe meine Bedenken. Ich werden den Verdacht nicht los, daß es mein Vater war, der sich Unsicherheit vom Hals schaffen wollte. Wäre meine Mutter eine Frau wie Elvira gewesen, könnte sie noch leben. Ich glaube, ich vermute es. Verstehst du?«
»Hamburger Geld«, murmelte Achsen.
»Scheißgeld!« brach es aus Ruth hervor. »Elvira ist vom gleichen Schlag, eiskalt, berechnend. – Soll ich dir was sagen?«
»Bitte.«
»Der Alte hat's mit ihr getrieben! Er hat sie in sein Bett geholt, er hat sie geschwängert und nach England geschickt, um die inzestuöse Brut abzutreiben. Es hätte Fragen gegeben, und Antworten, Robert. Elvira war damals sechzehn. Sie wäre bis heute auf sein Laken gekrochen, wenn der Schlag ihn damals nicht getroffen hätte. Begreifst du?«
»Woher willst du das wissen?«
»Ich weiß es!«
»Hast du Beweise?«
»Ein Mann wie mein Vater und eine Frau wie Elvira hinterlassen niemals welche.«
»Du bildest dir das ein! Du haßt sie!«
»Ganz sicher.« Ruth senkte den Kopf. »Ich hasse sie, ja. Aber ich denke auch daran, daß sie dabei ist, dich in gewisser Weise zu töten. Du hängst doch an dem Zeug hier. Du stirbst, wenn es kracht. Mein Gott, Robert, hast du jemals darüber nachgedacht, warum ich mit dir schlafe?«
»Du sagst, du liebst mich.«
»Es ist die Wahrheit.«
Er ging wieder auf und ab.
»Ich will dir helfen«, sagte sie.
»Der Vorschlag, den du gemacht hast, ist keine Hilfe. Ich bin kein Mörder, Ruth!«
»Selbstverständlich nicht. Ich habe auch nicht gesagt, daß

du sie ermorden sollst, ich habe gesagt, daß nur ihr augenblicklicher Tod dich und deine Firma retten kann: Weil ich sie kenne, weil ich weiß, daß sie von ihrem Vorhaben nicht abgeht. Sie will dich um jeden Preis erniedrigen, sie will, daß du mit Hut und durchgedrückten Schultern nur über den Bordstein blicken kannst. Wenn sie dich so weit hat, wird sie dir die Hand entgegenstrecken. Du kannst dann in ihren goldenen Käfig kriechen, ihr Sklave sein, dich wieder verkaufen. Aber sei gewiß, eine Chance zur Unabhängigkeit wird sie dir niemals mehr geben. Die Erfahrung mit dieser Firma reicht ihr. Elvira begeht Fehler nur einmal.«
»Was brächte ihr Tod?« fragte er. »Wieso wäre ich gerettet?«
»Wir sollten darüber nicht mehr reden«, gab Ruth abwehrend zurück. »Wir wissen beide, daß wir keine Mörder sind.«
»Ich frage aus Neugierde.«
Ruth seufzte. »Wenn Elvira tot wäre«, sagte sie leise, »fiele das Vermögen an mich. Und ich, mein Lieber, habe nun einmal einen Narren an dir gefressen. Ich würde dir das Geld überlassen, um dich glücklich zu sehen. So einfach ist das.«
»Ja, sehr einfach«, sagte Achsen. »Fehlt nur die Leiche deiner Schwester.«
Er zog sie an sich. Er küßte sie. »Unsinn«, sagte er, aber seine Gedanken waren bei Elvira, bei einer Elvira, deren wächsernes Gesicht aus einem blumengeschmückten Sarg spitz und kalt herausragte. »Unsinn«, wiederholte er, als er Ruth freigab. »Du kannst ihren Tod nicht wirklich wollen.«
»Sie hätte ihn verdient, soviel steht fest. – Kannst du dich heute frei machen?«
»Leider nicht, Ruth, so gerne ich möchte.«
Sie betrachtete ihn. Eine schöne Frau, deren südländischer Einschlag ihn schon seit dem ersten Sehen gereizt hatte. Graugrüne Augen, rauchig verhangen, zart und doch stark, glaubte Achsen. Sie nahm ihre Jacke, hängte sie sich über. Sie schritt zur Tür. »Nein?« fragte sie gedehnt.

»Ich habe nur noch vier Tage. Die Zeit ist kostbar geworden. Vielleicht spät abends.«
»Du darfst dich nicht darauf verlassen, daß ich warte.«
»Dann ein andermal.«
»Tschüß«, sagte sie und ging hinaus. Achsen starrte auf die Tür. Eine schöne Frau, dachte er, ganz das Gegenteil Elviras. Wie eine Mutter zwei derart unterschiedliche Geschöpfe haben kann. Ob sie verschiedene Väter haben? Ruth ist zehn Jahre jünger. Der Prozeß wegen des vor Zypern auf den Meeresgrund gesetzten Schiffes lag etwa ebenso lange zurück. Hatte die Ernüchterte sich damals von ihrem Gatten abgewendet?
Wenn Elvira tot wäre ... Und Ruth? Würde sie ihre Ankündigung, ihm unter die Arme zu greifen, wahrmachen? Was will sie? Testen? Gab es eine heimliche Absprache zwischen den Schwestern? Hatten sie ihre Differenzen begraben, ein Komplott geschmiedet? War Elvira so weit gegangen, Ruth für sich einzuspannen? Für Geld?
»Nein!« sagte er bestimmt und laut. »Nein, nein!«
Die Vorstellung, Elvira zu töten, jagte Schauer über seinen Rücken. Er wußte, daß er das nicht schaffen konnte: Sie anzufassen, ihre Haut zu berühren, ihr den Hals zuzudrükken, bis sie erschlaffte und das Leben aus ihr wich ...
Niemals, sagte er sich, schon der Polizei wegen, die sicherlich rasch herausfände, wo sie den Täter zu suchen hatte. Das klassische Motiv: Verschuldung. Auch wenn keine direkten Beweise zu finden wären, einem Urteil war nicht zu entgehen. Tot nützt sie dir gar nichts, du brauchst sie lebend. Du mußt den Fehler, den du begangen hast, gutmachen. Ruth hat recht, wenn sie sagt, daß Elvira nur tief verletzt ist. Sie wartet auf dich.
Er beschloß, Elvira aufzusuchen.

6

Mickler lachte still und alkoholselig in sich hinein, als er vor dem Schaukasten der Peep Show auf dem Steindamm stand und das Mädchen auf dem Hochglanzfoto betrachtete. Das Spiegelbild seiner Nase stach genau zwischen die Beine der langschenkligen Frau, die – ein Schnittschatten am Hals deutete darauf hin – aus zwei Vorlagen montiert zu sein schien. Hinter ihm schob sich ein sportlich aufgemotzter Wagen in eine Parkbucht, aus dem ein langmähniges Magergesicht stieg, der trotz der Wärme einen dicken Wolfspelzmantel trug. Mickler schob die Hände in die Taschen. »Nicht Flick – fick!« hatte irgendwer auf den bröckelnden Putz der Fassade gesprüht.
Mickler starrte in den langen, neonbeleuchteten Gang, der zu den Kabinen führte. Ein Herr von gut fünfzig Jahren, bebrillt, Angestelltentyp, schritt eilig heraus. Sein Gesicht glänzte schweißnaß. Als hätte er eine böse Tat begangen, tasteten seine Blicke die Straße ab. Eilig wie ein Dieb hastete er davon.
»Neue Girls!« las Mickler, ehe er den Gang betrat und in die rote Dämmerung der Kabinenhalle ging. Rechts, hinter einem Resopaltresen, saß rauchend eine Matrone, die Wechselgeld bereithielt. Rauch hing in der Luft, der Geruch von Schweiß und Sperma. Musik aus versteckten Lautsprechern fetzte in das Gelächter eines Betrunkenen. Mickler schob sich in eine der engen Kabinen, schloß die Tür, warf Münzen in den Automaten und starrte durch den Sehschlitz, der sich vor ihm öffnete.
Die Frau auf der Matratze hatte ein müdes, abgespanntes Gesicht. Perückenträgerin. Wahrscheinlich Hausfrau, die,

nur mäßig getarnt, hier ihre Haushaltskasse aufbesserte. Schwere, ungleiche Brüste, zu groß, als daß sie aufrecht hätten stehen können. Sie hielt die Beine gespreizt, strich sich mit der rechten Hand über die Vagina, leckte sich andauernd idiotisch grinsend über die Lippen, hob und senkte den Unterleib, als hätte sie ein heißes Bügeleisen unter den flatternden Arschbacken. Der eher füllige Körper war rot angestrahlt. Die Augen waren kaum zu erkennen, schwarze Flicken, aus denen die Langeweile und Müdigkeit sprang. Unter den stark hervorspringenen Hüftknochen lag wie eine Kette die Druckspur ihres Slips.
Wenigstens darauf sollten die Burschen achten, dachte Mickler angewidert. So was stößt ab, so was macht madig. Er streckte der Frau die Zunge entgegen, drehte sich um und verließ die Kabine. Er stieß vor der Kabine auf ein kleines, hechelndes Kerlchen, hielt ihm die Tür auf und sagte: »Für 'ne Mark haste noch, wenn du schnell bist.« Der Typ hatte noch nicht mal ein Nicken für ihn. Er stürzte in die Kabine, vergaß die Tür zu schließen, preßte das Gesicht an die Sichtscheibe und fummelte an seiner Hose.
Mickler schob sich durch den Gang, an einer Rotte junger Leute vorbei, die sich gegenseitig Mut zukicherten. Vor der Peep Show zündete er sich eine Zigarette an. Lichter von Neonreklamen zuckten über sein Gesicht. Er beobachtete die Straße, die voller langsam fahrender Autos war. In den Hauseingängen hatten sich die ersten Mädchen aufgebaut. Die lange Nacht des Kampfes um Freier begann. Mickler stieß sich ab. Er steuerte das Hansa Theater an und beschloß, irgendwo erst mal wieder ein kühles Pils zu trinken.

Elvira Dreher ließ Achsen warten, als wäre er ein lästiger Vertreter, der froh sein mußte, empfangen zu werden. Unruhig lief er in der großen Halle auf und ab, ständig von dem Hausmädchen bewacht, das vorgab, oben auf der

Empore Blumen zu ordnen. Er rauchte nervös. Das Miststück, dachte er wütend, sie kostet es voll aus. »Wo ist sie?« rief er dem Mädchen zu.
»Sie müssen sich ein wenig gedulden«, kam es gleichgültig zurück.
Achsen ballte die Hände. Er las die Uhrzeit auf der alten Standuhr ab. Fünf. Er nahm die Wanderung wieder auf. Rauchte die dritte Zigarette. Um zwanzig nach fünf stieg er nach oben. Er schob das Mädchen zur Seite, wandte sich nach rechts in den Gang und riß die Tür des Gesellschaftszimmers auf, in dem Elvira sich gewöhnlich aufhielt.
Sie saß vor dem ohne Ton laufenden Fernseher und hielt ein Magazin auf dem Schoß. Sie trug einen leichten Seidenmantel. Auf dem Beistelltischchen neben ihr stand ein halbgefülltes Glas und eine Calvados-Flasche.
Sie ließ das Magazin sinken, verschränkte die Arme vor der Brust und blickte ihn unverwandt an. Ihr rechter Fuß wippte auf und nieder. Das einzige Zeichen ihrer inneren Erregung.
Sie ist noch lange nicht mit dir fertig, dachte Achsen und fühlte sich ermutigt. »Das ist doch albern, sich zu verstekken, Elvi«, sagte er leise. »Wir sind keine Kinder mehr, sondern Menschen, die miteinander reden müssen.«
Sie schwieg.
Auch das ist ein gutes Zeichen, fand er. Zumindest macht sie keine hysterische Szene und schmeißt dich hinaus. »Darf ich Platz nehmen?« fragte er und bewegte sich auf das Biedermeiersofa neben dem Kamin zu.
»Was willst du?« fragte sie hart. Ihre Nasenflügel bebten.
»Das habe ich bereits gesagt. Ich will, daß wir miteinander sprechen, daß wir nach einer Lösung suchen. Du willst es doch auch, Elvi. Was kommt dabei heraus, wenn wir uns gegenseitig zerfleischen?«
Sie hob die Brauen. »Gegenseitig?« fragte sie spitz zurück.
»Du verkennst die Sachlage.«

»Gut, dann anders: Du zerfleischst mich. Was hast du davon? Mehr als einen flüchtigen Triumph?«
Sie nahm ihr Glas und nippte daran. Ihre Blicke wanderten durch den Raum, schweiften durch die offene Verandatür und blieben auf der gekräuselten Fläche des Schwimmbeckens haften. Auf Achsen wirkte sie wie eine Witwe, die sich mit ihrem Alleinsein abgefunden hat. Sie ist alt geworden, dachte er, während er in den harten Linien ihres Gesichtes forschte. Unter den Augen lagen dunkle Schatten, die die tiefen Hautfurchen stärker hervorhoben. Die Wangen wiesen nach unten, der Mund war schlaff und trocken. Ein Truthahnhals. Und dennoch eine beeindruckende Frau, die – wenn sie bereit wäre, einen Schönheitschirurgen zu bezahlen – durchaus attraktiv hätte sein können.
»Du bist verbittert«, sagte er leise.
Sie fuhr herum. »Wundert dich das?«
»Nein, Elvi, nein. Ich weiß sehr genau, wie dumm es war...«
»Dumm, Robert?« Sie schüttelte heftig den Kopf. »O nein, mein Lieber, so harmlos darfst du das nicht sehen. Ruth ist – mag zwischen uns sein, was will – meine Schwester. Irgendwie hätte ich dich noch verstehen können, wenn du dir ein Flittchen von der Straße genommen hättest, solch ein verdorbenes Ding, das sich mit einigen Scheinen auf jede Perversität einläßt, wenn es nicht mehr als eine Flucht aus der Langeweile gewesen wäre, die ich dir – Gewohnheit macht schludrig – während der letzten Jahre geboten habe. Aber das war es ja nicht. Es war – lache nur! – Verrat. – Erinnerst du dich, wie wir uns kennengelernt haben?«
»Was soll das denn jetzt?«
»Erinnerst du dich?« »Selbstverständlich.«
Elvira strich sich über die Stirn. »Du warst wie ein streunender Hund. Du warst mager, abgerissen, ein Kerl, der Klinken putzte, um leben zu können...«
»Nicht jeder wird mit einem goldenen Löffel im Mund geboren.«

»Ich werfe dir deine Herkunft nicht vor. Ich halte es für durchaus ehrenwert, einen Vater zu haben, der seinen Lebensunterhalt an einem Schraubstock verdient.«
»Ja, worauf willst du dann hinaus?«
»Auf das, was ich für dich getan habe. Ich habe dich von der Straße geholt, Robert. Ich war es, der dich zum Geschäftsmann gemacht hat. Erinnerst du dich nicht?«
»Doch, doch.«
Elvira zündete sich eine ihrer kleinen Zigarillos an und sog den Rauch tief in die Lungen. Achsen saß auf der Kante der Couch. Seine Hände zitterten.
»Ich habe deinem Leben die entscheidende Wende gegeben, Robert. Du wärest heute noch Versicherungsvertreter, wenn ich nicht gewesen wäre.«
Er winkte ab. »Es war immerhin meine Idee, Waren ohne Zwischenhandel an den Mann zu bringen!«
»Zugegeben, aber was wäre aus der Idee geworden, wenn nicht ich sie unterstützt hätte? Ich will es dir sagen: Nichts, absolut nichts.«
»Du hast es nicht ohne Hintergedanken getan.«
»Ohne Hintergedanken, Robert. Dir war von Anfang an klar, daß ich dich wollte. Ich habe daraus nie einen Hehl gemacht. Wollen wir das als richtig festhalten?«
Er nickte.
»Ich habe dir das Gelände in Rellingen gegeben, das Grundstück in Altona; ich habe dich finanziert. Mit Summen, die dein damaliges Begriffsvermögen überstiegen. Ich habe dir die Halle in Stade überlassen...«
»Ich habe es nicht vergessen.«
»Doch«, sagte sie bitter. »Das hast du, als du der läufigen Hündin, die zufällig meine Schwester ist, auf den Leim gegangen bist. Du hast deinen ansonsten wahrhaftig kühl rechnenden Verstand ausgeschaltet, als du ihre Duftmarke in der Nase hattest, du bist wortbrüchig, du bist untreu und gemein geworden. Und nicht ›nur so‹, mein Lieber, sondern – in gewisser Weise – kühl kalkulierend. Du hast

geglaubt, mit dem Handel auf so sicheren Füßen zu stehen, daß du auf mich keine Rücksicht mehr zu nehmen brauchtest, auf eine Frau, die echte Opfer für dich gebracht hat, die – es fällt mir schwer, es auszusprechen –, die dich liebte, Robert. Dich, und nur dich.«
Ihre Stimme war zu einem Flüstern herabgesunken. Sie bedeckte die Augen mit beiden Händen. Ihre schweren, schlaffen Brüste hoben und senkten sich.
Achsen knetete die Hände. »Es tut mir leid«, sagte er lahm. Sie ließ die Hände sinken. »Du lügst«, sagte sie kaum hörbar. »Nicht der Betrug tut dir leid, die Folgen sind es. Gib es doch zu!«
Er hielt ihrem Blick nicht lange stand. Sie weiß es, dachte er verunsichert. Sie kennt dich genau, Frucht der Jahre des engen Miteinanders.
»Du irrst dich«, murmelte er schwach.
»Ich will nicht darüber diskutieren. Die Zeit der Illusion ist vorbei. Für mich, Robert. Mir kann so leicht niemand mehr etwas vormachen. Bisher habe ich mein Leben gemeistert. Manche behaupten, als Frau hätte ich versagt. Gut, mag sein. Nur soviel weiß ich: Ich bin nicht siebenundvierzig Jahre alt geworden, um jetzt aus Angst vor dem Alter die Spiegel in diesem Haus zu verhängen.«
»Es geht nicht nur um uns«, sagte Achsen spröde, »um das, was uns aus Spiegeln entgegenblickt. Es geht um Werte, um eine große Anzahl von Menschen, die alles verlieren, wenn die Firma dichtmachen muß.«
Sie musterte ihn kritisch. »Du schreckst vor nichts zurück, nicht wahr?«
»Ich verstehe dich nicht!«
»Die soziale Arie, Robert. Du kannst mir nicht vormachen, über Nacht die scharfen Zähne verloren zu haben. Dir ging es immer nur um dein Wohlergehen, um deinen Erfolg, um deine Ziele. Etwas, das nicht verwerflich ist. Jeder denkt an sich selbst. Nur wird es albern, wenn du jetzt diese Dinge auszuspielen versuchst. An die Mitarbeiter hättest du frü-

her denken sollen. An jenem Tag, als du bei meiner Schwester den Verstand verloren hast.«
»Du willst nichts weiter als billige Rache, Elvira!«
Sie schnippte die Asche achtlos auf die Tischplatte. »Du überschätzt dich, mein Lieber. Wie immer, muß ich hinzufügen.«
»Wenn nicht billige Rache, was sonst? Warum willst du mich vernichten?«
Elvira Dreher lehnte sich zurück. Ihr rechter Fuß kam zur Ruhe. Sie lächelte. »Gutes Geld schmeißt man schlechtem nicht nach. Eine alte Kaufmannsweisheit, wie du wissen dürftest. Wenn ich meinen Anteil aus der Firma ziehe, dann in der Erwartung, daß sie zusammenbrechen wird. Was ich will, und was ich werde, ist, mein Geld zu retten, solange es möglich ist. Es wäre für mich unerträglich, mir eines sehr nahen Tages den Vorwurf machen zu müssen, tatenlos zugesehen zu haben, wie du wichtige Reserven mit der läufigen Hündin vergeudest, die zufällig meine Schwester ist.«
»Oder nicht zufällig«, warf er böse ein. Er dachte an Ruths Behauptung, Elvira könnte es mit dem eigenen Vater getrieben haben.
»Oder nicht zufällig«, stimmte Elvira gleichgültig zu. »Aber das ist der Punkt, Robert. Dieser und nur dieser. Ich sehe keinen Anlaß, meinen Entschluß zu ändern.«
Achsen hielt es nicht länger auf der Couch aus. Er stand abrupt auf. »Du weißt nicht, was du heraufbeschwörst!«
»Unterschätze mich nicht!«
»Du ruinierst die Firma! Du treibst sie in den Konkurs!«
»Die Firma ist ruiniert, Robert! Dank deiner – ich will mich mäßigen – sehr unglücklichen und sehr großzügigen Finanzpolitik. Wäre es anders, hättest du es leicht, einen neuen Gesellschafter zu finden. Es geht um eine lächerliche Million! In einer Zeit, mein Lieber, in dem Kapital nach guten Anlagen schreit. Nach guten, sage ich, nicht nach solchen, in denen Sprengminen für jeden offen sichtbar

liegen. Ich will nicht sagen, daß du nichts mehr retten kannst, nein, ich will sagen, daß du dich von Grund auf ändern müßtest, wenn der Versuch gelingen soll.«
Achsen hob den Kopf. Er schien zu wittern. Vorsichtig fragte er: »Was meinst du, wenn du sagst, ich müßte mich ändern?«
Elvira löschte den Zigarillo. »Ich fühle mich nicht mehr befugt, dir Ratschläge zu erteilen. Nur soviel sei noch gesagt: ein Mann, der rauschende Feste feiert, der sich von seinem sündhaft teuren Sportwagen, von der Rolle eines Weltmannes inclusive Sechzigtausendmarkuhr und seinem Angebergehabe nicht lösen kann, wird diese Firma nicht mehr retten können. – Hast du einmal darüber nachgedacht, wieviel Geld an dich zurückflösse, wenn du den Luxus aufgäbest?«
»Habe ich«, gab er bissig zurück. Er hielt ihr die brillantbesetzte Uhr, die er am rechten Arm trug, entgegen. »Hast du eine Ahnung, was diese sechzig Mille wert sind, wenn du sie verhökern mußt? Nichts, Elvira! Du kriegst die Hälfte, wenn du einen guten Tag erwischt. Du kriegst ein Drittel, wenn es hoch kommt. Und was den Wagen betrifft: Er ist wie das Haus, in dem ich wohne, gemietet, seitdem ich hier die Zelte habe abbrechen müssen. Von welchen sündhaft teuren Luxusartikeln also sprichst du?«
»Auch von den von dir genannten. Selbst wenn die Uhr nur zwanzigtausend brächte, selbst wenn der Wagen dir nur fünf Mille im Monat sparte, selbst wenn du anstatt des Hauses für zweieinhalbtausend kalt sechshundert für ein Apartment ausgäbest und die Besuche in den Schlemmerlokalen auf einen in der Woche reduziertest, könnte man noch von Luxus sprechen, ganz sicher von einem Gewinn, der – aufs Jahr gerechnet – ein Loch stopfte. Du wärest wieder kreditwürdig. Oder glaubst du, Pannwitz weiß nicht, wie rasch die Geldbündel aus deinen Händen flattern? Er weiß es, Robert, er weiß

auch von deiner Beziehung zu Ruth, die – streite es nicht ab – dich Unsummen kostet. Auch kleine Wohnungen an der Außenalster sind teuer. Und Ruth ist nicht die Frau, die im Warenhaus einkauft. – Wer zahlt das?«
»Ich wäre bereit, Abstriche zu machen.«
»Ach ja? Verkennst du die Situation nicht, wenn du sagst, du wärest bereit? Wird man dich nicht innerhalb kürzester Zeit zwingen? Dann, wenn der Kuckuck selbst die kleinste Tippse in deinem Büro von der gepfändeten Schreibmaschine her anlacht? – Mein Gott, Robert, du bist am Ende, begreife es endlich!«
»Dank deiner gütigen Teilnahme!« brach es zornig aus ihm hervor. »Du hättest auch anders handeln können.«
»Nein!«
Achsen ging auf die Frau im Sessel zu. Sein Gesicht war verzerrt. Die Augen funkelten böse. »Du kannst nicht verlieren!« schrie er sie an. »Du bist kleinlich und nachtragend. Wir hätten den Riß kitten können, wenn du ein wenig nachsichtiger gewesen wärest. Wir könnten es noch.«
Sie lachte.
»Du hast kein Recht, all das zu vernichten, was ich mühsam genug aufgebaut habe!«
»Du machst dich lächerlich, Robert! Selbstverständlich habe ich das Recht, meinen Anteil zurückzuziehen. Schriftlich von dir und mir vereinbart, notariell beglaubigt. Es gibt keinen Zweifel an meinen Rechten.«
»Ich meine das nicht im juristischen Sinn!«
»Was meinst du denn?«
Er zögerte mit der Antwort und versuchte, den brennenden Zorn zu bezwingen, der seine Hände zittern ließ. In dieser Sekunde – er spürte es ganz deutlich – wäre er fähig gewesen, sie zu töten, ihr die Hände um den Hals zu legen und so lange zu drücken, bis diese Frau da aufhörte zu atmen.
»Ich meine«, quetschte er sich mühsam ab, »daß auch die Belegschaft Rechte hat, Elvira. Denke doch mal an die vielen Leute! Willst du sie auf die Straße setzen?«

Elvira seufzte laut. »Wellmer wäre bereit, dein Geschäft zu übernehmen.«
»Wellmer ist eine verdammte Hyäne, die billig absahnen will. Er zahlt einen Preis, der kaum ausreicht, die Verbindlichkeiten zu decken!«
»Aber die Belegschaft wäre gerettet, Robert! Du sagtest eben, das sei dein Ziel.«
Achsen schlug sich mit der flachen Hand gegen die Stirn. »Du willst mich nicht verstehen, Elvira! Ich frage mich, was du wirklich davon hast, wenn du deinen Rachegefühlen freien Lauf läßt, wenn du mich kaputtmachst. Ist dir dann wohler?«
»Auch das, ja.«
»Warum?«
Sie schlug die Beine übereinander. Sie starrte wieder auf die gekräuselte Fläche des Swimmingpools im parkartig angelegten Garten. Sie erhob sich nach einigen Sekunden abrupt, ging auf Achsen zu, blieb vor ihm stehen und sagte mit gekünstelt sanfter Stimme: »Weil es mich befriedigen wird, Geliebter. Das fehlt mir, seitdem du es mit deiner Hure treibst. Es ist keine Freude, an sich selbst herumzuspielen oder sich irgendeinen Kerl zu kaufen, der nach Schweiß riecht und der rammelt, weil er glaubt, sich die große Welt erarbeiten zu können. Der dich belügt, der heimlich die Qualität der Bettwäsche prüft und sich sagt, daß schon die einige Mark wert ist, der rechnet, daß er, wenn die blöde alte schon nicht genügend rausrückt, er eines der Bilder mitnehmen kann, um es zu verscherbeln. Oder der dich beklaut, sich irgendeinen Schmuck unter die schwarzen Nägel reißt. Keine Freude, Robert, kein Ersatz. Wenn du fällst, habe ich ihn. Nenne es Befriedigung durch Verweigerung.«
Achsen schüttelte den Kopf. »Hast du dich jemals gefragt, ob du im klinischen Sinne verrückt sein kannst?«
»Ich weiß nicht, was klinisch unter diesen Umständen bedeutet. Nein, weder habe ich mich danach gefragt, noch

glaube ich, daß ich es bin. Aber unsere von dir gewünschte Unterhaltung wird bösartig. Ich mag und will keine weiteren Auseinandersetzungen. Meine Antwort kennst du: Kein Einlenken. Mein Geld steht dir nicht mehr zur Verfügung. Ich kann dir noch nicht mal Glück wünschen Robert, denn das, was du in mir angerichtet hast, sitzt zu tief. Ich meine, wenigstens das solltest du wissen. – Bitte geh jetzt.«
»Elvira!«
»Nein, Robert, keine Worte mehr. Was zu sagen war, ist gesagt. Geh!«
Er starrte sie fassungslos an. Er ging auf sie zu, wollte ihre Hände ergreifen. Sie entzog sich ihm, verließ eilig den Raum und schloß sich im Badezimmer ein. Achsen hämmerte gegen die Tür. »Elvira, bitte! Laß es uns wenigstens versuchen! Es gibt doch Verständigungsmöglichkeiten! Ich bin bereit . . .«
Seine Stimme wurde vom Druckspüler übertönt. Achsen begriff plötzlich, daß er verloren hatte. Endgültig. Es gab keinen Weg zurück. Elvira hatte abgeschlossen, mit ihm, mit dem, was früher war. Sie wollte nur noch ihre Rache.
Sie hatte ihn fallengelassen. Sie würde ihn nicht auffangen. Sie war entschlossen, ihn aufschlagen zu lassen. Wie hatte Ruth gesagt? Daß er mit Hut und durchgedrücktem Rücken nicht über den Bordstein blicken konnte. Er nickte. Es stimmte, sie war bereit, ihn zu liquidieren. Ihre Waffen waren Geld und Einfluß. Wahrscheinlich, dachte er, hat sie auch Pannwitz bewogen, hart zu sein, keinen Kredit und keinen Aufschub zu gewähren. In ihrer Hand vereinigten sich scharfe Instrumente, gegen die er nichts einzusetzen hatte. Sie hatte die absolute Macht, er war ein Nichts.
»Elvira!« röchelte er wie verwundet gegen die weißlackierte Tür.
Sie gab keine Antwort.
Mit hängenden Schultern stieg er die geschwungene Treppe hinab. Das Hausmädchen öffnete ihm diesmal nicht die Tür. Er ging hinaus, stieg in den Wagen, ließ ihn an. Seine

Kehle war pulvertrocken. In seinem Schädel dröhnten die Gedanken, schoben sich Bilder wüster Vernichtung übereinander. Er legte den Kopf auf das Lenkrad. Das Ende, sagte er sich, der Rinnstein.
Er startete den Motor. Wenigstens hast du es versucht, sagte er sich. Dir bleiben noch vier Tage. Nein, drei, um das Geld für Pannwitz aufzutreiben. Eine knappe Zeit. Zu knapp, begriff er plötzlich. Er verspürte geradezu schmerzhaftes Verlangen nach Alkohol.

7

Sie trug eine alles enthüllende schwarze Netzbluse, in deren Ausschnitt sich feste Brüste aneinander quetschten. Ein winziger Waschlederrock rutschte bis an den Slip, als sie die Beine spreizte. Sie klapperte mit den Absätzen ihrer hohen Pumps, lächelte professionell und fragte mit Rauch in der Stimme, ob er Lust auf sie habe.
Ein Windstoß jagte Papierabfälle und trockenes Laub auf und tauchte Mickler in eine Staubwolke. Er war sprachlos und fragte sich wieder einmal, was diese Mädchen bewog, ausgerechnet ihn anzusprechen, ihn, der ein kalter Vulkan war. Rochen sie seine Sehnsucht? Stand es ihm auf der Stirn geschrieben? Gab es einen gewissen hungrigen Ausdruck in seinen Augen, der es diesen Frauen riet, ihn als Opfer auszusuchen? Irgendwas, sagte er sich, muß es sein. Ganz sicher nicht die Uhr am Handgelenk, nicht die Textilien, die von der Stange kamen, und nicht die Unsicherheit, die aus jedem seiner Knopflöcher dampfte.
Er blieb stehen, balancierte sein Gewicht aus und hatte Mühe, das leichte Schwanken zu kaschieren. Er grinste alkoholisiert. Die Frau kam heran, hängte sich bei ihm ein und flüsterte, daß sie es ihm »wunderschön« machen würde. »Französisch, verstehst du? Du glaubst, du kriegst Hörner, Großer. Na, was?«
Er tätschelte ihren Hintern, schüttelte den Kopf. »Nicht jetzt«, sagte er aufgeräumt und belustigt. Über ihren krausen Kopf visierte er den Eingang der Kellerkneipe an, die sein Ziel gewesen war. Von der nahen Polizeiwache schob sich ein weißgrünes Polizeiauto heran. Das

Mädchen entzog sich ihm. »Du machst'n Fehler«, gurrte sie, »nur'n halber Schein, Mann. Na was?«
Er ließ sie stehen und tauchte im Eingang der Kneipe unter. Er dachte daran, daß er sich auf Sankt Pauli kurz nach der Flucht aus Südamerika in einen Eros-Silo hatte mitziehen lassen, in einen schachtelartigen, überheizten Raum, der nach nassen Handtüchern und Intimspray gerochen hatte. Die Frau hatte sich redlich bemüht, hatte das ganze Register ihrer Kunst gezogen und war dabei in Ekstase geraten, um schließlich entgeistert zu fragen: »Hast du dich schon durch sämtliche Puffs gebumst, daß da nichts mehr geht?« Er hatte ihr den Grund seines Versagens erklärt. Sie war aufgestanden. Sie hatte eine Zigarette genommen, einen Schluck des abgestandenen Getränks, hatte ihm den Fünfziger auf den Bauch gelegt und gesagt: »Du armes Schwein.« Und nach einer Weile der Fassungslosigkeit: »Das tut mir leid, du. Das tut mir wirklich leid.«
Mickler stieg die Treppen hinab. Der uniformierte Portier nickte ihm zu, schätzte ihn ein, ließ ihn – wenn auch zögernd – passieren.
Musik aus einer Box knallte ihm entgegen. Er hangelte sich an die Bar, nickte der Blonden zu, die am Zapfhahn stand und Bier in nasse Gläser schäumen ließ. Der Laden war so was wie ein Wartesaal für Nutten und Zuhälter. Die einen machten Pause, die anderen kassierten ab. Sie ließen ihn in Frieden, hatten längst raus, daß er oben auf der Straße bei Elli nicht eingestiegen war. 'n Faller, bei dem jede Liebesmüh' vergeblich war. Vielleicht später, wenn er mehr Korn und Bier intus, wenn er sich die Hemmungen aus der Seele geschwemmt hatte.
Mickler hob Daumen und Zeigefinger. Die Blonde nickte. Sie füllte Klaren in ein Wasserglas, schob ein Bier dazu, brachte es ihm und kassierte gleich ab. Keine Gefahr, signalisierte sie dem Pförtner, der besorgt den Kopf durch den Eingang schob. 's 'n friedlicher Typ, Mann, der packt sein Quantum und zottelt ab, wenn er voll ist.

»Füll gleich nochmal ab«, sagte Mickler, der sich eine Zigarette anzündete und den mageren, in verwaschenen Jeans steckenden Zuhälter beobachtete, der gelangweilt und mechanisch Kugel um Kugel in den Flipperautomaten schoß. Lichtkaskaden explodierten unter den grell bemalten Glasfeldern. Jaulend zuckten die Kontakte. Auf Skalen knatterten Ziffern. »*300 000 Freibier*« war auf ein Pappschild gemalt.

Mickler kippte den Klaren weg und spülte mit Bier nach. Am Tresen stand durchwachsenes Publikum, feine und weniger feine Leute. Anzüge, die erst vor der Haustür wieder in Form gebracht werden wollten. Männer mit teigigen Gesichtern, die hierher geflüchtet waren, um ein bißchen ausklinken zu können. Fritz, ein mageres Kerlchen von fünfzig Jahren, Schmuckhändler und Alkoholiker. »Nützt alles nichts, sage ich dir!« lallte er. »Die sagen seit zwanzig Jahren, daß ich nur noch sechs Monate hätte. Ich sage, die spinnen. Im Oktober mach ich wieder eine Schlafbehandlung, schon weil das Weib es will. Dann schluck' ich Antibus, damit mir das Kotzen beim ersten Schluck kommt. Aber ich sage dir, die spinnen, ich sage dir, die haben keine Ahnung. Das siehste ja, wenn ich dir sage, daß sie mir schon seit zehn Jahren nur noch sechs Monate geben. Das ist doch'n Beweis, oder? Ist das einer, oder ist das keiner?« Er saß auf seinem Stammhocker ganz am Ende des Tresens. Er trank still und starrte in seine Gläser. Er soff wie ein Schlauch, um irgendwann still und bescheiden vom Hocker zu fallen, ein Zeichen für die Blonde, ein Taxi zu rufen. Ein ganz bestimmtes, in dem ein Fahrer saß, der Bescheid wußte. Fritz trug nie Geld in den Taschen. Er beglich seine Rechnungen am Monatsende. Per Banküberweisung. Ein Umsatzbringer.

Mickler stellte einen Fuß auf die Messingstange am Tresen. Er lächelte und dachte an Dr. Lescek, an Richard und Werner und an das Mädchen oben auf der Straße. An Lieutenant Allan Ginger, der, wäre er nicht versetzt und

von diesem Morelli ersetzt worden, alles leichter hätte werden lassen. Aber er war versetzt worden, hatte diese beißende, quälende Leere hinterlassen, in die dann Morelli mit seiner Angst, seinen Vorurteilen und seinem Neid gedrungen war, in die, wer begriff das nicht, der Funke hatte springen müssen! Unausweichlich, Gewalt zündend. Oft war Mickler versucht gewesen, Ginger anzurufen, dessen Privatadresse und Telefonnummer er kannte. Sicherlich hätte seine Frau ihm die Dienststelle genannt. Sicherlich war Ginger der Mann, der verstehen würde, was in einem Kerl wie ihm, Mickler, vor sich gegangen war. Denn das war wichtig: Über die Gründe zu sprechen, die zu Morellis Tod geführt hatten. Alles andere war nebensächlich, ein Laborieren an den Folgen, ein Ausweichen, Drumherumquatschen.
Aber er hatte nie angerufen. Später, hatte er sich gesagt und gleichzeitig gewußt, daß er den Mut dazu niemals fassen würde, und daß die Zeit gegen ihn spielte. Er hatte den richtigen Zeitpunkt verpaßt. Damals, als er in Brasilien gelandet war, wäre es noch möglich gewesen, mit Ginger zu sprechen, nach einem Ausweg, einem Weg zurück zu suchen. Im Grunde war's ja Notwehr gewesen. Morelli hatte zuerst geschossen, hatte ihn in einer schreienden Angst, aus der Feigheit geboren, frustriert und besoffen, umbringen wollen. Das Gespenst Mickler, das Morellis Seele zerfraß.
Er lächelte.
Es war tiefe Verzweiflung, die seine Stimmbänder kitzelte, das Erkennen einer perversen Situation, Sackgassensyndrom, ein impulsives Hinausbrüllen seiner Not, als er plötzlich gurgelnd loslachte. Seine bellende Stimme zerschnitt die grell hämmernde Musik, das Dröhnen des Flippers, den Brei der Unterhaltung am Tresen. Die Leute drehten die Köpfe. Die Blonde am Zapfhahn kniff die Augen zusammen. Der Portier stürzte herein, die Arme angewinkelt und die Fäuste schlagbereit. Der Typ am Flipper runzelte die

Stirn und tippte sich mit einem Finger dagegen. »Ausgerastet«, schrie er.
»Keinen Zoff, Langer«, sagte die Blonde und versuchte, Mickler ans Hemd zu fassen.
»Mach mal halblang«, sagte der Portier vorsichtig.
Mickler nickte. Sein Lachen erstarb. Er wischte sich die Tränen von den Wangen, die er nicht hatte aufhalten können. »Schon gut«, sagte er bedauernd. »Ich will niemanden fressen. Hab mir nur'n Witz erzählt«, versuchte er einen lahmen Scherz, um von seinem Ausbruch abzulenken.
Sie musterten ihn und versuchten seine nächste Reaktion abzuschätzen.
»Keinen Zoff«, wiederholte die füllige Blonde.
»Nur keine Angst«, entgegnete er unsicher.
»Mir isses egal, wenn du duhn bist, Langer, aber mir isses nich egal, wenn du mir hier alles vollkotzt. So 'ne Sauerei dulde ich nich.«
»Ich hab gelacht und nicht gekotzt«, wehrte sich Mickler.
»Das stimmt«, sagte der Portier. »Von wegen dem Witz, der er sich erzählt hat.«
»Ja«, bestätigte Mickler. »Und jetzt gib mir noch'n Korn. Von wegen dem Witz«, fügte er grinsend hinzu.
»Du kriegst soviel, wie du vertragen kannst. Aber nich kotzen, Langer«, sagte die Blonde.
»Der wird seine Gründe haben«, rief der Flippermann. »Wenn ein Kerl Gründe hat, dann muß man ihn auch saufen lassen.«
»Willst du einen?« fragte Mickler und deutete auf die Flasche, die die Blonde brachte.
»Das Zeug mag ich nich«, sagte der Spieler.
»Aber mir könnt'ste einen ausgeben«, rief eines der Anschaffmädchen.
Mickler nickte.
Die Blonde füllte die Gläser. Das Mädchen stieß mit Mickler an. Sie tranken. »Manchmal rastet man einfach aus«,

sagte die Kleine. »Ich kenn das. Dann kannste einfach heulen, ohne daß 'de weißt, was 'de hast. Is nun mal so.«
»Wichtig ist«, sagte der elegant gekleidete Mann hinter ihr, »daß es rauskommt. Nur reinzufressen, heißt kaputtzugehen. Die Sau muß raus, das ist es. Prost«, sagte er und hob sein Cognacglas.
»Prost«, sagte Mickler.
»Du kannst mit allem fertig werden«, fuhr der Elegante fort. »Mit allem. Du mußt nur wollen. Du mußt nur wissen, was es ist, was du willst. Dann ran. Volles Rohr, die Widerstände von der Platte putzen. Basta.«
»Basta«, sekundierte das Mädchen.
»Die Frust besiegen, das isses«, meinte Achsen. »Wenn du dich davon freimachen kannst, hast du schon gewonnen. Ich versteh das. Daß es mal aus einem rausbricht.«
Mickler starrte den schlanken Mann wie eine Erscheinung an. Dessen Kumpanei störte ihn. »Was wissen Sie denn schon davon?« fragte er abweisend.
»Eine Menge, alter Freund. Ich sagte bereits, daß ich weiß, wovon ich rede.«
Er rückte näher. Das Mädchen machte ihm Platz.

Achsen spürte, wie die ungeheure Spannung, die er seit dem ablehnenden Bescheid Pannwitzens mit wachsender Tendenz in sich spürte, abflachte, wie die Probleme, die er noch vor kurzem wie hohe Felsen drohend über sich gesehen hatte, überschaubar wurden und frischer Mut ihn erfaßte, eine Leichtigkeit, die ihn sicher machte, irgendwie doch noch aus dem Schlamassel herauszukommen. Das auslösende Moment war das befreiende Lachen dieses großen Mannes gewesen, aber auch die Tränen, die er nicht hatte unterdrücken können. Er nickte der Barfrau zu, sagte, eine alles umfassende Handbewegung machend, schnoddrig und leicht lallend:

»Stell man die Flasche auf den Tresen, Inge, und das Ganze geht selbstverständlich auf meinen Deckel.«
»Das habe ich nicht nötig«, wehrte Mickler ab. »Ich kann meinen Schnaps selbst bezahlen.«
»Kannste, mußte aber nicht«, sagte Achsen. »Noch hab ich's dicker als du. Morgen kann das schon anders sein.«
Er hob sein Glas. Der Cognac schwappte über den Rand, ergoß sich auf seine Hose. »Prost denn«, sagte er nuschelnd. »Das Leben ist kürzer als du glaubst.«
Sie tranken. Sie schätzten sich ab. Beide ahnten, daß sie Trost benötigten, einen Trost, den sie – wären sie nüchtern gewesen – mit großartiger Geste abgelehnt hätten.
Alkohol frißt die Berührungsangst. Ein gewisser Pegel verbrüdert. Man kann in der intim-anonymen Kneipenatmosphäre über Dinge reden, die man im Normalzustand nicht auszusprechen wagt, auch gegenüber Freunden nicht, aus Furcht, sich eine Blöße zu geben. Am Tresen weiß jeder um seine Schwäche, er ahnt trotz des mehr oder weniger starken Rausches, daß er Anrüchiges tut. Alkohol öffentlich mit dem Ziel zu trinken, sich zu betäuben, heißt, bewußt eine Moral zu verwerfen, die den Trinker als Ursprung allen Übels plakatiert. Sowohl Mickler als auch Achsen wußten, daß sie eine Flucht angetreten hatten, die Flucht aus einer bitteren Wirklichkeit, die sie trotz anders lautender Äußerungen nicht bewältigen zu können glaubten.
Sie ahnten den Bruder im anderen.
Sie spürten den gleichen brüchigen Boden unter den Füßen.
Sie witterten die gleichen Nöte in ihren Seelen.
Männer, die sich in der klirrenden Kälte ihrer Wirklichkeit am Grund ihrer Existenz erkannten, die inmitten eines Millionenheeres von Menschen einsam waren, spüren ihre Verlorenheit. Das macht sie – der Schnaps ist die Brücke – zu Männern, die impulsiv die umwelttäuschenden Masken fallen lassen, sehr wohl wissend, weniger verletzbar als im nüchternen Zustand zu sein.
Sie tranken. Sie rückten näher. Für Achsen war es, als hätte

er einen alten Freund wiedergefunden. In Micklers Gegenwart fühlte er sich sicher, ohne eine Erklärung dafür finden zu können. Das beim Betreten der Kellerkneipe noch stark ausgeprägte Empfinden, Fremdkörper inmitten all dieser Gäste zu sein, war erloschen. Er fühlte sich nicht mehr einsam.
»Prost denn«, wiederholte Achsen. Sie hoben die Gläser, sie tranken. Es war das Ritual ihrer Verbrüderung.

»Wohin?« fragte Mickler, als Achsen den Schlag des weißen Sportwagens aufdrückte und er sich auf den Sitz fallen ließ.
»Ich kenn'ne gute Adresse«, sagte Achsen und versuchte, den Schlüssel ins Schloß zu schieben.
»Was für'ne Adresse?«
»Sei nicht so blöd, Mann. Fleisch natürlich, herrlich glattes, süßes Fleisch.« Er beugte sich nach rechts, zog die Tür zu. Der Motor begann zu trommeln. »Alles privat«, fügte er hinzu.
»Nix für mich«, wehrte Mickler.
»Hähä«, machte Achsen und ließ die Kupplung kommen. Der Wagen schoß aus der Parklücke.
»Wirklich nicht«, murmelte Mickler. »Ich kann das nicht, ich will das nicht.«
Achsen schaltete die Scheibenwischer ein, um den Dunst von der Scheibe zu fegen. »Bezahlen tue ich«, sagte er. »Deswegen brauchst du dir keine Sorgen zu machen.«
»Darum geht es nicht.«
Achsen riß das Lenkrad nach links, um einem Betrunkenen auszuweichen, der schwankend auf das Pflaster pinkelte. Ein Werbeplakat wischte vorbei: Halbnackte Frauen mit Videorecorder auf den ausgestreckten Händen.
»Du begreifst es nicht«, sagte Mickler. »Du kannst es einfch nicht begreifen. Daß es nicht geht.«
»Weil du zu voll bist? Mann, du kriegst'n Kaffee, der dir

die Schuhe auszieht, und 'ne Mieze, da fliegen dir die Knöpfe von der Hose. Es geht immer, du wirst sehen.«
»Nee.«
»Doch.«
»Ich sage nee, und ich sage, daß ich kaputt bin. Richtig kaputt da unten. Das is 'ne Kriegsverletzung. Verstehste jetzt?«
Achsen stieg auf die Bremse, ohne die Kupplung zu treten. Der Wagen schüttelte sich, stellte sich quer und blieb dicht vor der Kreuzung stehen. »Wieso Krieg? Was hat das mit Krieg zu tun?«
»Laß mich raus!«
Achsen drehte den Schlüssel. Der Motor sprang wieder an. Mickler suchte den Türgriff. »Hör auf damit«, rief Achsen ihm zu.
»Ich will dich nicht hindern.«
»Du hinderst mich nicht. Wir müssen ja nicht dahin gehen. Nicht, wenn es nich geht. Wieso Krieg? Was hast du mit Krieg zu tun? Wie kannst du im Krieg gewesen sein? Du mußt doch, als Krieg war, noch im Beutel von deinem Alten 'rumgehüpft sein. Du bist besoffen, was?«
»Ich bin nich besoffen.«
»Klar bist du besoffen.«
»Halt an und laß mich raus.«
»Mann!«
»Was heißt hier Mann?«
»Du kannst mich jetzt nicht hängen lassen!«
»Ich will nich zu deinem Fleisch.«
Achsen rülpste. »Ich fahr ja auch nicht, ich hab gesagt, daß wir nach Sankt Pauli rollen. Ich kann jetzt nicht allein sein, verstehst du?«
»Das schon.«
»Also dann zerre auch nicht an der Tür.«
Mickler lehnte sich zurück. Er zündete sich mit zitternden Händen eine Zigarette an. Achsen saß gebeugt am Steuer. Die breiten Reifen des Wagens dröhnten auf dem Asphalt.

»Ich bin in Behandlung«, sagte Mickler leise, weil er glaubte, eine Erklärung abgeben zu müssen.
»Wegen der Gießkanne?«
»Bei 'nem Dachdecker«, fuhr Mickler fort, als hätte er die Frage nicht gehört. »Bei so 'nem Kerl, der sich einbildet, der Kopernikus der Psychotherapie zu sein. In der Tschechei isser angelaufen, da ha'm die Kommunisten ihn in den breiten Arsch getreten, um sich die Gehirne ihrer Leute nicht kaputtmachen zu lassen. Hier feiert er Feste mit Ringelpietz und Anfassen, hier schnappt er guten Zaster mit seinem Zirkus, wo er die armen Schweine auf 'ne Stripperin hetzt, von wegen Hemmungsabbau und so; und die Typen folgen dem Guru, lassen sich anmachen und heben die wackligen Beinchen, wenn er nur rülpst; sie hoppeln wie Rammelböcke um die Hasenmutter, so kaputte Typen, weißt du? So Typen, die den Hängemann haben, weil 'se was weiß ich für 'n Schock gekriegt haben. Verklemmte oder so, auf jeden Fall hab ich gesagt, daß ich da nicht reinpasse, daß das nichts ist für 'n Kerl, dem 'n Splitter in die Eier gehauen is.«
Er sog an der Zigarette, starrte durch den von den Wischern freigeschaufelten Ausschnitt der Windschutzscheibe, während er sich sagte, daß es dumm gewesen sei, von diesen Dingen zu sprechen, von Dingen, die nur ihn angingen.
»Du hast einen Unfall gehabt?«
»So was, ja.«
»Und da läßt sich nichts mehr machen? Mit Medizin und so?«
»Das wissen die Kittel so genau nicht. Die sagen, das wär 'n Risiko. Achtundneunzig zu zwei. Gegen mich. Und dann mußte blechen.«
»Dafür sind doch Versicherungen da.«
»Normal schon.«
»Was heißt das? Arbeitest du nicht?«
»Nicht fest. Mal hier, mal da.«
»Begreife ich nicht. Die müssen doch blechen, wenn du dir

die Sache bei 'nem Unfall zugezogen hast. Ich weiß doch, wie das geht, wenn einer meiner Angestellten einen Unfall erleidet. Wieso läuft das bei dir nicht?«
»Weil das 'ne Kriegsverletzung is.«
Achsen stoppte den Wagen vor einer Ampel. Seine Rechte lag auf dem Schaltknüppel. Sein schmales Gesicht war von dem roten Licht des Verkehrslichtes übergossen.
»Das hast du schon mal gesagt, begreifen tu ich's trotzdem nich. So alt kannst du doch nicht sein, daß du für Hitler die Kastanien aus dem Feuer geholt hast. Oder warst du in der Legion?«
»Bei den Amis. In Mittelamerika.«
»Biste Ami?«
»Auch, ja. Oder ich war's. Is doch auch egal, oder?«
»Klar, ist egal. Ich frage mich nur, wieso dann nicht gezahlt wird. Müssen die das nicht?«
»Schon.«
Die Ampel sprang um. Achsen ließ den Wagen anrollen. Er überholte einen Einsatzwagen der Polizei. Die Tachonadel zitterte auf der Sechzig. »Aber?« fragte er, während er den Polizeiwagen im Rückspiegel beobachtete.
»In diesem Fall is nix«, gab Mickler zurück. »Es gibt da 'n paar Gründe, die das nicht zulassen.«
»Aber zu machen wäre was, wenn du bezahltest?«
»Ich glaub schon.« Mickler nickte. »Wenn die nicht reden, wenn die handeln würden, wenn die das Risiko nicht scheuten. Aber die haben alle Angst in der Hose. Vielleicht ist es aber auch keine Angst, vielleicht ist das deshalb, weil die wissen, daß ich das Bare nicht aufblättern kann. Ist doch alles Geschäft heutzutage. Wenn du willst, daß 'n Knochenflicker sich die Gummihandschuhe überzieht, brauchste schon richtige Kohle.«
»Da haste recht. Aber so teuer kann das doch nicht sein, wenn es nur darum geht, ein Stück Schrott aus deinen Nüssen zu schneiden. Die brauchen doch nur 'n starken Magnet dranhalten und zack, weg isser.«

»Pöh!« machte Mickler.
»Bei der Technik heute?«
»Es geht nicht um den Splitter. Den hat man noch im Dschungel rausgeschnitten. Es geht um Nervengewebe oder 'ne Leitung, die unterbrochen ist. Die müssen den Kontakt wiederherstellen, verstehst du? Damit die Reize übertragen werden. Und das kostet!«
»Wieviel?«
»Genau weiß ich das nicht. Vierzig, fünfzig, vielleicht sogar hunderttausend. Die wissen das ja erst, wenn du auf dem Brett gelegen hast, wenn sie Handgriff für Handgriff abrechnen können.«
»Und Kredit?«
»Ich?«
»Wieso nicht du? Wenn du dir 'n Job besorgst, wenn du 'ne ordentliche Lohnabrechnung vorlegst, läuft doch alles. 'n Arbeiter oder Angestellter kriegt sofort. In meinem Fall is das schon was anderes, da wollen sie Sicherheiten. Hundertfünfzig für dreißig. Wegen des Risikos, das sie eingehen. Könnte ja sein, daß sie deinen ganzen Laden schnappen. Stell dir vor, was da auf die zukommt, wenn die für 'ne beschissene Million 'n Wert von vieren schnappen? Die Sorgen, die die dann haben!«
Achsen lachte bitter auf.
Mickler zerdrückte den Zigarettenrest im Ascher. Der Wagen rollte in Höhe der Stadthausbrücke.
»Doch«, sagte Achsen. »So 'n Mann wie du hat es da einfacher. Wieso besorgst du dir keinen Job?«
Weil dann die Bürokratie zu ächzen beginnt, dachte Mickler, weil Papiere von Amt zu Amt gehen und irgendwann mal eine rote Lampe aufleuchtet, die denen sagt, daß da in Washington 'ne Akte liegt, die noch nicht abgeschlossen ist. Laut sagte er: »Das alles ist nicht so einfach.«
»Nein, einfach ist es nicht«, gestand Achsen ein. »Aber es ist gut, wenn man drüber reden kann. Hast du 'ne Ahnung, wie das ist, wenn man in seinem Turm sitzt und spürt, wie

einem die Kehle zugeschnürt wird? Von Geiern, die nur ein Ziel haben, nämlich das, was du dir geschaffen hast, abzuräumen? Ich sag' dir, dann lieber 'ne kaputte Gießkanne als das. Heute war ich soweit, daß ich die Kiste hier gegen einen Brückenpfeiler setzen wollte. – Aber hören wir auf damit. So 'ne Nacht soll man sich nicht kaputtquasseln.«
»Wo du recht hast, haste recht«, sagte Mickler erleichtert.
Die Reeperbahn strahlte ihnen ihre grellen Lichter entgegen.

8

Mickler fror. Seine Hände tasteten nach der Decke, fanden jedoch nur den Zipfel einer Jacke. Er versuchte ihn über die Schulter zu ziehen, schmatzte und spürte plötzlich den dröhnenden Kopf. Er stöhnte. Im Gaumen stak der gallenbittere Geschmack von Rauch und Alkoholrückständen. Im Hirn tobten Gedankensplitter einer fürchterlichen Nacht, die irgendwann in einem rot ausgeleuchteten Etablissement zu Ende gegangen sein mußte – bei rotem Sekt und irgendwelchen Leuten, die wahnsinnig lustig gewesen waren, wenigstens war es ihr Lachen, das noch immer in Micklers Erinnerung schrillte.
Er drehte sich auf die linke Seite. Sein Magen rebellierte. Er kämpfte den Brechreiz nieder, atmete tief durch und zog die Beine an. Nein, wußte er, es war trotz der sich drehenden Lichter weitergegangen, irgendwo privat zwischen teuren Möbeln und auf dicken Teppichen und ohne Gläser. Sie hatten aus Flaschen getrunken, sich Warzen an die Zunge geredet, diese Leute, die dauernd von Geld und Krieg, Blut und Splittern quasselten, eine Menge Fragen stellten, auf die er keine Antwort zu geben wußte.
Blackout.
Sein Rücken schmerzte. Er lag auf einem harten Gegenstand, drehte sich um und zog einen Herrenhalbschuh hervor. Er warf ihn in die Ecke, von wo ein gedämpftes Echo und das sanfte Geräusch einer schnurrenden Katze kam.

Er versuchte, die Lider zu öffnen, und sich zu erinnern, ob es in seiner Wohnung eine Katze gab. Als er den Kopf schüttelte, stachen Schmerzen auf ihn ein.
Der Brechreiz kehrte zurück. Mickler krümmte sich zusammen, spannte die Bauchmuskeln, richtete sich taumelnd auf und begriff jäh, daß er es in der Nacht nicht bis ins Bett geschafft haben konnte. Er hatte auf dem Boden geschlafen. Daher auch die Kälte. Auf allen vieren kroch er durch das Zimmer. Undeutlich nahm er einen Tisch wahr, knallte mit dem Schädel gegen eines der Beine und riß erschreckt die Augen auf.
Er war nicht zu Hause. Diese Möbel, die Teppiche, die zum Teil übereinander lagen, kannte er nicht. Ebensowenig den aus Feldsteinen gemauerten Kamin, die antiken Möbel, die gestreifte Seidentapete an den Wänden...
Er wankte auf das große, von wehenden Stores verdeckte Fenster zu, riß die Gardine zur Seite und blickte hinaus auf einen gepflegten Rasen, auf Blumen, Sträucher und Bäume, die er, das war sicher, noch nie zuvor gesehen hatte. Sonnenlicht blendete ihn. Er leckte sich über die Lippen. Was ist geschehen, fragte er sich mit wachsender Verzweiflung. War er irgendwo widerrechtlich eingebrochen? In ein leerstehendes Haus. Das plötzliche Unbehagen ließ ihn mehrmals schlucken, gab ihm das Gefühl, daß sich seine Haare sträubten. Abrupt drehte er sich um.
Er wollte fliehen, war aber unfähig, sich von der Stelle zu rühren. Dumpf erinnerte er sich des schlanken, elegant gekleideten Mannes, mit dem er irgendwo in einer Kneipe einige Straßen hinter dem Hauptbahnhof zusammengetroffen war, an einen weißen Sportwagen, dessen harte Federung ihm das Erbrechen in die Kehle geschüttelt hatte. Die wieder einsetzende Vernunft sagte ihm, daß ein Mann in der Regel dort erwacht, wo er seinen letzten Schluck genommen hat. War das in diesem sicherlich nicht einer Verkäuferin gehörendem Haus gewesen?
Seine Blicke glitten über die Einrichtung. Antike Möbel,

sorgsam aufgearbeitet, an den Wänden nachgedunkelte Gemälde, die, wenn die Motive mit der Zeit übereinstimmten, einige Jahrhunderte Zeit zum Trocknen gehabt hatten. Silber hinter geschliffenem Glas, Miniaturen auf der englischen Tapete. Kein Armenhaus, fürwahr, dachte Mickler. Ehrfurchtsfalten zeigten sich auf seiner Stirn. Er rieb sich die kühlen Schultern, ging in den Raum hinein und hörte wieder das, was er für das Schnurren einer Katze gehalten hatte. Es war der sanft rasselnde Atem eines hellblonden Mannes, der sich wie ein Kind in einen der scheinbar kostbaren Teppiche eingerollt hatte. Das linke Bein schaute nackt hervor. Die Hose – Naturseide – war bis an die recht kräftigen Knie gerutscht.
Mickler nickte mehrmals. Jäh wurden die Bilder der letzten Nacht in ihm lebendig, dieses unendliche Gesaufe und Gerede von Geld, Tod und all den Sachen, die ein Mann lieber verschweigt, als sie einem Wildfremden anzuvertrauen. Der Alkohol hatte ihre Hemmungen fortgespült, aus ihnen klatschsüchtige Weiber gemacht, die selbst vor dem Letzten nicht haltmachten. Er hob die kräftigen Schultern. »Der Suff«, murmelte er und fühlte sich sicherer. Nein, er war nicht in dieses Haus eingebrochen. Er war von diesem sanften Schnarcher dort unter dem Keshan in dem sündhaft teuren Schlitten kutschiert worden, hierher, in diesen Palast, den wohl die zwei- oder dreihundert Angestellten, die er in seinen Hökerhallen beschäftigte, erarbeitet hatten. Im Schweiße ihrer Angesichte, dachte Mickler, der sich nach einem Schluck Bier sehnte.
Er verließ das salonartige Wohnzimmer, fand die Küche, den Kühlschrank und darin einige Dosen Bier. Er öffnete eine, ließ den kalten Inhalt durch die Kehle gurgeln und nahm die zweite. Mit dem Hintern drückte er die Tür zu. Er war hellwach.
Er kehrte ins Wohnzimmer zurück, warf sich in einen Sessel, streckte die Beine von sich und starrte über den Rand der Bierdose auf das herausragende käsige Bein des

Blonden. Es war eine teure Nacht gewesen. Für den da, sagte er sich. Diese Kerle, die nicht wissen, wohin sie ihr Geld schmeißen sollen, kriegen hin und wieder einen Rappel, dann merken sie, wie wenig sie von ihrem Leben haben – trotz Luxusauto, trotz jahrhundertealter Bilder, trotz der Seide, die sie auf den Knochen tragen.
Er löste den Blick, betrachtete die Möbel, erhob sich, öffnete eine gläserne Vitrine und versuchte abzuschätzen, was die Silberpokale wert seien, die in ihr aufgestellt waren. So'n Kerl, dachte er, rülpst noch nicht mal, wenn er zwei, drei Mille in einer Nacht über den Tresen schiebt. Das ist normal für den. Der hat ja seine Knechte, die ihm neue Kohle produzieren, der braucht nur 'n Scheck auszuschreiben und schon rollt der Kies in dicken Bündeln.
Achsen bewegte sich. Mickler drehte sich um. Der Mann am Boden schnarchte lauter. Der Mund war geöffnet. Die Oberlippe flatterte, wenn er den Atem wie ein Ertrinkender in sich hineinschluckte. Mickler entdeckte die Uhr.
Er trat näher, kniete sich nieder und hob den schlaffen Arm Achsens hoch. Diamanten, glaubte er. Auch das Zifferblatt war mit Klunkern besetzt. Zwanzigtausend, schätzte er. So 'n Kerl schleppt ein Vermögen am Handgelenk herum und du gehst auf'm Großmarkt Kisten schleppen. Die Stunde zehn Mark und fünfzig.
Die Uhr und noch ein bißchen und du könntest die Klinik zahlen, wo sie dich wieder zusammenleimen.
Er nahm einen Schluck des kalten Biers, überlegte, ob er dem Schlafenden die Uhr vom Handgelenk ziehen sollte. Der weiß doch nix mehr, dachte er, weder deinen Namen noch wie du aussiehst. Die Frage ist nur, ob du 'ne Bauchlandung beim Verhökern der Zwiebel machst. So was ist fein säuberlich numeriert, ist registriert, das ist, als wenn du Fingerabdrücke hinterläßt. Er rieb sich das stoppelige Kinn, preßte die Lippen aufeinander. Vielleicht hat der Kerl genügend Bares im Haus, dachte er.
Er durchsuchte die Räume. Im Obergeschoß lagen die bei-

den Schlafzimmer. In einem fand er den offenen Safe. Einige Dokumente lagen darin, kein Bargeld. Im Kleiderschrank entdeckte er Blankoschecks einer Großbank. Er nahm sie in die Hand, fächerte sie, dachte, daß nur eine Summe und eine Unterschrift fehlten. Eine Unterschrift des Kerls, der sich einen Keshan über die Ohren gezogen hatte. Was macht er, wenn ich ihm ein Messer an die Kehle setze und sage, daß er den Kopf verliert, wenn er nicht unterschreibt? Nichts macht er, gab er sich selbst die Antwort. Er pinselt seinen Namen, pinselt die Ziffer, die du brauchst und ist froh, wenn du ihn sauber einschnürst und zur Bank gehst, um das Bare abzuholen.

Mickler sog den Atem tief in die Lungen. Er nahm die Bierdose mit, die er auf einen Stapel Hemden gestellt hatte. Er dachte an die Fingerabdrücke. Langsam und nachdenklich stieg er die Treppe hinab. Er ging in die Küche, öffnete Schublade um Schublade, bis er fand, was er suchte: Ein scharfes Fleischmesser, dessen Klinge gute fünfundzwanzig Zentimeter lang war. Garantiert rostfrei.

Er kehrte ins Wohnzimmer zurück, nahm wieder auf dem Sessel Platz. Er beobachtete Achsen, dessen Atem wie eine Kreissäge schrillte. Du triffst ja kein armes Schwein, dachte Mickler. Für den sind fünfzigtausend soviel wie für 'n Pferd 'n Lutschbonbon. Wenn du Glück hast, meldet der das noch nicht mal der Polizei. Und wenn du Pech hast, haste Pech. Aber 'ne Chance ist das.

Er stand auf. Er stieß die spitze Klinge des Fleischmessers gegen die Innenfläche seiner linken Hand. Er nickte. Dicht vor Achsen blieb er stehen. Er rammte ihm den rechten Fuß in die Seite.

Achsen knurrte.

Erst der zweite – heftigere – Tritt brachte den Hausherrn hoch. »Was 'n hier los? Was haste?«

Mickler ließ die scharfe Klinge kreisen. »Steh auf«, sagte er grob, »ich hab mit dir zu reden.«

»Reden? Bist du bescheuert? Mitten in der Nacht?«

»Es ist zehn, Mann!« schrie Mickler und trat zum dritten Mal zu. »Und du machst haargenau, was ich will, oder ...«
Das Messer schoß auf den Hals des Liegenden zu. Achsen riß die Augen auf. »Sag mal, bist du verrückt geworden? Mit sowas macht man keine Scherze!«
»Mach ich auch nicht. Das is blutiger Ernst. Hoch jetzt!«
Achsen kniete nieder. Er schüttelte sich. Er schien den Ernst der Situation noch immer nicht begriffen zu haben. Er rieb sich die getroffene Seite.
»Das ist kein Spaß«, wiederholte Mickler. »Ich meine, was ich sage!«
Achsen richtete sich auf. Seine Blicke fixierten das Messer. »Sag mal«, murmelte er erschreckt, »du gehörst doch hier nicht hin, oder?«
»Ich brauche Geld.«
»Aha«, machte Achsen.
»Es ist ganz einfach«, erklärte Mickler. »Du malst 'ne Fünf mit einigen Nullen auf einen Scheck, deine Unterschrift und bist aus allem raus. Wenn du den Helden spielen willst, schneide ich dir den Kopf ab. So von Ohr zu Ohr. Glaub mir, das ist schlechter zu verkraften als fünfzig Mille.«
»Warum nicht fünfhundert?«
»Weil dann die Bank zurückrufen könnte, du Ei«, sagte Mickler. »Also, wie sieht es aus?«
Achsen winkte ab. Er deutete mit der linken Hand auf die Bierdose, die auf dem Tisch stand. »Ist da noch was drin?«
»Nee.«
»Erlaubst du, daß ich mir einen Schluck hole?«
»Wirst du mir den Scheck geben?«
»Was du willst. – Du heißt Mickler, he? Dir ha'mse in Nicaragua den Sack weggeschossen, stimmt's?«
»Das ändert auch nichts. Ich will den Scheck.«
»Und ich erst mal was zu trinken. Ich bin völlig down.«
Achsen wankte in die Küche. Mickler folgte ihm mit stoßbereitem Fleischermesser. Achsen riß die Kühlschranktür auf. »Du auch?« fragte er und griff nach einer Dose.

»Was ich will, weißt du!«
»Klar.«
Achsen riß den Verschluß auf, trank, bis die Dose leer war. Er warf sie auf die Anrichte, lehnte sich dagegen. »Leg endlich den schauerlichen Degen weg«, bat er seufzend. »Du kriegst, was du willst. Ich stelle dir jede Summe aus, die du haben willst. Aber ich sag dir gleich jetzt, daß du auf'n Bauch fallen wirst. Die Dinger platzen. Der Kassierer lacht sich tot, wenn du ihm den Zettel präsentierst. Und dann?«
Mickler runzelte die Stirn. »Du bist ein ganz Ausgekochter, was? Du willst, daß ich aufgebe, he?«
»Mach doch, was du willst. Ich hab dir gesagt, was mit mir los ist.«
Mickler sprang vor. Er setzte Achsen das Messer an die Kehle. »Du lügst!«
Achsen stand wie eine Statue. »Bitte«, flehte er, »hör auf mit dem Scheiß. Das kann ins Auge gehen.«
»Sind die Schecks gut oder nicht?«
»Nicht.«
»Wieso? Was ist mit dir los? Du hast doch 'ne Firma, jede Menge Typen, die für dich schuften. Da muß doch Kies sein, wenn man so'n Luxus hat!«
»Sollte«, korrigierte Achsen ihn mit erstickter Stimme. »Schon mal was von Pleite gehört? Davon, daß eine Firma nicht mehr zahlungsfähig ist?«
»Und das Haus hier, die Uhr, der Sportwagen?«
»Gemietet, geschenkt bekommen oder noch nicht bezahlt.«
»Das kann doch nicht wahr sein!«
»Nimmst du jetzt bitte das bösartige Ding von meinem Hals?«
Mickler tat ihm den Gefallen. Er warf die Waffe auf den Tisch. »Ich geh jetzt«, sagte er wie erschlagen.
Achsen verschränkte die Arme vor der Brust. »Ich werf dir nichts vor, min Jong. Um ehrlich zu sein, ich dachte auch schon an sowas. Ich wünschte nur, 'ne Stelle zu wissen, die

ergiebig genug ist. Aber so dick liegt das Bare nicht mehr. Die Zeiten haben sich geändert. Ich hab dir doch heute nacht erklärt, wie es um mich steht. Hier«, fügte er hinzu, und hielt die Handkante an die Unterlippe. »Wasser bis zum Hals.«
»Warum rufst du nicht die Bullen?«
Achsen hob die Brauen. »Gibt's für dich 'ne Belohnung?«
»Nicht einen Pfennig.«
»Dann hat auch das Rufen nach Bullen keinen Sinn. Was sollte das bringen? Inneren Vorbeimarsch? Nee, min Jong, aus dem Alter bin ich heraus. Ich versteh dich. Glaub mir, ich begreife haargenau, was in dir vorgeht. Ich bin genauso am Ende wie du. Nur schlimmer dran. Ich gehe sehenden Auges kaputt. Dich hat es plötzlich getroffen, du hast es nicht kommen sehen.« Achsen klatschte in die Hände. Mickler beobachtete ihn und versuchte, herauszufinden, ob die Worte ein hinhaltender Versuch waren, ihn in Sicherheit zu wiegen. Aber Achsen zeigte nicht die Spur von Angst. Er schien zu meinen, was er sagte.
»Du bist ein seltsamer Kauz«, sagte er verstört-verwundert. »Wieso läßt du mich nicht abführen?«
Achsen hob die Schultern. Er gähnte. »Ich habe es dir gesagt. Ich verstehe dich und deine Situation, weil ... nun ja, ich bin in einer ähnlichen, und es war für mich eine gute Nacht. Zum ersten Mal seit langer Zeit fühlte ich mich wieder wie ... wie'n Mensch, verstehst du? Ich hatte plötzlich keine Sorgen mehr, ich hatte jemanden, der nichts von mir wollte, kein Geld und nichts, der keine Forderungen stellte. Ich wiederhole mich, aber es war eine gute Nacht. – Du hast sicherlich Hunger, nicht wahr?«
Mickler nickte schweigend.

Achsen beobachtete den großen Mann, der vor wenigen Minuten bereit und fähig gewesen war, ihm den Kopf vom Rumpf zu trennen, über den Rand seiner Kaffeetasse hin-

weg. Er spürte das Zittern seines Körpers. Es waren Nachwehen der Angst, die ihn geschüttelt hatte, Erschöpfung nach dem ungeheuren Kraftakt, nicht die Nerven zu verlieren, kühl und beherrscht zu reagieren, um zu verhindern, daß Mickler, dessen Alkoholspiegel noch nicht sehr gesunken sein konnte, durchdrehte. Die Augen seines Gegenüber wirkten wie erloschene Feuer, die Schultern hingen herab. Mickler hielt seine Tasse mit beiden Händen und blies den Atem in die schwarze Brühe.
»Wieso glaubst du, dir könne geholfen werden?« fragte Achsen und griff nach der Zigarettenpackung. »Wieso ist das eine Frage des Geldes?«
Mickler hustete. Niedergeschlagen hob er die breiten Schultern. »Ich weiß es halt. Wie soll ich das erklären?«
»Haben die Mediziner dir Hoffnung gemacht?«
»Nicht im eigentlichen Sinne, aber doch. Ich sagte es bereits: Achtundneunzig zu zwei. Aber Tatsache ist, daß sie nicht wollen, daß sie Angst haben, unbezahlte Schnitte zu machen. Das ist es.«
»Sie weigern sich?«
»Genau das.«
»Und du kennst niemanden, der die Operation wagen würde?«
»Niemanden... das heißt, es geht, wenn ich zahle. Diese Kerle sind ja Geschäftsleute, und es ist mein Gewebe, das sie zerschneiden.«
»Dein Risiko vor allem!«
»Ich hab' ne Chance.«
»Zwo von Hundert. Viel ist das nicht.«
»Nein, aber immerhin. Außerdem glaube ich nicht an die Gültigkeit der Zahl. Das ist so hingesagt. Die Wahrheit ist, daß ich's spüre: Ich habe ja nicht die Gefühle verloren. Was sie machen müssen, ist diesen Nervenstrang oder was es auch immer ist, zu überbrücken. Eine neue Leitung in die Lücke zu legen oder die zerschnittenen Enden zu dehnen. Ich hab was von elektronischen Geräten gelesen, von Appa-

raten, wie sie auch bei Herzkranken verwendet werden, Impulsgeber. Das wäre auch 'ne Möglichkeit.«
Achsen nickte. »Die Frage ist, ob du einen Arzt hast, der an dir rumschneidet.«
»Der ist nicht das Problem. Das Geld ist es. Mindestens Fünfzigtausend. Ich wette, daß, wenn ich aufblättere, auch die Prognosen besser werden. Nicht mehr zwo Prozent, sondern ... ich wette fifty/fifty. Für Kohle geht alles. Das sind doch Zyniker, diese Knochenschneider, müssen sie doch werden, wenn sie schon als junge Burschen massenweise Leichen zerlegen, wenn sie dauernd im heiligen Leben herumschnipseln. Du mußt mal sehen, wie heilig so ein Leben ist, wenn es von 'ner Granate zerfetzt wurde.«
»Du mußt es wissen.«
Mickler nickte. »Weiß ich auch.«
Achsen schwieg einen Augenblick, beschäftigte sich mit der Zigarette, die ihm nicht schmecken wollte. »Du hast Leute umgebracht, ja?«
»Im Krieg soll das vorkommen.«
»Klar. Was ich meine, ist, ob du das bewußt gemacht hast, nicht anonym und auf Entfernung wie ein Bomberpilot, der nur einen Knopf drückt und gar nicht gewahr wird, daß da Hunderte draufgehen.«
»Ja.«
»Was ja?«
»Ich habe keine Knöpfe gedrückt.«
»Du hast sie gesehen, diese Männer, die von dir getötet wurden?«
»Ja.«
»Menschen...«
»Im Kampf sind das keine Menschen. Das sind Feinde, begreifst du?«
»Na sicher. – Hast du die mal gezählt? Ich meine, ob du eine Vorstellung hast, wie viele du umgebracht hast?«
Mickler schüttelte den Kopf. »Du schießt, du zählst nicht. Das ist auch nicht das Problem.«

»Das Geld, ich weiß. – Du mußt ganz schön verzweifelt sein. Daß du plötzlich mit dem Messer vor mir warst... Hättest du mich töten können?«
»Ich glaube schon... wenn es um so eine Sache geht. Du verstehst das nicht, das kann auch niemand begreifen. Dieser Druck... und dann hast du plötzlich Hoffnung. Wenigstens die, verstehst du?«
»Fünfzigtausend.«
»Das ist das Minimum.«
»Oder achtzig.«
»Das käme hin.«
»Und wenn du sie hättest?«
Mickler lachte auf. »Dann kriegte ich auch den Arzt, der die Operation macht. Das wäre nur eine Frage von Tagen.«
»Und wenn dir jemand sagt, hier, hier hast du das Bare?«
Mickler winkte ab. »Das sagt keiner.«
»Aber wenn?«
Mickler atmete heftig aus. »Dann, Mann, wäre ich nicht mehr hier, dann wäre ich jetzt unterwegs, um die Sache auf den Weg zu bringen.«
Achsen zögerte. Er hantierte mit der Tasse. Er las die Uhrzeit ab. Fast zehn. Er hätte längst in der Firma sein sollen. Er fürchtete sich vor seinem Büro, vor Berger, der ihm bestimmt wieder schlechte Nachrichten auf den Schreibtisch gelegt hatte. Er dachte an Elvira, die ihm endgültig die Tür vor der Nase zugeschlagen hatte. Während dieser Sekunden begriff er, daß der Sturz nur noch eine Frage von Tagen war und er ihn trotz aller Versuche nicht würde aufhalten können.
Es sei! Elvira muß sterben.
»Nehmen wir an, da wäre jemand, der dir achtzigtausend gibt. Aber du müßtest dafür was tun.«
»Und was?«
Achsen befeuchtete seine Lippen. Er erhob sich, drehte Mickler den Rücken zu. »Jemanden töten.«
Mickler legte die Hände gegeneinander. Er betrachtete Ach-

sens Rücken. Dessen hellblondes Haar kräuselte sich über dem weichen Kragen des Hemdes.
»Warum antwortest du nicht, Mickler?«
Achsen drehte sich um.
»Na?«
»Ich weiß nicht«, sagte Mickler.
Achsen stützte sich auf dem Tisch ab. »Vorhin warst du bereit, mich unter die Erde zu bringen.«
»Das war was anderes.«
»Was denn? Verzweiflung?«
»So ähnlich.«
»Immerhin ging es dir um Geld. Du hast geglaubt, mir die Kohle für die Operation abnehmen zu können. Du hättest es getan, wenn ich dich nicht von der Erfolglosigkeit der Sache überzeugt hätte. Wieso ist das jetzt anders?«
Mickler löste die Hände und neigte den Kopf. »Bist du derjenige, der einen Typen beseitigen will?«
»Und wenn?«
»Du bist es also?«
Achsen lächelte. »Uns beiden wäre geholfen, Mickler. Ich wäre aus der Scheiße und du könntest dich operieren lassen. Es wäre ideal. Wir haben uns vor dieser Nacht noch nie gesehen. Es gibt keine Verbindungen. Wenn wir den Kontakt so gestalten, daß es keine direkte Linie zwischen uns gibt, wenn wir uns nicht mehr persönlich sähen, käme der beste Bulle nicht auf die Idee.«
»Es kommt auch auf das Motiv an.«
»Letztlich nur auf Beweise, die es nicht geben kann, weil ich ein felsenfestes Alibi hätte.«
Mickler nickte.
»Du würdest es machen?«
Mickler stand auf. »Du sagst, dir sei die Sache achtzig Mille wert. Wenn du achtzig aufblättern kannst, wieso steckst du in Schwierigkeiten?«
Achsen lachte. »Es geht um Millionen, die fehlen!«
»Und die kriegst du, wenn die betreffende Person hin ist?«

»Ganz so einfach ist es nicht«, sagte er vage. »Es geht um jemanden, der mir das Genick brechen will, der 'n Haufen Kies bei mir in der Firma stecken hat. Sache ist, daß ich pleite gehe, wenn das Kapital abfließt. Es fließt nicht ab, wenn die Person keine Anweisungen mehr geben kann.«
»Ich verstehe«, antwortete Mickler.
»Ich war schon soweit, daß ich's selbst mache«, sagte Achsen. »Im Zorn, außer mir vor Wut. Aber damit falle ich natürlich total auf die Schnauze. Es geht nur, wenn die Polizei keine Rückschlüsse auf mich ziehen kann. Du wärest der ideale Partner, Mickler. Wie sieht es aus?«
»Mann!« knurrte Mickler. »So was kann man doch nicht zwischen Tür und Angel besprechen oder entscheiden. Zeit zum Nachdenken mußt du mir schon lassen. Ich denke an das Risiko, daran, daß man im Bau landen kann. Was weiß ich, wer du bist?«
»Das Problem ist«, gab Achsen zurück, »daß ich keine Zeit mehr habe. Die Sache muß in spätestens drei Tagen gelaufen sein, wenn sie einen Wert haben soll.«
»Trotzdem kann ich nur sagen, daß ich drüber nachdenken werde. Du bist doch telefonisch zu erreichen, oder?«
»Ja, aber ich will nicht, daß du hier oder in der Firma anrufst. Wir könnten was ausmachen. Zum Beispiel eine Kneipe. Hast du da was, wo ich durchrufen kann?«
»Das ›Cafe‹ in City Nord.«
»Neben dem HEW-Verwaltungsbau?«
»Schräg gegenüber.«
»Und wann?«
»Ich bin da oft, wurde auch hin und wieder angerufen. So ab eins kannst du mal anklingeln. Bis dahin weiß ich vielleicht schon was.«
Achsen nickte. »Es wäre nicht dein Schaden«, sagte er leise. »Und draufkommen können sie dir eigentlich nicht. Wenn du keine Fehler begehst. Aber als Fachmann sollten sie dir nicht unterlaufen.«
»Möglich«, sagte Mickler.

Dann bat er, das Bad benutzen zu dürfen. Zwanzig Minuten später verließ er das Haus durch den Garten.

9

Mickler streckte die Beine, blickte hinab auf das kahle Oval der nur im Winter benutzten Eisbahn und tastete nach dem Geld in seiner Tasche. Er zog es heraus. Bismarck drohte steinern in der Sonne.
Mickler zählte Scheine und Münzen. Siebenundsechzigvierzig. Es wurde Zeit, einige Stunden auf dem Großmarkt zu arbeiten. Er wog das Geld in der rechten Hand. Es reichte, um nach Rahlstedt zu fahren und den Vater zu besuchen, diesen süchtigen Mann, dessen Gesicht vom Alkohol gezeichnet war. Obwohl sie sich – wie immer – anschweigen würden und sich nichts zu sagen hatten, trafen sie hin und wieder zusammen. Merkwürdige Begegnungen zweier Männer, die immer wieder staunten, Vater und Sohn zu sein. Keine enge Beziehung. Ein Abfragen von Gemeinplätzen, aber Sehnsucht, daß es anders werden könnte. Dann, wenn der Alte nicht mehr wie ein Walfisch soff, dann, wenn der Junge bereit war, sich abzufinden.
»Du mußt doch zur Ruhe kommen, du mußt«, hatte sein Vater gesagt. »Oder du mußt dich kaputtmachen. Viele Leute bringen sich aus bedeutend weniger wichtigen Gründen um. Du gehst doch sowieso kaputt, wenn du nichts dagegen machst.« Mickler schob Scheine und Münzen zurück in die Tasche. Er zog die Beine an, beugte sich vor und stützte den Kopf mit beiden Händen ab. Einmal war er nahe daran gewesen, das US-Konsulat in Hamburg anzurufen, sich mit dem Militärattaché verbinden zu lassen, um seine Beichte abzulegen. Die Worte hatte er sich zurechtgelegt: »Ich bin der Typ, der euren Morelli abgeschossen hat. Ihr könnt mich holen.«

Aber das war keine Lösung. Man würde ihn nach Amerika zurückbringen, in ein Militärzuchthaus stecken und ihn vor ein Kriegsgericht stellen. Man würde eine Menge Psychologen aufmarschieren lassen, Anwälte, die genau erklärten, daß es sich um eine Ausnahmesituation gehandelt habe, um einen Kurzschluß. Man würde ihn dennoch verurteilen. Vielleicht zu zehn, vielleicht zu zwanzig Jahren. Wäre zu verkraften, wenn es ein Zurück in die Army gäbe, ein Zurück in den Einsatz. Gerade jetzt, wo die Jungs Feuer am Arsch hatten. Zu tun gab's reichlich. Aber das würden sie nicht tun. Nicht das. Sie würden ihn ausstoßen, ihm den restlichen Sold auszahlen und ihn dann fallenlassen. Eine tote Kröte.
Nein, ein Zurück gab es nicht. Die Idee war idiotisch gewesen. Man läuft seinem Schlächter nicht offenen Auges in die Arme. Dann lieber Kisten auf dem Großmarkt schleppen. Oder darüber nachdenken, wie ernst dieser Achsen es mit dem Angebot meinte.
Ein Leben ist soviel wert, wie dafür bezahlt wird.
Achtzigtausend!
Weiße Kittel, scharfe Klingen, ruhige Hände, die Hautlappen mit blitzenden Haken auseinanderzogen, dieses Nervengewebe freilegten und das fehlende Stück Kabel ansetzten. Blut, ja, viel Blut, Schmerzen und Tränen, aber auch ein Tun, das Sinn hatte. Wer sagt, daß es nur zwei Prozent sind?
Achtzigtausend!
Natürlich darfst du dich nicht über's Ohr hauen lassen. Solche Kerle wie Achsen verstehen was vom Geschäft. Ihm steht das Wasser zwar bis zum Hals, aber er kennt seine Zahlen; ein Kerl, der rechnet. Mit deiner Sucht, mit deinen Hoffnungen. Da mußt du schon sicher gehen. Auf Vorkasse, auf Bares. Und du hast herauszufinden, daß er der Kerl ist, der er zu sein vorgibt. Wer sagt dir, daß es kein Schleimer ist, ein Provokateur, ein Spitzel der Polizei?
Sicher mußt du sein.

Achtzigtausend!
Eine Summe, die einen anderen Menschen aus ihm machen konnte, einen Mann, der schnell vergessen würde, wie furchtbar es war, diesem inneren Druck ausgesetzt zu sein, der, weil der Körper beschädigt war, sich nicht entladen konnte. Wieder leben! Eine Frau haben können! Ein stinknormales, kleines Dasein führen, wieder Mensch sein... Himmel, keine richtungslos durchzechten Nächte mehr passieren, ja sagen können zu den Nutten, die ihre geschlitzten Röcke einladend öffneten, ja sagen können zu den auffordernden Blicken dieser Mädchen, die sehr wohl sahen, daß da ein Mann mit Kraft vorüberging, vielversprechend und dennoch leer wie eine abgefeuerte Patrone, sinnlos, weil ausgebrannt – sinnlos in dieses schreiende, blutvolle Leben hineingestellt. Nicht mehr die bizarren, quälenden Träume erdulden zu müssen, Mann sein können, ein Kerl, der nicht unter sich und seinem Dasein litt.
Er beobachtete eine junge Frau, die, ihren kleinen Sohn an der Hand, zwischen Büschen auf dem Parkweg auftauchte. Sie trug ein leichtes, weites Kleid, das vom Wind gebläht wurde. Lange Beine. Glatte Haut. Er knetete die Hände, atmete heftiger, erhob sich abrupt und verließ den Park.
Auf dem Stephansplatz fand er eine Telefonzelle. Er betrat sie, schlug das Verzeichnis auf. Seine Finger glitten über die A-Spalten. Verharrten. Achsen R. KG, Wendenstr. (Handelsges.) Drei Telefonnummern. Er schrieb sie sich auf, steckte das Notizbuch ein, verließ die Kabine. Seine Blicke glitten über den DAG-Bau. Abgase schlugen ihm entgegen. Bismarck grüßte immer noch steinern.
Recht hat er, sagte er sich, wenn er behauptet, daß es geradezu ideal ist, einen Wildfremden mit so 'ner Aufgabe zu betrauen. Keine Verbindungen. Die Polizei steht vor einem Rätsel, wenn er sich ein bombensicheres Alibi verschafft. Gut, die werden herausfinden, daß er in Schwierigkeiten steckt, daß die Person, die tot ist, ihm den Hals hatte zudrücken wollen, daß das schon ein Grund ist, jemanden

über den Jordan zu schicken. Aber Motive sind keine Beweise. Sie werden sich die Zähne daran ausbeißen. Zum Täter führt keine Spur...
Er stoppte ein Taxi.
»Zu den Grindelhäusern«, sagte er und lehnte sich in den Sitz. Es sind achtzigtausend Mark, dachte er. Und wenn du sagst, daß es hundert sein müssen, wird er auch nicken. Er muß. Für ihn geht es um die Wurst. Sekt oder Selters, das ist es. Für ihn ist es so was wie Sterben. Und er will nicht sterben.
»Ich auch nicht!« sagte er laut.
Der Taxifahrer blickte ihn durch den Rückspiegel an. »Was sagten Sie?«
»Ich habe nichts gesagt.«
»Nein? Nun ja, wenn Sie meinen.«
Von da ab starrte er aus dem Seitenfenster. Schweigend zahlte er, als sein Ziel erreicht war. Zögernd betrat er wenig später die Praxis von Dr. Lichtenfels. Er nahm zwischen alten Frauen im Wartesaal Platz. Als die füllige Arzthelferin herauskam, um eine der Patientinnen hereinzubitten, blieb sie abrupt stehen. »Gut, daß Sie gekommen sind, Herr Mickler«, sagte sie. »Dr. Lichtenfels hat schon nach Ihnen telefonieren lassen.«
Sie bat ihn hinein.
Dr. Lichtenfels kam ihm kopfschüttelnd entgegen. »Keine guten Manieren«, tadelte er. »Dr. Lescek ist sehr enttäuscht, zumal er unendlich viel Geduld mit Ihnen gezeigt hat. Sie haben ihm eine Niederlage beigebracht.«
»Der Arme«, höhnte Mickler. »Haben Sie eine Ahnung, was der mit mir versucht hat?«
»Er ist der Fachmann, nicht Sie!«
»Ach was! Das war nichts weiter als Ringelpietz mit Anfassen. Wie doof ließ er uns um eine Stripperin tanzen. Nee, für mich ist das gestorben, das kann ich nicht aushalten. Was ich fragen will, ist, ob Sie mir dämpfende Mittel geben können.«

»Wir sollten erst mal über Ihre Situation sprechen!«
Mickler hob abwehrend die Hände. »Was gibt es da zu reden? Der Psychokram greift nicht. Ich bin auch nicht bereit dazu. Geben Sie mir ein Mittel, Doktor, sonst werde ich noch meschugge.«
Dr. Lichtenfels zögerte. »Natürlich kann ich Sie nicht zwingen. Niemand will das. Aber ich glaube, Sie begehen einen schwerwiegenden Fehler, Mickler. Meiner Ansicht nach vergeben Sie eine Chance.«
»Dennoch nein. Zu diesem Lescek gehe ich nicht mehr. Ich pack's einfach nicht. Ist das so schwer zu begreifen?«
»Sie gehen vor die Hunde!«
»Mit Lescek rase ich vor die Hunde, Doktor. – Bitte schreiben Sie mir das Rezept. Ich brauche was Dämpfendes.«
Wortlos drehte Dr. Lichtenfels sich um, nahm wieder Platz und schrieb das Rezept aus. »Nur abends nehmen«, sagte er, »und nur eine Tablette. Haben Sie verstanden?«
»Yes, Sir!«
»Und denken Sie noch mal nach, Mickler«, fügte der Arzt hinzu. »Sie sind zu jung, um sich selbst kaputtzumachen.«
Mickler steckte den Zettel in die Tasche. Er dankte und sagte stockend: »Mein Fall ist ja auch eine Sache des Geldes, Doktor. Wir haben offen darüber gesprochen. Was, wenn ich die Kosten der Operation aufbringen kann?«
»Sie kennen meine Antwort. Ihre Chancen sind nicht groß.«
»Jaja, das sagten Sie. Aber wenn ich es riskiere? Was dann? Könnten Sie den Eingriff vornehmen?«
»Auf keinen Fall!«
»Warum nicht? Weil Sie keine Erfolgsaussichten sehen?«
Dr. Lichtenfels nickte. »Auch deshalb, Mickler.«
»Aber machen könnten Sie's?«
»Selbstverständlich. Nur, und das sage ich ganz offen, ich traue mir einen derartig komplizierten Eingriff nicht zu.«
»Könnten Sie mir einen Kollegen empfehlen?«
»Guten Gewissens nicht.«
»Aber doch, ja? Wen, Doktor?«

Dr. Lichtenfels strich sich über das weiße Haar. »Haben Sie eine Vorstellung, was da auf Sie zukommt? Auch finanziell?«
»Nicht genau. Sie waren es, der von fünfzigtausend sprach.«
»Die Summe liegt im Rahmen. Damit müssen Sie rechnen.«
»Gut. Sagen wir, ich habe das Geld. Sagen wir, ich bin bereit, die Operation machen zu lassen – trotz des Risikos. Wer macht sie? Wer kann sie Ihrer Meinung nach machen?«
Dr. Lichtenfels schwieg. Er biß sich auf die Lippen und schüttelte sachte den Kopf. »Ich bin zu alt. Ich möchte ihnen nicht alles nehmen. Aber wenn Sie mit einer Kapazität sprechen wollen ... Gehen Sie zu Professor von Allwörden, Mickler. Ein junger Spezialist, der Ihnen genau sagen kann, ob ein Eingriff zu vertreten ist.«
»Wenn Sie mir seine Adresse geben?«
Dr. Lichtenfels schrieb sie auf, nachdem er sie aus einem Verzeichnis herausgesucht hatte. »Ich bin sicher, er wird Ihnen abraten. Aber das werden Sie sehen.«
Mickler verabschiedete sich. Er verließ die Praxis und fühlte sich bedeutend besser, obwohl er wußte, daß sich im Grunde nichts geändert hatte.

Berger medete sich. »Ja«, sagte er, »ich habe noch einmal nachgefaßt und mit Wellmer gesprochen.« Seine Stimme klang müde, resigniert. »Er hat sich die Bücher angeschaut. – Wollen Sie sein Angebot hören?«
»Na klar«, gab Achsen zurück. Er spürte, wie seine Hand am Hörer naß wurde. »Was bietet er?«
»Sitzen Sie?«
»Im Auto, ja.«
»Gut. Dann halten Sie sich fest. Wellmer bietet die Übernahme des Verbindlichkeitenpakets.«
»Weiter!«
»Nichts weiter.«

»Das kann doch nicht...«
»Dafür will er alle Anteile. Er ist bereit, so was wie eine Funktionsgarantie zu geben.«
»Was heißt das?«
»Soviel, daß die Firma zur G. m. b. H. und Co. KG umgebaut wird und Sie die Leitung behalten. In eingeschränkter Form, Herr Achsen. Er wirft Ihnen vor, Schuld am bösen Ergebnis zu sein.«
»Das Schwein!«
Berger seufzte. »Mag sein, aber hat er so unrecht? Die Verbindlichkeiten belaufen sich – alles in allem – auf Einskommadrei Mio. Er kalkuliert mit weiteren zwei Mio. für die Sanierung und liegt damit wohl richtig.«
»Hat er das Angebot schriftlich dagelassen?«
»Schriftlich. Sogar Ihr Einkommen ist festgelegt. 120 000 per annum.«
»Das Schwein!«
»Er hat das Geld, Herr Achsen. Und er weiß, wie es um uns steht. Er hat zwei Buchprüfer dabei gehabt, die jede Ziffer auseinandergenommen haben. – Was sagen Sie?«
»Unmöglich!«
»Soll ich ihm die Antwort durchgeben?«
Achsen schluckte. Er hatte kurz vorher mit Elvira Dreher telefoniert, in der Hoffnung, sie in allerletzter Minute doch noch umstimmen zu können. Sie war bei ihrem klaren Nein geblieben.
»Nein«, sagte er. »Unter Umständen müssen wir eben disponieren.«
»Sie schließen also die Annahme des Angebots nicht aus?«
»Was soll ich machen, wenn sich keine andere Lösung findet? Wollen Sie einen Amtsrichter vor der Nase haben?«
»Um Gottes willen!«
»Na also! Rufen Sie Wellmer an und sagen Sie ihm, Sie hätten mich informiert. Ich sei dabei, den Vorschlag zu prüfen. Er bekomme Bescheid, ja?«
»Selbstverständlich. Zur Information: Ich habe veranlaßt,

daß Stade abkassiert und die dort angelaufene Summe zur Rechnungsbegleichung überwiesen wird. Ich nehme an, das ist in Ihrem Sinne?«
»Ja ja, Sie machen das schon. Ich komme dann vorbei. Tschüß, Oberst.«
Er legte auf. Er rieb sich die feuchte Hand an der Hose ab. Das Schwein, sagte er sich und meinte Wellmer, dessen Angebot nur deshalb mit dem Posten des Geschäftsführers gespickt war, um ihm, Achsen, die Annahme schmackhaft zu machen. Später, wenn er sich die Firma einverleibt hatte, wenn Wellmers Kreaturen die Politik bestimmten, war es dann leicht, ihn durch einen Kommanditistenbeschluß vom Sessel zu heben. Kein Vertrauen mehr, und du sitzt auf der Straße. Er wirft dir eine kleine Abfindung nach. Du bist erledigt.
Nein, dachte er, das kommt nicht in Frage. Wellmer kriegt das Ja nur dann, wenn mir genügend Anteile bleiben, wenn ich Gewicht behalte. Aber er ist interessiert. Ein Zeichen, daß er den Ruin für abwendbar hält...
Elvira muß zurückstecken!
Und wenn nicht... Wenn sie tot wäre, wenn dieser Mickler sie umbrächte...
Er rief Ruth an. Sie meldete sich verschlafen. »Ich habe auf dich gewartet«, schmollte sie. »Du zwingst mich zu unschönen Dingen, Robert. Ich denke, du weißt, wie schuftig du bist!«
»Hör mit den Albernheiten auf!« bat er. »Du kannst dir doch vorstellen, was jetzt hier los ist. Ich habe bis in den frühen Morgen schwere Verhandlungen geführt, um deiner Schwester den Triumph zu nehmen.«
»Du Armer! Sie hat sich also nicht umstimmen lassen?«
»Im Gegenteil. Sie scheint entschlossener denn je. Mein Erscheinen hat sie wohl ganz sauer gemacht.«
»Und? Ist dir was gelungen?«
»So was geht nicht über Nacht. Es gibt Ansätze, mehr nicht. Schwache«, fügte er hinzu. »Du kennst die Leute, wenn sie

riechen, daß man Luftmangel hat. Dann werden sie Geier. Dann läßt dich jeder hängen. Siehe deine Schwester.«
»Du bist verbittert.«
»Ich habe auch allen Grund dazu.« Er befeuchtete sich die Lippen. »Ich frage mich, wann auch du zu klammern beginnst.«
»Was habe ich damit zu tun?«
»Frag dich das mal!«
»Habe ich, aber ... du meinst, ich könnte dich verlassen, wenn es den Knall gibt?«
»Könntest du das?«
Sie atmete ihn durch den Hörer an. »Ach was«, murmelte sie. »Du weißt doch, daß ich dir hörig bin. Ich habe noch nie soviel von einem Mann gehabt ... Nein, Liebling, denke nicht daran.«
»Wenn ich auf der Straße liege?«
»Dann haben wir das Apartment.«
»Das von mir bezahlt wird.«
»Wir werden schon was finden. Ein Mann wie du ...«
»Ein Pleitegeier, der keinen Ausweg mehr sieht. – Ich wünschte, du wärest Elvira.«
Sie lachte. »Lieber nicht. Dann wäre ich eine alte Frau. Mir erginge es wie ihr.«
»Du weißt, wie ich das meine!«
»Daß ich das Geld hätte?«
Er nickte. »Und wenn du es hättest? Wärest du so wie sie? Würdest auch du mich an die Wand drücken wollen?«
»Dazu habe ich dir alles gesagt.«
»Wiederhole es!«
»Nein. Erstens habe ich das Kapital nicht, zweitens liebe ich dich. Und das ist die Wahrheit, Robert. Wenn ich's hätte, brauchtest du dich nicht zu plagen.«
»Irgendwann kriegst du's.«
»Was?«

»Irgendwann wirst du deine Schwester beerben.«
Sie lachte. »Frauen wie sie sind zäh. Sie wird mich überleben. Ganz bestimmt. Es sei...«
»Was meinst du?«
»Ich meine, wenn sie einen Unfall oder so hätte, sähe es natürlich anders aus. Aber sie wird keinen haben. Sie denkt an alles.«
Achsen spürte eine Gänsehaut auf dem Rücken. Ruth, er war sicher, spielte auf das Gespräch vom Vortag an. Sie meinte mit Unfall Mord.
»Warum sagst du nichts?«
»Ich denke nach, Ruth.«
»Über den Unfall, den sie haben könnte?«
Achsen bremste vor einer Ampel. Die Tankanzeige leuchtete auf. Er beschloß, die nächste Tankstelle anzufahren. Er sagte: »Und wenn sie einen hätte?«
»Das wäre nicht schlecht. Wir könnten dann endlich in Ruhe leben. Gemeinsam und ohne Sorgen.«
»Du bist eiskalt, nicht wahr?«
»Ich liebe dich, Robert!«
»Bist du ganz sicher?«
»Mehr als das. Du kannst blind auf mich setzen. Das ist die Wahrheit und nichts als die Wahrheit.«
Der Wagen rollte am Bristol vorbei. Achsen entdeckte eine Tankstelle. Er klemmte den Hörer zwischen Schulter und Ohr. Ruth fragte: »Bist du noch dran?«
»Ja.«
»Wird sie einen Unfall haben?«
Er atmete tief durch. »Hör auf damit, Ruth! Solche Sachen nimmt man nicht in den Mund. Stell dir vor, ihr passiert wirklich was. Dann hängt das an mir!«
»Ich würde dir keinen Vorwurf machen. Ganz im Gegenteil!«
»Bitte, hör auf!« »Wie du willst. – Wann sehe ich dich?«
Achsen steuerte die Tankstelle an. »Ich komme heute mittag vorbei.«

»Gut, ich warte. Tschüß denn, Lieber. Und: Auf mich kannst du dich wahrhaftig verlassen.«
»Tschüß«, sagte er und stoppte den Wagen vor einer Tanksäule.

10

Elvira Dreher ließ heißes Wasser nachlaufen, bis ihre Haut zu brennen begann. Neben der Wanne befand sich ein chintzüberzogener Hocker, auf dem das Telefon, eine Flasche Guiness und ein Aschenbecher standen. Feuerzeug und Zigarillos waren auf den Boden gefallen.
Sie tauchte bis zum Hals unter, schloß die Augen und fragte sich, ob sie Achsen richtig eingeschätzt hatte. Daß er keine Chance mehr hatte, das für die Firma nötige Kapital zu beschaffen, hielt sie für sicher. Erstens war die Zeit zu knapp, einen Kreditantrag durchzubringen; zweitens fehlten die Sicherheiten, die eine Bank – und besonders Pannwitz – zur Vergabe benötigten. Drittens, sagte sie sich, gibt es die Dummen nicht mehr, die blind in ein solches Geschäft einsteigen. Persönliche Freunde, die ihm unter die Arme greifen könnten, hatte er nicht. Viertens war es psychologisch richtig gewesen, die Einlage nicht sofort herauszunehmen. Achsens Versuche, sie, Elvira Dreher, sozusagen in letzter Minute umzustimmen, bewiesen, daß ihm ein Rest von Hoffnung geblieben war, sie könnte es sich noch einmal überlegen. Um so härter würde es ihn treffen, wenn sie den bereits gesperrten Anteil tatsächlich zurückzog.
Er stand mit dem Rücken zur Wand. Seiner ansonsten so sprühenden Fantasie fehlte das Feuer. Er tat so, als wenn er kämpfte. In Wahrheit, fand Elvira, waren seine Versuche nichts weiter als ohne Überzeugung geführte Abwehrbewegungen, die lahmen Schläge eines Ertrinkenden gegen das nasse, vernichtende Element. Achsen wußte, daß er fertig war.
Er begriff, daß nur sie ihn retten konnte.

Sie setzte sich auf. Sie nahm ein Tuch vom Halter, legte es sich auf die Schultern und griff zum Hörer. Sie wählte eine Lübecker Nummer. »Herrn Wellmer«, sagte sie spröde. »Ja, es ist persönlich und dringend.«
Er meldete sich. »Nein«, sagte er, »Ihr Achsen hat sich noch nicht gemeldet. Um ehrlich zu sein, ich rechne auch nicht für heute damit. Wenn er ja sagt, dann in letzter Minute.«
Elvira nickte zufrieden. »Sind Ihre Herren für diesen Fall instruiert?«
»Nicht im Detail. Sie sind lediglich angewiesen, Achsen hinzuhalten, sollte er wider Erwarten doch noch seine Zustimmung geben. Ich persönlich werde, wenn er zur Annahme bereit ist, darauf drängen, daß er aus der Firma austritt.«
»Was er selbstverständlich ablehnen wird.«
»Selbstverständlich.« Wellmer lachte glucksend. »Wissen Sie«, fügte er hinzu, »im Herzen tut der Mann mir leid. Ich kenne die Nöte eines solchen Unterganges.«
Elvira kniff die Augen zusammen. »Sie werden dennoch keine Fehler begehen, nicht wahr, Wellmer? Ich hoffe, Ihre Herren wissen nicht, daß ich hinter den Verhandlungen stehe?«
»Wo denken Sie hin!«
»Es wäre jedenfalls Ihr Schaden. Sie werden in dieser Sache gesehen haben, wozu ich fähig bin.«
»Sie geben die Anweisungen, gnädige Frau«, murmelte Wellmer ergeben.
»Ich wollte das nur klarstellen. Keine Eigenmächtigkeiten, Wellmer! Halten Sie mich auf dem laufenden.«
»Selbstverständlich.«
»Guten Tag.«
Elvira legte auf. Sie atmete tief durch, stützte sich mit beiden Händen am Wannenrand ab und stieg hinaus. Sie stellte sich vor den Spiegel. Magere Beine, Waden, unter deren Haut sich dunkel die Adern abzeichneten. Hohe, schwere Hüften, Brüste, die ihre Form verloren hatten.

Zwiebelbrüste, dachte sie, und wiederholte damit in Gedanken Achsens Worte. Dir steigen Tränen in die Augen, wenn du sie anschaust. Hartes, kantiges Gesicht, illusionslose Augen, die trotz der Tropfen stumpf wirkten. Das Haar aufgesteckt, trocken wie Stroh. Kein Zweifel, dieser Körper konnte die beinahe fünfzig Jahre nicht verleugnen.
Sie zog sich den Frotteemantel über.
Achsen war schon immer äußerlichen Reizen erlegen. Sie war ihm entgegengekommen, hatte viel Geld für das ausgegeben, was die Pharmaindustrie als Schönheitsmittel verkaufte. So weit zu gehen, sich liften zu lassen, hatte sie abgelehnt.
Bisher. Inzwischen hatte sie einen festen Termin bei einem Schönheitschirurgen in der Schweiz. Sie würde ihn wahrnehmen, würde mehr Wert auf ihr Äußeres legen, obwohl sie sehr wohl einsah, daß sie trotz aller Fassade ihre Schwester Ruth nicht würde ausstechen können. Zehn Jahre sind nicht durch Verkürzung irgendwelcher Hautlappen auszuradieren. Jahre bleiben. Besonders im Ausdruck.
Sie verknotete den Gürtel.
Daß Achsen seine Abenteuer gehabt hatte, war ihr gleichgültig gewesen. Schnelle Mädchen, die er irgendwo aufgegriffen, gut bezahlt, benutzt und fallengelassen hatte. Keine bleibenden Beziehungen. Ihr war dadurch nichts entgangen. Bis Ruth ihn während der Feierlichkeiten zum zehnjährigen Jubiläum der Firma umgarnt und eingefangen hatte.
Das Flittchen, dachte sie, und sah das glatte, frauliche Gesicht vor sich. Sie spekulierte auf sein Geld, nachdem sie ihres gedankenlos durchgebracht hatte. Sie wird ihn fallenlassen, wenn sie begreift, wie es um ihn steht. Sie wird einen anderen Kerl becircen, wird sich gemein machen, wird heucheln und lügen, wird betrügen, Liebe vortäuschen. Eine Drohne ... Daß er das nicht sieht!
Elvira streckte sich die Zunge heraus. Weißer Belag darauf. Folge des Alkohols, der Schlaftabletten und des vielen Rauchens. Sie hatte keinen Appetit mehr. Es war, als wenn ihr

ungeforderter Körper keine Zufuhr mehr benötigte. Nur das Gehirn funktionierte. Oder das Herz, wenn es das Zentrum des Schmerzes ist.
Ihr war niemals etwas geschenkt worden, wenn Ruth es auch behauptete. Sie hatte immer hart kämpfen müssen. Auch für Achsen. Sie war entschlossen, weiterzukämpfen. Ruth sollte ihren Triumph nicht auskosten.
Sie verließ das Bad und betrat das Ankleidezimmer, wo Corinna, das Mädchen, bereits die Pflegeutensilien ausgebreitet hatte. Elvira warf sich in den Sessel, spreizte die Hände und ließ sich das Handtuch von der Schulter ziehen.
»Im Bad habe ich das Rauchzeug liegenlassen. Bitte, hole es, ehe du anfängst.«
Corinna verließ schweigend den Raum. Elvira stellte die Füße auf den kleinen Sitzhocker. Corinna kehrte zurück, hielt ihr die offene Packung entgegen und gab ihr Feuer.
»Färben?«
»Nein, nein«, gab Elvira zurück. »Bring es in Form. Wie gewöhnlich.«
Corinna kämmte das Haar durch. Eine stille Frau von fast vierzig Jahren, die Bestandteil des Hauses war. »Die Spitzen müßten geschnitten werden«, sagte sie leise. »Sie spalten sich.«
»Nicht heute.«
Elvira faltete die Hände im Schoß. Der Bademantel hatte sich geöffnet. Schlaff und fahl kamen ihre Schenkel zum Vorschein. »Wie steht es bei dir mit Männern?« fragte sie plötzlich.
Das Mädchen lachte trocken.
»Sie bedeuten dir nichts?« fragte Elvira neugierig.
»Ich weiß nicht...«
»Was? Ob sie dir nichts bedeuten?«
»Schon, aber...«
»Also doch?«
»Ich habe einen Freund.«
»Liebst du ihn?«

179

Das Mädchen hob die Schultern.
»Schläfst du mit ihm?«
Corinna senkte den Kopf.
»Du brauchst dich nicht zu schämen«, sagte Elvira.
»Wenn man einen Mann hat, will man auch mit ihm ins Bett.«
»Ja, natürlich. Wir machen das ja auch. Ich meine, er will, und dann mache ich das auch. Aber hier im Haus nicht. Er hat eine Wohnung. In Altona«, fügte sie unsicher hinzu.
»Ich habe ihn nie gesehen.«
»Er war auch noch nicht hier.«
»Ist er gut?«
»Wir haben noch nie darüber gesprochen, ob wir mal heiraten.«
»Das meine ich nicht, ich meine, ob er dir sexuell was bringt, ob du was davon hast, wenn er dich nimmt.«
Corinna kicherte. »Ich komm' schon mit ihm aus, so ist das nicht.«
Elvira lächelte. Sie tätschelte die Hüfte des Mädchens.
»Du brauchst dich wirklich nicht zu schämen. Glaubst du, ich hätte noch keinen Mann gehabt?«
»Doch, natürlich.«
»Ja, und?«
»Ich krieg schon Gefühle. Aber nicht immer. Manchmal, da ist er nicht so gut, da will er's schnell.«
»Weil er keine Zeit hat?«
»Auch das.«
»Er ist also verheiratet?«
Corinna schwieg. Sie strählte das Haar Elviras. »Ja«, sagte sie nach einer Weile. »Das ist das Problem.«
Elvira rauchte. Der starke Rauch brannte in ihrer Kehle.
»Du glaubst, er wird sich mal scheiden lassen, um mit dir zu leben?«
»Er will es, ja.«
»Seit wann?«

»Oh, ich weiß nicht. Wir kennen uns erst ein Jahr. Aber er will es, weil ... Er hat seine Probleme, da geht nichts mehr. Die sind vollkommen auseinander.«
»Du meinst, er schläft nicht mehr mit seiner Angetrauten?«
»Bestimmt nicht.«
Elvira lächelte. »Du Armes«, sagte sie. »Sie lügen alle. – Zahlt er dir wenigstens was?«
»Das würde ich nie annehmen!«
»Weil du dumm bist, Corinna! Er sucht sein Vergnügen, er macht dir Hoffnung, er betrügt dich! Nicht nur seine Frau, sondern auch dich, weil er dir Versprechungen macht, die er nicht halten will und wird. Du solltest Geld verlangen! Geld ist der Prüfstein, glaube mir!«
»Ich weiß nicht ...«
»Aber ich!«
Ihre Lippen zuckten. Sie wollte eine Erklärung hinzufügen, unterließ es aber, weil sie fürchtete, die einmal geöffnete Schleuse nicht wieder schließen zu können. Gewaltsam unterdückte sie ihr Redebedürfnis, rauchte Kette und kämpfte vergeblich gegen das Brennen ihres Körpers an.
Sie sehnte sich nach einem Mann. Nach Achsen, nach seinen Küssen, nach seinem schlanken und dennoch muskulösen Körper, nach seinen verlogenen Liebesbeteuerungen, in deren Feuer sie alles vergessen würde. Sich und seine Schuftigkeit.
»Ist Ihnen nicht gut?«
Elvira öffnete die Lider. Sie atmete schwer. »Doch, doch«, sagte sie. »Bist du nicht bald fertig?«
»Sie brauchen nur noch die Trockenhaube.«
»Die erspare ich mir. Danke, Corinna.«
Sie ging hinaus. Ihr Körper brannte noch immer. Sie hätte laut schreien mögen. Sekundenlang war sie versucht, Achsen anzurufen, ihm zu sagen, daß er das Geld behalten könnte, wenn er nur käme, wenn er nur das Haus wieder mit ihr teilte.
Sie war sicher, daß er die Gelegenheit ergreifen, keine

Sekunde zögern würde, ihr Angebot anzunehmen. Aber auch, daß er sie zwingen würde, die Gefahr, die über seinem Kopf schwebte, ein für allemal zu beseitigen. Und sie würde darauf eingehen...
Sie ballte die Hände. Nein, nein, schrie sie sich zu. Nicht schwach werden, nicht jetzt! Es wäre sein Sieg! All deine Pläne brächen. Du ständest nach wenigen Wochen wieder vor dem Chaos, vor dem Ende.
Sie betrat den Salon. Sie schenkte sich ein Glas halb voll Wodka und leerte es. Sie ging auf und ab. Deine Pläne wären Makulatur, wenn du ihn jetzt rufst, sagte sie sich.
Sie bezwang sich und war wieder fähig, sich und ihre Situation nüchterner zu sehen. Achsen würde in dieses Haus zurückkehren, würde Ruth fallenlassen, sie vergessen. Ruth würde – mit einer Summe ausgestattet – Hamburg verlassen. Achsen würde sich hin und wieder eines der Mädchen kaufen, sich abreagieren und ansonsten sehr darauf bedacht sein, keinen Fehler zu begehen. Wenn sie jetzt nicht die Nerven verlor, wenn sie das einmal eingeleitete Spiel weiter betrieb, wenn sie ihm keine Wahl ließ...
Wellmer stand in den Startlöchern, um die Firma zu übernehmen. Achsen würde früh genug erfahren, daß sie die neue Besitzerin war. Und er wird unterschreiben, wird begreifen, daß er mit mir leben muß, will er nicht alles verlieren.
Es war ein guter Plan, fand sie. Sicher war sie, Achsen richtig eingeschätzt zu haben. Dieser Mann war bereit, sich mit dem Teufel zu verbünden, wenn er damit sich und die Firma retten konnte.
Er würde begreifen, daß sie, Elvira Dreher, weniger schrecklich als der Satan war – auch dann, wenn sie ihn mit allen juristischen Kniffen an sich kettete.
Sie nahm ein zweites Glas Wodka. Sie trank es auf das Gelingen ihres Schachzuges.

Mickler schwitzte. Er war am Rande der Erschöpfung. Er hatte mehr als zwei Stunden im Vorzimmer Professor von Allwördens gewartet, ehe er zu einem – wie es hier hieß – unverbindlichen Gespräch vorgelassen wurde. Der jugendlich wirkende Spezialist hatte sich Micklers Schilderung ohne Zwischenfrage angehört, die Hände gehoben und gesagt:
»Sie werden nicht verlangen, daß ich eine Diagnose abgebe. Eine Reihe gründlicher Untersuchungen wäre notwendig, um auch nur im Ansatz sagen zu können, wie groß die Chancen eines Eingriffes sind. Ich schlage vor, Sie lassen sich vormerken. Wir werden dann weitersehen.«
»Wann könnte die Untersuchung beginnen?«
Professor von Allwörden hob die Schultern. »Zwei, drei Monate müssen Sie schon in Kauf nehmen.«
»Das geht nicht!«
»Wieso nicht? Rechnen Sie mit dem Weltuntergang?«
»Einem ganz persönlichen, ja. Irgendwie bin ich am Ende. Sie brauchen keine Angst wegen der Bezahlung zu haben. Das geht privat. Sie kriegen alles bar auf die Hand, Herr Professor.«
»Dennoch...«
»Bitte, Herr Professor, bitte! Es geht nur darum, daß Sie lesen, was andere Untersuchungen gebracht haben. Sie sind ja gemacht worden. Hier in Hamburg, in Wiesbaden, Berlin. Material, aus dem Sie sicherlich Ihre Schlüsse ziehen können, das vielleicht sogar ausreicht, um eine Antwort zu geben. Ich beschaffe es Ihnen. Sie können die Akten noch heute haben!«
»Haben Sie eine Ahnung, was ich um die Ohren habe?«
»Glaube schon, aber... ich zahle! Ich weiß, daß tausende von Mark auf mich zukommen; ich zahle! Bitte, sehen Sie sich die Krankengeschichte an. Ich bitte Sie!«
Von Allwörden hatte schließlich genickt. »Wenn Sie es schaffen, mir die Unterlagen vor fünf auf den Tisch zu legen, werde ich heute abend meine Freizeit nutzen, um

mich zu informieren. Aber erwarten Sie keine Wunder, mein Lieber.«
Mickler hatte Dr. Lichtenfels bestürmt, ihm die Akten zu überlassen. Er war zu Dr. Lescek hinausgefahren, hatte dort einen Teil der Unterlagen abgeholt und das gesamte Material vor fünf Uhr zu Professor von Allwörden gebracht.
»Darf ich Sie heute noch anrufen?«
»Mein Gott, Mickler!«
»Bitte!«
»Gut, wenn Sie unbedingt wollen. So gegen dreiundzwanzig Uhr, ja?«
Mickler hatte aufgeatmet. Er hatte das sichere Gefühl, bei diesem Professor richtig zu liegen. Das war kein verkalkter Zauderer, das war kein Spinner wie Lescek, der seine Patienten um die nackten Hüften einer Stripperin tanzen ließ, das war ein Mann, der eine wohl durchorganisierte Klinik führte und damit einen Haufen Geld verdienen wollte – und wohl auch verdiente. Immerhin hatte das Finanzargument den Durchbruch gebracht. Ein nüchterner Mediziner, der rasch eine Antwort finden würde.
Darum ging es, nicht um dämpfende Medikamente, nicht um Psychoblabla. Wenn es Hilfe gab, dann die des Messers. Daran hatte Mickler nicht die Spur eines Zweifels.
Er fuhr nach Hause, um sich zu duschen, umzukleiden und den Zeitpunkt abzuwarten, an dem er Professor von Allwörden anrufen konnte.

Ruth rieb ihr Kinn an Achsens Schamhaar, strich ihm über die Schenkel und spürte seine Gleichgültigkeit. »Das war schnell heute«, sagte sie verletzt. »Du warst mit deinen Gedanken woanders, nicht wahr? Du hast an sie gedacht, nicht daran, daß ich noch nichts von dir hatte.«
Er lag auf dem zerwühlten Bett. Die Rippen zeichneten sich deutlich unter der glatten Haut ab. Er war gut in Form, eher eine Spur zu mager.

»Habe ich recht?« fragte sie leise, während sie sein Glied rieb und hoffte, es werde sich wieder aufrichten.
»Es tut mir leid«, gab er erschöpft zurück.
»Ich hab's gerne getan. Auch das bringt mir was, Lieber. Wenn du nur hier bist, wenn ich spüre, wie deine Haut die meine berührt. Es ist nicht nur der Sex, es ist... Ich liebe dich. Das... Verstehst du?«
»Am Telefon behauptetest du, mir hörig zu sein.«
»Auch, ja. Ohne dich könnte ich nicht mehr leben. Du bist eine ganz neue Erfahrung für mich. Habe ich dir von Tieselstein erzählt, von diesem Lederhändler?«
»Irgendwas, ja. Ich weiß aber nichts mehr.«
»Der von Hummelsbüttel, dieser Kerl, der Tiere einfangen läßt, um ihnen das Fell über die Ohren zu ziehen, und der Millionen damit gemacht hat.«
Achsen hob den Kopf. »Ein Freund?« fragte er zu hastig.
»Ein ganz Perverser. Am Anfang war er ja nett, war aufmerksam. Ihm war nichts zu kostspielig. Aber dann... ich sage dir, so was hast du noch nicht erlebt.«
»Ich bin ein Mann.«
Ruth richtete sich auf, stützte sich ab und blickte Achsen durch dessen angewinkelte Schenkel an. »Er wollte immer, daß noch eine Frau mitmacht. Eine Lesbe, verstehst du? Er wollte, daß ich es dann mit ihr vor seinen Augen treibe. Im Grunde hatte er gar nichts mit Frauen im Sinn. Er wollte nur zugucken. Ich glaube, er hätte, wenn ich's gemacht hätte, Hand an sich gelegt. So'n fieser Wabbelbauch.«
»Aber du warst mit ihm zusammen.«
Sie nickte. »Ja. Ich habe ja auch nicht ahnen können, daß so'n feiner, kultivierter Herr so was für's Bett will. Er kam ja nicht sofort damit heraus, erst, als wir uns eine ganze Zeit kannten. Aber ich hätte es nicht können. Für nichts auf der Welt. Nicht mit 'ner anderen Frau.«
»Die viel zärtlicher als Männer sein sollen.«
»Mag sein, aber es ist was anderes. Es ist... ich weiß nicht. Was ich brauche, ist das.« Sie umfaßte sein Glied mit beiden

Händen. »Das ist mehr als Geld. Davon hatte Tieselstein allerdings mehr als genug.«
»Ich leider nicht mehr.«
Ruth lächelte. Sie schob sich über ihn, saugte sich an seinen Lippen fest, biß ihn ins Kinn und sagte: »Wir werden uns schon einrichten. Irgendwie geht es immer weiter. Und vielleicht hat sie ja den Unfall, der die Gerechtigkeit wiederherstellt.«
»Du sprichst von deiner Schwester.«
»Sie ist es nur dem Namen nach. Ansonsten haßt sie mich. Weil sie glaubt, ich hätte dich ihr weggenommen. Das habe ich aber nicht. Sie hat dich ja nie besessen. Du hast ein Geschäft im Sinne gehabt. So war es doch, ja?«
»So ähnlich.«
»Liebe für Geld.«
Er schwieg. Er dachte an Tieselstein, den Perversen. »Hast du noch Kontakt zu ihm?«
»Zu wem?«
»Zu deinem Perversen.«
Ruth schüttelte den Kopf. »Du denkst, ich könnte ihn bewegen, dir Geld zu leihen?«
»Es kam mir so in den Sinn.«
»Nein, Robert. Die Sache ist beendet. Er ist nicht gut auf mich zu sprechen. Ich habe ihn auf einer Party lächerlich gemacht. Ich war angetrunken und ... dann habe ich das laut gesagt, was er von mir verlangt hat. Und daß er ein häßlicher Wabbelbauch und ein Selbstbefriediger wär'. Das hat ihn umgehauen. Das war das Ende. Aber ich war betrunken. Und Betrunkene sagen ja meistens die Wahrheit. Wie die Kinder.«
Achsen rieb sich das Kinn. »Ich brauche eine Lösung«, sagte er flach. »Heute ist Donnerstag. Am Montag muß ich Farbe bekennen. Man müßte jemanden finden, der in den Laden einsteigt. Denk mal nach!«
»Ach Gott! Weißt du, wie Freunde sind, wenn du von ihnen was willst?«

»Ja.«
»Das kannst du dir abschminken. Die wollen doch alle nur verdienen. Und die Summe, die du brauchst, hat nicht jeder im Nachtschrank liegen. Das ist ein Berg, der... Himmel, wenn ich noch mal soviel hätte...«
»Drei Tage«, sagte Achsen.
Ruth preßte ihr Gesicht an seine Brust. Ohne ihn anzusehen, sagte sie: »Elvira ist der Schlüssel. Du mußt sie überzeugen, Robert. Im Grunde will sie dich. Ich glaube daran.«
»Nein«, sagte er fest. »Sie läßt sich nicht erweichen.«
»Ein Scheusal!«
Er seufzte.
»Sie hätte es nicht anders verdient«, murmelte Ruth.
Er runzelte die Stirn, schwieg aber.
Ruth hob den Kopf, sah Achsen an. »Soll ich sie vergiften?«
»Du bist verrückt«, sagte er.
»Mir würde es nichts ausmachen. Ich hätte nicht die Spur eines schlechten Gewissens. Ich weiß, was sie mir angetan hat. Ich sage, sie hat es nicht anders verdient. Und es wäre die Lösung für dich.«
»Du brächtest das fertig? Sie umzubringen?«
»Ja.«
Sie beobachtete sein Gesicht. Er schien den Vorschlag abzuschmecken, zu prüfen. Er schüttelte den Kopf. »Sie läßt dich noch nicht mal ins Haus. Nein, das ist verrückt.«
»Man muß sie nicht vergiften. Man kann sie erwürgen, totstechen oder erschießen. Oder Strom, Robert. Eine Leitung in ihr Badewasser. Dann kriegt sie einen Schlag und ist hin. Und es sieht wie ein Unfall aus.«
»Du bist 'ne Mickymaus, Ruth. Was meinst du, was die Polizei macht? Sie prüft zuerst mal, ob es bei den Verwandten Motive gibt. Die finden welche. Und dann prüfen sie, wo die mit den Motiven zum Zeitpunkt der Tat gewesen sind. Und dann?«
»Du könntest für mich zeugen. Oder ich für dich.«
»Hör auf!«

Sie stieg vom Bett, streifte sich eine Wolljacke über und nahm Zigaretten vom Tisch. »Hast du nie daran gedacht? Mal ganz ehrlich!«
»Nicht ernsthaft«, sagte er. »Was ich denke, sage ich dir: Ich will nicht mehr darüber reden. Ich bin kein Mörder!«
»Jeder wird zum Mörder, wenn es um den eigenen Hals geht.«
Er winkte ab. Sie hat recht, dachte er, du wirst zum Killer, wenn sie dich kaputtmachen wollen. Dann kennst du keine Grenzen mehr.
Schon seit Minuten dachte er an die Jagdhütte draußen in der Gegend von Hemmoor, die einem Freund aus Itzehoe gehörte, für die er den Schlüssel besaß und in der es einen Waffenschrank gab, in dem mehrere Gewehre standen. Er dachte an Mickler und fragte sich, ob dieser Mann, der die idealen Voraussetzungen zur Tat hatte, bereit wäre, Elvira zu töten.
»Willst du einen Kaffee?« fragte Ruth von der Küche her.
Er hob den linken Arm. Fünf Uhr. Mickler anrufen?
»Ob du einen Kaffee willst, Robert?«
»Nein, danke«, rief er zurück. »Ich dusche mich und fahre dann. Ich habe zu tun. Du weißt, wie es steht.«
Er duschte sich. Als er sich angekleidet hatte, saß Ruth im Wohnzimmer und trank Kaffee. »Willst du nicht doch?«
»Nein, ich muß weg.«
»Wirst du darüber nachdenken? Über Elvira?«
»Nein«, sagte er hart. »Ich will davon nichts mehr hören. Ich kriege Angst, wenn du davon sprichst. Ich will diese Möglichkeit einfach nicht überdenken.«
Sie betrachtete ihn und lächelte. »Ich glaube dir nicht«, sagte sie leise.
Er gab ihr einen flüchtigen Kuß und verließ die Wohnung. Als er im Wagen saß, beschloß er, nach Hemmoor zu fahren, um sich die Waffen in der Jagdhütte anzusehen. Er war nicht sicher, ob dort auch Munition verwahrt wurde.

»Mokka«, sagte Elvira Dreher. »Eine Portion. Und dazu ein Schinken-Sandwich, bitte. Vorher bringen Sie mir eine Flasche Selters.«
Die Serviererin dankte und ging davon. Elvira blickte hinab auf die Köpfe der Fußgänger, die sich durch die Fußgängerzone schoben. Sie entdeckte einen Straßenhändler, der aus Hölzern und bunten Federn zusammengeleimte Störche an Bändern tanzen ließ und sie anpries. Ihre Blicke glitten weiter, hasteten über die Schaufenster, den Hauptbahnhof, vor dem eine Reihe Polizeifahrzeuge geparkt waren. Wahrscheinlich gibt es in der Halle wieder Randale.
Sie stützte den Kopf in die Hände. Sie fühlte sich müde, geradezu erschöpft. Wie im Rausch war sie durch die Boutiquen gerast, hatte wahllos Kleider, Röcke, Wäsche und Schuhe einpacken lassen, für mehr als zweitausend Mark glitzernden Modeschmuck gekauft, sich – das wurde ihr jetzt klar, als sie am Fenster des Cafés saß – eine Art Ersatzbefriedigung durch Kaufen sinn- und wertlosen Krams verschafft. Ihre Hände zitterten, als sie das Wasserglas nahm, das das Mädchen brachte. Sie nahm einen kleinen Schluck, ließ ihn im trockenen Mund kreisen. Wie ein Gör, das zum ersten Mal Gehalt bekommt, hatte sie sich benommen. Oder wie eine Frau, die nichts mit sich anzufangen weiß, dachte sie empört und belustigt zugleich. Sie war sicher, daß sie das modische Zeug niemals anziehen würde.
Sie öffnete die Handtasche, zündete sich einen Zigarillo an und inhalierte den Rauch. Ihr gegenüber saß ein älteres Ehepaar, besprach sich leise. Links zwei Mädchen, die miteinander kicherten. Männer reihum, die nach Abenteuern suchten. Sie wurde von Blicken gestreift, die nach dem Erfassen des Ziels sofort weiterglitten.
Die dummen Luder, dachte sie, diese eingebildeten Kerle. Herausfordernd starrte sie einen großen, schwarzhaarigen Mann an. Er drehte den Kopf.
Der kleine Sieg besserte ihre Laune. Der Mokka kam. Sie trank ihn schwarz und spülte mit Wasser nach.

Sie hatte mit ihrem Notar telefoniert und ihn angewiesen, das Vertragswerk aufzusetzen. Sie hatte angekündigt, gleich am Freitagmorgen vorbeizukommen, um letzte Feinheiten zu besprechen. Dr. Schwarze hatte Bedenken angemeldet: »Ich bin nicht sicher, Frau Dreher, ob der Vertrag in die Nähe der Sittenwidrigkeit gelangt.«
»Was soll daran sittenwidrig sein?«
Er war vorsichtig gewesen und hatte sich nur zögernd dazu durchgerungen, ihr seine Bedenken mitzuteilen: »Bei Anfechtung könnte der Betreffende eine Einschränkung seiner vom Grundgesetz garantierten Rechte geltend machen. Wir müssen insoweit sehr vorsichtig formulieren.«
»Dafür werden Sie bezahlt, Doktor!«
»Selbstverständlich, aber es ist meine Pflicht, Sie zu beraten.«
»Sie brauchen sich keine Sorgen zu machen. Der Mann, um den es geht, wird nicht anfechten.«
»Das wäre zu wünschen.«
Er wird nicht, sagte sie sich. Nicht Robert. Er wird dankbar sein, daß er den Schein wahren kann. Er wird nichts mehr riskieren, nicht nach diesen Tagen! Der Schock sitzt zu tief in seinen Knochen. Nein, nein, Doktor, Robert wird sehr dankbar sein!
Sie zahlte, ohne die zweite Tasse Mokka, das Sandwich verzehrt zu haben. Dem Schwarzhaarigen warf sie einen belustigten Blick zu. Er drehte zum zweiten Mal den Kopf weg.

Eine Kette Enten fiel auf den kleinen Fischteich nahe der Jagdhütte, flatterte mit den Flügeln, schnatterte und ruderte dem Schild- und Weidendickicht des Ufers entgegen.
Achsen schloß die mit Eisenstreben gesicherte Tür der Hütte auf. Seine Linke tastete nach dem Lichtschalter. Der Geruch kalter Holzkohle schlug ihm entgegen. Die Deckenbeleuchtung – elektrifizierte Stallaternen – glühte warm auf.

Achsen schloß die Tür und verriegelte sie von innen. Er vergewisserte sich, daß von keinem der mit Blenden verdeckten Fenster ins Innere gesehen werden konnte, durchquerte das urig eingerichtete Jagdzimmer und hob zwischen Küchendurchgang und Schlafzimmer die Bodenklappe, um in den Keller zu steigen, wo Sauna, Billardraum und der Waffenschrank untergebracht waren.
Caid, dem die Hütte gehörte, war seit Monaten nicht mehr draußen gewesen. Er hatte schon mehrmals den Wunsch geäußert, das Anliegen zu verkaufen, offensichtlich jedoch keinen Käufer gefunden.
Achsen blieb vor dem Eichenschrank stehen, in dem die Waffen standen. Hinter der geschliffenen Glasscheibe blitzten die Läufe der Gewehre und Flinten. Achsen wickelte sich ein Taschentuch um die rechte Hand, ehe er unter den Billardtisch griff und nach dem dort versteckten Schlüssel des Waffenschrankes tastete. Er fand ihn. Er schob ihn ins Schloß. Er riß die Tür auf.
Die Schrotflinten ließ er außer Acht. Ihn interessierten die Kugelbüchsen. Er griff nach der Mauser 2000, wog sie in der Hand. Er erinnerte sich an einen italienischen Karabiner, den Caid sich zur Jagdwaffe hatte umarbeiten lassen. Er fand ihn im Seitenfach, dort, wo auch die schweren Munitionspäckchen untergebracht waren.
Er nahm die überraschend kleine und handliche Waffe heraus, betrachtete den zernarbten und mühsam aufpolierten Kolben, der ihm sagte, daß der Karabiner während des Krieges im Einsatz gewesen sein mußte, starrte in die Mündungsöffnung und erinnerte sich, daß Caid von einem relativ kleinen Kaliber gesprochen hatte. 5,7 oder ähnlich. »Aber nicht zu verachten, weil sie auch auf Entfernung punktgenau ist.«
Er preßte den Kolben an die rechte Schulter. Er visierte einen Punkt an der gegenüberliegenden Wand an. Er fragte sich, ob Mickler die kurze Distanz oder lieber eine größere Entfernung vorziehen würde. Elviras Grundstück hatte

Raum. Wenn Mickler aus der Deckung der Heckenumzäunung schoß, brauchte er eine weittragende, sehr präzise schießende Waffe.
War die Mauser besser?
Er ist größer, dachte Achsen, unhandlicher. Er hat ein mächtiges Kaliber... ist das entscheidend in punkto Lärmentwicklung? Er entschied sich für den Italiener.
Er fand die passende Munition. Er steckte eine Zehnerpackung in die Jackentasche. Sorgfältig wischte er den Schrank, die Mauser ab, die er mit bloßen Händen berührt hatte. Er sah nach, ob er Spuren auf dem Boden hinterlassen hatte, fand keine, nahm den Karabiner und stieg nach oben, nachdem er auch den Lichtschalter und die Türklinke abgewischt hatte.
Er versteckte den Karabiner unter seiner Jacke. Er beobachtete das mit Büschen und Fichten bepflanzte Gelände. Die Enten schnatterten. Es schien niemand in der Nähe zu sein. Nur von der etwa vierhundert Meter entfernten Autostraße drang das Rauschen des um diese Zeit stark fließenden Verkehrs.
Achsen verschloß die Hütte. Den Karabiner steckte er in den Kofferraum seines weißen Wagens. Er schwitzte, als er den Motor anließ und rückwärts vom Grundstück rollte.
Noch hatte er keine Idee, wie er weiter vorgehen sollte. Er wußte nur, daß er Mickler bedrängen würde, den Auftrag anzunehmen.

11

Mickler erschrak. Sein Herz raste. Er starrte in die Dämmerung und begriff erst nach einigen Sekunden, daß er in seiner Wohnung und in seinem Bett lag, und daß es das Läuten der Türglocke war, das ihn aus dem Schlaf gerissen hatte.
Er warf einen Blick auf den Reisewecker. Fast neun! Er lauschte und erwartete ein zweites Anschlagen der Glocke. Es unterblieb.
Wenn es die Polizei wäre, dachte er, würde sie nicht so schnell aufgeben. Die ist hartnäckig. Wenn sie was gegen dich vorliegen hat, holt sie notfalls vom Hausmeister den Schlüssel, um nachzusehen, warum sich der Inhaber der Wohnung nicht meldet.
Er stieg aus dem Bett. Er ging zur Tür, nahm die Kette aus der Sicherheitshalterung und drückte die Klinke. Ihm fiel ein längliches, in braunes Packpapier eingeschlagenes Paket entgegen.
Er trat in den Flur. Die Fahrstuhlanzeige leuchtete. Er war versucht, nach unten zu laufen, um in Erfahrung zu bringen, wer ihm das Paket vor die Tür gestellt hatte. Er unterließ es aber. Er hob die Sendung auf, schloß die Tür und lief auf den kleinen Balkon. Er lehnte sich weit über die Brüstung, war aber nicht in der Lage, den zurückgesetzten Eingang zu beobachten, vor dem zwei junge Frauen miteinander schnatterten.
Er ging zurück. Er warf das Paket auf sein Bett und starrte es an. Die Post hatte es, das war sicher, nicht zugestellt. Macht sie das, sagte er sich, läßt der Beamte sich den Empfang quittieren. Außerdem wären postalische Vermerke, Marken

oder dergleichen darauf zu finden. War nicht. Nur eine starke Packkordel war fest darumgeschnürt.
Was? fragte er sich. Und von wem? Vom Alten?
Er schüttelte den Kopf. Nein, sein Vater versandte keine Pakete. Erstens hatte er nichts abzugeben, weil er selbst gebrauchte Kleidung verhökerte, um sich einen hinter die Binde kippen zu können. Zweitens hätte der sicherlich die Gelegenheit wahrgenommen, sich die Behausung seines Sohnes hier draußen in Williamsburg anzusehen.
Aber was?
Er ging in die kleine Küche, nahm ein Schälmesser aus der Lade, kehrte zurück, zündete sich eine Zigarette an und zerschnitt die Schnur. Unter dem Packpapier war Wellpappe um einen harten Gegenstand gewickelt. Er riß sie herunter. Sein Mund öffnete sich überrascht. Seine Augen wurden weit. Er stöhnte, als er das ölig glänzende Gewehr vor sich liegen sah.
Er schlug sich mit der flachen Hand gegen die Stirn. Er war sicher, das alles träumend zu erleben. Niemand ist so verrückt, ein Gewehr zu versenden. Nur so, ohne einen Anlaß.
Er zerquetschte die Zigarette im Ascher. Er hob den Karabiner auf und entdeckte, daß an der Abzugssicherung ein kleiner Leinenbeutel befestigt war, in dem es metallisch klirrte. Er tastete das Tuch ab. Es sind Patronen, wußte er.
Er ließ die Waffe auf das Bett fallen. Hektisch untersuchte er die Verpackung. Er war sicher, einen Brief, eine Notiz zu finden. Aber es gab sie nicht, ebensowenig wie den Hinweis auf einen Absender oder Empfänger.
Ein Irrtum?
Oder – Speichel sammelte sich in seiner Mundhöhle – Achsen?
Er nahm die Waffe hoch, schob den Repetierbolzen zurück und sah, daß sie ungeladen war. Er legte sie an die rechte Schulter, visierte durch das Fenster auf den rotleuchtenden Kreis einer Bierreklame an und stellte sich vor, dort befände sich ein witternder Rehbock, dessen tiefbraune Lichter vol-

ler Argwohn die Umgebung begutachteten, während er, vollkommen getarnt und Herr über Tod und Leben, jene Stelle über den Vorderläufen anvisierte, an der sich das Herz des Wildes befand. Er drückte ab. Ihm war, als spüre er den Rückschlag des Karabiners, als höre er den peitschenden Knall, als röche er die sich verbreitenden Corditgase der abgefeuerten Patrone und sähe den jähen Sprung des Bockes, dessen Sturz ins taufrische Gras und das verzweifelte Zucken der Läufe, mit dem der Tod angezeigt wurde.
Achsen?
Er stellte den Karabiner gegen die Nachtkonsole. Mit dem Bettbezug wischte er sich die schweißnasse Stirn ab. Er ging in die Küche und setzte Wasser auf. Das Bild Achsens war dauernd vor ihm. Ich werden ihn anrufen, dachte er, ich werde ihn fragen. Wer sonst kommt dafür in Frage? Er griff nach dem Pulverkaffee, der im Regal stand, löste den Schraubverschluß. Er meint es ernst, sagte er sich. Er will, daß ich töte.
Micklers Gedanken waren wie aufgebrachte Hunde, die gegen die Gitter eines Zwingers sprangen. Er gab einen Löffel Kaffee mehr als gewöhnlich in die Tasse, ließ Wasser darüberschäumen und trank, ohne gerührt zu haben.
Achsen, dachte er. Er meint es ernst.
Mit der Tasse in der Hand kehrte er ins Wohn-Schlafzimmer zurück. Er lehnte sich am Fußende des Klappbetts gegen die Wand. Er beobachtete das Schießgerät und fragte sich, wieso Achsen, wenn er der Absender war, keinen Begleittext geschrieben oder nicht angerufen hatte. War dieser Blonde sich seiner Sache sicher?
Und wenn es ein Bluff ist? Wenn Achsen doch nichts weiter als ein verdammter Polizeispitzel ist? Hin und wieder stand es sogar in der Zeitung, daß V-Leute Straftaten provozierten, daß sie Verdächtigen Rauschgift oder Waffen unterschoben, um ihren Herren eine Handhabe zur Verhaftung zu bieten.

War es das?
Hatte man ihn im Visier, wollte man herausfinden, wer er war, was er machte, wovon er lebte?
Unsinn! dachte er. Achsen hat das Ding geschickt. Du wirst ihn anrufen, du wirst ihn fragen, du wirst ihm sagen, daß er ein kompletter Idiot ist, daß er sich nichts einbilden, daß er die Knarre abholen soll. Sofort!
Er trank den Kaffee. Er ging auf und ab. Vor dem Tisch blieb er stehen, starrte auf den grauen Telefonapparat, neben dem der Zettel lag, auf dem die Nummer Professor von Allwördens lag. Er hatte ihn Punkt elf angerufen und hatte mit bebender Stimme gefragt, was nun sei. »Haben Sie die Unterlagen gelesen?«
Er hatte.
»Ja, und? Können Sie was machen?«
»Nicht, ehe wir Sie gründlich untersucht haben, Herr Mickler. Erst unsere Apparate werden uns sagen, ob eine Operation erfolgversprechend ist.«
»Aber Sie haben doch Ergebnisse in der Akte! Sagen die Ihnen nichts?«
»Sehr viel sogar. Was ich meine, ist, daß ich zu eigenen Ergebnissen kommen muß. Es ist auch eine Frage Ihrer Risikobereitschaft. Garantien für das Gelingen kann und werde ich Ihnen nicht geben.«
»Sie halten den Eingriff also für möglich?«
»Gewiß. Wir hatten vor kurzem einen einen ähnlichen Fall.«
»Also doch?«
»Ich spreche von Ähnlichkeiten. Mein Vorschlag: Wir werden Sie untersuchen und danach entscheiden. In Ordnung?«
»Wann?«
»Den Termin sprechen Sie mit meiner Dame in der Klinik ab. Ich denke, in zwei, drei Monaten können wir anfangen.«
»Warum nicht sofort?«
»Sie sind nicht mein einziger Patient, Herr Mickler.«

»Selbstverständlich. – Ist es die Frage des Geldes?«
Von Allwörden hatte gelacht. »Die Finanzfrage erörtern Sie ebenfalls mit meiner Dame.«
»Wieviel wird es kosten? Das können Sie doch zumindest in etwa sagen, nicht wahr?«
»Leider nicht. Aber ich denke, wir könnten anfangen, wenn Sie die Vorkosten abdecken.«
»Wieviel?«
»Zwanzig.«
»Gut«, hatte Mickler gesagt. »Ich werde morgen in der Klinik sein. Welche Dame, sagten Sie, ist für diese Dinge zuständig?«
»Frau Lechtenbrink.«
Mickler leerte die Tasse, stellte sie auf den Boden. Er zuckte zusammen, als das Telefon läutete. Hastig nahm er ab. »Ja, bitte?« fragte er.
Er hörte nur ein heftiges Atmen.

Achsen schluckte. Seine Hand klammerte sich um den schwarzen Hörer des Münzapparates. Er hatte Mühe, die Ansprechbarriere zu überwinden. Ihm war bewußt, daß er dabei war, einen Erdrutsch auszulösen. Noch konnte er zurückweichen, die Entwicklung stoppen, die ihn zum Mörder machte. Er wich nicht zurück, er sagte mit belegter Stimme: »Die Sendung kommt von mir. Ich habe sie persönlich gebracht.«
»Achsen?«
»Ja.«
»Was denkst du dir?«
Achsen schnaufte. »Daß wir beide fein raus wären, daß dir und mir geholfen wäre. Wir sprachen bereits darüber.« Ehe Mickler eine Antwort geben konnte, fügte Achsen hinzu: »Ich möchte mit dir sprechen, Alter. Erinnerst du dich der Adresse, die du mir genannt hast?«
»Klar.«

»Ich rufe dort an. In einer Stunde, ja?«
Mickler starrte auf das Gewehr. Er dachte an Professor von Allwörden, daran, daß eine Operation möglich war. Er brauchte Geld. Dennoch war Widerstand in ihm. »Ich weiß nicht«, sagte er, »das Ganze ist seltsam.«
»Du brauchst keine Bedenken zu haben. Ein angemessener Vorschuß wäre sofort fällig.«
»Wieviel?«
»Ein Drittel, denke ich.« Achsen hustete. »Aber reden wir später darüber. Wirst du erreichbar sein?«
Mickler atmete tief durch. »Gut«, sagte er schließlich. »In einer Stunde.«
Achsen hängte ein. Er zog ein Taschentuch heraus und trocknete sich damit die nassen Hände ab.

Mickler winkte der Serviererin, einem mageren Ding von dreißig Jahren, unter deren Augen tiefe Schatten lagen. »Noch eine Portion«, bat er und deutete auf das Porzellankännchen. »Dazu ein Schinkenbrötchen, ja? Und noch was«, fügte er hinzu. »Ist ein Anruf für mich gekommen?«
»Ich glaube nicht, aber ich werde am Buffet nachfragen. – Geräucherten Schinken?«
»Gekochten«, sagte er und schielte nach der Uhr. Zehn nach elf. Achsen hatte von einer Stunde gesprochen. Mickler saß seit einer guten Viertelstunde im »Café«, hatte die Tageszeitung durchgeblättert, ohne die Worte verstanden zu haben, die er gelesen hatte. Was Achsen von ihm verlangte, war Mord, nicht zu vergleichen mit dem Einsatz, dem Töten im Krieg. Während des Kampfes, mag er auch verdeckt sein, eine Guerillaoperation, hat man einen – wenn auch fragwürdigen – legalen Status. Das Killen um politischer Ziele willen ist völkerrechtlich anerkannt, ist alltägliches Handeln, gedeckt von Regierungen und Männern, die sich als gewählte Repräsentanten der Volksmacht verstehen. Klar, auch während einer militärischen Opera-

tion löscht man Leben aus, schießt man den Leuten die mehr oder wenige unschuldige Seele aus dem Fleisch, zerstört man Hoffnungen, Visionen, zerreißt man Familien, Freund- und Liebschaften. Aber man ist gedeckt, man weiß, daß kein Staatsanwalt anklagen, kein Richter verurteilen wird. Auch der Metzger tötet, wenn er einem Rind den Schußapparat zwischen die Hörner setzt, wenn er den Finger krümmt, wenn der Bolzen die Schädeldecke der Kreatur zerstampft und das Gehirn zermalmt, wenn die blutriechende Kreatur zuckend zusammenbricht und das scharfe Messer die Halsschlagadern schlitzt, aus der dampfend der rote Strahl in sterile Wannen spritzt. Das Steak auf dem Teller ist schmackhafter Teil eines zerstörten Lebens, aber kein Mord; sagte er sich. Mord ist, wenn du nicht im Auftrag einer Macht tötest. Im Auftrag eines Herrn Achsen, der keine andere Möglichkeit mehr sieht, seinen Status zu erhalten.
Das ist Mord.
Mord ist, wenn die gleichen Mächte, die daraus ein gerechtfertigtes Töten machen können, was dagegen haben.
Er verschränkte die Arme vor der Brust. Er blickte durch das Fenster hinaus auf den düster in den klaren Himmel strebenden HEW-Turm. Irgendwo dahinter, wußte er, lagen diese Anstalten, in denen eine Menge deformierter Menschen untergebracht waren. Von der Natur benachteiligte. Verrückte, Mongoloide, Geistesschwache und psychisch Kaputte. Gehörten er und Achsen auch dazu? Waren sie Wahnsinnige, wenn sie Unabänderlichkeiten, das Schicksal in eigener Regie bestimmen wollten? Wenn sie nicht davor zurückschreckten, Leben zu vernichten? Oder, fragte er sich, wirkt da ein gesunder Abwehrmechanismus? Ist es Notwehr?
Achsen war verzweifelt, weil ihm der gesamte Besitz, die Frucht seiner Arbeit genommen werden sollte. Angst vor dem Ruin, vor dem gesellschaftlichen Abstieg, Angst, sich zu verlieren. Wirkt hier die Natur? Brechen unüberwun-

dene Naturinstinkte durch, der Wille, sich zu behaupten, Sieger zu bleiben im Kampf?
Himmel, dachte er, darüber müßte man einen Lescek befragen. Die Lesceks wissen die Antworten. Sie wissen alles, sie haben das Leben katalogisiert, haben die Erklärungen. Ich habe nur Hoffnung.
Er hatte kurz nach dem Gespräch mit Achsen Professor von Allwörden angerufen, hatte die Dame in der Telefonzentrale beschworen, ihn durchzustellen. Von Allwörden war überraschend freundlich gewesen, hatte auf Micklers drängende Fragen diesmal nicht so vage geantwortet. »Ich denke, Sie haben eine reelle Chance«, hatte er gesagt.
»Mehr als zwo zu achtundneunzig?«
»Aber ja doch!«
Ja. Ja.
»Herr Mickler?«
Er drehte den Kopf. Es war die Serviererin, die ihm die zweite Portion Kaffee brachte. »Telefon für Sie«, sagte sie nickend.
Er stand auf. Er kannte den Weg. Links vom Buffet befand sich eine Nische. Dort stand das Telefon. Er nahm den Hörer, preßte ihn ans linke Ohr. »Ja«, sagte er hastig. »Was?«
»Ich stehe in einer Telefonzelle« sagte Achsen. »Ich halte es für gescheit, immer so wie jetzt vorzugehen. Niemand weiß, was in den Leitungen los ist. Ob da einer im Büro mithört und so weiter. – Wie denkst du darüber?«
»Ich denke, am Ende steht 'ne Menge Zuchthaus darauf. Hast du eine Ahnung, wie das ist, für den Rest des Lebens in einer Zelle zu schmoren?«
»Wir haben darüber gesprochen, Alter. Es gibt keine Verbindungen, die die Polizei aufdecken könnte. Es gibt keinen Weg von dir zu mir und umgekehrt. Es kann also von der Seite aus nichts geschehen.«
»Du vergißt die Leute in Sankt Georg, aus der Kneipe, die uns doch zusammen gesehen haben. Du scheinst dort kein

Unbekannter gewesen zu sein. Was, wenn sich einer erinnert? Was, wenn er in der Zeitung liest, daß du in einer solchen Sache steckst? Was, wenn der Mann oder die Frau sich melden, wenn sie sagen, was sie gesehen haben?«
»Was haben die denn gesehen? Zwei Typen, die sich besoffen haben!«
»Das reicht. Die Polizei braucht nur eine Spur. Dann haken die sich fest, dann ... dann finden die auch was.«
»Was denn, wenn du vorsichtig bist? Mann, das sind doch Unwahrscheinlichkeiten. Die Leute waren alle duhn, und außerdem kennt mich da in der Schluckhalle kein Schwein. Die wissen nicht, wer und was ich bin. Ich war höchstens dreimal dort. Nein, da sehe ich die Schwierigkeiten nicht. Ich sehe, um ehrlich zu sein, überhaupt keine. Du bist'n ausgebildeter Soldat, du hast Spezialsachen gemacht, kennst dich aus. Du allein bestimmst, wie das läuft. Wie soll da jemand auf dich kommen?«
Mickler schluckte. »Gut«, sagte er nach einigem Überlegen. »Nehmen wir an, die Zeit in Sankt Georg ist kein Problem; sagen wir, du hast recht mit deiner Einschätzung. Fragen wir aber auch, was ist, wenn die auf dich zukommen, wenn die dich in die Mangel nehmen! Woher weiß ich, daß du mich nicht in die Scheiße reitest? Besonders dann, wenn du dich in die Enge getrieben fühlst.«
»Bist du verrückt! Für mich geht es um Kopf und Kragen.«
»Aber du hast nicht geschossen! Für die Greifer wäre ich der Täter, du so 'ne Art Gentleman, der mal 'n verdrängten Wunsch ausgesprochen hat. Und dann die Anwälte. Mich seifen die ein, du stehst dann da und lachst dich kaputt.«
»Hör auf mit dem Unsinn!«
»Das ist keiner!«
»Selbstverständlich ist es Unsinn. Für mich geht es um meine Existenz. Glaubst du, ich riskiere sie durch leichtsinniges Handeln? Für mich ist diese Sache kein Spaß. Es geht um mein Leben, Junge! Verstehst du?«
»Und für mich? Habe ich keines?«

Achsen stöhnte. »Klar! Wir waren ja auch schon so weit, daß wir uns mit der Sache beide aus der Scheiße ziehen. Du kriegst das Pulver, um dich aufschneiden zu lassen, ich habe endlich Ruhe vor diesem Satan. Das war's doch.«
»Schon, nur... ich denke weiter. Um ehrlich zu sein, ich habe keine Angst vor der Sache, ich habe sie vor dir. Ich kenne dich nicht. Ich weiß nur, daß du behauptest hast, der und der zu sein. Was weiß ich sonst?«
»Es ist doch gut, daß du nicht zuviel weißt!«
»Objektiv gesehen, ja, aber... wie du sein wirst, wenn die Sache gelaufen ist. Das meine ich, begreifst du? Das Danach! Vor dem Tun habe ich keine Angst. Ich weiß, daß ich mich auf mich verlassen kann. Du bist für mich ein X in der Rechnung.«
Achsen lachte trocken auf. »Idiotisch! Was meinst du, warum ich das ausgesprochen habe? Warum ich still hielt, als du mich wegen einiger lumpiger Tausender umbringen wolltest? Weil ich ein Arsch bin? Ich hätte doch, wenn ich eine Null wäre, ganz anders reagiert. Hysterisch wie ein altes Weib, ich wäre durchgedreht. Siehst du denn so was nicht?«
Mickler verzog den Mund. »Daß du kalt wie eine Hundeschnauze warst, ist mir schon aufgefallen. Aber welche andere Chance hattest du schon?«
»Du hast dich beruhigen lassen! Ich hätte dich in einem unbedachten Moment erledigen können. 'n Stich von hinten und – finish, ja?«
»Na klar.«
»Du kannst dich auf mich verlassen, auf meine Nerven. Ich werde nicht versagen, egal, welchen Superknilch die mir auf die Schulter setzen. Für mich geht es um alles. Ich bin entschlossen, Alter. Willst du es machen?«
Mickler schwieg.
»Es läuft sauber«, fuhr Achsen fort. »Ich habe für die Zeit absolut glatte Zeugen, kann einfach nicht verdächtigt werden. Dafür sorge ich.«

»Es geht nicht nur um das Machen, es geht auch um die Kohle. Ich lasse mich nicht gerne leimen.«
»Ich habe dir gesagt, was drin ist.«
»Sagen ist nicht alles. Es geht ums Zahlen. Wann, wie, wo?«
»Du wirst es also machen?«
»Ich habe eine Frage gestellt.«
»Und ich habe dir gesagt, daß ich bereit bin, dir ein Drittel sofort hinzublättern. Sagen wir dreißigtausend. Das ist doch fair, oder?«
»Fair ist in einem solchen Spiel gar nichts. Du gewinnst mehr als ich.«
»Dann sag', was du willst!«
Mickler rieb sich das Kinn. »Ich will sicher sein, daß ich anschließend nicht der Dumme bin.«
»Einen Notar können wir schlecht einschalten. Ein bißchen Vertrauen mußt du schon aufbringen.«
»Und wenn ich's aufbringe? Wer ist es? Wo ist er?«
»Du machst es also?«
»Ich würde, ja. Wenn du die Hälfte vorschießt. Wenn ich sicher sein kann, auch die zweite zu kriegen. Ich denke dabei an eine postlagernde Sendung. Irgendwie, verstehst du. Daß ich die erst abholen kann, wenn ein bestimmter Termin gelaufen ist. Muß aber sicher sein. Ich muß wissen, daß die Kohle auch da ist. Da müßten wir uns absichern. Wir beide.«
»Du brauchst keine Sorgen zu haben. Sobald alles klar ist, kriegst du. Ich kann ja auch nicht weglaufen. Du weißt im Notfall, wo ich zu finden bin.«
»Und ich würde dich finden – im Notfall«, sagte Mickler dumpf.
»Du bist also bereit?«
Mickler zögerte. Einen Augenblick lang blitzte der Gedanke in seinem Hirn auf, ja zu sagen, den Vorschuß zu kassieren und Achsen gegen eine Wand laufen zu lassen. Doch er ließ den Gedanken rasch wieder fallen. Er brauchte das Geld, wenn die Operation zu bezahlen war. Dreißigtausend als

Vorschuß. Was dann noch kam, war nicht abzusehen, aber sicherlich kein Kleckerbetrag.
»Ja«, sagte er ruhig.
Achsen stieß erleichtert den Atem aus. »Es wird sauber laufen«, sagte er. »Du darfst nur keinen Fehler machen. Nicht einen, hast du verstanden?«
»Ich muß erst mal wissen, wer der Typ ist, wo ich ihn finden kann und wie ich an ihn heran kann. Wer also?«
»Das ist geregelt«, gab Achsen zurück. »Ich bin in der Nähe deiner Wohnung. Ich habe nicht nur Geld, ich habe auch ein Foto von der Person dabei. Eine Frau, Alter, Adresse und einige Einzelheiten liegen in dem Kuvert, das ich unter deine Tür schiebe. Im Postkasten will ich das nicht lassen. Da verschwinden manchmal Sachen. Einverstanden?«
»Einverstanden.«
»Gut. Nur mußt du schnell sein, Alter. Bis Montagmorgen muß die Sache gelaufen sein. Bis Montagmorgen!«
»Das ist sehr eng!«
»Aber es geht. Es muß gehen. Danach hat es keinen Sinn mehr. Ich schlage vor, du setzt dich heute nachmittag so gegen zwei Uhr in die Kneipe unten in deinem Haus. Ich werde da noch mal anrufen, um zu regeln, was noch zu regeln ist. Ist das in Ordnung?«
»Um zwei«, bestätigte Mickler. Dann legte er auf.
Als er an den Tisch zurückkehrte, wurde ihm bewußt, daß er sein Wort gegeben hatte, zum Mörder zu werden.

Mickler fächerte die Banknoten. Sechzig Fünfhunderter, taufrisch, ohne Geruch. Ein dünnes Bündel, lächerlich wenig Papier und doch: das Leben. Seines gegen das dieser Frau, die Elvira Dreher hieß und von dem postkartengroßen Hochglanzfoto mißtrauisch-säuerlich in die Kamera blickte. Eine Frau, die Unrat wittert, hatte er gedacht, als er das Bild aus dem Kuvert genommen und zum erstenmal angeschaut hatte.

Mickler nahm an, daß Achsen die Aufnahme gemacht hatte. Er betrachtete das harte Gesicht Elviras, die starren, offensichtlich sehr hellen Augen, den verkniffenen, schlaffen Mund, der ihn an ein nach Futter schnappendes Fischmaul erinnerte. Kälte sprang ihm entgegen, aber auch der Eindruck eisiger Einsamkeit. Er ahnte Sehnsüchte hinter der Verkniffenheit. Sehnsüchte, die er mit einer Gewehrkugel löschen würde.
Im Kriege war es einfach gewesen, den Finger zu krümmen. Man hatte nicht auf Menschen, man hatte auf Soldaten, auf Feinde geschossen, auf abstrakte Abziehbilder der Phantasie, die nur äußerlich Ähnlichkeit mit Menschen hatten.
Hier war es anders. Hier war ein Mensch, eine Frau, die man nicht so einfach zum vernichtungswürdigen Feind herunterstilisieren konnte.
Geld gegen Leben.
Das war's. Nur das. Letztlich siegt der unausrottbare Egoismus. Fressen, um nicht gefressen zu werden. Hunger stillen. Sehnsucht ist Hunger. Diese Sehnsucht ganz gewiß...
Er kannte die Gegend um die Elbchaussee, wo Elvira Dreher ihr großes Haus besaß. Er würde hinausfahren, würde die Villa beobachten, einen Weg finden, an das Opfer heranzukommen, um den tödlichen Schuß abzugeben.
Er packte den Carcano-Karabiner in den Kleiderschrank, das Geld unter den Teppich und Foto und Achsens Hinweise in die Seitentasche. Die Unterlagen wollte er vernichten, sobald er Sichtkontakt zum Opfer aufgenommen hatte.
Er verließ die Wohnung. Er betrat die gutbürgerliche Gaststätte im Parterre, bestellte ein Kotelett und Salzkartoffeln mit Sauce, trank ein Pils und wartete auf Achsens Anruf.
Um zwei Uhr kam er. »Alles klar«, sagte Mickler. »Ich komme mit dem Zeug zurecht. Es fehlen die restlichen Scheine.«
»Das geht in Ordnung«, gab Achsen zurück. »Zehn bekommst du wie gehabt. Über den Rest setzen wir uns auseinander, sobald du genau weißt, wie du vorgehst.«

Das war's dann. Keine großartigen Reden, keine Versprechen, ein Geschäft zwischen zwei Männern, die der Zufall aufeinander zugeweht hatte. Ein Opfer, über das die Gedanken geflissentlich hinweggingen.
Mickler bezahlte. Er verließ die Gaststätte, stieg in die Tiefgarage, schloß seinen Wagen auf und warf sich hinter das Lenkrad. Ihm blieben zweieinhalb Tage, um Achsens Auftrag zu erledigen. Ein Zeitraum, der ihm eng erschien, aber man würde sehen, dann, wenn er sich mit der Örtlichkeit an der Elbchaussee vertraut gemacht hatte.

Ruth verließ den Lift, blieb vor der offenen Schiebetür stehen und war unentschlossen, wen sie zuerst ansprechen sollte – Achsen oder Berger. Die Entscheidung wurde ihr von Berger selbst abgenommen, der in diesem Augenblick aus der Buchhaltung kam, um zu seinem Büro hinüberzugehen. Ruth grüßte. Der zerbrechlich wirkende Mann hob die gesunde Hand. Die verkrüppelte versteckte er im Ausschnitt seines Blazers. Fragend blickte er sie an.
»Darf ich?« fragte sie, ging auf ihn zu, hängte sich bei ihm ein und dirigierte ihn zu seinem Büro. Mit der linken Hand deutete sie in den gedämpft ausgeleuchteten Gang. »Er denkt, Oberst. Sie wissen ja, daß er dann nicht gestört werden will. Ihnen möchte ich einige Fragen stellen.«
Berger hob die Brauen. Unter ihrer Berührung war er leicht zusammengezuckt. Nur zu gerne hätte er ihr gesagt, daß auch er der Meinung war, sie sei letztlich für den Niedergang der Firma verantwortlich. Oder zumindest der Anlaß. Immerhin hatte sie von Anfang an keinen Hehl daraus gemacht, Achsens Betthase zu sein. Die Tatsache war wie ein Lauffeuer durch die Büros geeilt, hatte allerdings nicht an den doppeltverglasten Fenstern Halt gemacht, sondern war bis hinaus zur Elbchaussee gedrungen, wo – wie eine Spinne im Netz – Elvira ihre Rachepläne ausgebrütet hatte.
»Bitte«, sagte er und öffnete die Tür.

Ruth blieb vor dem Schreibtisch stehen. Berger betrachtete sie. Eine Frau mit Geschmack, dachte er, eine Frau, die das Gehirn eines Mannes verwirren kann.
»Ich will nicht um den heißen Brei herumreden, Oberst. Geradeheraus: Wie steht es?«
Er hob die Schultern. »Hat Herr Achsen es Ihnen noch nicht gesagt?«
»Würde ich Sie sonst fragen?«
»Wahrscheinlich nicht, nein, obwohl ich mich wundere, daß er ein Geheimnis daraus macht. Es steht schlecht. Es steht ausgesprochen schlecht. Aber das wird Ihnen ja nicht verborgen geblieben sein.«
»Gewiß nicht. Ich frage, weil ich helfen möchte.«
»Sie?«
»Wieso erstaunt Sie das?«
»Mich erstaunt nicht Ihr Wille, Frau Dreher, ich frage mich lediglich, wie Sie uns unterstützen wollen?« Er lachte auf. »Soviel ich weiß sind Sie nicht gerade... sagen wir... fähig, im größeren Rahmen zu disponieren.«
»Stimmt«, gab sie zurück. »Aber schließt das aus, gute Freunde zu aktivieren?«
Berger verschränkte die Arme vor der Brust. »Gibt's so was? Gute Freunde?«
»Wenn nicht gute, dann solche, die Geld genug haben«, sagte sie offen. »Was ich von Ihnen wissen möchte, ist, wieviel Kapital nötig ist, um meiner Schwester den Wind aus den Segeln nehmen zu können.«
Berger nahm hinter dem Schreibtisch Platz. »Sie haben Hoffnung, Ersatz finden zu können?«
»Glauben Sie, mir ist nach dummen Scherzen zumute?«
»Gewiß nicht... entschuldigen Sie.« »Bitte. – Wieviel also?«
Berger lehnte sich zurück. »Lächerliche 1,2 Millionen, gnädige Frau«, sagte er boshaft. »Kein Pappenstiel, wie Sie sehen.«
Ruth war kaum beeindruckt. »Gemessen an dem, was hier und anderswo steht, also keine überwältigende Summe.«

»Das ist richtig, aber... überzeugen Sie mal jemanden, der sie einschießen soll. Und das, wenn sie im Grunde nur noch Stunden zur Verfügung haben. Montagmorgen um zehn ist alles vorbei, wenn nicht in letzter Sekunde was geschieht. – Haben Sie wahrhaftig Hoffnung, einen Kapitalgeber finden zu können?«

»Ja«, log sie. »Ich will es versuchen, denn ich will nicht, daß verletzte Gefühle dies hier vernichten.«

Berger wog skeptisch den Kopf. »Warum haben Sie nicht mit Herrn Achsen gesprochen? Ich bin sicher, er wird in dieser Situation nach jedem Strohhalm greifen.«

Ruth schüttelte den Kopf. »Sie schätzen ihn falsch ein. Wenigstens mir gegenüber gibt er nicht zu, wie schlecht es steht. Er hat mir noch heute ein kostbares Geschenk zustellen lassen. Ein Schmuckstück, das seinen Wert hat, Oberst.« Sie ging auf den kleinen Mann zu. »Verstehen Sie? Er hält die Fassade aufrecht, er will nicht, daß ich das alles mitbekomme.«

Sie brach ab. Sie beobachtete Berger. Sie war sicher, daß der besorgte Mann jedes Wort an Achsen weitertragen würde. Sie fügte hinzu: »Ich glaube, er hat Angst, mich zu verlieren, Oberst. Ich bitte Sie, das, was ich sage, für sich zu behalten. Ich bitte Sie, mich zu verstehen. Ich muß darüber sprechen... Robert muß glauben, meine Gefühle für ihn seien nicht echt.«

Berger senkte betroffen den Kopf. Zeit seines Lebens war er bemüht gewesen, Gefühle zu unterdrücken. Hier brachen sie vulkanartig auf. »Sie können ihn besser einschätzen als ich. Ich bin lediglich sein Mitarbeiter, Frau Dreher!« sagte er hilflos.

»Sie wollen mich nicht verstehen, Oberst. Ich will ihm helfen. Ich will es, weil ich ihm auf irgendeine Art und Weise begreiflich machen muß, daß er sich in jeder Situation auf mich verlassen kann. Daß ich ihn liebe! Aber weil ich ihn liebe, weil ich weiß, wie sehr er mit dieser Firma verbunden ist, möchte ich alles tun, damit sie ihm erhalten bleibt.«

Sie hielt ein und forschte im Gesicht des kleinen Mannes, der nachdenklich auf die Tischplatte blickte.
»Mir wäre es gleichgültig, welche Stellung er hat«, sagte sie leise. »Aber er glaubt es nicht. Er glaubt, er müsse mich verwöhnen.«
Berger nickte. Er kannte die Privatentnahmen seines Chefs, den Aufwand, den Achsen für Ruth getrieben hatte. Unsicher sagte er: »Es steht Ihnen nichts im Wege, Kapital flüssig zu machen. Ich bin sicher, nicht nur Herr Achsen wäre Ihnen dankbar. Die gesamte Belegschaft wäre es.«
»Ich werde mich bemühen. Darf ich im Bedarfsfalle mit Ihrer Unterstützung rechnen? Wenn Zahlen verlangt werden?«
»Selbstverständlich«, gab Berger zurück.
Ruth streckte ihm die Hand entgegen und drückte sie. »In gewisser Weise fühle ich mich hilflos. Robert hat eine Mauer um sich gezogen. Ich bin froh, daß Sie mir die Wahrheit gesagt haben. Danke, Oberst.«
»Keine Ursache«, sagte er und erhob sich, um sie hinauszulassen.
Ruth atmete aus. Es war schwerer gewesen, als sie es sich vorgestellt hatte. Berger war kein Trottel. Er war voller Mißtrauen und hielt sie für eine Art Drohne, die mit verantwortlich für den rapiden Verfall der Liquidität war. Argwohn hatte seine Augen schwammig gemacht. Aber er würde Achsen von dem Gespräch berichten. Gleich jetzt. Er würde in seiner nüchternen Art genau jenes Bild entwerfen, daß sie ihm vorgezeichnet hatte: Besorgte Geliebte, die bereit ist, sich bis zur Erschöpfung für den Mann ihres Herzens hinzugeben.
Schluckte Achsen das?
Sie blieb stehen, öffnete die Handtasche, zog Zigaretten heraus und zündete sich eine an. Er ruft sofort an, sagte sie sich. Drei Minuten, eine Zigarettenlänge, dann hat er den Bericht gegeben. Sie lächelte. Achsen war verzweifelt. Berger hatte recht: Achsen war der Typ, der nach jedem Stroh-

halm greift. Hoffnung würde sich in seiner Brust wie ein Ballon aufblähen, eine Hoffnung, die sie mit kaltem Strahl zerstören würde.
Sie rauchte hastig.
Sie wartete nicht drei, sie wartete sieben Minuten. Dann betrat sie Achsens Büro.
Er tat erstaunt. »Du?«
»Ja«, sagte sie und lächelte.
»Ich habe dich nicht erwartet.«
Du lügst, dachte sie, Berger hat dich informiert. Du weißt haargenau, daß ich drüben bei ihm war. Er kam auf sie zu und küßte sie. »Was führt dich zu mir?«
Sie legte die Arme um seinen Hals, preßte sich an ihn. »Ich mache mir Sorgen, Robert.«
»Wieso?«
»Wegen Elvira. – Hast du wieder mit ihr gesprochen? Hast du versucht, sie von ihrem wahnwitzigen Vorhaben abzubringen?«
Er schwieg.
»Also ja? Also hat sie abgelehnt?«
»In der Tat«, sagte er leichthin.
Sie löste sich von ihm, zündete sich eine Zigarette an. »Dieses Miststück«, rief sie aufgebracht. »Kannst du mir erklären, was sie letztlich davon hat?«
»Das Gefühl der Rache, Ruth.«
»Wie billig! Jetzt zeigt sie ihren wahren Wert! Ich sage dir, diese Frau ist kümmerlich, sie ist... ach was, sie ist der Rede nicht wert. Ausschuß, Dreck! Wenn sie sich doch den Hals bräche!«
»Hör auf damit«, bat er.
»Bitte, bitte«, sagte sie. »Ich habe nur ausgesprochen, was ich denke. Und wenn ich eine Möglichkeit hätte, es ihr heimzuzahlen, würde ich es machen. Leider ist es mir nicht gelungen.«
»Wie bitte? Willst du damit sagen, du hast versucht, ihr was anzutun?«

Ruth schnippte die Asche in den Kristallbecher auf dem Schreibtisch. Sie drehte sich um. »Sie zu ermorden, meinst du?« Sie schüttelte den Kopf. »Nein, das noch nicht. Aber darüber denke ich nach. Was ich versucht habe, war, für dich Geld aufzutreiben. Du erinnerst dich an den Pelzhändler, von dem ich dir erzählt habe?«
»Du hast mit ihm gesprochen?«
Sie nickte. »Habe ich.«
Achsen blickte sie fragend an.
»Dieser Schweinehund«, sagte sie aufgebracht. »Weißt du, was er wollte? Er wollte mit mir ins Bett steigen. Erst das, sagte er, dann Verhandlungen über Geld.«
»Und?«
Sie schüttelte sich. »Er hat mir Hoffnung gemacht, Robert. Ich war sicher, daß er dir helfen würde, daß er die Einlage macht, ich...«
Sie weinte.
Achsen legte einen Arm um ihre Schultern. »Du hast es getan?«
Sie drehte ihm den Rücken zu. »Bitte!« schluchzte sie.
Er strich ihr über das Haar. »Mein Gott, Ruth!«
Sie drehte sich um. Sie wischte sich Tränen von der Wange. »Verachtest du mich jetzt? Weil ich so dumm war? Weil ich auch das in Kauf nahm, um dir zu helfen?«
Er zog sie an sich. »Du bist dumm«, flüsterte er.
»Ja, dumm, das ist richtig. Wieso habe ich mich so an dich gehängt. Weißt du, manchmal wünsche ich geradezu, daß du das hier alles verlierst, daß alles klein und bescheiden wird. Ich denke mir, wir hätten dann mehr voneinander. Was hast du denn hier? Arbeit und Arbeit, keine Zeit für dich, keine Zeit für uns...«
»Dazu wird es nicht kommen«, sagte er fest. »Noch habe ich ein Eisen im Feuer.«
»Ich kann's nicht glauben.«
»Doch, Ruth. Ich verhandele im Augenblick mit Leuten, die ernsthaftes Interesse an einer Kooperation haben.«

Sie ließ sich in einen der Sessel sinken. Sie spürte, daß er ihr die Unwahrheit sagte. Es gab keine Verhandlungen. Es gab etwas anderes, Dunkles, Schreckliches. Es ging um Elvira. Sie war seine Hoffnung.
Ihr Tod.
»Gibst du mir bitte einen Cognac?«
»Selbstverständlich, Liebes.«
Er stand vor der Bar. Er schenkte ein. Sie beobachtete ihn. Ihre Gedanken überschlugen sich. Wird er es selbst machen? Wird er sie erwürgen? Gewiß nicht. Er weiß zu genau, daß die Polizei ihn als ersten verdächtigen wird. Die Beamten werden ihn auseinandernehmen, werden feststellen, daß er ein gewichtiges Motiv hat, werden jeden seiner Schritte verfolgen. Und wenn er zur Tatzeit kein Alibi anbieten kann, werden sie ihn kassieren. Das weiß er. Also wird er, wenn er es macht, jemanden anderen für sich handeln lassen. Wen? Wann? Wird er?
Er muß, dachte sie, als sie das Glas entgegen und einen Schluck nahm. Er hat keine andere Wahl. Seine plötzliche Gelassenheit ist die Gewißheit ihres Todes. Er wird über das Wochenende für ein nagelfestes Alibi sorgen.
»Du mußt es bis Montag geschafft haben, nicht wahr?«
»Ich werde es geschafft haben.« Er nahm ein Blatt Papier vom Schreibtisch. »Hier«, sagte er. »Ein amerikanischer Warenhauskonzern. Ich habe sie einfach angerufen, habe Ihnen mein Angebot gemacht und ihnen gesagt, daß sie sich bis heute abend zweiundzwanzig Uhr entscheiden müssen.«
»Wie können sie das, wenn sie nicht wissen, was es mit deiner Firma auf sich hat?«
Achsen zeigte sein gepflegtes Gebiß. »Ich habe die Karten offen auf den Tisch gelegt. Sie kennen alle Zahlen, alle Risiken, aber auch alle Chancen. Dieser Mr. Donnovan hat mir versprochen, seine Antwort noch heute durchzugeben.«
»Und du glaubst, er nimmt an?«

»Ich bete darum.«
»Und wenn nicht?«
Achsen hob die Schultern, wechselte das Glas von der rechten in die linke Hand und machte die Geste des Halsabschneidens. »Dann«, sagte er schnoddrig, »gehe ich ins Wasser. Ins eiskalte. Dann ist Sense. Dann will ich auch nicht mehr. Ein Mann ist nur solange verpflichtet, wie er Chancen hat. Ich habe alle genutzt.«
Er legte den Bogen zurück. Es traf zu, was er Ruth berichtet hatte. Das Gespräch mit dem US-Konzern war gelaufen. Es stimmte auch, daß die Herren in New York bis zweiundzwanzig Uhr ihre Antwort durchgeben wollten. Es traf aber auch zu, daß Achsen sicher war, keine positive Antwort zu erhalten; aber darauf kam es nicht an. Er hatte das verzweifelte Spiel aufgetan, um später, wenn Elvira tot war, nachweisen zu können, daß er bis zur letzten Sekunde um die Firma gekämpft hatte.
»Ich hoffe, du schaffst es«, sagte Ruth. »Wenn ich dir nur helfen könnte!«
Achsen spitzte den Mund. »Man weiß nie, was kommt. Nie vorher«, fügte er hinzu.
»Denkst du an Elvira?«
»Und wenn?«
»Du hast es also erwogen?«
»Sie umzubringen?« Er schüttelte den Kopf. »Ich würde nicht weinen, nein, aber ich könnte es nicht tun.«
Ruth beobachtete ihn. Sie war nachdenklich, ein wenig verunsichert. »Auf mich jedenfalls kannst du dich verlassen. Wenn ich ihr Geld bekäme, wäre alles anders, dann brauchtest du dir keine Sorgen zu machen!«
»Ich glaube dir«, sagte er. »Aber leider hast du das Geld nicht.«
»Leider«, bestätigte sie. In Gedanken fügte sie hinzu: Noch nicht, mein Lieber, noch nicht...

Mickler hatte das im Landhausstil errichtete Gebäude beim Vorüberfahren hinter einer hohen Hecke entdeckt. Er parkte seinen Wagen, verschloß ihn und schlenderte in Richtung Schröders Elbpark zurück. Als er den betrat, fand er heraus, daß das Grundstück Elvira Drehers sich daran anschloß.
Er rieb sich das Kinn. Feine Leute, dachte er, Leute, die sich hinter hohen Wällen verschanzen, um nicht zeigen zu müssen, daß sie anders als die gewöhnlichen sind. Oder in besseren Verhältnissen leben. Wollen den Neid nicht wecken, deshalb errichten sie Barrikaden aus Liguster und Jägerzäune.
Mickler nutzte sein Alleinsein, um in einen großen Rhododendronstrauch einzudringen. Er erreichte die Hecke, die das Gelände umgab, und stieg auf einen Baumstumpf, der von einer Kolonie wuchernder Pilze überwachsen war. Zwei Geschosse unter dem halbrund geformten Schieferdach. Weiße Fassade, darin hohe, englische Sprossenfenster. Parkähnliche Gartenanlage. Zur Elbe hin wuchernd-blühende Sträucher, das riesige Schwimmbecken, an dessen Rand weiße Gartenmöbel und zwei bunte Sonnenschirme aufgestellt waren. Kein Hund, wie es schien, aber das Terrassenfenster weit geöffnet. Der mächtige Säulenkamin war gut zu erkennen.
Seine Blicke glitten zum Swimmingpool. Auf einem der Gartenstühle lag ein beiges Badetuch. Das der Hausbesitzerin? Mickler runzelte die Stirn. Achsen hatte behauptet, die Dreher wohne allein in diesem großen Kasten, betreut lediglich von einem späten Mädchen. Benutzten sie den Pool? Wie verließen sie das Haus? Durch die Terrassentür? Er schätzte die Entfernung. Gute dreißig Meter, rechnete er. Eine leichte Übung für einen Mann, der mit einem Gewehr umzugehen versteht. Was aber, wenn hier Schüsse peitschen? Eine Nobelecke, viel Geld, viel Prominenz, also auch viel Polizei, die ein Auge auf das kostbare Fleisch werfen wird. Wenn da aber geschossen wird... Du mußt dir'n

Schalldämpfer besorgen. Wenigstens das... oder einen bauen, sagte er sich, weil er keine Ahnung hatte, wo er auf die Schnelle an ein solches Gerät kommen konnte. Sich an die Ganoven in Sankt Georg oder Sankt Pauli zu wenden, bedeutete, ein unnötiges Risiko eingehen. Es war besser, das Gerät selbst herzustellen...
Er duckte sich unwillkürlich, als er die Frau sah, die jetzt durch die Terrassentür trat. Etwa fünfzig, blond, untersetzt. Die Haut am Bauch faltete sich. Die Oberarmpartie tanzte bei jedem Schritt hin und her. Wie der rote Vorhals eines Puters, dachte Mickler. Er versuchte, sich zu erinnern, ob dieses harte Gesicht mit dem auf seinem Foto übereinstimmte. Er kam zu keinem Ergebnis. Er duckte sich, als aus dem Park knirschende Schrittgeräusche erklangen. Er drehte sich um. Ein älteres Ehepaar schritt untergehakt über den Weg, an der Leine einen fetten Cockerspaniel.
Hat Elvira Dreher einen Hund? Wenn ja, wie ist er? Werde ich auch ihn abschießen müssen?
Er blickte nach links auf das graue Band der Elbe. Ein Schlepper hatte einen Großtanker an die Haken genommen und versuchte, ihn über die Mitte zu ziehen. Das Gelände zum Fluß fiel steil ab. Die einzige Fluchtmöglichkeit, rechnete er, dann, wenn hier oben Druck ist. Notfalls mußt du durch den Fluß, sagte er sich. Es wird schwer werden. Besser ist es, den Schuß abzugeben und wieder in Richtung Straße zu verschwinden. Das Gewehr kannst du unter die Kleidung schieben. Oder du nimmst eine längliche Tasche. Eine Tennistasche, dachte er. Wenn du mit Schalldämpfer arbeitest, kann es keinem auffallen.
Die Frage ist nur, ob diese Frau mitspielt. Wann kommt sie heraus? Wann wird sie zu sehen sein? Abends, nach Anbruch der Dunkelheit schießen? Schlecht. Wenn du Pech hast, wird die Dame nur angeschossen. Sie fällt. Und der Zufall will es, daß du sie nicht mehr erwischst. Geschrei, das Telefon, vielleicht noch ein Hund, der sich die Kehle wund bellt. Bullen, die sofort aufmerksam werden, und

wenn nicht Bullen, dann Nachbarn. Telefone sind hier überall. Ein Anruf, Funkbrücke und die Sackgasse des Elbparks...
Tageslicht ist besser. So tun, als wenn nichts geschehen wäre. Sichergehen. Du mußt sie erwischen. Sie muß tot sein... Benutzt sie den Pool? Gehört ihr das Handtuch? Und wie wird das Wetter morgen sein?
Eine wichtige Frage, die bedacht werden muß. Hielt sich die Sonne, war damit zu rechnen, daß die Frau einige Zeit am Pool verbrachte. Dort aber wäre sie ein ideales Ziel. An keinem Punkt der Umzäunung betrug die Entfernung bis zum Bassin mehr als dreißig Meter. Eine gute Entfernung, auch dann, wenn die Nervosität groß und die äußeren Umstände wenig ideal waren.
Anders verhielt es sich, wenn die Frau draußen nicht zu erwischen war. Dann wurde es kompliziert. Unter Umständen konnte man gezwungen sein, einen Einbruch zu verüben. Für das Haus wäre eine Kurzwaffe günstiger, ein schallgedämpfter Revolver, obwohl in diesem Fall die Frage der Lärmentwicklung nicht die große Bedeutung erlangen würde wie bei einer Operation im Freien. Nötig ist, dachte Mickler, ein solches Haus tage-, wenn nicht wochenlang zu beobachten, um die günstigen Faktoren kennenzulernen. Aber eine solche Zeit stand nicht zur Verfügung. Die Tat mußte bis Montag früh gelaufen sein.
Sehr knapp. Zu knapp?
In allem liegt ein Vorteil, sagte er sich. Wenn du hier wochenlang beobachtest, liegen die Chancen, sich verdächtig zu machen, höher. Die knappe Vorbereitungszeit muß nicht schlecht sein. Sie schützt dich vor dem Mißtrauen der Leute. Hier ist jeder, der nicht dazugehört, ein Fremdkörper. Geschlossene Gesellschaft, die ihre Diener kennt. Sie haben einen Riecher für Nichtdazugehörige. Sie sind mißtrauisch, Leute, die mit der Angst leben, einer der ihren könnte gekidnappt werden. Dop-

pelt Vorsichtige, die lieber einmal mehr als zuwenig verdächtigen. Geld macht hellhörig, besonders dann, wenn man es verlieren kann.
Er verließ das Gesträuch, als er sich überzeugt hatte, allein in diesem Parkabschnitt zu sein. Er ging weiter, verschränkte die Arme auf dem Rücken, blickte immer wieder nach rechts, wo das Obergeschoß der Villa aus dem Wust der Sträucher und Bäume herausragte.
Das Dröhnen eines Signalgebers kam von der Elbe her. Er stieg hinab, wandte sich nach rechts, erklomm einen kleinen Hügel und sah plötzlich das gepflegte Grundstück vor sich. Und die Lösung!
Vom Hang her war das Grundstück einzusehen. Es gab einen schmalen Weg, der zur Elbuferstraße hinunterführte. Links und rechts wuchsen Kolonien von Büschen, die einem Mann, der es darauf anlegte, notfalls über den Zeitraum eines ganzen Tages Schutz vor neugierigen Blicken boten. Wenn er dort in Stellung ging, war er in der Lage, nicht nur Swimmingpool und Gartenanlage, sondern auch die kiesbestreute Auffahrt zu kontrollieren. Wahrscheinlich war, daß Elvira Dreher irgendwann während des Tages das Haus verließ. Entweder, um mit einem der beiden Fahrzeuge, die in einer reetgedeckten Garage standen, wegzufahren, oder um zu schwimmen, oder spazierenzugehen. Was nötig war, war Geduld. Die Geduld einer Katze, die regungslos vor dem nach Beute duftenden Loch verharrt und zuschlägt, wenn sich graues Fell in die Sonne schiebt.
Mickler ging weiter. Er erreichte den ehemaligen Treidelpfad am Ufer der Elbe und schätzte die Entfernungen. Die Fluchtmöglichkeiten waren in der Tat eingeschränkt. Ein Handikap, aber nur bedingt. Möglich, daß diese Frau, wenn das Geschoß sie getroffen hatte, erst nach Stunden entdeckt würde. Zeit zum Schreien hatte sie nicht, wenn das Projektil punktgenau einschlug.
Das kleinere Risiko mit dem Vorteil der besseren Ausgangsposition, dachte Mickler. Du mußt nur sehr früh da sein.

Hell wird es gegen sechs. In der Dämmerung hier sein, Trainingsanzug, Tennistasche, in der das Gewehr steckt. Ist normal. Auch in einer solchen Gegend. Sieht dich einer, denkt er, er hätte einen Gesundheitsfanatiker vor sich, einen Jogger oder so. Solch ein grauer oder blauer Anzug uniformiert. An Gesichter, die in Uniformen stecken, kann man sich schwer erinnern. Auch das war ein Vorteil.

Früh da sein, sehr früh da sein, daran denken, daß du was zu essen mitnimmst. Und Wasser. Es wäre fatal, wenn du kurz vor dem Ziel vor Hunger erschöpft umkippst. Und ausgeschlafen sein mußt du. Die Langeweile macht müde.

Er blieb stehen, roch den teerig-muffigen Dunst, der vom Elbufer aufstieg, spürte die Sonnenwärme auf seinem Gesicht. Er gähnte. Er drehte um, stieg hinauf, sog die Parkluft tief in die Lungen. Es wird gehen, dachte er, als er seinen Wagen erreicht hatte und sich hinter das Steuer klemmte. Fatal wäre nur, wenn du die Falsche, die Bedienerin, erwischtest. Das wäre mehr als fürchterlich. Er nahm sich vor, das Bild, das Achsen ihm überlassen hatte, bis zum Erbrechen zu studieren.

12

Auf den ersten Blick, fand Elvira, als sie sich vor dem großen Garderobenspiegel kritisch musterte, wirkst du jünger. Das machen die frechen Sachen, die Farben, der Schnitt des Kleides. Sie trat näher heran, begutachtete die Augenpartie, die sie mit Make-up kaschiert hatte. Zuviel, sagte sie sich. Das gehört geliftet. Ist es, wird niemand mehr in dir eine alte Frau sehen.
»Wie findest du mich?« fragte sie Corinna, die abwartend vor der Tür stand.
»Das steht Ihnen«, antwortete das Mädchen. »Plötzlich sind Sie ganz anders.«
»Ist das nicht zu gewagt? Für eine Frau wie mich?«
»Mein' ich nicht. Ganz im Gegenteil. Heute ist man ja auch nicht mehr so streng.«
Elvira schwieg. Sie hob den linken Arm und versuchte, die Zeit auf der winzigen Platinuhr abzulesen. Ziffern und Zeiger verschwammen. Auch die Augen machten nicht mehr mit. Beim Autofahren zwang sie sich, eine Brille zu tragen. Bei anderen Gelegenheiten hielt Eitelkeit sie davon ab. »Wie spät?« fragte sie kurz angebunden.
»Halb fünf.«
»Und du meinst, es ist nicht zu gewagt?«
»Nein. Sie sind ja keine alte Frau.«
Elvira lachte auf. »Du brauchst mir nicht zu schmeicheln. Ich weiß sehr gut, in welchem Jahr ich geboren bin. Aber, was soll's! Ich fahre jetzt. Denke daran, den Reinigungsroboter aus dem Schwimmbecken zu nehmen. Und rufe noch Gerdes an und sage ihm, daß er sich um die Läuse an den Rosen kümmern soll. Wenn er schon da ist, soll er gleich

auch im Vorgarten nach dem Rechten sehen. Am Tor blättert der Lack.«
Sie verließ das Zimmer und betrat den Salon, nahm den Vertragsentwurf Dr. Schwarzes vom Sekretär und stopfte ihn in die Handtasche. Sie suchte die Autoschlüssel, fand sie und steckte sie ein. Auf dem Weg zur Garage zündete sie sich einen Zigarillo an.
Während des Morgens hatte sie mit dem Schönheitschirurgen in der Schweiz telefoniert und für den kommenden Monat einen festen Termin vereinbart. Danach hatte sie sich die Rohfassung des Vertrages vorgenommen und jene Paragraphen, die ihr zu wenig eindeutig erschienen, umformuliert. Schwarzes Satz, »Prokura und Anteil des unter 2. genannten erlöschen und/oder werden nach Ermessen der Treugeberin anderweitig vergeben, sofern schwerwiegende Gründe vorliegen«, hatte sie geändert in: »Die Rechte des Treunehmers unter 2. (Robert Achsen) erlöschen, wenn die zu schließende Ehe zwischen den Vertragspartnern zerrüttet ist, lediglich formell aufrecht erhalten oder geschieden wird. Bestandteil dieser Vereinbarung ist der Ehevertrag.«
Schwarze hatte – wie üblich – Bedenken angemeldet. Sie hatte auf den Ehevertrag verwiesen, aus dem hervorgehen würde, daß Achsen nur an nach der Heirat erworbenen Vermögensgütern Rechte anmelden könnte. »Was ist daran sittenwidrig, Doktor?« hatte sie gefragt. »Ich kenne genügend Fälle, in denen so verfahren wurde, um zu verhindern, daß persönliches Eigentum zum Beispiel der Ehefrau im Falle eines Konkurses mit in die Haftung einbezogen wurde.«
Schwarze hatte sich geschlagen gegeben. »Gut, wir ändern das dann insoweit, obwohl ich kaum glaube, daß Ihr Achsen das unterschreiben wird.«
»Oh, er wird, verlassen Sie sich darauf. Er hat keine Wahl. Er wird es mit Freude tun.«
»Warten wir's ab.«
Sie nahm den offenen Wagen. Sie fuhr vom Grundstück,

nickte sich im Rückspiegel zu. Er wird, sagte sie sich. Er weiß, daß es seine Rettung ist und daß er keine andere Möglichkeit hat. Ein Mann wie er hat keinen Stolz, ist gewissenlos und nur darauf bedacht, seinen Vorteil wahrzunehmen. Vorteile biete ich ihm. Er bleibt Herr der Firma, hat die absolute Entscheidungsbefugnis. Nur eines hat er nicht: Die Freiheit, mich fallenzulassen.
Sie lächelte. Sie dachte an Ruth und daran, ihre Schwester zu den Hochzeitsfeierlichkeiten einzuladen, sozusagen als Würze. Sie verwarf den boshaften Gedanken nur deshalb, weil sie die Ablehnung Ruths in Rechnung stellte.
Aber Achsen würde unterschreiben. Da war sie ihrer Sache sicher. Noch heute.

Mickler stieg über die Treppe nach oben. Er war außer Atem, als er vor der Wohnungstür nach den Schlüsseln suchte. Eine Tür fiel ins Schloß. Er drehte sich um.
»Hallo«, sagte Lotte, die Frau seines Nachbarn.
Er nickte ihr zu. Sie lächelte. Eine hübsche Frau, um die dreißig, dunkelhaarig und aufreizend in der Art, wie sie sich kleidete und bewegte. Sie trug eine weitausgeschnittene rote Bluse, aus der feste, große Brüste quollen, einen engen schwarzen Rock und hohe Pumps.
»Wie geht's?«
»Ganz gut«, gab er zurück.
Sie kam auf ihn zu. Sie ging bewußt aufreizend. Ihm trieb es den Schweiß aus den Poren. Wahrscheinlich hatte sie ihn vom Fenster aus kommen sehen und darauf gewartet. Sie war hinausgegangen, um die Gelegenheit wahrzunehmen. Eine Frau, die eine unglückliche Ehe führte. Mit einem Mann, der frühmorgens das Haus verließ und erst gegen Mitternacht zurückkehrte. Angestellter einer Softwarefirma, ein Kerl, der die freien Wochenenden vor seinem Personalcomputer verbrachte. Sie war heiß wie eine läufige Hündin. Sie langweilte sich. Sie hatte zuviel Zeit, über das

brennende Verlangen ihres Körpers nachzudenken. Und über ihn, Mickler, den sie nie mit einer Frau zusammen sah.
»Mich schickt meine Mami«, lächelte sie. »Sie läßt fragen, ob du ihr mit einer Tasse Mehl aushelfen könntest. Kriegst sie dann zurück, wenn sie eingekauft hat.«
»Du hast getrunken, was?«
»Ich geh jetzt trinken.«
»Viel Spaß.«
»Oder hast du was im Kühlschrank?«
»Wein hätte ich schon.«
»Darf ich?«
Sie nahm ihm das Schlüsselbund aus der Hand, schloß auf. Er hob die Schultern. »Auf ein Glas«, sagte er verlegen.
»Klar!«
Sie traten ein. Er schloß die Tür. Er nahm den Saarwein aus dem Kühlfach, Gläser aus dem Schrank und schenkte ein. Sie beobachtete ihn. Sie nahm das Glas, setzte sich auf die Couch. Ihr Rock rutschte nach oben.
»Prost«, sagte sie und kniff die Augen zusammen.
»Prost, Lotte.«
Er starrte auf ihre Brüste. Er leerte das Glas, griff nach der Flasche, schenkte nach, um über die Hürde der krankmachenden Verlegenheit zu kommen.
Sie brannte lichterloh. Sie war zu haben. Sie bot sich ihm an. Jede ihrer Bewegungen war eine Aufforderung. Sie beugte sich vor. »Du bist ein seltsamer Mann«, sagte sie. »Ich habe dich noch nie mit einer Frau gesehen.«
»Das hast du schon mal gesagt.«
»Deswegen stimmt es immer noch, oder?«
»Ja.«
»Was ist mit dir? Magst du Frauen nicht?«
»Ich bin nicht schwul, wenn du das meinst.«
»Was denn?«
Er winkte ab.
»Magst du mich nicht?«
»Mann, Lotte!« rief er gequält.

»Hast du Angst, mein Göttergatte könnte dazwischenfunken? Das brauchst du nicht. Der kommt nicht vor Mitternacht. Und wenn ich nicht da wäre, wenn nur sein Spiegelei in der Röhre stände, wäre es ihm wurscht. Verstehst du?«
»Ich bedaure dich.«
»Das ist nicht zum Spotten. Das ist die Wahrheit.« Sie griff nach seiner Hand, streichelte sie, erhob sich. Er roch ihren Weinatem, spürte ihre warmen, verlangenden Lippen, drehte den Kopf und sagte: »Bitte, Lotte!«
Sie wich zurück.
»Gut, gut«, sagte sie ernüchtert. »Nur keine Panik. Danke für den Wein.
Sie ging. Steifer Rücken. Sie riß die Tür auf. Mickler war sicher, ihr Schluchzen zu hören. Aber, sagte er sich wenig später, es wird wohl nur das Zuschlagen der Tür gewesen sein.
Er ballte die Hände. Er biß sich auf die Lippen. Lotte war verrückt nach ihm, sie hatte es häufig versucht, war immer abgewiesen worden. Dennoch versuchte sie es immer wieder.
Das Glas zerplatzte in seinen Händen. »Verflucht, verflucht, verflucht!« stieß er erstickt hervor, sprang auf, lief zur Tür, riß sie auf und wollte Lotte zurückbitten, ihr sein Nichtkönnen erklären. Aber sie war schon nach unten gefahren.
Er kehrte zurück. Er lief auf und ab. Kein Leben, sagte er sich, du gehst kaputt, wenn du so weitermachst...
Er blieb stehen. Er ballte die Hände. Durch das geöffnete Fenster drang Straßenlärm. Er machte keinen Versuch, die Tränen zurückzuhalten, die ihm über die Wangen rollten.

Es war kurz vor siebzehn Uhr, als Achsen sein Büro verließ. »Ich bin privat zu erreichen«, sagte er, als er das Vorzimmer passierte. »Sollten die Amerikaner anrufen, geben Sie es bitte sofort durch.«

Er ging zu Berger. »Ich fahre jetzt«, sagte er. »Wir sehen uns morgen.«
Berger nickte nur. Ein kleiner, treuer gebeugter Mann, der den Untergang seiner Welt vor sich sah.
»Wir werden's schon irgendwie noch packen, Oberst«, sagte Achsen, als er an der Tür war. »Noch haben wir die Amis.«
»Haben wir sie?«
»Wir werden es heute noch wissen. Sie bleiben ja, bis der Anruf kommt.«
»Wo erreiche ich Sie?«
»Rufen Sie die beiden Privatnummern an.«
»Dann gute Nacht.«
Er fuhr mit dem Aufzug nach unten, warf den Koffer auf den Rücksitz, startete und fuhr vom Hof. Am Hauptbahnhof stieg er aus, ging hinein und trat in eine Telefonzelle. Er wählte Micklers Nummer. »Wie sieht es aus?« fragte er, als Mickler sich meldete.
»Es geht.«
»Was heißt das?«
»Ich habe mich umgesehen und meine, es packen zu können.«
»Wann?«
»Morgen. Im Laufe des Tages.«
»Gut.«
»Es gibt nur noch eines...«
»Ja?«
»Das Geld, mein Freund. Ich habe nur dreißig. Vierzig waren vereinbart. Und die Sicherheit für die anderen Scheine. Was also?«
Achsen lachte, »Geschäft ist Geschäft, was?«
»Ganz genau. Was also?«
»Die zehn hast du noch heute. Und die anderen kriegst du sicher. Ich will nur nicht, daß wir das kompliziert abziehen. Mit irgendwelchen doppelbödigen Tricks und so.«
»Wie denn?«

»Sobald es gelaufen ist, hast du's.«
»Nein. Dann läuft nichts.«
»Du vertraust mir nicht.«
»Warum sollte ich? Warum legst du nicht alles sofort hin?«
»Das wäre ein Risiko, mein Lieber. Ich mach dir'n anderen Vorschlag. Ich legs bei einem Notar ab. Der kriegt den Auftrag, es dir am Montag auszuhändigen. Ist das in Ordnung?«
Mickler schwieg. Er überlegte, ob an der Sache ein Haken sei. Er fand keinen. »Wenn du mich wegen dieses Betrages linken willst, ist der Ofen aus. Ich sage das vorsichtshalber, damit du dir keine Illusionen machst. Saubere Sache oder nichts. Sind wir einverstanden?«
»Mann, du hast mich in der Hand!«
»Und du mich!«
»Na gut, ich hinterlege das Zeug gleich heute noch bei Herwarth & Stocker. Die haben ihr Büro auf der Wexstraße. Weißt du, wo das ist?«
»Klar.«
»Da kannst du es dir am Montag abholen. Einverstanden?«
»Einverstanden«, sagte Mickler.
Achsen atmete tief durch. »Wann die Sache läuft, weißt du noch nicht?«
»Kann ich aus bestimmten Gründen nicht sagen. Geht einfach nicht.«
»Aber es läuft?«
»Ganz sicher.«
»Gut. Für mich wäre es eine Erleichterung, wenn ich Bescheid hätte. Könntest du durchklingeln? Nicht privat. In der Firma ist morgen ständig jemand. Verlange Berger. Wenn du ihn hast, sage ihm, daß du mich sprechen müßtest. Nenne den Namen Ludwig. Er wird mir das durchgeben. Und ich weiß Bescheid. Okay?«
»Okay«, sagte Mickler.
»Viel Glück!« rief Achsen ihm zu, ehe er auflegte. »Ludwig nennst du dich auch, wenn du das restliche Geld abholst.«

Elvira kannte jeden Winkel des großzügigen Büros. Sie kannte die Angestellten, den sterilen Geruch und die gedämpften Farben, die sie gegen den Willen Achsens durchgesetzt hatte. Er war mehr für das Moderne gewesen, für Bizarres auch in der Ausstattung. Früher war sie als Vertraute hergekommen, jetzt fühlte sie sich wie ein Eindringling.
Sie gab sich einen Ruck, als sie vor dem Sekretariat anlangte. Durch die Tür klang das Geklapper einer Schreibmaschine. Elvira klopfte an. Fast gleichzeitig drückte sie die Klinke und trat ein.
Sigi Balldau hob ruckartig den Kopf. Ihre Hände lagen auf der Schreibmaschinentastatur. Ihr Haar wurde vom Bügel des Diktaphonhörers zusammengepreßt. Aus großen, erschreckt wirkenden Augen betrachtete sie die Eintretende, nahm den Hörer herunter und schaltete die Maschine aus.
»Guten Tag«, sagte Elvira, deutete auf die gepolsterte Chefzimmertür und fügte hinzu: »Nein, Sie brauchen mich nicht anmelden. Ich kenne den Weg.«
»Er ist schon gegangen, Frau Dreher. Gerade eben, höchstens vor fünf Minuten.«
Elvira, die sich schon in Bewegung gesetzt hatte, blieb stehen. Mißtrauen schwamm in ihren Augen. »Ist er, oder sagen Sie das nur so, weil er nicht gestört werden will? Von mir will er es, verlassen Sie sich drauf.«
»Er ist wirklich schon fort.« Fräulein Balldau mühte sich ein Lächeln ab. »Kann ich ihm eine Nachricht hinterlassen?«
»Nein, nein aber Sie werden wissen, ob er nach Hause gefahren ist?«
»Leider nicht. Wenn Sie wollen, klingele ich mal eben durch.«
»Lassen Sie's.«
Elvira dankte mit einem kurzen Nicken, drehte sich um und ging zur Tür. Die Klinke in der Hand, blieb sie ste-

hen. Abrupt fragte sie: »Fürchten Sie eigentlich um Ihre Stellung, Fräulein?«
Das Mädchen legte die Hände in den Schoß, hob die Schultern und schwieg.
»Ja oder nein?«
»Ich mache mir meine Gedanken. Es soll ja nicht gut stehen.«
»Sie hören so manches, nicht wahr?«
»Sicher.«
»Auch meinen Namen?«
Sigi Balldau senkte den Blick. »Warum fragen Sie mich das? Sie wissen doch am besten, warum es so ist, wie es ist.«
»Sie meinen, ich sei verantwortlich für die augenblickliche Unsicherheit?«
»Sind Sie es nicht?«
Elvira spürte einen Stich. Sie reden über dich, sie hassen dich, dachte sie, weil seine Ansicht der Dinge durchgesickert ist. Sie preßte die Handtasche an sich und war einen Augenblick lang versucht, die endgültig formulierten Verträge herauszuziehen, sie der jungen Sekretärin auf den Tisch zu werfen und zu sagen, daß sie dabei sei, den Karren wieder aus dem Dreck zu ziehen.
Sie unterließ es.
Sie sagte lediglich: »Sorgen machen graue Haut, meine Liebe. Sie sollten sich keine machen.«
»Sie haben gut reden!«
»Sie haben keinen Anlaß, mir böse zu sein. Zu einem Konkurs jedenfalls wird es nicht kommen.«
»Wirklich nicht?«
»Wirklich nicht«, bestätigte Elvira. »Schönes Wochenende, Fräulein!«
Sie verließ das Büro. Sie lächelte zufrieden. Schade, daß Achsen schon das Haus verlassen hatte, dachte sie. Aber ich werde ihn zu Hause erreichen. Sie stieg in den Lift und fuhr nach unten.
Sigi Balldau wählte in diesem Augenblick zum zweiten Mal

Achsens Nummer, ließ erneut das Freizeichen gut zehn Mal erklingen, ehe sie begriff, daß ihr Chef noch unterwegs sein mußte. Über die interne Sprechanlage rief sie Bergers Büro an. »Frau Dreher war soeben hier«, sagte sie hastig.
»Welche?«
»Elvira.«
»Ja, und?«
»Sie hat behauptet, es werde nicht zum Konkurs kommen. Sie wollte den Chef sprechen.«
»Hat sie auch einen Grund genannt?«
»Nein.«
Berger nickte. »Danke, Sigi«, knurrte er und unterbrach die Verbindung. Er lehnte sich zurück. Warum ist sie gekommen? fragte er sich. Um Achsen ein Angebot zu machen? Ganz sicher nicht. Eine Frau wie Elvira bleibt bei ihren Entschlüssen. Wahrscheinlich, fügte er in Gedanken hinzu, wollte sie lediglich ihren Triumph auskosten, jetzt, da es zu spät für die Rettung ist.
Seine Hand, die bereits auf dem Telefonhörer lag, zuckte zurück. Nein, es hatte keinen Sinn, Achsen vom Besuch der verbitterten Dame zu unterrichten. Es reichte, wenn er die Nachricht bei einem der sicherlich kommenden Gespräche mit einflocht.
Berger zündete sich eine Zigarre an.

Achsen stoppte in der Parkbucht, schaltete den Motor aus, blieb aber sitzen. Er starrte durch die Windschutzscheibe, ohne die Kinder zu sehen, die auf dem Bürgersteig Rollschuh liefen. Mickler wird funktionieren, sagte er sich. Der Mann hat nur zu gewinnen. Elvira wird tot sein. Ihre Einlage bleibt der Firma erhalten. Pannwitz kann in diesem Fall nicht mehr darauf herumreiten, der Bestand des Unternehmens sei gefährdet, aus diesem Grund müsse der Kredit gekündigt, das Vermögen der Firma gepfändet werden. Er wird zurückstecken, zumal wir aus den Wochenendeinnah-

men tilgen können. Der Laden läuft weiter. Aber die Polizei wird ermitteln. Sie wird Mord prognostizieren, wird nach den Motiven und dem Täter suchen... Sie wird zu mir kommen, wird innerhalb kürzester Zeit vom Bruch zwischen Elvira und mir erfahren und mich in die Zange nehmen. In eine kraftlose Zange, denn mein Alibi wird wasserfest sein.
Zu Mickler gibt es keine Verbindung.
Es gibt drei Schwachstellen. Die Besäufnis mit Mickler. Werden sich die Ganeffs von Sankt Georg an uns erinnern können? Unwahrscheinlich. Unsere Namen sind nicht genannt. Unwahrscheinlich auch, daß Fotos von uns veröffentlicht werden. Von Mickler schon gar nicht. Wieso von mir? Wenn, dann von Elvira. Von ihr sicherlich. Aber wieso von mir?
Das nicht.
Nummer zwei die Tatsache, daß die zweite Rate für Mickler in einem versiegelten Kuvert bei den Notaren Herwarth & Stocker lag. Mickler würde sie unter Nennung des Namens Ludwig abholen... Lag darin eine Gefahr?
Achsen schüttelte den Kopf. Herwarth, mit dem er gesprochen hatte, war ein seriöser Mann, ein Typ, den er seit Jahren kannte, über den schon einige Geschäfte gelaufen waren. Für Herwarth war eine solche Maßnahme normal. Auch blieb der Zusammenhang verborgen. Für den Notar ging es um ein wichtiges Schriftstück, nicht um Geld. Das Kuvert würde den Besitzer wechseln, wenn ein Mann auftauchte, der es verlangt und der sich Ludwig nannte...
Nein, auch hier kein Anlaß zur Sorge.
Ruth war die Unbekannte in der Rechnung. Wie würde sie reagieren, wenn feststand, daß Elvira ermordet worden war? Blieb sie die eiskalte, hassende Schwester?
Sie wird sich einen Ast lachen, dachte er. Endlich unabhängig zu sein, endlich wieder genügend Mittel zu haben, um standesgemäß leben zu können. Elviras Barvermögen lag bei gut einer Million. Kurzfristig flüssig gemacht werden

konnten Papiere im Wert von mindestens einer weiteren Million. Für die Grundstücke in Farmsen hatte ein Elektronik-Unternehmen weit über Wert geboten. Dreieinhalb Millionen auf den Tisch oder Anteile am Unternehmen. Ruth war nicht die Frau, die sich lange bitten lassen würde. Für sie zählte nur das, was auf dem Kontoauszug nachzulesen war. Sie hatte kein Faible für Anlagen, Grundstücke oder Immobilien. Die Werftanteile, die der Alte zurückgelassen hatte. Das Haus an der Elbchaussee. Selbst unter Brüdern brachte es anderthalb Millionen...
Natürlich geht Elviras Einlage in der Firma auch an Ruth... aber welchen Grund sollte sie haben, sie herauszunehmen? Selbst wenn sie vermutet, daß du den Mord veranlaßt hast, kann sie dir nicht böse sein. Im Gegenteil, sie muß dir dankbar sein. Ohne Mord kein Geld. Sie war es, die die Idee hatte, die damit hausieren ging. Im Notfall kannst du sie damit festnageln, kannst sie an die Wand drücken, kannst ihr klarmachen, daß die Polizei sicherlich die Erbverhandlungen blockieren würde, wenn der Verdacht bestünde, daß sie davon gesprochen hatte, Elvira zu töten. Sie ist gefangen. Was kann sie machen?
Er schüttelte den Kopf. Nein, sagte er sich. Ein Motiv kann auch ihr unterstellt werden. Und wenn es einen Zeugen gibt, der den Sachverhalt zu ihren Ungunsten verschiebt, wird sie – wenn überhaupt – nur schwer an das Erbe kommen. Sie muß mitspielen. Sie hat keine Wahl. Nur klargemacht werden muß es ihr.
Man könnte nach Gretna Green fliegen und dort heiraten...
Achsen stieg aus.
Heiraten, dachte er und schmeckte den Gedanken ab. Das ist es. So schnell wie möglich. Noch vor der Tat?
Unmöglich. Die Zeit fehlt. Danach...
Er blickte nach oben. Wie üblich hatte Ruth die schweren Samtvorhänge zugezogen. Sie liebte künstliche Dämmerung. Er schloß auf, stieg über die steinernen Treppen

hinauf und klingelte, um ihr nicht das Gefühl zu geben, überrascht zu werden.
Sie öffnete.
Sie umarmte ihn. Dabei öffnete sich der leichte Morgenmantel und entblößte ihren Körper.
Achsen trat ein.

Mickler hatte den Karabiner auseinandergenommen und mit der ihm eigenen Sorgfalt gründlich gereinigt. Die Waffe lag demontiert auf dem Tisch.
Er zog die Gummihandschuhe aus, die er übergestreift hatte. Als er mit der Reinigung begonnen hatte, und zündete sich eine Zigarette an.
Er war sicher, daß keine Fingerabdrücke auf dem Metall oder den Holzteilen des Karabiners zurückgeblieben waren. War er gezwungen, das Schießgerät zurückzulassen, würde man nicht auf ihn schließen können. Er hatte die Schrauben, die den Holzkolben mit den Stahlteilen verband, gelockert. Im Notfall war er in der Lage, sie mit einer Münze zu lösen, das Gewehr auseinanderzunehmen und am Körper zu verstecken. Die Tennistasche, die er mitzunehmen gedachte, steckte in der rotierenden Waschmaschine. Auch daran gab es keine Identifizierungsmerkmale. Er hatte an alles gedacht. Was noch nötig war: Er mußte die Geschosse präparieren.
Er zerdrückte die halbgerauchte Zigarette im Ascher, zog die Gummihandschuhe wieder über und schüttete die Patronen aus dem Leinenbeutel. Er zählte fünf ab, stellte sie auf und griff nach der Kombizange. Er kniff die Spitzen ab. Er sammelte sie ein, schob sie in ein Kuvert und verschloß es. Spät am Abend würde er das Material weit vom Haus sicher unterbringen. In einen Mülleimer streuen oder in ein Gewässer versenken, einzeln, Stück für Stück.
Er griff zur Plattfeile, klemmte eine der Patronen zwischen Daumen und Zeigefinger der linken Hand, raspelte die

Spitze sorgsam ab, bis sie platt wie ein Bierdeckel war. Er überlegte, ob er eine Höhlung hineinarbeiten sollte. Nein, fand er, das ist unnötig. Wenn die Frau von einem dieser Projektile erwischt wird, ist sie hin. Du mußt ihren Kopf treffen. Platt gegen die Stirn. Dann fliegt ihr die Schädeldecke weg.
Feine Metallspäne fielen auf seine Hose. Unter sich hatte er mehrere Lagen Zeitungspapier ausgebreitet. Auch die Kleidung mußte verschwinden. Nirgendwo durfte die Spur einer Spur bleiben. Nach der Tat würde er den Karabiner verschwinden lassen. Am besten ist, man zerlegt ihn mit einem Schweißbrenner in mehrere Teile, verflüssigt den Lauf, schmilzt den Dreck ein.
Auch das mußte erledigt werden.
Keine Fehler, sagte er sich. Schlafen, ruhig sein, jede Einzelheit bedenken, ehe es losgeht. Einmal begangene Fehler kannst du später nicht mehr rückgängig machen.
Er arbeitete mit der Ruhe eines Mannes, der sich auf sein Gerät verlassen muß. Die Frage wischte durch seinen Kopf, wie alt die Munition, die Achsen mit dem Carcano geliefert hatte, wohl sein mochte. Zu alt war eine Gefahr, weil sie nicht funktionieren konnte. Er drehte eines der Geschosse, las die Nummern und Ziffern auf dem Zündrand. Belgisches Fabrikat. Kein Hinweis auf das Herstellungsjahr. Sahen aber gut aus. Hatten offensichtlich in einer verschlossenen Packung gelagert. Sie glänzten wie neu, auf der messingenen Oberfläche waren keine Kratzer zu entdecken, die angezeigt hätten, daß sie schon mal im Magazin einer Waffe gesteckt hatten. Frische Ware, so schien es.
Er wollte früh aufstehen, noch einmal jedes Problem bis ins Detail durchdenken, das Gerät einpacken und abfahren. Ankunft kurz vor Einbruch des Tages. Warten, bis sich die Gelegenheit zum Schuß bot. Schießen. Verschwinden.
Er nahm einen Schluck Wein. Genauso, dachte er. Keine Abweichung vom Plan.

Elvira saß vor dem kalten Kamin und war zu träge, die Handbewegung zu machen, um die Stehlampe einzuschalten. Sie blickte hinaus in den Garten, aus dem dunkle Schatten drohten. Sie wußte, daß es die Bäume und Sträucher waren, die ihr wie huschende Gestalten erschienen, und daß es ihre Phantasie war, die harmlos im sachten Abendwind wippende Äste zu bösen Figuren der Schattenwelt verformte.
Enttäuschung pulste wie drängendes Blut in einer offenen Wunde in ihr.
Bis in jede Einzelheit hatte sie sich die Begegnung mit Robert Achsen ausgemalt, seine zunächst sicherlich schreckhafte Reaktion auf ihren so wohl durchdachten Vorschlag, seine abweisenden Worte hatte sie gehört, aber auch den falschen Klang in seiner Stimme, der signalisierte, wie sehr er an einer Regelung interessiert war, mochte sie langfristig auch so etwas wie eine Fessel sein. Sie war auf seine taktischen Manöver vorbereitet gewesen, auf das Gewäsch eines Mannes, der – durchtrieben wie er war – ihr Angebot in seinen Sieg umdeuten würde. Sie hatte fest damit gerechnet, diesen Abend mit ihm in einem guten Restaurant und anschließend in seinem Bett zu verbringen. Sie war bereit gewesen, ihm seine Illusionen zu erhalten, sehr wohl wissend, daß er die Tatsachen anerkannte.
Die Rechnung war nicht aufgegangen. Noch nicht, dachte sie, und griff wieder nach dem Hörer, der neben ihr auf einem Tischchen stand. Sie wählte seine Privatnummer. Das Freizeichen. Sie lauschte. Irgendwann, es mußte eine halbe Minute vergangen sein, begann sie die dröhnenden Impulse zu zählen. Bei dreißig schwor sie sich, nur noch drei Mal klingeln zu lassen. Bei vierzig legte sie auf.
Wo ist er?
Hatte er eine unerwartete Hilfe, ein Angebot erhalten? War es ihm gelungen, einen Geldgeber zu finden? Verhandelte er in alter Fuchsigkeit, gaukelte er Geschäfte vor, wo zunächst einmal übermäßig investiert werden mußte?

Spielte er den selbstbewußten Geschäftsmann? Überzeugte er?
Elvira verspürte eine tiefe Unruhe. Wenn er einen Dummen fand, waren ihre Pläne zerstört, dann hatte Achsen allen Grund, hohnvoll zu triumphieren... Nein, dachte sie, es ist unmöglich. Er hätte Wellmer abgesagt, in dem er den würgenden Feind sah, er hätte dem Lübecker genüßlich das Scheitern der Verhandlungen mitgeteilt...
Sie erhob sich. Leise schloß sie das große Terrassenfenster, zog die Gardine vor und verließ den Salon. Im Arbeitszimmer brannte Licht. Mit Erschrecken sah sie, daß sie einen brennenden Zigarillo im Ascher auf dem Barocksekretär hatte liegen lassen. Er war auf die Platte gefallen und hatte ein Loch in das kostbare Furnier gebrannt. Die Verträge lagen auf der Schreibunterlage.
Elvira schloß auch hier die Fenster. Sie fröstelte. Sie fühlte sich einsam wie nie zuvor. Corinna hatte ihren freien Tag, den sie sicherlich bei ihrem Geliebten verbrachte, diesem satten Lügner, der seine Frau und sie betrog.
Und Achsen? War er bei ihr? Bei Ruth, dieser glatthäutigen Hure, die ihn verlassen würde, sobald sie mitbekam, daß er am Ende war.
Dort anrufen?
Sie lehnte sich an die Wand, atmete tief, um sich zur Ruhe zu zwingen. Nein, dachte sie, dort wirst du ihn nicht aufstöbern. Wenn sie deine Stimme hört, macht sie dich lächerlich. Sie ist fähig, den Ansatz zu zerstören, sie wäre Gift für dich.
Berger wird es wissen, sagte sie sich. Sie löste sich von der Wand. Sie fand das Nummernverzeichnis, sah unter O nach, weil sie sich erinnerte, den Prokuristen als Oberst eingetragen zu haben. Sie fand seine Privatnummer und wählte sie.
Auch dort keine Verbindung.
Verhandeln sie mit einem Geldgeber?
Sie spürte heftigen Druck im Magen. Sie hatte das Gefühl,

sich erbrechen zu müssen. Wenn er jemanden findet, verlierst du! Sie riß den Hörer von der Gabel, hastig wählte sie die Firmennummer, obwohl sie keine Hoffnung hatte, dort noch jemanden zu erreichen. Um so überraschter war sie, als Bergers Stimme heiser über den Draht kam.
»Sie arbeiten noch?« rief sie erschreckt.
»Wer sind Sie, und warum wollen Sie das wissen?« fragte er überrascht.
»Erkennen Sie meine Stimme nicht, Oberst?«
»Doch, doch, jetzt. Entschuldigen Sie bitte ... Was kann ich für Sie tun?«
»Mich mit Achsen verbinden. Er ist doch wieder im Haus, nicht wahr?«
»Nein.«
Bergers Stimme klang frostig.
»Wissen Sie, wo ich ihn erreichen kann?«
Er zögerte. Schließlich sagte er zurückhaltend: »Soviel ich weiß, hatte er einen Termin wahrzunehmen. Möglich, daß er bereits zu Hause ist.«
»Nein, dort ist er nicht. Ich habe es versucht. – Hat er Ihnen keine Adresse hinterlassen?«
Berger, das spürte sie ganz genau, wußte, wo Achsen zu finden war. Aber er würde es nicht über sich bringen, die Nummer oder die Adresse preiszugeben. Der getreue Eckart, dessen Lebensinhalt die Firma war. Noch immer eine Art Soldat, der bereit war, bis zur letzten Patrone zu kämpfen. Verschworener, Diener seines Herrn bis in den Untergang.
»Es tut mir leid«, sagte er. »Aber wenn Sie wollen, werde ich ihm eine Nachricht hinterlassen. Was darf ich schreiben?«
Sie lachte bitter auf. »Sie mögen mich nicht, Oberst, nicht wahr? Sie sind mit ihm der Meinung, ich hätte nichts anderes im Sinn, als ihn kaputt zu machen.«
»Haben Sie das nicht bereits getan, Frau Dreher?«
»Vordergründig betrachtet, ja, aber ... das Ganze hat eine

Vorgeschichte, die Ihnen nicht ganz unbekannt sein dürfte, Oberst. Ich habe reagiert, mehr nicht.«
»Aus emotionellen Motiven.«
»Zugegeben...«
»Ohne zu berücksichtigen, was alles an einer solchen Firma hängt. Schicksale, Frau Dreher, Existenzen. Und nicht wenige.«
»Sie sind verbittert, Oberst!«
Er lachte. »Sie irren sich«, gab er leise zurück. »Ich jedenfalls erlaube mir keine Gefühle, solange es ums Geschäft geht. Ich halte es für meine Pflicht, dem Unternehmen zu dienen, nicht vagen Blähungen eines Etwas, das Sie Seele nennen. Meine Ansicht ist, Sie haben kein Recht, ihre persönlichen Wehwehchen zum Prüfstein derart schwerwiegender Entscheidungen zu machen. Ich kann mir denken, daß Sie nicht das erhalten, was Sie sich von ihrer Haltung versprechen. Sie werden mit dem Bewußtsein leben müssen, viel Unheil angerichtet zu haben.« Er räusperte sich, unterbrach sie, als sie sprechen wollte: »Möglich, daß Sie dennoch Schiffbruch erleiden. Ich weiß, daß Glaube Berge versetzt, Frau Dreher.«
Sie runzelte die Stirn. Der Druck in ihrem Magen nahm zu. »Sie verstehen gar nichts!« rief sie empört und wütend zugleich.
»Zweiter Irrtum, Frau Dreher. Ich verstehe sehr gut. Nur nicht, daß Sie Ihre Verantwortung verleugnen, Ihre Verantwortung den Menschen gegenüber, die – das werden Sie zugeben – hier nur ihre Arbeit geleistet haben, die – Sie werden auch das zugeben – wahrscheinlich gar nicht wissen, daß Sie Mitinhaberin der Firma sind. Das ist es. Nur das.«
Elvira war unfähig, die Tränen zu unterdrücken, die ihr aus den Augen schossen. Bergers Worte trafen sie schwer. Sie waren eine Anklage, der sie nichts entgegensetzen konnte. Er hatte recht. Sie hatte eine Breitseite abgefeuert, die nicht nur Achsen treffen würde, sondern

auch die vielen Angestellten. So wenigstens stellte es sich dem alten Mann dar.

»Dennoch sind Sie es, der sich irrt«, rief sie verzweifelt. »Ich will die Firma nicht vernichten!«

Berger seufzte. »Immerhin sorgen Sie dafür, daß ein Wellmer zum Zuge kommt. Wissen Sie, wer das ist? Ein Hai, der sich die Torte vom Tablett nehmen und den weniger attraktiven Rest des Unternehmens unter den Hammer bringen wird. Ein Ausverkäufer, ein... Nun, ich will mich nicht gemein machen, aber Sie sollten sich informieren.«

Elvira schüttelte den Kopf. »Sie mißverstehen mich«, antwortete sie heftig. »Wenn ich sage, ich will nicht, meine ich, daß sich inzwischen einiges geändert hat.«

»In der Tat. Unsere Zeit ist knapp geworden.«

»Nein!«

Berger schwieg. Erst nach Sekunden fragte er vorsichtig: »Wollen Sie damit andeuten, es sich überlegt zu haben?«

»Ich will Achsen eine Chance geben.«

»Was bedeutet das für die Firma?«

»Das Überleben«, sagte sie fest und fragte sich gleichzeitig, ob sie nicht zu weit gegangen war. Noch war nicht sicher, daß Achsen den Vertrag unterzeichnete. Hastig fügte sie hinzu: »Es liegt bei Achsen. Ich stelle ihm annehmbare Bedingungen, die – Sie werden es verstehen – nur ihm persönlich unterbreitet werden können. Ich will ihn und die Firma nicht ruinieren, aber ich muß ihm meine Vorschläge unterbreiten können. – Können Sie mir nun sagen, wo ich ihn erreichen kann?«

»Einen Augenblick bitte«, gab Berger zurück. Er schaltete. Die Leitung war tot.

Jetzt ruft er ihn an, dachte Elvira. Er wird sich melden, wird – um das Gesicht zu wahren – behaupten, sein Anruf hätte keinen Erfolg gehabt, wird jedoch versichern, daß er den Chef ausfindig machen und bitten werde, zurückzurufen.

»Hören Sie?« kam Bergers Stimme nach etwa einer Minute

über den Draht. »Ich habe einige Nummern versucht, aber leider keinen Treffer gelandet.«
»Sie werden es selbstverständlich weiter versuchen?«
»Darauf können Sie sich verlassen. Er wird dann zurückrufen.«
Elvira lachte laut auf. »Ach, Berger!« rief sie. »Wie dumm doch die Welt ist!«
Sie legte auf. Sie zündete sich einen Zigarillo an und war sicher, daß innerhalb weniger Minuten Achsens Anruf kommen würde.

Berger beugte sich vor, drehte die Schreibtischlampe tiefer und starrte auf die Spalte des Notizbuches, in der Ruth Drehers Nummer eingezeichnet war. Hatte er sich verwählt?
Er tastete die Ziffernfolge erneut. Er preßte den Hörer ans Ohr. Das Freizeichen, aber keine Antwort.
Er versuchte es zum vierten Mal mit Achsens Privatanschluß, aber auch dort hob niemand ab.
Teufel auch, dachte er, wenn es wichtig wird, ist natürlich niemand zu erreichen. Er warf den Hörer auf die Gabel, nahm einen Firmenkopfbogen aus der Schublade und schrieb einen kurzen Bericht über das Gespräch mit Elvira Dreher. Als Postskriptum fügte er hinzu: »*Meines Erachtens dürfen Sie jetzt keine Zeit verlieren. Diese Frau ist unberechenbar und jederzeit in der Lage, gefaßte Entschlüsse mit der gleichen Leichtigkeit umzustoßen, wie sie sie gefaßt hat. Ich empfehle sofortige Kontaktaufnahme. Verlieren können Sie nichts.*«
Er unterschrieb, faltete den steifen Bogen, steckte ihn in ein Kuvert und schrieb Achsens Adresse darauf. Er nahm sich vor, bis gegen Mitternacht im Büro auszuharren, um die Antwort der Amerikaner entgegenzunehmen, danach auf dem Weg nach Hause bei Achsens Haus vorbeizufahren und ihm die Botschaft zu übergeben, oder, falls er noch immer nicht heimgekehrt wäre, den Brief durch den Tür-

schlitz in den Flur zu schieben. Achsen würde ihn spätestens am nächsten Morgen zu Gesicht bekommen und – hoffentlich – sofort handeln.
Berger schob den Brief in die Innentasche seiner Jacke. Dann versuchte er die beiden Telefonnummern erneut. Wieder ohne Erfolg.

»Ich habe Hunger«, sagte Achsen. »Fleischhunger. Ich schlage vor, du rufst die Liggemeiers an und lädst sie zum Abendessen ein.«
Er zog den Hörer aus der Halterung, reicht ihn Ruth, die rauchend auf der Beifahrerseite saß.
»Warum mit denen?« fragte sie wenig begeistert.
Weil ich unverdächtige und solide Zeugen für mein Alibi benötige, sagte er sich. Laut sagte er: »Weil sie erstens nett sind und ich der Meinung bin, sie nicht vernachlässigen zu dürfen. Bitte, Ruth. Kennst du die Nummer?«
Sie wählte. Sie lud ein. Sie lehnte sich zurück. »Weißt du«, sagte sie und drehte das Radio leiser, »ich frage mich manchmal, woher du deine Gelassenheit nimmst. Du scheinst dir wegen der Firma keine großartigen Gedanken zu machen.«
Er drehte den Kopf und betrachtete sie. »Du irrst dich, Liebes. Ich vermeide nur, mich vom gegenwärtigen Druck kaputtmachen zu lassen. Welchen Sinn hätte es, hektisch vorzugehen? Was ich brauche, ist ein klarer Kopf.«
»Du brauchst Geld. Und nicht zu knapp.«
»Die richtige Idee. Dann kommt das Geld von selbst.«
»Eine vage Hoffnung...«
»Wie man's nimmt. – Weißt du, worüber ich seit einigen Tagen nachdenke?«
»Du offenbarst mir nicht alle Gedanken, nehme ich an.«
Er lachte trocken. »Heute schon. Ich denke an Heirat.«
Ruth drehte sich abrupt um. Verblüfft sah sie ihn an. »Wer soll die Auserwählte sein?«

»Du natürlich.«
Sie lachte belustigt auf. »So was!«
»Keine gute Idee, oder? Besonders jetzt, wo es mit mir bergab zu gehen scheint...«
»Das habe ich nicht gesagt. Ganz im Gegenteil, ich war es, der meinte, daß es vollkommen egal ist, wie wir leben, wenn nur... wenn wir nur richtig zusammen wären.«
»Du bist also nicht dagegen?«
Sie hob die Schultern. Sie runzelte die Stirn. »Ein bißchen plötzlich kommt das Ganze schon.«
»Ist aber nicht unlogisch. Wir brauchen uns nicht mehr zu verstecken. Das Verhältnis zu Elvira ist geklärt.«
»Wie schön!«
»Mein Gott, ich scherze nicht. Es ist mir ernst. Um ehrlich zu sein, ich hätte nichts dagegen, nach Gretna Green zu fliegen. Da kriegst du den Trauschein, wenn du Yes sagst und deinen Ausweis vorlegst. Die wollen nur wissen, ob du registriert bist. Ich glaube, die verheiraten sogar Kinder.«
»Die wir nicht sind.«
»Nein. Wir wissen, wie wir zueinander stehen. Oder sollten es wissen. Liebst du mich?«
»Ja«, sagte sie und beobachtete ihn aus halbgeschlossenen Lidern. Er war anders als am Vortag. Sicherer, selbstbewußter. Der Geruch der Angst, der an ihm haftete, war gewichen. Hatte er einen Weg gefunden, die Firma zu retten? Ging es aufwärts? War sein Gerede von Heirat und Zusammenleben eine Art Test, um herauszufinden, wie sie zu ihm stand?
»Ich dich auch, Ruth. Sehr.«
Sie streichelte seine Hand, die auf dem Schaltknüppel lag. »An meinen Gefühlen für dich brauchst du nicht zu zweifeln. Manchmal denke ich, es ist ungut, so bedingungslos an einen Menschen gekettet zu sein. Aber es ist so. – Ist das dein Ernst?«
»Ja.«
»Aber doch nicht in Gretna Green, Robert.«

»Ein Ort ist wie der andere, oder?«
»Schon.«
»Die Idee gefällt dir also nicht?«
»Doch, sehr sogar. Ich habe nichts dagegen, selbst wenn es Gretna Green sein wird. Warum aber diese Eile?«
»Ich hab's nicht eilig«, widersprach er. »Ich will nur wissen, ob du willst.«
»Ich sage ja.«
Achsen schaltete in den zweiten, dann in den ersten Gang, bremste den Wagen vor einer Ampel ab. Er zog Ruth an sich, küßte sie. Als sich ihre Lippen voneinander lösten, sagte er feierlich: »Dann können wir uns als verlobt betrachten. Die Liggemeiers werden staunen.«
»Du willst es ihnen sagen?«
»Nein, wenn du was dagegen hast. Ja, wenn nicht.«
»Bitte«, sagte sie und betrachtete nachdenklich die frischlakkierten Nägel.
Achsen fuhr an, als das Verkehrslicht umsprang. Später, während des Essens, würde er die Verlobung offiziell bekanntgeben. Die Liggemeiers würden sich daran erinnern. Für Ruth war das dann eine Art Verpflichtung. Sie liebte ihn. Für sie gab es keinen Grund, das soeben Beschlossene umzustoßen, auch dann nicht, wenn sie vom Tod Elviras erfuhr. Ein Tod, den sie ihm nicht in die Schuhe schieben konnte. Nicht nur das Ehepaar Liggemeier, sie selbst konnte bezeugen, daß er, Achsen, die Finger nicht im Spiel gehabt haben konnte, auch wenn Elviras Tod ihn vom Sturz in den Abgrund rettete. Gemordet wird Tag und Nacht. Und: Was kann ein Mann dafür, daß ihm der pure Zufall zu Hilfe kommt?
Wichtig war, von jetzt an keinen Augenblick mehr allein zu sein. Die Liggemeiers waren eine Art Gewähr, daß das nicht geschah. Es waren Leute, die kein Ende fanden. Er würde sie mit nach Hause nehmen, mit ihnen frühstücken und später mit ihnen in die Squashhalle gehen. Dann Sauna, essen, vielleicht eine Partie Schach in deren Wohnung. Bis

zum späten Nachmittag war vorgesorgt. Von da an müßte man weiter sehen. Möglich, daß Elvira zu diesem Zeitpunkt schon in der grauen Plastikwanne der Mordkommission lag.
Er war kühl bis in die Haarspitzen. Er zündete sich eine Zigarette an. Ruth lehnte ab.

13

Nicht der Wecker, sondern dieser wirre, beängstigende Traum hatte ihn aus dem Schlaf gerissen. Ein Traum, in dem Mickler am Rande eines tiefen, aus gelben Ziegeln gemauerten Schachtes herumgetorkelt war, voller Übermut, laut singend und – er wußte es nicht mehr genau – betrunken. Er war gestrauchelt, hatte sich nicht halten können, hatte verzweifelt versucht, die Finger in die Fugen zu krallen, aber es war sinnlos gewesen. Nach unendlichem Fall war er in eine weiche Masse geschleudert worden, die ihn wie zäher Leim umhüllt und zu ersticken gedroht hatte.
Er starrte auf die rote Leuchtanzeige des Radioweckers. 5 Uhr 11. Er gähnte in das zerknitterte Kissen, tastete nach den Zigaretten und zündete sich eine an. Der Rauch biß. Er hustete. Noch fünf Minuten, dachte er, dann stehst du auf. Vor der Zeit, aber du stehst auf, weil du, wenn du jetzt wieder einschläfst, möglicherweise das Brummen des Weckers überhörst. Das wäre schlimm. Du mußt zeitig draußen an der Elbchaussee sein, so zeitig, daß du die Chance nicht verpaßt.
Er schloß die Augen, spürte, wie der heiße Rauch der Zigarette zwischen seinen Fingern nach oben stieg. Noch fünf Minuten, sagte er sich und kämpfte gegen das lähmende Schlafbedürfnis an. Dumpf erinnerte er sich an den späten Anruf aus der Klinik. Der Untersuchungstermin war festgelegt worden. »Montag um zehn Uhr, Herr Mickler«, hatte die Dame gesagt.
Dann lebt sie nicht mehr, dachte Mickler. Dann hat sie es hinter sich. Ob sie's ahnt? Tiere haben so was. Sie riechen ihren Tod.

Sie ist kein Tier. Sie ist ein Mensch.
Achsen hat sie zum Tode verurteilt. Du bist ihr Henker.
Ob sie's ahnt?
Er zog den Rauch in die schmerzenden Lungen. Er schüttelte den Kopf. Die letzte Ziffer des Weckers sprang um.
5 Uhr 12.
Nein, dachte er. Sie ist ahnungslos, sie wird niemals in Erfahrung bringen, warum es geschieht. Es wird zu plötzlich kommen. Sie wird nichts spüren, noch nicht mal mitkriegen, wie sie fällt; in das fällt, das für uns kein Ufer hat und unerklärlich ist.
Mausetot, dachte er, während er den Rauch in sich hineinsog und in das gedämpfte Licht des Weckers starrte. Stimmen die Gründe, die Achsen genannt hat? Oder lügt er? Ist es ganz anders? Geht es gar nicht um Geld? Ist sie unheilbar krank? Will sie sterben? Hat sie vielleicht ihn gebeten, es zu arrangieren? Es gibt ja Leute, die so was wollen. Die den Mut nicht haben, sich umzubringen, die eine fremde Hand benötigen. Es gibt Leute, die sterben, weil sie Angst vor dem Sterben haben...
Nein, dachte er, so 'ne Frau, die alles hat, will nicht tot sein, die will leben, will Kerle wie Achsen an die Wand drücken, die kriegt gar nicht mit, daß sie eines Tages draufgeht. Wie jeder Mensch. Wie du selbst. Das kommt, ob du es wahrhaben willst oder nicht. Es kommt einfach.
Er zerdrückte die Kippe im Ascher. Er schloß die Augen.
Fünf Minuten, sagte er sich, dann stehst du auf und bereitest dich auf die Sache vor.
Er schlief ein.
Der Wecker riß ihn vierzig Minuten später wieder hoch. Mickler erhob sich sofort, ging unter die Dusche, ließ kaltes Wasser über seinen heißen Körper rinnen und frottierte sich ab. Er kleidete sich an. Er fand es gut, daß er den Mord tagsüber beging. Es war sicherer. Wenn ein Mann nachts durch die Gegend fährt, läuft er eher Gefahr, angehalten und kontrolliert zu werden. In der Vorstellung der Men-

schen ist es die Nacht, die von Verbrechern genutzt wird. Eine falsche Vorstellung. Der gleiche Mann, der nachts auffällt, kann unter der Sonne ohne Gefahr herumfahren, sich bewegen. Niemand wird ihm eine böse Absicht unterstellen. Niemand wird glauben, daß der Kerl dort mit dem geschulterten Tennissack in Stellung geht, um eine Frau umzubringen.
Er setzte Kaffeewasser auf, rauchte zwei weitere Zigaretten, gab Pulver in eine bauchige Tasse und füllte kochendes Wasser nach. Er trank die Brühe schwarz. Er packte das Gewehr in die Tennistasche, nachdem er die dünnen Gummihandschuhe übergestreift hatte. Butterbrote für den Fall, daß er länger ausharren mußte. Er trank eine zweite Tasse Kaffee. Sorgfältig durchsuchte er die Taschen seines Trainingsanzuges, steckte die Zigaretten, das Feuerzeug und den Wagenschlüssel ein.
Es war 6 Uhr 09, als er die Wohnung verließ.

Immer mehr Menschen strömten in die Cruising Disco, jetzt, nachdem die anderen Etablissements schlossen. Nachtfalter, die noch genügend Energie besaßen, um weiterzumachen.
Ruth tanzte mit Liggemeier. Dessen Frau saß zusammengesunken neben Achsen in den Polstern. Sie war auf der Toilette gewesen und hatte sich mit Parfum geduscht.
»Möchtest du Kaffee?« fragte Achsen und berührte dabei ihre Schulter.
Marianne öffnete die mit falschen Wimpern beklebten Lider. Graugrüne Augen, die im roten Dämmerlicht wie trübe Löcher wirkten. Sie schüttelte den Kopf. »Ich möchte was ganz anderes.«
»Champagner?«
»Auch.«
»Was heißt auch? Willst du schlafen?«
»Ja, aber nicht allein.«

Achsen grinste. »Wir fahren nachher zu mir. Mal sehen, wie Ruth aufgelegt ist.«
Marianne nahm ihr Glas. »Mit Erwin versteht sie sich ganz gut, denke ich. Aber sie hat ihm damals gesagt, daß sie es nur deinetwegen tut.«
»Aber sie hat's getan.«
»Aber nicht so gerne wie ich. Ich mag das. Man hat mehr davon. Es regt auf. Ruth ist da anders. Sie will dich ganz allein. So ist es, nicht wahr?«
»Ich weiß nicht. Nein hat sie ja nicht gesagt. Ich werde sie fragen, ob wir es heute wieder machen. Ich habe nichts dagegen. Ich denke sowieso, daß wir zu mir ins Haus fahren, frühstücken, noch was trinken und dann locker durchziehen!«
»Ich hätte Lust dazu.«
»War ich so gut?«
Marianne kniff die Augen zusammen und lachte. »Anders«, sagte sie. »Sanfter. Erwin ist wie ein Catcher. Er neigt zur Gewalt, weißt du das?«
Achsen schwieg, beugte sich nur weiter vor, um Marianne besser verstehen zu können.
»Ihr seid in der Beziehung ziemlich locker, nicht wahr?«
Marianne nickte. Sie leerte ihr Glas, ließ sich von Achsen nachschenken. »Warum auch nicht, sagte sie und winkte ab. »Zwölf Jahre Ehe verändern dich. Wir kannten uns ja schon vorher. Eigentlich sind es schon fünfzehn Jahre. Fünfzehn Jahre. Wenn ich darüber nachdenke!«
»Vielleicht ist es das, daß Ruth und ich noch nicht so lange zusammen sind.«
»Wahrscheinlich. Am Anfang hätte ich auch trouble gemacht, wenn er mir damit gekommen wäre. Damals war das unvorstellbar.«
Achsen las die Uhrzeit ab.
06 Uhr 20.
Hat Mickler bereits geschossen?
Es brannte ihm unter den Nägeln, anzurufen und nachzu-

fragen. Er beherrschte sich. Nur keine Panik, dachte er.
»Was sagtest du?« fragte er und gab vor, wegen der lauten Musik nicht verstanden zu haben.
»Ich sagte, sie kommen zurück. Heute hat er's wieder, heute platzt er aus allen Nähten.«
»Ich werde Ruth fragen«, versprach Achsen, obwohl er keinen Drang verspürte, dem Verlangen nachzugeben. Ruth durfte nicht erschreckt werden. Nicht jetzt, wo es darum ging, ihr das Gefühl zu geben, geliebt zu werden.
Erwin warf sich in das Polster. Ruth nahm neben Achsen Platz. »Huch«, machte sie. »Jetzt brauche ich einen Schluck!«
Sie trank.
»Ich habe den Vorschlag gemacht, bei mir zu frühstücken«, sagte Achsen.
Marianne nickte.
»Eine gute Idee«, sagte Liggemeier. »Mir dreht sich der Kopf. Wir haben ganz schön...«
»Dann gehen wir«, rief Achsen. Er berührte Ruths Arm, drückte ihn. »Bitte«, sagte er leise.
Sie nickte. Achsen erhob sich. Liggemeier zog die Brieftasche, winkte einem der Kellner. Achsen winkte ab. »Heute ich, das nächste Mal du. Okay?«
»Wenn's denn sein muß.« Liggemeier steckte die Brieftasche ein. Achsen zahlte. Zwölfhundertzwanzig Mark. Er blätterte dreizehn Hunderter auf das Tablett und ließ es gut sein. Es war 6 Uhr 33, als sie die Disco verließen.

Die Ampel sprang von Grün auf Gelb. Mickler trat aufs Gaspedal, überlegte es sich dann anders und stieg auf die Bremse. Der Wagen kam an der Haltespur zum Stehen. Es wäre dumm, auch nur eine Winzigkeit zu riskieren, dachte er. Nicht jetzt! Nicht, wo du ein solches Gerät im Wagen hast, wo sie dich blitzen oder anhalten und kontrollieren können.

Fußgänger schoben sich über den Zebrastreifen. Über die Dächer kroch graues Licht. Die Laternen waren noch eingeschaltet.
Mickler zündete sich eine Zigarette an.
Gelb. Grün.
Mickler fuhr an. Die Tennistasche mit der Waffe stand zwischen seinen Beinen. Notfalls konnte er sie so verstecken. Notfalls auch aus dem Fenster schmeißen. Je nachdem, dachte er. Es kommt immer darauf an.
Er hielt sich auf der linken Spur, fuhr konzentriert und vermied es, mehr als fünfzig zu fahren. Er wich nach rechts aus, als hinter ihm eine Blechlawine auflief.
Erneutes Stoppen. Fischmarkt. Hafen, Schiffe, unzählige Arbeiter, die mit kleinen Hafenfähren über die graue Wasserfläche torkelten, um ihre Arbeitsplätze zu erreichen. Brackiger Geruch drang durch das offene Seitenfenster. Mickler mochte die Gegend. Sie hatte etwas Urwüchsiges. Gewachsen wie ein Baum, nicht unbedingt geplant. Häßlich und reizvoll.
Er hielt sich halbrechts. Die Reifen trommelten auf dem Pflaster. Seeschule. Am Himmel wurde der helle Lichtstreifen breiter und breiter.
Er gab Gas.
Ich werde schwimmen gehen, nahm er vor, sobald die Sache erledigt ist.
6 Uhr 37.

Achsen setzte dreimal an, ehe er den flachen Sicherheitsschlüssel ins Schloß bekam. Er lachte meckernd, drückte die Tür mit der Schulter auf und machte eine einladende Bewegung: »Nur hereinspaziert, meine Damen und Herren! Hier erleben Sie das tollste vom Tollsten, die größten Sensationen, die diese Welt zu bieten hat! Kleine Preise, Riesenattraktionen!«
Sie kicherten. Ruth ging an ihm vorbei. Dann das Ehepaar

Liggemeier. Erwin torkelte. Der Kerl, dachte Achsen, hatte seine Hörner wieder eingezogen.
»Da liegt ein Brief«, sagte Ruth und kniete sich nieder.
»Die sind aber früh dran«, kicherte Marianne.
Achsen nahm den weißen Umschlag entgegen. Er sah die Schrift. »Von Berger«, sagte er, ließ die Tür zufallen und war sicher, daß das Kuvert die Mitteilung enthielt, daß die Amerikaner sein Beteiligungsangebot abgelehnt hatten.
»Geht nur hinein!« sagte er. »Ich schlage vor, die Damen machen das Frühstück.«
Er riß den Umschlag auf und zog den Firmenbogen heraus. Er schaltete das Licht ein. Er kniff die Augen zusammen und las.
Rechts die Uhrzeit. 17.45 Uhr. Keine Anrede. Steile Schrift.
»*Leider konnte ich Sie telefonisch weder privat noch unter der Nummer des Apartments erreichen, obwohl ich es mehrmals versucht habe. Der Grund meiner Zeilen: E. D. fand sich – für mich überraschend – im Büro ein. Wir hatten ein kurzes, unfreundliches Gespräch, das jedoch eine unerwartete Wende nahm, als E. D. erklärte, Sie unbedingt sprechen zu müssen. Ich bot ihr an, das Gespräch zu arrangieren, war aber – wie bereits gesagt – unfähig, mein Versprechen zu halten, da ich Sie nicht erreichen konnte. E. D. wollte sich selbst bemühen. Ich halte es für meine Pflicht, Ihnen umgehend vom Inhalt des Gespräches Mitteilung zu machen und Sie zu bitten, E. D. anzurufen. Sie hat – meiner Erinnerung nach – eindeutig erklärt, nicht die Absicht zu haben, die Firma zu ruinieren. Wörtlich: ›Wenn ich sage, ich will nicht, meine ich, daß sich inzwischen einiges geändert hat.‹ Weiter: ›Ich will Achsen eine Chance geben.‹*
Mein persönlicher Eindruck ist der der Aufrichtigkeit. E. D. scheint es sich überlegt zu haben. Ich halte es für sehr nötig, Sie anzurufen. P. S. Meines Erachtens dürfen Sie jetzt keine Zeit verlieren. Diese Frau ist unberechenbar und jederzeit in der Lage, gefaßte Entschlüsse mit der gleichen Leichtigkeit umzustoßen, wie sie sie gefaßt hat. Ich empfehle sofortige Kontaktaufnahme. Verlieren können Sie nichts.«

Achsen stöhnte. Er lehnte sich gegen die Wand. Vor seinen Augen drehte sich alles. »Robert! Ist dir nicht gut?« hörte er wie durch Watte Ruths Stimme.
Er schüttelte sich. Mein Gott, dachte er, sie nimmt es zurück, und Mickler ist dabei, sie umzubringen!
»Robert!«
»Nichts, nichts!« stieß er hervor. Er zwängte sich vorbei, lief durchs Wohn- ins Arbeitszimmer, griff nach dem Telefon und wählte Elviras Nummer. Als das Freizeichen kam, drückte er die Gabel. Was sollte er ihr erzählen? Es war unmöglich – wenn sie noch lebte! – ihr zu sagen, daß ein Mörder Jagd auf sie mache.
Er dachte nach. Blut rauschte in seinen Ohren. Er wählte Micklers Nummer. Ruth tauchte im Türrahmen auf. »Schlechte Nachrichten aus der Firma?« fragte sie leise.
Achsen schüttelte den Kopf. »Bitte!« sagte er barsch. »Laß mich jetzt allein!«
Das Besetztzeichen erklang.
Er ist zu Hause, dachte Achsen, er telefoniert.
Er warf den Hörer auf die Gabel, steckte den Brief in die Jackentasche und stürzte aus dem Zimmer. »Eine Nachricht von Berger«, sagte er mit kippender Stimme. »Wegen der Amerikaner. Ich muß sofort los. Entschuldigt bitte, aber es muß sein!«
Er stürzte hinaus. Er zerrte den Autoschlüssel aus der Tasche, warf sich hinter das Lenkrad und rechnete sich aus, Micklers Wohnung in gut zehn Minuten erreichen zu können, wenn er keine Rücksicht auf die Verkehrsregeln nähme.
Mickler durfte nicht zum Schuß kommen!
Nicht jetzt, da Elvira wider Erwarten in letzter Sekunde nachgegeben hatte!
6 Uhr 40.

Elvira hängte sich den weißen Frotteemantel über, nahm die Badekappe und stieg über die breite Treppe nach unten. Es war still im Haus. Corinna, das Mädchen, war offensichtlich noch nicht heimgekehrt.
Sie betrat die Halle. Sie ging in die Küche. Die Thermoskanne, in der jederzeit ein Kaffeevorrat war, stand an ihrem Platz. Elvira löste den Verschluß. Sie schenkte das dampfende Getränk ein, gab Sahne hinzu und trank.
Durch das vergitterte Fenster blickte sie hinaus in den Park. Die Wasserfläche des Schwimmbeckens war spiegelglatt. Die Sonne spiegelte sich darin. Sie griff nach den Zigarillos und zündete sich eine an. Sie nahm sich vor, Achsen anzurufen, sobald sie ihre üblichen Runden im Pool absolviert hatte.

6 Uhr 42.
Mickler lag flach auf dem feuchten Boden. Aus schmalen Augen beobachtete er die Villa. Die Garage war geöffnet. Das Heck eines offenen Wagens glänzte in der Sonne. Keine Bewegung, kein Windhauch. Es würde ein heißer Tag werden. Möglicherweise auch ein langer, dachte der Mann zwischen den Sträuchern und zog den Reißverschluß der Tennistasche auf.
Er nahm den Carcano-Karabiner heraus, öffnete das Schloß und überzeugte sich, daß die Patrone im Lauf war. Vorsichtig schob er den Repetierbolzen zurück, legte das Gewehr neben sich und ließ seine Blicke über die Fenster des großen Hauses gleiten.
Vögel zwitscherten. Eine schwarze Drossel wippte am Beckenrand, versuchte zu trinken, schaffte es nicht. Von der Straße klang das Geräusch eines vorbeifahrenden Wagens heran. Die Elbe lag grau und mit leichtem Dunst überzogen tief unter ihm.

6 Uhr 52.
Achsen setzte den Sportwagen auf den Bürgersteig vor dem Apartmenthaus. Er vergaß, den Schlüssel abzuziehen, sprang heraus und jagte dem gläsernen Eingang entgegen. Er prallte dagegen. Die Tür dröhnte. Sie war verschlossen. Er ruckte herum. Sein rechter Zeigefinger glitt über das Namensbrett an der Mauer. Mickler. Er drückte den Knopf. Öffne! schrie es in ihm, mach doch endlich auf!
Keine Reaktion.
Er schläft, dachte er, korrigierte sich im nächsten Augenblick. Nein, die Leitung war besetzt gewesen. Mickler hatte telefoniert. Vielleicht ist er immer noch am Hörer, ein wichtiges Gespräch, das er nicht unterbrechen kann.
Achsen drückte wahllos auf mehrere Knöpfe. Sekunden später quäkte es im Lautsprecher. »Die Post!« schrie er. Der Türöffner summte.
Er stürzte auf den Aufzug zu. Die Leuchten darüber glühten. Besetzt! Er fluchte, stieß sich ab und stürzte zur Treppe. Er raste hinauf, nahm vier, fünf Stufen auf einmal und kam nach wenigen Minuten schweißüberströmt im sechsten Geschoß an. Er torkelte nach links. Mickler, las er auf dem kleinen Schildchen. Er betätigte die Klingel.
Keine Antwort.
Er trommelte gegen die Tür. Nichts.
»Mickler!« brüllte er verzweifelt gegen die glatte Tür an. Am anderen Ende des Ganges wurde die Tür aufgerissen. Ein im Pyjama steckender Mann trat heraus: »Was'n hier los? Sind Sie verrückt geworden?«
Achsen strich sich über die Stirn. Er begriff. Mickler war unterwegs. Unterwegs zu Elvira, um sie umzubringen.
Er winkte ab. »Schon gut«, sagte er und wußte, daß er einen schwerwiegenden Fehler begangen hatte. Wer auch immer dieser Mann war, er würde sich an dieses sonderbare Benehmen und an ihn erinnern. Wenn Mickler schon getötet hatte, wenn Bilder in den Zeitungen auftauchten, wenn ... wenn sie noch lebt?

Bis zur Elbchaussee brauchte er trotz schnellen Fahrens mindestens eine Viertelstunde. Jetzt, während der frühen Hauptverkehrszeit, sicherlich das doppelte, wenn nicht mehr.
Sie anrufen?
Und dann?
Willst du ihr sagen, daß du einen Killer auf sie gehetzt hast?
Was kannst du ihr sonst sagen?
Er stieg nach unten. Sein Anzug war durchgeschwitzt.
Du mußt, sagte er sich, gleichgültig, was kommt. Wenn er schießt, dann...
Er stürzte durch die Halle. Er warf sich in den Wagen, riß den Hörer aus der Halterung und tastete Elviras Nummer ins Feld. Im Hörer Schaltgeräusche, ein Fiepen, das wohl durch die überlastete Funkvermittlung erzeugt wurde. Knacken, Knattern, hohles Rauschen, Fetzen von gefilterten Gesprächen, die von irgendwelchen Menschen geführt wurden...
Mit der linken Hand trommelte er auf das Armaturenbrett.
Das Freizeichen!
Achsen hielt den Atem an.

14

Die Liggemeiers lärmten im Schlafzimmer. Die Tür hatten sie offen gelassen. Wahrscheinlich als stumme Aufforderung beim trunkenen Versuch, Sex zu machen, der verunglücken mußte, weil die beiden nicht mehr Herr ihrer Sinne waren. Hatte Robert das Ende der Nacht gewußt? Es darauf angelegt?
Ruth legte eine neue Platte auf. Die nächstbeste, die sie fand. Eine alte Scheibe der Rolling Stones, die sie so laut drehte, daß das Grunzen der beiden im angrenzenden Zimmer übertönt wurde.
Sie zündete sich eine Zigarette an. Sie nippte von dem starken Kaffee, der vor ihr stand. Sie lehnte sich zurück und versuchte, sich die Worte ins Gedächtnis zu rufen, die Achsen als Erklärung für sein hektisches Verschwinden gesagt hatte. Ein Brief Bergers, hatte er behauptet. Wenn, wieso die plötzliche Nervosität? Was hatte ihn gestochen?
Ihr Gaumen brannte. Zuviel Alkohol, zuviel dummes Geschwätz. Die Liggemeiers waren nicht ihre Kragenweite. Kumpel aus Achsens »alter Zeit«, primitiv, abgeschmackt. Hatte Berger den Brief verfaßt? Oder Elvira? Hatte sie ihm ein Signal gegeben? Frieden angeboten? Die Rettung?
Es war ihr zuzutrauen. Sie ist für jede Schweinerei gut, wenn sie damit zwei Dinge erreichen kann. Achsen in ihr stickiges Schlafzimmer zurückzuholen und sie, Ruth, zu treffen.
Berger oder Elvira?
Ruth erhob sich. Sie verließ den Salon, um der dröhnenden Musik und dem Lustgestöhne der Liggemeiers zu entgehen. Sie ging im Flur auf und ab.

Wäre es Berger gewesen, die Mitteilung eines Verhandlungsergebnisses, hätte Achsen zum Hörer gegriffen und wäre nicht sofort wie ein Irrsinniger losgefahren. Das ist die Logik, sagte sie sich. Wieso das überstürzte Aufbrechen, wenn er Antworten schneller und bequemer per Draht hätte einholen können?
Er hat gelogen.
Es stimmt nicht!
Sie hat ihm geschrieben, hat ihm einen verlogenen Vorschlag gemacht, hat ihm versprochen, ihm die Schlinge vom Hals zu ziehen. Das hat ihn umgehauen.
Und er ist darauf angesprungen!
Sie betrat das Badezimmer und warf die halbgerauchte Zigarette ins Toilettenbecken.
Sie betrachtete sich im Spiegel. Ihr Make-up war vom flotten Tanzen zerlaufen. Unter den Augen lagen dunkle Schatten. Jetzt, im grellen Neonlicht, entdeckte sie die Falten um Mundwinkel, Nase und Augen. Und an den Ohren. Dort machen sie sich zuerst bemerkbar. An den Ohren und am Hals.
Sie schaltete das Licht aus.
Er ist bei ihr, dachte sie verbittert. Das ist es. Sie hat ihn gerufen, und er ist mit fliegenden Fahnen zu ihr gewechselt. Das Geld! Das ist es. Ihr Geld. Sie hat es ihm angeboten. Er will es. Er nimmt es.
Mariannes Schreie schrillten durch das Haus.
Ruth preßte beide Hände gegen die Ohren. Sie schüttelte sich. Ekel stieg in ihr auf, als sie daran dachte, es hätte zu einem Partnertausch kommen können. Einmal hatte sie es zugelassen. Achsen hatte darauf bestanden. Sie waren betrunken. Sie hatten um die Kleider gewürfelt. Nur so, ganz harmlos. Und dann war es eine wüste Orgie geworden, bei der nur Liggemeier mit seinen gewaltsamen Praktiken auf seine Kosten gekommen war.
»Nein!« flüsterte sie, »nein!«
Sie ließ die Arme sinken. Das Geschrei war verstummt. Sie

betrachtete sich wieder im Spiegel. Die Jahre ließen sich nicht mehr verleugnen. Mit Pinsel und Puder ließ sich vieles kaschieren, aber die Jahre blieben. Es wurde Zeit, vorzusorgen.
Hatte Achsen es ehrlich gemeint, als er ihr das Heiratsangebot machte? Oder war es eine Laune gewesen?
Sie atmete tief durch. Er war anders als sonst gewesen, lockerer und doch gespannt, als läge eine schwere Entscheidung vor ihm. Irgend etwas, hatte sie empfunden, lag in der Luft. Zunächst hatte sie angenommen, er hätte sich gegen seinen Protest zum Mord an Elvira entschlossen, wäre ihren Einflüsterungen erlegen, doch dann hatte sie gezweifelt. Er hätte verschwinden müssen, um die Tat zu begehen. Er war geblieben.
Ob er bei ihr ist?
Sie verließ das Bad. Sie nahm ihre Wanderung auf. Ein anderer Mann, dachte sie, hätte es getan, wäre rücksichtslos vorgegangen. Robert ist ein Taktierer. Er hat Angst vor ihr. Er ist ein Typ, der sich die Finger nicht schmutzig machen will, obwohl er sicherlich Beifall klatschen würde, wenn man sie ermordete.
Sie runzelte die Stirn. Sie sog den Atem pfeifend in die Lungen. Und wenn er jetzt los ist, um sie zu töten?
Ihr wurde heiß.
Vielleicht, kombinierte sie, hat er ihr eine Art Ultimatum gesetzt, hatte einen letzten Versuch gemacht, sich mit ihr zu einigen. Sie aber hat ihm den Brief zukommen lassen. Mit einer Antwort, die ihn rasend gemacht hat!
War es das?
Sie stieg ins Obergeschoß. In diesem Haus gab es in fast jedem Zimmer ein Telefon. Sie fand einen Apparat und ein Nummernverzeichnis. Achsen ist der Typ, der im Zorn handelt, der seine Grenzen im überschäumenden Haß verläßt. Das reißende Tier ist in jedem Menschen.
Sie schlug die B-Seite auf. Barkhoff, Berette, Berger, las sie. Ihr Finger glitt über die Nummer des Prokuristen. Viel-

leicht, überlegte sie, habe ich seine Instinkte wecken können. Verändert hat Achsen sich. Er war – sie hatte es schon mehrmals registriert – gelassener geworden, die Niedergeschlagenheit, seine Hysterie waren gewichen. Selbst im Bett war er nicht mehr bei der Sache. Sein Kopf schien derart beschäftigt zu sein, daß die Triebe unterdrückt wurden. War das die Frucht ihrer zielgerichteten Einflüsterung? Hatte er, wie von ihr erhofft, die Möglichkeit erkannt und einen Weg gefunden?
Sie wählte.
Vom Untergeschoß erklang das Rauschen von Wasser, hindurch gellte die Stimme Mariannes. Sie sind fertig, dachte Ruth, sie haben sich gepaart, sind jäh ernüchtert und wissen jetzt von ihrem scheußlichen Schauspiel. Sie versuchen, die Scham abzuduschen. Wenn sie überhaupt so etwas empfinden können.
»Ja?« meldete sich Berger frostig.
»Guten Morgen«, sagte Ruth sanft. »Ich bin's, Ruth Dreher.«
»Schön. Haben Sie eine Ahnung, wie spät es ist?«
»Ja. Tut mir leid, aber es scheint mir wichtig zu sein. Ich bin hier in Achsens Haus und...«
Berger seufzte und unterbrach: »Dann hat er den Brief also inzwischen gelesen?«
»Genau darum geht es«, sagte Ruth vorsichtig. »Er lag im Flur.«
Sie brach ab. Achsen hatte Berger also nicht aufgesucht. Der Brief schien jedoch tatsächlich vom Prokuristen geschrieben worden zu sein.
»Was heißt das? Wo ist der Chef?«
»Das ist die Frage, die auch ich mir stelle.«
»Hat er mein Schreiben gelesen?«
»Nein«, log sie. »Hätte er das sollen?«
Berger ging nicht darauf ein. »Wo kann ich ihn erreichen?«
»Er sprach was von Amerikanern, mit denen er zu tun hat.«

»Ja, aber das hat sich ergeben. – Sie wissen wahrhaftig nicht, wo er zu finden ist?«
»Nein. Er ist auf und davon. Ich dachte, er wäre zu Ihnen. Aber das war wohl ein Irrtum. Vielleicht ist er bei meiner Schwester. Was glauben Sie?«
»Ich weiß nicht, was ich glauben soll. – Wieso hat er den Brief nicht gelesen? Hat er ihn übersehen?«
»Muß wohl.«
»Dumm.«
»Ist er so wichtig?«
»Haben Sie das Schreiben?« »Nein.«
Berger atmete heftig aus. »Ich verstehe das nicht. War er denn im Haus?«
»Er war, ist aber sofort wieder gefahren. Ich sagte das bereits. Er war nervös. Sehr, Oberst. Ich mache mir Sorgen, kann mir das alles nicht erklären. Was ist geschehen?«
»Was ist mit dem Brief?«
»Ich weiß es nicht.«
Berger knurrte. »Sie wissen davon, wissen aber nicht, was mit ihm geschehen ist? Wieso dieser Widerspruch? Erklären Sie das bitte!«
Ruth lächelte. »Ich verstehe Ihre Aufregung nicht, Oberst.«
»Das brauchen Sie auch nicht«, gab er grob zurück. »Nochmals: Wo ist der Brief?«
»Er hat ihn an sich genommen, achtlos eingesteckt. Ich hatte den Eindruck, als wollte er ihn nicht lesen. Wahrscheinlich befürchtete er eine negative Meldung.«
»So was Dummes!«
»Er war nicht ganz nüchtern.«
»Noch dümmer. – Wo kann er sein? Bitte, Frau Dreher, es ist wichtig.«
»Ich nehme an, er wird anrufen. Wenn, was soll ich ihm sagen?«
»Daß er den Brief lesen soll.«
»Und wenn er ihn – wütend und hysterisch wie er war – weggeworfen hat?«

»Daß er mich anrufen soll. Sofort! Sagen sie ihm, es sei unbedingt erforderlich, sehr wichtig. Er soll keine Zeit verlieren.«
»Es geht also um die Firma?«
»Darum, ja.«
»Sie haben ein Angebot bekommen?«
»Auch, ja.«
»Soll ich Elvira anrufen und nachfragen, ob er dort ist?«
»Wieso glauben Sie, daß er dort sein könnte? Hat er den Brief doch gelesen?«
Ruth nickte. Sie sagte: »Vielleicht unterwegs. Wahrscheinlich sogar. Es hat also mit Elvira zu tun? Hat sie eingelenkt?«
»Sie sind sehr neugierig.«
»Aber ich habe auch recht, nicht wahr?«
Berger gab auf. »Ja«, sagte er leise, »Ihre Schwester scheint es sich überlegt zu haben.«
Ruth hielt den Atem an. Das Miststück, dachte sie, dieses elende Miststück!
»Ich werde versuchen, ihn zu erreichen«, versprach sie, während ihre Gedanken wie hetzende Hunde jagten. »Danke, Oberst. Auf Wiederhören!«
Sie ließ den Hörer sinken. Er fiel auf den Boden. Sie erhob sich und verließ das Zimmer. Im Flur preßte sie den Kopf an die kühle Wand. Sie hat ihn geködert! Sie hat ihn mit ihrem verfluchten Geld eingefangen und er läuft hin und fällt vor ihr auf die Knie und leckt ihr die Füße.
Das Miststück!
»Ist noch Kaffee da?«
Mariannes Stimme.
Ruth löste sich von der Wand. Sie strich ihr Kleid glatt. Sie hatte das Gefühl, in der Luft zu schweben. Vorsichtig, als wäre der Boden brüchig, bewegte sie sich auf die Treppe zu, stieg nach unten. Lautlos betrat sie das Wohnzimmer, nahm ihre Pelzjacke und hängte sie sich über. Sie fand die Handtasche, preßte sie an sich, schlich hinaus, sehr genau wissend, daß sie verloren hatte. Achsen war schwach gewor-

den. Achsen hatte sich kaufen lassen. Ein Mann ohne Charakter, ohne Qualitäten, einer, der unfähig war, das Entscheidende zu tun. Ein Schwächling!
Sie verließ das taunasse Grundstück und lief ziellos in Richtung Innenstadt. Verwunderte Blicke streiften sie. Sie nahm sie nicht wahr. Nicht sie, und nicht die Tränen, die ihr über die verschmierten Wangen liefen. Sie wußte nur eines: sie hatte verloren.

Elvira leerte die Tasse, stellte sie auf das Tablett zurück und nahm das Badetuch, das auf der Anrichte lag. Sie verließ die Küche. Im Salon schlug die kleine Standuhr sieben Mal an. Elvira blieb stehen. Sie wußte, daß die Uhr einige Minuten vorging. Drei genau. Immer wieder vergaß sie, sie nachzustellen. Auch jetzt konnte sie sich nicht dazu aufraffen, den alten Kasten zu öffnen und die Zeiger zurückzustellen.
Sie zog die Rollos der Terrassentür hoch. Ihr Blick fiel auf das Telefon. Sie blieb zum zweiten Mal stehen und starrte auf den grünen Apparat. Sie ging darauf zu, nahm ab und drückte Achsens Nummer in die Tastatur.
Besetzt.
Sie legte auf.
Aber er ist jetzt zu Hause, dachte sie. Er telefoniert.
Mit Ruth?
Oder mit Berger?
Sie drehte sich um und entriegelte die Terrassentür. Sonne flutete ihr entgegen. Sie kniff die Augen zusammen. Die Reflexe der Wimpern gaukelten ihr ein bizarres Farbenspiel vor. Kein Lüftchen wehte. Eine Drossel flog erschreckt vom Beckenrand hoch und tauchte zwischen den Büschen des Parks unter.
Elvira fühlte sich leicht, unbeschwert. Achsen, das war sicher, würde anrufen. Sehr bald. Berger war nicht der Mann, der wichtige Nachrichten zurückhielt. Ihm lag mindestens ebensoviel an der Rettung der Firma wie Achsen.

Ein guter Mann, der Achsens Leichtsinn geschickt kanalisierte. Man sollte ihm Mut machen, ihm mehr Rechte einräumen, überlegte Elvira, während sie auf den Pool zuging und das Badetuch entrollte. Er bremst, er korrigiert die von Achsen impulsiv begangenen Fehler. Man müßte ihm eine Stellung geben, in der er Korrektiv sein kann. Robert wird dafür Verständnis aufbringen. Er muß.
Sie roch die Wolken von brackigem Schwall, die von der Elbe herüberzogen. Sie ließ das Badetuch auf die Erde fallen, zog ein Polster von einem der Stühle und kniete sich nieder, um die Hände ins Wasser zu stecken.
Frieden.
Ihre Hände zuckten zurück, die Platten waren kalt. Elvira trocknete sich die Hände. Ihre Blicke gingen durch den Park. Sie hörte das Klingeln des Telefons. Achsen, dachte sie, und fuhr sich durchs Haar, als müßte sie ihm entgegengehen und ihn begrüßen.
Sie setzte sich in Bewegung, um das Gespräch anzunehmen.

Es war eine andere Erfahrung als die des Krieges, des Gefechtes im dunstenden Dschungel, wo man jeden Augenblick mit der feindlichen Kugel, mit dem jähen Erlöschen seines Lebens rechnen mußte. Hier war keine Gefahr. Hier war man wie der Jäger auf dem sicheren Hochstand, dem die Treiber das Wild vorführen.
Er preßte den Kolben der Waffe an die Schulter.
Sein Atem ging flach.
Er visierte den Kopf der Frau an, die – es gab für ihn keinen Zweifel – Elvira Dreher war. Sie tauchte die Hände ins Wasser, zuckte zurück. Ihr Kopf glitt nach rechts.
Mickler korrigierte den Lauf sanft.
Eine gute Entfernung. Knappe zwanzig Meter. Ideales Licht. Die Sonne stand in seinem Rücken. Das Opfer wurde geblendet. Deutlich waren die Konturen des breiten Gesichtes.
Sie trocknete sich die Hände.

Ein Glücksfall, daß die Frau sich dort am Pool präsentierte.
Das ideale Opfer.
Sie hob den Kopf. Ihr Rücken versteifte sich. Dünn wehte ein Klingeln an Micklers Ohr.
Er hielt den Atem an. Sein Finger spannte sich. Er spürte den Druckpunkt des Abzugs.
Elvira drehte sich um.
Mickler hob den Lauf um wenige Millimeter. Der von wirren Haaren überdeckte Hinterkopf schwamm vor dem Visier.
Die Frau setzte sich in Bewegung.
Mickler zog durch.

Achsen stöhnte. Er schlug mit der linken Hand auf das Lenkrad, bis ihm die Haut brannte. Seine Gedanken rasten. Elviras Gesicht stand in erschreckender Klarheit vor seinem geistigen Auge. Er sah sie im Bett, ihren Kopf, die Lider, die sich zuckend bewegten. Sie öffnet die Augen, sie lauscht, hört das Telefon. Sie dreht sich auf die Seite.
Jetzt, sagt er sich, jetzt nimmt sie den Hörer.
Er schluckt.
Erneut das Freizeichen.
Bitte! fleht er, bitte!
Schweiß strömt aus den Höhlen seiner Achseln. Er atmete schwer. Über sein schmales, mageres Gesicht lief ein Zukken. Das linke Bein stand schwer auf dem Bremspedal. Er stöhnte. »Bitte!« stieß er drängend hervor.

Die jähe Welle des Schmerzes, die wie eine Explosion durch ihren Körper rollte. Der Schrei, der ihr wie aus riesigen Lautsprechern zu erdröhnen schien, der dennoch nichts weiter als ein kaum hörbares Seufzen war. Der Fall, der kein Ende nahm...

Sie stolperte. Sie riß die Arme hoch. Sie knickte ein und sank auf den Rasen.
Mickler erschauerte.
Es war nicht ihr Tod. Es war das andere, das von seinem Körper Besitz ergriff, dieser wohlige Schauer, der seine Glieder erzittern ließ, die jähe Erkenntnis, etwas zwischen seinen Beinen verspürt zu haben, das – nach Meinung der Mediziner – nicht mehr vorhanden, weil zerschnitten war.
Und doch, er hatte es gespürt. Gespürt in jenem Augenblick, als die Kugel den Kopf der fremden Frau zerschlug, als das peitschende Abschußgeräusch über das Land rollte und als Echo zurückplatzte.
Fassungslos horchte er in sich hinein.
Ein Irrtum?
Oder der Beweis seiner Theorie, daß nur ein winziges Teilchen seiner Nervenbahn gestört war, daß lediglich die Verstärkung der Spannung nötig war, um ihn wieder Mann sein zu lassen?
Du mußt verschwinden, befahl er sich.
Er ließ den Karabiner sinken. Er starrte auf den Körper am Beckenrand in einer großen Lache Blutes. Keine Regung. Tot.
Mickler kniete sich nieder. Er steckte das Gewehr in die Tennistasche. Er verschloß sie. Er stand auf, hängte sich die Tasche über die rechte Schulter. Er durchbrach die Büsche. Er gelangte in den Elbpark. Er verharrte hinter einem Strauch, beobachtete die Wege, trat dann hervor.
Er zwang sich zum ruhigen Schritt. Asche unter seinen Schuhen. Er verließ den Park, überquerte die Straße und fragte sich immer wieder, ob das, was er während des Tötens gespürt hatte, der erschreckende Anfang einer Mörder-Perversion sein konnte.
Würde er töten und töten müssen, um zu erleben, was ihm seit der Verwundung versagt geblieben war?
Er begann zu laufen...

15

Nein, es wäre töricht, ja, geradezu selbstmörderisch gewesen, zu dem Haus in der Elbchaussee zu fahren. Der Anschein sprach dafür, daß Mickler bereits gehandelt hatte. War Elvira aber tot, würde er, Achsen, der Polizei, die sicherlich bereits ihre Ermittlungen aufgenommen hatte, in die Arme laufen, ohne im Grunde plausible Erklärungen anbieten zu können. Gut, es gab Bergers Brief, aber der Text hatte nicht nur gute Seiten. In ihm steckten die Andeutungen des Zerwürfnisses. Kein Kriminalbeamter konnte so dumm sein, die Tragweite des Schreibens nicht zu erkennen.
Achsen schüttelte den Kopf. Jetzt gab es nur eines: Er mußte die Nerven behalten, den Fehler des plötzlichen Verschwindens kaschieren. Er mußte zu Berger fahren. Später, wenn die Fragen der Polizei nach dem Alibi kamen, war es dann plausibel, die fehlende Zeit mit der Fahrt zum Prokuristen zu erklären. Es war auch nur zu logisch, den Mann zu besuchen.
Achsen fuhr an. Vorsorglich telefonierte er mit seinem Angestellten und kündigte an, in wenigen Minuten einzutreffen. »Ich glaube«, sagte er, »es darf jetzt nicht überstürzt gehandelt werden. Ganz sicher hat Elvira irgendeinen Knüppel in der Hinterhand.«
Berger teilte seine Meinung. Er empfing ihn im Morgenmantel.
»Wie gut, daß Sie meinen Brief gelesen haben! Möchten Sie Kaffee?«
Achsen nahm dankend an. Er ließ sich von dem Gespräch berichten, während er schweigend dasaß und seine Situa-

tion überdachte. Im Prinzip ändert sich nichts, dachte er. Elviras Einlenken war unter Umständen nichts weiter als ein taktisches Manöver, um ihn daran zu hindern, Rettungsversuche zu unternehmen. Hinhaltetaktik mit dem erklärten Ziel, ihn um so härter zu treffen. Aber selbst wenn sie es ehrlich gemeint hat, wäre ihr Tod nur bedauerlich. Mickler hätte nicht tätig zu werden brauchen. Das ist es. Das ist alles.
»Meine Meinung ist«, schloß Berger, »daß Sie ein Gespräch führen sollten. So schnell wie möglich. Vergeben können Sie sich nichts.«
»Was sagten die Amerikaner?«
Berger hob die Brauen. »Das Erwartete, Herr Achsen. Die Leute wollen weiter prüfen, ehe sie eine Antwort geben.«
»Sie verfügen über ehrliche Zahlen.«
»Ja und ja; und dennoch nein. Es war eine in höfliche Floskeln verkleidete Absage. Ich habe das Gespräch mitgeschnitten. Wenn Sie wollen, spiele ich es Ihnen im Büro vor.«
»Ich glaube Ihnen auch so.«
»Vielen Dank. Sie kennen meine Meinung. Warum rufen Sie Elvira Dreher nicht wenigstens an? Soll ich den Termin für Sie machen?«
Achsen schüttelte den Kopf. »Ich habe es bereits versucht, Oberst. Telefonisch. Elvira hat nicht abgehoben. Vielleicht hat sie einen neuen Liebhaber und das gestrige Gespräch mit Ihnen ist vergessen.«
»Unsinn!«
»Ich kenne die Frauen, glauben Sie mir.«
»Das kann nicht Ihr Ernst sein! Und Sie wissen es auch.«
Achsen nickte. »Ein Scherz«, sagte er. Er fragte sich, ob es sinnvoll sei, Berger anrufen zu lassen. Wenn die Polizei bereits auf dem Anwesen war, würde es Antworten geben. Darauf, ob sie tot ist, dachte er.
»Gut, rufen Sie an«, bat er leise. »Sagen Sie ihr, ich sei ... irgendwas, daß ich komme.«

Berger erhob sich. Er wählte. Achsen beobachtete ihn. Er rauchte hastig. Die Kaffeetasse klirrte, als er sie auf den Teller zurückstellte.

»Frei ist«, sagte Berger ruhig. Sekunden später zogen sich seine Brauen zusammen. »Wer bitte? Ach Sie, Corinna. Geben Sie mir bitte Frau Dreher.«

Achsen erhob sich. Er zerquetschte die halbgerauchte Zigarette im Ascher. Er wagte Berger nicht anzusehen.

»Was? Aber ... das kann doch nicht ...«

Achsen preßte die Lippen hart aufeinander.

»Um Himmels willen!« stieß Berger hervor.

Er hat geschossen, dachte Achsen, er hat sie umgebracht.

»Und das ist die Wahrheit? Wann? – Mein Gott!«

Tot.

Achsen drehte sich um. »Was ist?« fragte er. »Was stöhnen Sie da herum?«

Berger war blaß. Er ließ den Hörer sinken, preßte ihn an die Hüfte. »Tot«, sagte er mit brüchiger Stimme. »Sie ist tot.«

»Von wem sprechen Sie? Corinna?«

Achsens Lippen bebten. Er spürte Lachreiz in sich. Er hatte Mühe, das hysterische Verlangen zu unterdrücken.

»Elvira«, gab Berger zurück. »In ihrem Haus wimmelt die Polizei.«

Achsen hielt sich am Tisch fest. »Wieso? Was ist geschehen?«

»Sie hat nur geheult, aber es scheint, als wenn Mord vorliegt.«

Er hat sie umgebracht!

»Geben Sie mir den Hörer«, sagte Achsen. Er streckte die zitternde Hand aus. »Hallo?« sagte er.

»Wer spricht dort bitte?« Eine kalte, männliche Stimme.

Achsen fröstelte. Er nannte seinen Namen. »Und wer sind Sie?«

»Eggert. Mordkommission.«

Ruhe, befahl Achsen sich. Kühl sein, so kühl wie dieser

Kerl dort, der dabei ist, sein Handwerk zu verrichten. »Was ist geschehen?«
»In welchem Verhältnis stehen Sie zu Frau Dreher, Herr Achsen?«
»Wir sind persönliche Freunde und Geschäftspartner. – Wollen Sie mir nicht endlich eine klare Antwort geben?«
»Geben Sie mir bitte Ihre Anschrift.«
Achsen sagte sie. Hastig fügte er hinzu: »Bitte, was soll das alles bedeuten? Ist ihr etwas geschehen?«
»Ist, Herr Achsen. Sie ist ermordet worden.«
Seine Hände waren schweißnaß. »Ich komme«, sagte er hastig. »Ich bin in zehn Minuten dort.«
»Bitte. Vielleicht können Sie uns helfen.«
Er legte auf. Er drehte sich um. Berger saß zusammengesunken auf dem Stuhl. Zermürbt sagte er: »Es ist zum Heulen. Da hat man wieder Hoffnung, da lenkt eine solche Frau ein, und was geschieht? Irgendein mieser Gangster, der sicherlich schon eine Menge Unheil angerichtet hat, steigt da ein und bringt sie um. Bringt sie einfach um, als wenn es nichts wäre, einem Menschen das Leben zu nehmen. Wissen Sie was? Manchmal sehne ich mich in jene Zeit zurück, als es sauberer zuging ... solche Leute müßte man öffentlich hinrichten. Glauben Sie mir, öffentlich, um die anderen abzuschrecken ...«
»Hören Sie auf«, bat Achsen.
»Es ist das, was ich denke. – Es ist das Ende.«
»Wir werden sehen.«
Berger winkte ab. »Das einzige, was wir noch machen können, ist, uns einen sauberen Abgang zu verschaffen. Bitte, sorgen Sie wenigstens dafür.«
Achsen schwieg. Er steckte Zigaretten und Feuerzeug ein. Er hatte nicht den Mut, Berger aufzurichten, ihm zu sagen, daß Elviras Tod nicht das Ende, sondern die Rettung war. Er nickte, als er die Wohnung verließ. Er bereute, daß er dem Kriminalbeamten versprochen hatte, an den Tatort zu kommen.

Aber es mußte sein. Es gab keinen Ausweg. Nur jetzt nicht versagen, dachte er, als er den Wagen aufschloß und den Motor startete. Noch einige Stunden die Nerven behalten, den bohrenden Fragen der Polizei mit glattem Gesicht, auf dem die Betrübnis steht, begegnen. Nicht schwach werden. Trauer tragen.
War Ruth schon von dem Ereignis benachrichtigt worden? Er rief sie an.
»Wo bist du?« fragte sie kühl.
»Auf dem Weg zu Elvira.« Er hielt ein, suchte nach Worten, um glaubwürdig sein zu können.
»Natürlich«, flüsterte Ruth, ehe er fortfahren konnte. »Ich habe es gewußt, als du abgefahren bist. Von dir war nichts anderes zu erwarten.«
Eisig die Stimme.
Achsen seufzte. »Du mißverstehst die Situation«, sagte er angewidert. »Ich habe nicht vor, vor ihr in die Knie zu gehen. Ich besuche ein Totenhaus. Sie ist... sie ist ermordet worden!«
Ruth lachte auf.
»Es ist die Wahrheit«, stieß er hervor. »Die Polizei ist dort. Sie wollen mich sprechen. Sie ist tot, Ruth.« In betonter Boshaftigkeit fügte er hinzu: »Dein Herzenswunsch ist also in Erfüllung gegangen, wobei ich mich frage, inwieweit du deine Hände im Spiel gehabt haben kannst.«
Sie schwieg. Nur ihr Atem war zu hören. Achsen fand, daß sein Frontalangriff gelungen war. Eine hervorragende Idee, Ruth an die Wand zu drücken. Immerhin war sie es gewesen, die die Morddiskussion angefangen hatte.
»Sag mal, spinnst du?« fragte sie brüsk.
»Leider nicht. Elvira ist erschossen worden. Und das wenige Tage, nachdem du mir den Vorschlag gemacht hast, sie umzubringen. Ein Zufall, Ruth? Weißt du, was die Polizei macht, wenn sie von diesem Zufall hört?«
»Bist du auf dem Weg, um eine Beichte abzulegen?«
»Nein«, sagte er. »Selbstverständlich nicht. Ich will dich nur

bitten, keinen Fehler zu begehen. Ich schweige. Du tust gut daran, dich daran zu beteiligen. Ist das klar, Ruth?«
»Aber ich war's doch nicht! Die können mir doch nicht einfach eine solche Sache in die Schuhe schieben. – Wann ist denn das geschehen?«
»Irgendwann heute früh. Ich kenne den genauen Zeitpunkt nicht.«
»Heute früh? Wie kann ich es gewesen sein, wenn ich mit dir und den schrecklichen Liggemeiers zusammengewesen bin? Das geht doch nicht, und du weißt es.«
»Behalte die Nerven, Ruth«, bat er eindringlich. »Ich sage nur, was ich denke und was sicherlich auch die Polizisten fragen werden. Du bist die Erbin. Auf dich wird man losgehen. Das ist doch klar, oder?«
»Ja.«
»Kein Wort davon, hörst du?«
»Ich verspreche es.«
»Gut. Ich werde im Haus sein. Die werden mir Fragen stellen. Ich werde sie beantworten, so gut ich kann. Wir werden sehen, was sich daraus entwickelt. Möglich, daß sie den Täter auch schon im Visier haben, daß der Kerl Spuren hinterlassen hat, mit denen er überführt werden kann. Fest steht, Elvira ist tot. Du bist bald eine reiche Frau, Ruth.«
»Ja«, sagte sie tonlos.
»Du darfst jetzt nur keinen Unsinn machen. Die Polizisten schnüffeln in allem. Wenn auch nur der Hauch eines Verdachtes gegen dich fällt, wird die Erbsache Kurven kriegen, dann wird es Ewigkeiten dauern, Ruth. Also bitte keine Worte, die dir schaden könnten.«
Sie schwieg.
»Hast du mich verstanden?«
»Das habe ich. – Ist sie wahrhaftig tot?«
»Ja.«
»Ich kann's nicht fassen, wirklich nicht, Robert. Es ist nicht, daß sie mir leid tut, nein, das ist es nicht. Ich hab's immer gewünscht, hab's mir vorgestellt. Daß es aber eingetreten

ist, erschreckt mich doch. Nicht weil sie tot ist, Robert. Es ist, weil ich mich frage, ob Gedanken die Kraft haben, Taten zu bewirken. So ein Wunsch, ob der, wenn er stark genug ist, fähig ist, irgendeinen Menschen zu bewegen, einen anderen zu töten. Das, verstehst du? Das erschreckt mich, daß ich die geistige Kraft haben könnte, so was anzurichten. Verstehst du mich?«
»Wir hören jetzt besser auf. Ich spreche vom Wagen aus.«
»Gut. Werden sie zu mir kommen?«
»Bestimmt. Du bist der einzige Angehörige.«
»Die sollen nur kommen. Ich brauche mir nichts vorzuwerfen. Nichts. Ich hab's nicht gemacht. Es sind genügend Zeugen da. Du und die Liggemeiers und die Leute in den Bars, die sich bestimmt erinnern werden. Und wenn die einen genauen Zeitpunkt feststellen, kann man ja gegenhalten, dann wird sich auch erweisen, daß ich es nicht gewesen sein kann.«
»Alles klar«, sagte er und schmatzte einen Kuß in die Muschel.
Er fuhr den Wagen bei Gelb über eine Ampel. Er schüttelte den Kopf. Die Polizei wird nichts herausfinden. Es gibt keine Verbindung zwischen Mickler und mir. Er ist vorsichtig genug gewesen, keine Spuren zu hinterlassen. Ein Zufallsmord, werden sie sagen und nach einiger Zeit die Akte schließen. Anhaben können sie dir nichts.
Er atmete mehrmals tief durch. In die Furcht, die er spürte, mischte sich ein Triumphgefühl. Er war sicher, das Spiel gewonnen zu haben.

Mickler blieb im Wagen sitzen und überlegte, wo er die Tennistasche, in der das Mordgewehr steckte, verschwinden lassen konnte. Auf der Fahrt zu seiner Wohnung hatte er nach einem günstigen Platz Ausschau gehalten, jedoch den Mut nicht gehabt, die Waffe irgendwo abzulegen. Letztlich würde ein dummer Zufall dafür sorgen, daß sie

gefunden und bei der Polizei abgeliefert wurde, die dann sicherlich eine ballistische Untersuchung vornahm und herausfand, daß es die Tatwaffe war.
Der Karabiner mußte vernichtet werden, so daß es keine Möglichkeit gab, ihn mit dem Tod Elvira Drehers in Verbindung zu bringen. Zerschneiden, einschmelzen. Nur wo?
Vor seinem Haus stieg er aus. Er nahm die Tasche, schloß den Wagen ab, stieg wenig später in den Fahrstuhl und fuhr nach oben. Auf dem Dachboden gab es ein Gewirr von Lüftungs- und Wasserrohren. Dort würde er die Waffe für einige Zeit verstecken. Zwischen dem Gerümpel fiel sie sicherlich nicht auf. Einige Tage war sie dort sicher. Während dieser Zeit würde er einen Weg finden, sie zu zerlegen und endgültig zu vernichten.
Er schob die Tasche in einen Mauerspalt und stellte eine Kommode davor. Danach stieg er über die schmale Bodentreppe nach unten und betrat seine Wohnung. Er schloß zweimal von innen ab und legte die Kette vor. Er nahm eine Dose Bier aus dem Kühlschrank und warf sich in einen der Sessel. Er schloß die Augen.
Es gab keinen Zweifel. In jener Sekunde höchster Anspannung, während der die Nerven geglüht hatten, war der Funke übergesprungen, der dieses jäh explodierende Gefühl in ihm ausgelöst hatte. Ein Beweis dafür, daß wahrhaftig nur ein Hauch fehlte, um ihn gesunden zu lassen, wieder einen Mann aus ihm zu machen.
War es letztlich nicht mehr als eine Nervensache? Stimmt es, was Doc Rutherforth vom Medical Center in Washington behauptet hatte, daß möglicherweise so was wie ein elektronischer Impulsgeber helfen würde?
Oder war die Wahrnehmung nichts weiter als die Folge seiner überreizten Nerven? Trat es lediglich dann ein, wenn er tötete?
Er schlug die Hände vor das Gesicht. Die Vorstellung, morden zu müssen, um geschlechtliche Befriedigung zu

erlangen, jagte ihm Hitzewellen durch den ermatteten Körper.
Er trank das eiskalte Bier. Er rauchte. Er nahm sich vor, Professor von Allwörden anzurufen, ihm vorsichtig und mit Umschreibungen zu schildern, was geschehen war.

»Was?« fragte Ruth und nahm seine Hand. »Was haben Sie von dir gewollt?«
Achsen schloß die Tür ihres Apartments. Er winkte ab. »Das Übliche. Fragen, Fragen, Fragen. Auch, wo ich während der letzten Morgenstunden gewesen bin.« Er seufzte. »Dabei macht dieser Kommissar mir nicht den hellsten Eindruck. Der steht kurz vor der Pensionierung und will sich keinen unnötigen Ärger aufladen. Fest steht, daß Elvira vom Park aus erschossen worden ist. Die sprachen sogar davon, daß es ein Unglück gewesen sein kann, daß irgendso'n Typ sein Gewehr ausprobiert und in die falsche Richtung geschossen hat. – Waren sie schon hier?«
Ruth nickte. »Zu dritt. Dieser Eggert, der die Ermittlungen wohl leitet, und zwei Jüngere. Sie haben wichtig getan, alles aufgeschrieben und klammheimlich herumgeschnüffelt. Die haben von uns gewußt, aber es hatte keine Bedeutung, glaube ich. Ich habe ihnen die Adresse der Liggemeiers gegeben. Ich hoffe nur, die werden sich erinnern können.«
»Das werden sie. So besoffen waren sie nicht.«
»Du weißt ja nicht, was die noch in deinem Haus in sich hineingeschüttet haben! Ich sage dir, niemals wieder! Die haben's vor meinen Augen getrieben, aber so pervers, daß ich weggelaufen bin.«
Achsen nahm auf der Couch Platz. »Fest steht, sie ist tot.«
»Ich werde keine Trauer tragen.«
»Du solltest zumindest den Schein wahren, Ruth.«
»Ach was! Damit die Leute mir Heuchelei vorwerfen? Jeder weiß doch, wie wir miteinander standen, daß sie mich

haßte wie nur was, und daß wir Jahre nicht miteinander gesprochen haben.«
»Wie du meinst.«
Ruth nahm eine Zigarette. »Ich hoffe nur, die Erbangelegenheit wird nicht zuviel Zeit in Anspruch nehmen. Manchmal warten sie ab, bis die Ermittlungen abgeschlossen sind. Das kann unter Umständen Monate, wenn nicht Jahre dauern.«
»In besonderen Fällen, dann, wenn der Verdacht besteht, daß ein Erbberechtigter für den Mord in Frage kommt.«
»Du hast gesagt, sie könnten auf die Idee kommen!«
Achsen winkte ab. »Ich habe gesagt, sie würden sofort einhaken, wenn sie wüßten, was du gesagt hast. Aber das wissen sie nicht. Du hast ein Alibi. Also kann nichts passieren. Ich nehme an, in einer Woche ist die Geschichte gegessen. Dann kannst du über das Geld verfügen. – Hast du vor, in das Haus einzuziehen?«
»An die Elbe?« Ruth hob die Hände. »Ich habe mich auf dem Hang nie wohl gefühlt. Ich glaube, der Kasten wird am besten verkauft. Das hat ja Wert, das Haus, die Möbel und dann der Grund. Dieser Kaffeefritze hat fünf Millionen für seine Villa bezahlt.«
»Die Zeiten sind nicht mehr so.«
»Man kann ja auch vermieten, aber das ist nicht das Problem. Hast du 'ne Vorstellung, was nach Abzug der Steuern bleiben wird? Hat sie dir mal Einblick gewährt?«
»Du wirst nicht betteln müssen.«
»Das ist keine Antwort.«
Achsen schürzte die Lippen. »Ein Viertel schluckt der Fiskus. Du kannst, alles in allem, Sachwerte inbegriffen, mit zehn Mio. rechnen.«
»Und bar?«
»Da sind einige Konten, da sind Depots. Die Masse ist fest angelegt, aber es gibt ja Wege.«
»Keine schlechten Aussichten.«
»Ein Treffer, wenn du mich fragst. Ich hoffe, Pannwitz

sagen zu können, daß du nicht die Absicht hast, aus meiner Firma auszusteigen?«
Ruth erhob sich. »Natürlich nicht. Ich habe immer gesagt, daß ich dir helfen würde. Ich halte mich daran.«
»Es geht nicht nur um die Einlage. Es geht um die Liquidität. Wir müssen wieder flüssig werden, wenn wir Geld verdienen wollen. Wirst du da mit anschieben?«
Ruth ging auf und ab. »Für mich brauche ich ja nicht viel. Zum Leben, meine ich. Neues Auto, eine andere Wohnung oder ein Haus. Dann ein paar Anziehsachen und so. Wir werden uns schon einigen.«
»Du bist lieb«, sagte er lächelnd.
»Ich kann großzügig sein. Das große Los, Robert! Man sollte andere daran teilhaben lassen.«
Er stand auf, zog Ruth an sich und küßte sie. »Du bist wirklich lieb«, wiederholte er. »Elvira würde sich im Grabe umdrehen, wenn sie wüßte, daß du jetzt ihre Nachfolge antrittst.«
»Nicht ihre Nachfolge, mein Erbe«, gab Ruth zurück.
»Klar«, murmelte er und lachte.
Das Klassenziel war erreicht. Es galt nur noch einige Tage abzuwarten. Und zu kassieren, dachte Achsen erfreut.

16

Es war Montag. Aus dem grauverhangenen Himmel stürzte Regen, tauchte Häuser, Straßen, Fahrzeuge und die unter triefenden Regenschirmen hastenden Menschen in – wie es Mickler schien – Klarlack. In den überflutenden Gullis gurgelte das Wasser, schäumte, floß, Abfälle mit sich zerrend, in Bächen ab. Der Wetterbericht hatte für den Nachmittag Sonne versprochen.
Die Übernahme des Geldpäckchens hatte keine Schwierigkeiten bereitet. Achsen hatte sein Versprechen eingelöst. Die untersetzte Notariatsangestellte hatte kaum aufgeblickt, hatte das Kuvert aus dem Panzerschrank genommen und es stumm überreicht. »Brauchen Sie eine Unterschrift?« hatte Mickler gefragt. »Nein, nein, es ist in Ordnung so«, hatte die Dame gesagt und wieder angefangen, eingegangene Post zu bearbeiten. Mickler hatte noch im Flur geprüft, ob die Summe stimmte.
Achsen hatte sich nicht verzählt.
Er hatte am späten Sonntagabend angerufen. Von einer Telefonzelle, hatte er behauptet. »Nun zum letzten Mal, alter Junge. Was ich sagen will, ist, daß alles wie geschmiert läuft. Keine Komplikationen, keine Probleme. Du hast das gut gemacht«, hatte er mit stumpfer Stimme gelobt. »Die Leute, die sich berufsmäßig um die Geschichte zu kümmern haben, kommen nicht weiter. Unfall, haben sie gesagt. Nicht auszuschließen, daß es einer ist. Verstehst du? Jetzt nur die Ruhe bewahren und – das müssen wir machen – keinen Kontakt mehr! 'ne ganze Weile nicht.«
Achtzigtausend, dachte Mickler, um sich sogleich zu korrigieren. Nein, tausend Mark fehlten. Er hatte Schuhe, einige

Kleidungsstücke und für den Alten, wie er seinen Vater nannte, einen Karton Cognac gekauft. Er hatte mit Professor von Allwörden gesprochen, ihm die beim Todesschuß gemachte Beobachtung geschildert, nur insofern die Wahrheit verschwiegen, als er behauptete, mit einem Bekannten in Streit geraten, sehr erregt gewesen zu sein. »Plötzlich, wie aus heiterem Himmel, war es da. So stark, daß ich wie gelähmt war.«
»Hatten Sie einen Erguß?«
»Genau, ja, Professor! Ich war naß, ich war in Ordnung, für diese eine Sekunde, so ganz plötzlich, ich denke, es muß die Hochspannung gewesen sein, die den Funken überspringen ließ. Es ist sicher! Ich habe mich nicht geirrt.«
»Sehr interessant«, hatte von Allwörden gesagt.
»Für mich der Beweis, daß ich gesunden kann.«
»Diese Chance haben Sie, Mickler. Wann ist Ihr Untersuchungstermin?«
»Mir wäre es lieb, wenn Sie ihn noch heute wahrnehmen könnten, Herr Professor.«
»Gut. Kommen Sie heute abend. Um sieben. Ich bin selbst neugierig geworden.«
Neunundsiebzigtausend, dachte Mickler. Das reicht. So schwer, wie es ausgesehen hat, kann es nicht sein. Es hat funktioniert. In hoher Spannung. Vielleicht läßt es sich wiederholen...
Regenwasser trommelte in sein Gesicht. Unter seinen Schuhen spritzte Pfützenwasser hoch. Er hielt die Hände in den Taschen seiner Jacke, preßte mit der Rechten das Geldbündel. Vielleicht blieb sogar was übrig, war die Operation nicht so teuer. Viel mußte ja offensichtlich nicht repariert werden. Es funktionierte ja. Wenn die Nerven angespannt, wenn sie hart beansprucht waren. Und wenn was übrigblieb, kannst du dir eine neue Wohnung nehmen. Nicht in Hamburg, nicht hier, vielleicht reicht es, ein Apartment in Spanien zu kaufen. Alicante oder in der Gegend. Sonne. Frauen, Frauen...

Er flüchtete unter das Vordach eines Kaufhauses. Bei dem Händler, der seine Presseerzeugnisse neben dem Niedergang zur U-Bahn aufgebaut hatte, kaufte er eine Tageszeitung, faltete sie und schob sie in den Ausschnitt seiner Jacke. Im Wagen, den er an der Hauptpost geparkt hatte, wollte er über den Tod der Frau nachlesen. Achsen hatte gesagt, es gäbe keine Probleme, die Polizei hätte keinerlei Anhaltspunkte. Mal sehen, dachte er, zurückgelassen habe ich ja nichts. Keine Spuren. Sie werden sich schwertun, das aufzuklären. Insofern hatte Achsen recht: Zwischen ihm und mir gibt es keine Verbindung. Sie tappen im Dunkeln, sie wissen nicht, wo sie ansetzen sollen. Kein Motiv.
Aber Achsen will absahnen. Ob er stark genug ist? Ob die da eine Lücke entdecken? Die haben Zeit, das sind Beamte, die ihr Geld sicher kriegen. Die schreiben alles nieder, jeden Furz, die brüten und brüten und stochern in jedem noch so winzigen Loch. Noch nach Jahren wälzen sie die Akten, notieren geduldig. Aber sie haben auch Sachen, an denen sie sich die Zähne ausbeißen.
Als er die Wohnung verlassen hatte, war ihm Lotte im Gang begegnet. Sie war freundlich gewesen, hatte ihn burschikos angestoßen und mit glitzernden Augen angesehen. »Du bist schon komisch«, hatte sie gesgt. »So'n Mann und so 'ne Gelegenheit!«
In der Halle hatte sie ihm zugenickt. »Der Trottel kommt nie vor elf oder Mitternacht. Da ist wirklich keine Gefahr, wenn du das glaubst.«
Er blieb stehen. Sie würde überall hinkommen, dachte er. Du brauchst ihr nur zu sagen, sie soll da und da sein und sie wird losjagen, um pünktlich an Ort und Stelle zu sein. Sie glüht. Sie braucht es. Und für dich wäre es der Beweis!
Er wurde angerempelt. »Tschuldigung«, sagte ein Mann.
Es wäre der Beweis, überlegte Mickler. Das Gewehr lag oben auf dem Speicherboden. Munition war vorhanden. Und Lotte würde kommen, wohin auch immer er sie bestellte.

Er ging weiter.
Und wenn es nicht gerade im eigenen Haus passiert, wird es gar keinen großen Wirbel geben. Klar, die Kerle, die dann ermitteln, werden fragen, werden die Nachbarn checken und herumhorchen, werden versuchen, was herauszubringen. Aber was denn? Da gibt's nichts. Nix, wiederholte er in Gedanken.
Sein Daumen fuhr über die Schnittkanten der Banknoten.
Lotte erschießen?
Er atmete tief durch. Dieselgeruch, von Loks in der Bahnhofshalle ausgestoßen, reizte die Schleimhäute seiner Nase.
Es wäre der Beweis, sagte er sich.
Er ging schneller, stieg in wilder Hast auf der Fahrtreppe nach oben, lief in den Regen hinein und dachte, daß er es von der Frage abhängig machen könnte, ob Lotte ihm an diesem regnerischen Montag noch mal begegnete.
Wenn sie auftaucht, sagst du es ihr, dachte er. Du bestellst sie irgendwohin, sagst ihr, daß du das im Haus nicht machen kannst, daß das nicht geht, daß das woanders laufen müsse. Sie wird das verstehen. Sie wird kommen. Und wenn sie da ist, wenn sie wartet, dann...
Der Karabiner wird niemals mehr auftauchen. Sie werden vor einem Rätsel stehen. Sie werden glauben, da läuft einer Amok, ein Kerl, der es auf Frauen abgesehen hat, ein verdammter Lustmörder, werden sie hinausposaunen.
Er fand den Wagen. Er schloß auf. Er riß sich die Jacke vom Körper, warf sie auf den Rücksitz.
Ich mache es von dem Zufall abhängig, dachte er. Läuft sie dir über den Weg, sagst du es ihr. Dann soll sie kommen.
Und dann schießt du...
Er startete. Die Wischer schaufelten das Wasser von der Scheibe. Er schaltete das Standlicht ein und fuhr an.
Ja, dachte er, ja.

»Es bleibt alles beim alten«, sagte Achsen. »Ich habe mit

Pannwitz gesprochen, Oberst. Ich habe ihm die Situation erläutert, ihn auf Ruth verwiesen und seine Zustimmung gefunden. Er wird stillhalten. Solange, bis die rechtlichen Fragen geklärt sind. Sind sie es aber, stehen wir gut da. Frau Dreher ist bereit, über die Einlage hinaus aktiv zu werden. Ich schlage vor, Sie setzen sich mit den wichtigsten Lieferanten in Verbindung und erklären die aufgetretenen Zahlungsverzögerungen mit finanztechnischen Problemen, die sich inzwischen aber erledigt haben. Irgendwas in der Art, ja?«

Berger nickte stumm.

»Gut«, sagte Achsen. »Dann habe ich hier noch die Sache des Nachrufs. Ich denke, es ist unerläßlich, einige Annoncen auch firmenseits aufzugeben, derart, daß wir mit großem Bedauern und in gutem Angedenken das Ableben unserer Gesellschafterin betrauern. Lassen Sie sich da was einfallen. Ich habe einen Entwurf gemacht, die Balldau hat ihn vorne. Lassen Sie ihn sich geben, und formulieren Sie nach Ihrem Gutdünken. Ich schlage vor, Sie lassen das im Namen der Geschäftsleitung laufen und geben eine zweite Anzeige für die Belegschaft auf. Gut machte es sich auch, wenn im Verbandsorgan was Redaktionelles wäre. Sie können die Kerle ja diskret auf unseren Werbeetat hinweisen und ihnen einen Wink im Hinblick auf die angespannte Marktlage geben, falls es da Widerstände geben sollte. Lassen Sie sich da was einfallen, Oberst.«

»Wann findet die Bestattung statt? Und wo, bitte?«

Achsen hob die Brauen. »In Ohlsdorf. Da liegen auch die Eltern. Es steht in meinem Entwurf.«

Berger machte eine Notiz. »Sonst noch etwas?«

»Schreiben Sie, daß in aller Stille pipapo beigesetzt wird, daß wir keinen Rummel wollen.«

»Gut. Wollen Sie den Text abzeichnen?«

»Mein Gott, Oberst, Sie wissen doch viel besser, was in einem solchen Fall angebracht ist. Machen Sie es so, wie Sie es für richtig halten. Das wird schon stimmen.«

Berger verließ das Büro. Achsen lehnte sich zurück.
Ruth hatte am frühen Morgen den erneuten Besuch zweier Kriminalbeamter durchstehen müssen, war von Dr. Schwarze, dem Notar, angerufen worden, der – wohl nach Rücksprache mit dem zuständigen Staatsanwalt – die Nachlaßverhandlung auf den kommenden Tag festgelegt hatte. Ruth hatte gefragt, ob danach über das Vermögen verfügt werden könnte.
»Selbstverständlich! Was zu tun ist, habe ich dir bereits erklärt. Du wirst dich mit dem Finanzamt in Verbindung setzen müssen. Ich nehme an, die Geldeintreiber brauchen ein beglaubigtes Bestandsprotokoll. Das kannst du mit diesem Schwarze oder aber mit jedem anderen Notar machen. Ich werde, wenn du nichts dagegen hast, Recknagel anrufen. Das ist unser Jurist. Er wird dir die Sachen abnehmen, vor allem die Bankverhandlungen, das ganze Umschreiben und so weiter.«
Sie war dankbar gewesen, hatte ja gesagt und ihm die Abwicklung überlassen. »Mir wäre lieb«, hatte sie hinzugefügt, »wenn du mit mir zu Schwarze gingest. Ich kenne mich in solchen Sachen nicht aus. Du erkennst sofort, ob alles mit rechten Dingen zugeht.«
»Selbstverständlich«, hatte er zugestimmt.
Es lief. Trotz dieses subalternen Kommissars, der am frühen Morgen um ein Gespräch gebeten und Fragen bezüglich der Verträge gestellt hatte, die Elvira hatte machen lassen. »Tut mir leid«, hatte Achsen gesagt, »ich kann dazu keine Erklärung geben, lediglich einen mageren Kommentar: Unsinn!«
»Unsinn inwieweit?«
»Mich so einbinden zu wollen.«
»Aber das waren Sie doch sowieso, Herr Achsen. Nach meiner noch bescheidenen Kenntnis Ihrer Situation hing das Wohl und Wehe Ihrer Firma von der Einlage der Toten ab. Ist das richtig?«
»Das Wohl und Wehe nicht. Wir sahen uns aber gezwungen, nach einem anderen Partner Ausschau zu halten.«

»Haben Sie eine Erklärung, aus welchen Motiven Frau Dreher die Zusammenarbeit einstellen wollte?«
»Aus persönlichen.«
»Sie waren mit ihr über Jahre hinweg liiert, ja?«
»Ja.«
»Es bestand ein eheähnliches Verhältnis. Sie wohnten mit ihr unter dem selben Dach?«
»Richtig.«
»Können Sie mir den Grund Ihres Zerwürfnisses nennen?«
»Ungern, aber ich respektiere den Anlaß Ihres Besuches: Eine andere Frau, Herr Kommissar. Um genau zu sein, die Schwester.«
Eggert hatte sein Notizbuch aufgeschlagen. »Sie haben sich gestritten, wurde behauptet.«
»Sogar sehr heftig. Ich war immer der Meinung, daß geschäftliche Angelegenheiten nichts mit persönlichen zu tun haben. Ich warf ihr vor, sich billig rächen zu wollen.«
»Wovon, wie die ausgefertigten Verträge belegen, Frau Dreher dann Abstand genommen hat. – Wußten Sie eigentlich von ihrem Sinneswandel?«
»Ja. Sie bot mir an, zurückzustecken, wenn sich eine Lösung ergäbe. Ich erfuhr allerdings erst kurz vor ihrem Ableben von diesen Verträgen.«
»Wann genau?«
»Freitagnacht. Frau Dreher war am späten Freitagnachmittag hier im Hause und hat meinem Prokuristen Mitteilung gemacht.«
»Über die Verträge?«
»Soweit ich mich erinnere, ja. Sie bat mich um einen Anruf. Ich habe sie angerufen.«
»Mit welchem Ergebnis?«
Achsen hob die Hände. »Daß wir im freundschaftlichen Gespräch bleiben wollten.«
»Heißt das, Sie waren bereit, die Verträge zu unterzeichnen?«
Achsen lachte. »Ich hätte sie mir erst einmal angesehen.«

»Haben Sie einen Termin vereinbart?«
»Keinen festen. Wir hätten uns aber sicherlich am Samstag gesehen.«
Eggert hatte genickt, hatte sich einige Notizen gemacht, hatte, nach einigen Floskeln, gedankt und war gegangen.
Keine Probleme, dachte Achsen. Die Polizei hatte sein und Ruths Alibi geprüft, die Liggemeiers vernommen und einen detaillierten Zeitplan aufgestellt, der all die Lokalitäten enthielt, die die beiden Paare in der Nacht von Freitag auf den Samstag besucht hatten. Kein Zweifel, die Geschichte war sauber. Selbst der verbohrteste Kriminalist konnte nicht behaupten, Ruth oder er hätten die Gelegenheit gehabt, Elvira zu töten.
Ein guter Stand der Dinge. Was nötig war, lief. Es brauchte nur noch abgewartet zu werden. Bis zum Dienstag, wenn man über den Nachlaß Klarheit hatte, wenn Dr. Schwarze mit einem Federstrich die Vermögenswerte freigab.
Der Staatsanwalt hatte keinerlei Bedenken angemeldet. Das war ein Zeichen dafür, daß ein Tatverdacht nicht bestand.
Mickler war bereits im Besitz der zweiten Hälfte des Geldes. Er würde im eigenen Interesse keinen Kontakt suchen. Es gab keinen Hinweis auf gemeinsame Unternehmungen. Die Polizei, auch wenn sie danach suchte, konnte keine Verbindung herstellen. Es gab keine. Elviras Leiche war bereits freigegeben. Sie würde eingesargt, begraben und eines Tages vergessen werden.
Keine Probleme, dachte Achsen. Über die Geschichte beginnt schon jetzt Gras zu wachsen.

Es war seltsam: Noch hatte Professor von Allwörden nicht operiert, aber das, was in der Klinik »Krankenblatt« genannt wurde, war bereits mächtig angeschwollen. Es steckte in einem braunen Hängehefter, war mit vorgedruckten Karten, Laufzetteln und einem ellenlangen Bericht versehen, der Micklers Mißtrauen wie ein Feuer auflodern ließ.

Nur zu gern hätte er nachgelesen, was dort auf dem steifen Papier aufgezeichnet worden war. Aber er hatte nicht den Mut, die Akte an sich zu nehmen. Die Assistentin mußte jeden Augenblick zurückkehren.
Mickler lehnte sich zurück. Schreibmaschinengeklapper drang gedämpft aus einem Nebenraum herein. Auf dem Flur unterhielten sich zwei Männer. Grelles Licht flutete von der Decke. Der Ventilator über dem breiten Fenster summte, pumpte gefilterte und gekühlte Frischluft in den steril wirkenden Raum, der mit weißlackierten Möbeln ausgestattet war. Blechschränke mit unendlich vielen Schubladen reihten sich an der Kopfwand. Darauf Etikettenfenster, die mit Buchstaben und Zahlen beschrieben waren. Für alle Zeiten festgehaltene Leiden. Neben dem Schreibtisch auf einem fahrbaren Gestell der Computer, über dessen Monitor die Zeichen einer Formularmaske flimmerte.
Die Tür wurde aufgestoßen. Frau Dornbrinck kehrte zurück, in der Armbeuge jenes Aktenbündel, das von den anderen Ärzten zusammengetragen worden war. »So«, sagte sie, »jetzt kommen wir zu Ihnen, Herr Mickler.«
Ihre Stöckelabsätze dröhnten auf dem Parkett. Sie legte die Akten neben den Computer und nahm Platz. »Rauchen dürfen Sie, wenn Ihnen danach ist«, erklang ihre angenehm sanfte Stimme. »Wollen Sie mir der Einfachheit halber Ihre Daten nochmals geben?«
»Bitte«, sagte er, nannte Namen, Geburtsdatum, Anschrift und weitere personenbezogene Wichtigkeiten, rauchte, während die flinken Finger lautlos über das Tableau des Rechners huschten und die flimmernde Maske des Monitors sich mit Zeichen und Buchstaben belebte. Frau Dornbrinck schwang auf dem Drehstuhl herum. Der unter der Schreibtischplatte versteckte Drucker begann zu rattern. »Eine Formsache«, sagte die Angestellte. »Bitte unterschreiben Sie auch auf der Kopie.«
Mickler setzte seinen Namen darunter. »Es ist fast sieben«, sagte er. »Wird die Untersuchung noch vorgenommen?«

Frau Dornbrinck trennte die perforierten Formulare, blickte kurz auf. »Sie sind gleich dran, Herr Mickler. Nach der Aufnahme. Wollen Sie hier bitte noch Ihre Wünsche bezüglich der Unterbringung ankreuzen?«
Er kniff die Augen zusammen. »Heißt das, ich soll gleich in der Klinik bleiben?«
»Darüber kann ich Ihnen leider nichts sagen. Das entscheidet Professor von Allwörden.«
Mickler kreuzte an. Einzelunterbringung, 2. Geschoß, Fernseher, ind. Speisenfolge. »Was heißt das?« fragte er unsicher.
»Ob Sie besondere Speisenwünsche haben, Herr Mickler, zum Beispiel aus religiösen Gründen.«
»Aha«, machte er und ließ den Stift über die Ankreuzfelder gleiten. »Wie teuer kommt denn das? Solch eine Einzelunterbringung, bitte?«
»Tut mir leid, darüber kann ich Sie nicht informieren. Aber wenn Sie wollen, können Sie das in der Verwaltung abfragen.«
»Danke«, sagte er und reichte die Karte zurück. Auf seinen Armen erschien eine Gänsehaut. Frucht der Furcht, die plötzlich in ihm war und seinen Gaumen austrocknete. Würde das Geld reichen? War dieses Haus, dieser Professor, die richtige Adresse? War das alles nur Geldschneiderei, Brimborium eines Apparates, der fortlaufend Opfer brauchte, um funktionieren zu können?
»Kommen Sie«, sagte Frau Dornbrinck.
Lange, blitzende Gänge, gedämpftes Licht, fahrbare Krankenstühle, eine leblos wirkende Gestalt unter grünem Tuch, bekittelte Gestalten, eine Hochschwangere, die erschöpft einhielt und sich auf eine der Bänke setzte. Tür auf, Tür zu. Undefinierbare Gerüche, Professor Dammerrath, groß, braungebrannt und mit ausgestreckter Hand auf ihn zukommend.
»Kleiden Sie sich aus, bitte.«
Frau Dornbrinck blieb hinter der sich schließenden Tür

zurück. Grelles Licht, ein Paravent, hinter dem Stuhl und Tisch standen, einige Bügel an blitzender Chromstange. Mickler fror, als er in den Untersuchungsraum zurückkehrte.
»Dort bitte«, sagte der Professor und nickte der mit weißem Tuch überspannten Liege zu. Links und rechts unzählige Apparate, Skalen und Monitore, tanzende Punkte, die fiepende Geräusche verursachten. Zwei Frauen mit verunstaltenden Kopfhauben. Eine hielt dem Mediziner durchsichtige Gummihandschuhe hin. Die Hände krochen hinein. Mickler streckte sich. Die Wangenknochen tanzten auf und nieder, der Kehlkopf, die Bauchmuskeln vibrierten. Er fror noch mehr.
Bestecke klapperten in emaillierten Schüsseln.
»Rasieren«, sagte der Professor.
»Die Beine bitte weit auseinander«, forderte eine der Assistentinnen. »Ja, so. Tut's Ihnen weh?« fragte sie nach, als sie die Stützen verschob und die Schenkel mit ledernen Riemen bewegungslos machte.
»Nein«, sagte er matt. »Nur kalt ist mir.«
Sie lachte.
»Sie haben doch keine Angst, was?« fragte der Professor. »Ein Mann wie Sie!«
»Ich friere immer«, sagte Mickler. »Ich bin noch nicht lange in Deutschland.«
Schaum spritzte gegen seine Schenkel und hüllte seine Genitalien ein.
»Tropen?« kam ohne Interesse die Stimme des Mediziners.
»Lateinamerika«, gab Mickler zurück. Eine Tür fiel ins Schloß. »Guten Abend«, sagte von Allwörden. »Wie weit sind wir denn?«
Die scharfe Klinge schabte an seinem Unterleib. »Schneiden Sie ihm die Gießkanne nicht ab, Schwester«, scherzte von Allwörden.
Sie kicherte.

»Wie fühlen Sie sich?«
»Er friert«, sagte Dammerrath. »Zu dünnes Blut«, fügte er hinzu.
Kaltes Wasser aus einem dünnen Schlauch spülte den Schaum aus Micklers Schamgegend. Professor von Allwörden ließ sich in die Gummihandschuhe helfen. Er trat zwischen Micklers Beine. Die Schwester ließ einen Föhn laufen. Warme Luft strich über den Unterleib des Patienten. Die Finger des Arztes tasteten über die von einem feinen Narbennetz überzogene Haut. »Treten hin und wieder Schmerzen auf?«
»Keine Schmerzen, manchmal ein leichtes Ziehen.«
»Gut, gut. Entspannen Sie sich. Und hier?«
Mickler spürte einen starken Druck unterhalb des Hodensackes. »Jetzt ja«, sagte er, »wenn Sie drücken.«
Von Allwörden nickte. Nicht nur als Bestätigung, sondern auch zum Zeichen, die Apparate näher heranzufahren, eine Unzahl von Sensoren anzulegen, deren Ableitungen Mickler nach kurzer Zeit eindeckten. Er fühlte sich gefangen und ausgeliefert. Den Drang, davonzulaufen, beherrschte er nur mühsam. Sein Atem ging heftig, das Herz schlug wild. Nun fror er nicht mehr. Ein dünner Schweißfilm bildete sich auf seiner Haut.
Er schloß die Augen, lauschte dem Surren und Piepen der Apparate, dem plötzlichen Rattern irgendeines Ausgabegerätes, hörte das Flüstern der Männer und hatte die lähmende Vorstellung, als Versuchskaninchen für ein mörderisches Experiment benutzt zu werden, aus dem er als Abfall herausfallen würde. Zeit und Raum schienen zu verschmelzen, sich aufzulösen in nebulöse Gebilde. Hin und wieder bekam er mit, daß Sensoren entfernt, neue an anderer Stelle angesetzt wurden. Er gab es auf, nach dem Sinn zu fragen. Bis die Stimme von Allwördens ihn aufschreckte. Er begriff, daß die Gurte von seinen Schenkeln genommen worden waren, er sich aufrichtete und sich seiner Nacktheit bewußt war.

»Was?« fragte er heiser. »Können Sie mir bereits eine Antwort geben?«
Von Allwörden streifte die Handschuhe ab. »So was wie eine Wettervorhersage«, gab er zurück. »Schlecht sieht es für Sie nicht aus. Sie zeigen Reflexe, die gesund sind.«
»Wie soll ich das verstehen?«
»Es sind – nach der Sicht, die wir jetzt haben – keine Nervenbahnen verletzt. Uns scheint, als wenn eine Vernarbung Ursache Ihres Problems ist. Wir werden klarer sehen, wenn wir das bisher nur apparativ erkannte Gebilde lokalisiert und analysiert haben.«
»Sie müssen also schneiden?«
Von Allwörden lachte. »Nur keine Angst! Wir schneiden Sie zwar in Scheiben, aber lediglich sinnbildlich und mit Hilfe eines modernen Röntgengerätes.«
Mickler wurde in den Nebenraum geführt, in dem sich eine elfenbeinfarben lackierte Röhre befand. Davor eine Art Bahre, auf die Mickler sich legen mußte. Die Helferinnen kurbelten ihn in die Röhre. Der Apparat schaltete sich mit einem Summen ein. Mickler entdeckte einen mittelgroßen Computerbildschirm, auf dem die Kontur seines Unterleibes als Farbmosaik flimmerte. Die Prozedur dauerte knappe zwanzig Minuten. Danach durfte er sich anziehen und den Untersuchungsraum verlassen. Er nahm im Warteraum Platz, nahm eine Illustrierte zur Hand, blätterte, ohne jedoch die Worte zu lesen, die an ihm vorüberhuschten.
Lotte war ihm vor dem Haus begegnet. Er hatte mit ihr gesprochen, ihr begreiflich gemacht, daß er sie unmöglich in ihrer oder der eigenen Wohnung nehmen konnte. Er hatte ihr versprochen, sie am Gebäude von Johnson & Johnson abzuholen. Um dreiundzwanzig Uhr.
Er hatte beschlossen, sie zu töten.
Das Gewehr lag bereits unter der Matte im Kofferraum seines Wagens. Es war geladen. Er würde zu Johnson & Johnson hinausfahren, darauf warten, bis Lotte kam, und dann schießen.

»Herr Mickler?«
Er hob den Kopf und sah die Schwester fragend an.
»Herr Professor von Allwörden läßt Ihnen mitteilen, daß die Auswertung der Daten nicht vor morgen mittag abgeschlossen werden kann. Er bittet Sie, um ein Uhr wieder hier zu sein. Können Sie das einrichten?«
»Na klar«, sagte er und erhob sich.
Sie lächelte, ließ ihn an sich vorbei, schloß die Tür. Er ging mit schleppenden Schritten über den blanken Gang. Sie finden nichts, sagte er sich, sie sind so schlau wie alle anderen zuvor. Sie machen die Show, weil sie dein Geld wollen.
Aber, widersprach er sich selbst, er hat von guten Aussichten gesprochen. Keine irreparablen Nervenschäden. Nichts kaputt in den Verästelungen, ein Narbengebilde, das verantwortlich sein könnte. Und es ist spät, die wollen nach Hause. Vielleicht ist es das, daß die einfach zu müde sind.
Er verließ die Klinik. Es war 21 Uhr 40.
Die Zeit reichte, irgendwo einen Imbiß zu nehmen, ein Bier zu trinken. Es reichte, wenn er gegen halb elf losfuhr. Alles eingerechnet, würde er kurz vor dem festgesetzten Zeitpunkt an den Treffpunkt gelangen. Der Wagen mußte versteckt werden. Er mußte sich eine gute Stellung suchen, von der aus er den Schuß abgeben konnte.
Sie würde fallen. Und du, sagte er sich, du wirst wissen, was es mit dieser seltsamen Reizung auf sich hat. Ob das wiederkehrt, wenn du abdrückst...

Kühle Nachtluft strich durch das geöffnete Seitenfenster des Volkswagens in das Fahrzeug. Lichtfinger strichen über das Land, spiegelten sich in den blaugetönten und verspiegelten Glasflächen des kubischen Verwaltungs- und Lagergebäudes. Ein Bus kroch vorbei. Kaum Passagiere. Lotte zündete sich die zweite Zigarette an. Es war kein guter Treffpunkt, den Mickler da ausgesucht hatte. Kurz nach ihrer

Ankunft war ein langsam fahrender Streifenwagen hinter ihr in die schmale Straße eingebogen und hatte kurz angehalten. Im Rückspiegel hatte sie gesehen, wie der Beamte auf dem Beifahrersitz den Hörer des Funktelefons ans Ohr gepreßt und gesprochen hatte. Wahrscheinlich haben sie die Nummer überprüft, dachte Lotte. Sie werden sich gefragt haben, was eine Frau um diese Zeit an dieser doch recht einsamen Stelle macht. Vielleicht sind sie noch in der Nähe, besprechen die Sache, beobachten.
23 Uhr 06.
Sie sog den Rauch in die Lungen. Die Finger ihrer linken Hand strichen über das mit einem Fell überzogene Lenkrad. Das Werk ihres Mannes, der es liebte, sportlichen Firlefanz an seine Autos zu pappen. Zeichen seiner Unfertigkeit. Ein dummer Junge, der nie aus den Knabenschuhen herausgewachsen war, ein pubertärer Eigenbrötler, dessen Lebensinhalt die dummen Maschinen in seinem Zimmer waren. K-byte-Freak und Selbstbefriediger. Es gab genügend Hinweise, daß er Hand an sich legte. Wenn er zu feige war, sie zu wecken.
Feige ist auch Mickler, dachte sie. Er könnte es so einfach haben, wenn er nur seinen Verstand gebrauchte. Aber er hat Angst. Die Bedenken fressen ihn auf.
23 Uhr 08.
Sie kontrollierte die Straßeneinfahrt im Rückspiegel. Von der Polizei war nichts zu sehen. Autos, Lichtfluten vor sich herschiebend, schossen mit singenden Reifen vorbei. Abgasgeruch.
Sie warf den Zigarettenrest aus dem Fenster. Die Glut sprühte. Sie stieg aus, ging auf und ab. Das Standlicht schnitt zwei Kegel aus der Dunkelheit.
Wenn mich hier einer so sieht, in diesem roten Kleid, denkt er, ich wäre für Geld zu haben, dachte sie. Sie verschränkte die Arme vor der Brust, blieb stehen und drehte sich um. Warum kommt er nicht? fragte sie sich. Hat ihn der Mut wieder einmal verlassen? War das alles nur ein übler Witz?

Was für ein Leben!
Sie hatte zu früh geheiratet, das Leben zwischen billigen Möbeln zunächst als große Freiheit betrachtet, war froh gewesen, dem engen Elternhaus entronnen zu sein. Aber dann, nach wenigen Wochen des Höhenfluges die jähe Ernüchterung, an einen Kerl gebunden zu sein, der das Interesse an ihr verlor.
23 Uhr 10.
Sie nahm sich vor, noch fünf Minuten zu warten, dann abzufahren. Ein Auto mit aufgeblendeten Scheinwerfern raste auf der Verbindungsstraße vorbei. Lotte blieb stehen. Sie atmete tief durch. Fünf Minuten, sagte sie sich.
Mickler beobachtete sie. Er lag hinter einem grasbewachsenen Erdhügel, verborgen zwischen Unkrautstauden, das Gewehr rechts neben sich. Er sah die Ungeduld Lottes, ihre aufkeimende Wut. Vorsichtig schob er den Karabiner höher, preßte ihn an die Schulter und visierte das bleich im Lichtkreis zu sehende Gesicht Lottes an.
Sie sprach mit sich, ohne daß die Worte zu verstehen waren. Sie trug ein gewagt ausgeschnittenes rotes seidenartig glänzendes Kleid, schwarze Stiefel und hatte sich ein Tuch um die Schultern gelegt. Hohe, schwellende Hüften, starke, feste Brüste. Um die Hüften war sie stärker, als er bisher beobachtet hatte. Eine Frau von dreißig Jahren, in deren Gesicht die Unzufriedenheit schon Falten geschnitten hatte.
Micklers Finger krümmte sich um den Abzug. Er spürte den Widerstand des Druckpunktes. Er horchte in sich hinein. Aber da war nichts. Nur diese furchtbare Leere, gegen die er nur allzugern angeschrien hätte.
Lotte setzte sich in Bewegung. Mickler schwenkte den Lauf. Lotte stellte sich an das Heck des Wagens, verschränkte die Arme vor der Brust.
Mickler biß sich auf die Lippen. Er ließ den Carcano sinken, preßte das Gesicht in das trockene Gras, schüttelte sich. Keinen weiteren Mord! sagte er sich.

Er zog die Waffe zurück.
Lotte stieg in den Wagen. Mickler huschte geduckt auf eine Buschgruppe zu und verbarg sich. Er wartete, bis die junge Frau ihren Wagen bestieg und davonfuhr. Danach schlich er davon, nach einer Erklärung suchend, die ausreichen würde, um Lottes Selbstbewußtsein wieder aufzurichten.

17

»Fertig? fragte er ungeduldig.
»Fertig«, sagte Ruth und hängte sich die neue Nerzjacke über. Sie trat vor den Spiegel und begutachtete ihr Aussehen. Sie drehte sich. »Na?« fragte sie herausfordernd.
»Sehr geschmackvoll«, sagte Achsen. »Aber wir sollten uns auf die Socken machen, um nicht in den Mittagsverkehr zu kommen.«
Sie hängte sich bei ihm ein. Sie verließen die Wohnung. »Ich war gestern nachmittag bei meiner Autofirma. Sie sagen, daß kurzfristig nur dann was zu machen ist, wenn ich ihren Vorführwagen nehme. Allerdings versprachen sie, ihn auszuwechseln, sobald sie liefern können. Soll ich mich darauf einlassen?«
»Muß es unbedingt ein Sportwagen sein?«
»Ja, es muß«, antwortete sie lachend. »Weiß und offen! Ich denke, wir fahren irgendwohin, in die Sonne, sobald wir die Formalitäten erledigt haben. Sobald das Geld zur Verfügung steht.«
»Keine Bedenken, Liebes, aber ich fliege lieber. Was meinst du, was es heißt, Stunden und Stunden auf der Straße zu hängen. Das können wir einfacher haben. Bequemer«, fügte er hinzu und riß die Eingangstür auf.
Er dirigierte Ruth zum Wagen.
Er schloß auf, half ihr auf den Sitz und stieg selbst ein.
Keine Probleme. Die Polizei war keinen Schritt weitergekommen. Die offizielle Version, die auch in der Presse verbreitet worden war, schloß eine Gelegenheitstat nicht aus. Der Hinweis auf den unbekannten Schützen, der lediglich in die Gegend geschossen hatte und unglücklicherweise

Elvira Dreher getroffen hatte, war mehrmals erwähnt worden. Auch von Hauptkommissar Eggert, der den Anschein machte, als sei ihm die Arbeit lästig.
Nein, es gab keine Komplikationen. Die Behörde hatte sehr schnell erkannt, daß – obwohl ein Gewaltverbrechen vorlag – eine Blockade der Erbprozedur nicht zu begründen war. Für Achsen war das der Beweis dafür, daß weder er noch Ruth verdächtigt wurden. Oder, korrigierte er sich, während er den Wagen aus der Parkbucht lotste, daß sie keine Anhaltspunkte zum Konstruieren des Verdachtes haben. Was er befürchtete, war, daß Ruth ihren geradezu rauschhaften Kaufzwängen auf die Dauer erliegen könnte. Schon am Vortag war sie wie besessen durch Hamburg gejagt und hatte in Boutiquen, Schuhgeschäften und bei Juwelieren wie verrückt bestellt.
Wir werden ein Abkommen schließen müssen, überlegte er. Ich muß ihr begreiflich machen, daß auch eine relativ hohe Summe irgendwann einmal verzehrt sein wird, wenn man nicht dafür sorgt, daß sie Erträge abwirft. Am gescheitesten wäre, sie zu bewegen, die Verwaltung des Geldes mir zu überlassen. Anlagen, Immobilien und Papiere, aus deren Erträgen sie dann nehmen kann, was sie benötigt.
Er nickte.
»Hast du eine Zigarette?« fragte sie.
Er gab sie ihr. Das Feuerzeug. Sie rauchte.
»Du machst mir Sorgen, Liebes«, sagte er offen.
»So? Warum?«
»Deine Art, großzügig zu sein. Du hast gestern – alles zusammengerechnet – fast zweihunderttausend Mark ausgegeben.«
Sie runzelte die Stirn. »Ach ja? Und wenn? Es ist doch mein Geld, ja? Und es ist eine Menge, bei der der Betrag kaum ins Gewicht fällt. Außerdem glaube ich nicht, daß es soviel war, wie du behauptest. Wie soll denn das zusammengekommen sein?«
Er rechnete es ihr vor.

»Himmel«, sagte sie. »Das hätte ich nie geglaubt. Aber wieso soll das so tragisch sein? Ich werde zehn Millionen haben.«

»Aber nicht lange, wenn du nicht rechtzeitig vorsorgst.«

»Willst du mich bevormunden?«

»Nein, selbstverständlich nicht. Ich will dich nur auf bestimmte Gefahren hinweisen, und darauf, daß Geld Geld bringt. Du solltest eine bestimmte Summe fest anlegen. In Häusern und so weiter. Elvira hat sicherlich sehr gute Anlagen, die du nach meiner Meinung beibehalten solltest.«

»Ich habe keinen blassen Schimmer von solchen Sachen.«

»Aber ich. Und ich werde dir helfen, vorausgesetzt, du läßt es zu.«

Sie senkte den Blick. Sie drehte den Diamantring, den sie gerade erstanden hatte. »Ich will nicht bevormundet werden, Robert«, sagte sie. »Ich will leben. Aus dem Vollen! Das wirst du nicht verhindern können.«

»Wie lange denn?«

Sie lachte. »Für den Rest meines Lebens.«

»Dann brauchst du weitere Glücksfälle dieser Art, Ruth.«

»Wieso das?«

»Weil, wenn du so weiter machst, in spätestens zwei Jahren nichts mehr da sein wird. Es muß doch reichen, wenn du jeden Monat zwanzigtausend ausgeben kannst, oder?«

»Natürlich. Mehr bestimmt nicht.«

»Von gestern abgesehen«, sagte er kalt.

Sie schwiegen. Achsen stand im Stau. Er trommelte auf das Lenkrad.

»Ich will dich nicht bevormunden, Ruth«, versuchte er einzulenken. »Ich will, daß du keine Sorgen mehr hast. Das geht aber nur, wenn du mit dem Erbe umsichtig umgehst. Du kannst damit rechnen, daß du etwa sieben bis acht Prozent pro Jahr erwirtschaftest, wenn du besonnen anlegst. Das geht an eine Million. Begreifst du, daß du niemals mehr arm sein wirst?«

»Ja.«
»Dann solltest du auch auf einen guten Rat hören.«
»Ja.«
Er warf ihr einen Blick zu. »Ich will dir nichts, das solltest du wissen.«
»Nein?«
»Mein Gott, warum streiten wir uns? Ich habe doch nur einen Vorschlag gemacht!«
»Ich streite ja nicht. Und außerdem, laß uns erst mal sehen, was wirklich zur Verfügung steht. Dr. Schwarze wird ja wohl eine lückenlose Auflistung der Vermögenswerte besitzen, oder?«
»Gewiß.«
»Dann warten wir, bis wir es genau wissen. Ich denke, das ist der richtige Weg.«
»Du hast ja recht«, sagte er ungeduldig und fuhr an. Der Stau, fürchtete er, würde sich nur schwer auflösen.

Mickler betrat die Klinik mit dem Gefühl eines Angeklagten, dem der Urteilsspruch verkündet werden soll. Er hatte Mühe, die Hände ruhig zu halten. Er war gegen sieben Uhr aufgewacht, hatte vergebens versucht, wieder einzuschlafen, war schließlich aufgestanden, hatte Kaffee getrunken und ein halbes Dutzend Zigaretten geraucht. Gegen zehn Uhr hatte es geklingelt. Er war sicher gewesen, daß Lotte vor der Tür stand. Er hatte nicht geöffnet. Wie ein Schuldner vor dem Gläubiger hatte er Mäuschen gespielt und nicht gewagt, ein Geräusch zu verursachen. Später, es war fast zwölf Uhr gewesen, hatte er Lotte angerufen und ihr die schauerlich-dumme Geschichte von einer Autopanne erzählt. Sie hatte es geschluckt, geglaubt hatte sie nicht.
Er war hinausgeschlichen, über die Treppe in die Tiefgarage gegangen, um den Wagen zu nehmen. Er hatte aufgeatmet, als er endlich auf der Straße war.

»Zu Professor von Allwörden«, sagte er, als er vor der Rezeption stand. »Ich habe einen Termin für ein Uhr.«
»Warten Sie einen Augenblick, Sie werden geholt.«
Er wartete.
Es dauerte fast zehn Minuten, bis er vorgelassen wurde. Von Allwörden empfing ihn auf dem Flur, reichte ihm die Hand, entschuldigte sich für den blutüberspritzten Kittel und sagte: »Ich habe noch zwei Operationen. Zu Ihnen soviel: Wir operieren! Den Termin machen wir in den nächsten Tagen.«
»Es geht also?«
»Das werden wir sehen. Ein gewisses Risiko bleibt. Darüber müssen Sie sich im klaren sein.«
»Bin ich. Wann können Sie es machen?«
»Wir sprechen darüber. Wir machen es so schnell wie möglich. Ich kann mir Ihre inneren Qualen vorstellen. Entschuldigen Sie mich jetzt bitte.«
Mickler ging. Er ging wie auf Luftpolstern. Es geht, sagte er sich immer wieder. Er macht es, es wird ein Ende haben mit der Qual, mit der Hölle, in der ich stecke. Er war glücklich, in der Nacht zuvor Lotte nicht getötet zu haben.

Dr. Schwarze blieb am Schreibtisch sitzen. Achsen nickte er nur kurz zu, Ruth reichte er die Hand, ließ sie jedoch sofort wieder los, als hätte er sich daran verbrannt.
»Wir werden unschwer viel Zeit benötigen«, sagte er nuschelnd, während er das Siegel eines leinenverstärkten Umschlages erbrach. »Die Sache ist klar, soweit ich sehe.«
Er entfaltete steife Bögen. »Zur Sache folgendes: Das Ihnen, Herr Achsen, inzwischen bekannte Vertragswerk, das die Verblichene am Freitag letzter Woche ausfertigen ließ, dürfte – auch nach Ihrem Verständnis – als hinfällig betrachtet werden, da die Voraussetzungen dafür nicht mehr gegeben sind. Nicht hinfällig dagegen ist der letzte Wille der Verstorbenen, der ebenfalls am Freitag in neuer Fassung

von mir ausgefertigt und beglaubigt wurde. Er hebt alle Verfügungen hinsichtlich des Nachlasses auf und bestimmt – ich lese es Ihnen der Einfachheit halber vor – folgende Verwendung der Erbmasse.«
Er räusperte sich.
Ruth schlug die Beine übereinander.
Achsen griff nach seinen Zigaretten und zündete sich eine an.
Dr. Schwarze las: »Ich, Elvira Dreher, geboren am 22. 1. 1929, et cetera Wohnsitz, Eltern und so fort, erkläre im Bewußtsein meines freien Willens: Im Falle meines Ablebens soll mein Vermögen – Immobilien und bewegliche Güter – Herrn Robert Achsen, geboren am et cetera, wohnhaft und so fort, als alleinigem Erben ohne Einschränkungen nach Maßgabe der gesetzlichen Bestimmungen zukommen, vorausgesetzt, er ist zum Zeitpunkt meines Ablebens mein mir angetrauter Ehemann.«
Ruth wurde blaß. Sie starrte erst Achsen, dann Dr. Schwarze an.
»Können Sie das mal wiederholen?« fragte sie tonlos.
»Mit anderen Worten, gnädige Frau?«
»So, daß ich es verstehe.«
Dr. Schwarze glättete den Bogen. »Es ist ganz simpel«, sagte er dumpf. »Die Erblasserin hat, wie bereits erwähnt, einen Vertrag ausfertigen lassen, bei dem die Vertragspartner sie selbst und Herr Achsen waren. Der Vertrag sah die Heirat der Vertragsparteien vor. Als Voraussetzung dafür, daß bestimmte finanzielle Angelegenheiten, die Ihnen bekannt sein dürften, geregelt würden. Die Ehe kam – weil Frau Dreher unglücklicherweise das Zeitliche segnete – nicht zustande. Infolgedessen hat auch die testamentarische Bestimmung keine Gültigkeit mehr.«
»Das heißt also, es gilt die rechtliche Erbfolge?« fragte Achsen, dessen Hände sich um die Lehnen des Stuhles verkrampften. »Daß also die einzige Verwandte, eben Frau Ruth Dreher, in ihre Rechte eingesetzt wird?«

Dr. Schwarze hob die Hände. »Hören Sie weiter«, sagte er betrübt und hob den Bogen. »Paragraph römisch II. Für den Fall, daß Herr Achsen zum Zeitpunkt meines Verscheidens nicht mein mir angetrauter Ehemann ist, bestimme ich, daß mein Vermögen – Immobilien und bewegliche Güter – dem Senat der Freien Hansestadt Hamburg mit der Vorgabe überlassen wird, dafür Sorge zu tragen, daß die Fußgängerwege der Stadt vom Haustierkot freigehalten werden. Diese Verfügung gilt ohne Einschränkung. Besonders hebe ich den Ausschluß Ruth Drehers, meiner Schwester, am Erbe hervor. Hamburg, Datum, Unterschrift. Meine Beurkundung und Urkundennummer.«
Achsen stöhnte.
Ruth schüttelte den Kopf. »Das Tier!« flüsterte sie.
Dr. Schwarze nickte betrübt. »Ich habe meine Pflicht getan, verehrte Herrschaften. Eine Kopie des Testamentes steht Ihnen zur Verfügung.«
Er stand auf.
»Ich werde diese Gemeinheit anfechten!« zischte Ruth.
Dr. Schwarze hob die buschigen, fast weißen Brauen. »Das ist Ihre Sache, Frau Dreher. Nur glaube ich nicht, daß Sie Erfolg haben werden. Dieses Testament kann trotz der – wie ich meine – fragwürdigen Bedingungen nicht aus der Welt geschafft werden. Es tut mir leid.«
Sie gingen.
Achsen kämpfte mit den Tränen.
»Diese Bestie!« sagte Ruth haßerfüllt.
Achsen stützte sich an der Flurwand ab. Er hatte das Gefühl, im freien Fall in einen tiefen Abgrund zu stürzen. Vor seinen Augen drehten sich grellblitzende Schleier. Benommen stieß er hervor: »Das ist das Ende, Ruth. Das absolute Ende. Nun kann ich mich aufhängen!«
Sie heulte los.
Mickler, dachte Achsen. Dieser impotente Schweinehund hat alles versaut! In dieser Sekunde begann er den Mann abgrundtief zu hassen.

18

Achsen stieg die vier Stufen des Hauseinganges hoch, schüttelte sich und blies seinen warmen Atem in die klammen Hände. Sein Finger zitterte, als er über das Klingelbrett fuhr, auf dem mittleren Knopf der rechten Seite verharrte und – nach einigem Zögern – darauf niederstieß, um kurz davor wie vor einer glühenden Platte zurückzuzucken.
Trotz des Abgrundes, auf dessen tiefster Ebene er sich befand, war ihm die Scham und die Scheu eines Mannes geblieben, der niemals hatte betteln müssen. Er war heruntergekommen, unrasiert, roch nach billigem Fusel und trug einen Anzug, dem man trotz seiner vielen Falten und Flekken ansah, daß er in einem der ersten Häuser Hamburgs gekauft worden war.
Er fror. Er versuchte sich das kantige Gesicht Bergers vorzustellen, der – nachdem die Firma von den darauf herabstürzenden Geiern zerpflückt worden war – beschlossen hatte, von seinen Ersparnissen und der Rente zu leben. Ein Pensionist mit Hund und täglicher Zeitung, die er um genau elf Uhr morgens im Alsterpavillon bei einer Tasse Kaffee las. Achsen beobachtete seinen ehemaligen Prokuristen seit Tagen. Bisher hatte er den Mut nicht gefunden, ihn anzugehen, um einige Mark für's Überleben herauszuschinden. Heute aber, wußte er, mußte er es tun. Oder aber er stieg auf den Turm der Sankt Michaelis-Kirche und stürzte sich trotz der angebrachten Fangnetze hinunter.
Der Ruin seiner Firma war ein Ende mit Schrecken gewesen, aber der Schrecken hatte trotz der fast sechs Monate kein Ende genommen. Ein tiefer Fall, der nicht aufhören

wollte. Zuerst hatte Achsen versucht, wieder eine Stellung zu bekommen. Er hatte es nicht geschafft. Pleite gegangene Unternehmer stinken. Stinken nach Untergang und Unseriosität. Man hatte noch nicht mal bedauert. Man hatte ihn abgewiesen. Höhnend, wie er gehöhnt hatte, als er in seiner Glanzzeit Konkurrent um Konkurrent niedergewalzt hatte. Er hatte niemals für eine weiche Landung gesorgt. Es gab keine Polster. Es gab nur dutzendweise Gläubiger, die ihn Tag und Nacht verfolgten. Er hatte alles verloren. Bis hin zur Selbstachtung. Der Stolz eines Mannes zerklirrt wie brüchiges Eis, wenn Gerichtsvollzieher kraft ihres Gläubigerauftrages und ihrer staatlichen Gewalt selbst den Inhalt seiner Hosentaschen nach verwertbaren Dingen durchsuchen. Dann bleibt nur die Flucht – wenn man sie finanzieren kann. Wenn nicht, die Gosse.

Freunde hatte er auch in Glanzzeiten kaum gehabt. Sie in der Not zu finden, hielt er für ausgeschlossen. Man hatte ihn fallenlassen, auch jene Menschen, die in seinem Licht geglänzt hatten. Ruth lebte bei einem kränkelnden Schnapshändler in Buxtehude. Sie lebte gut, aber auch ihr war es zuviel, ihm immer wieder hinter dem Rücken ihres gebrechlichen Geliebten Geld zuzustecken.

Berger blieb. Ein Berger, der den Absturz mit Anstand überwunden zu haben schien. Als er sich verabschiedete, hatte er gesagt: »Wenn Sie wollen, werden Sie es schaffen. Wenn Sie wollen, Herr Achsen.«

Er hatte gewollt. Dennoch war es ihm nicht gelungen, wieder nach oben zu steigen. Die Hindernisse waren zu groß, der Ruf, ein Hasardeur zu sein, ein Versager, der auch das Geld seiner Geliebten durchgebracht hatte und stürzte, nachdem sie starb. Da half auch der Wille nicht. Was blieb, war die Bitterkeit; Haß, der ihn aushöhlte und unfähig machte, einen positiven Gedanken zu fassen; Mißgunst, die in der Vergangenheit bohrte und darauf angelegt war, eigene Fehler zu verniedlichen, dagegen die Schuld bei anderen zu suchen. Zum Beispiel bei Mickler, der, hätte er

nicht geschossen, die Katastrophe hätte verhindern können.
Das war's: daß Mickler der einzige war, der heil und mit Gewinn aus der Sache herausgekommen war. Achtzigtausend Mark waren in dessen Rachen geflossen, ein Vermögen, wenn Achsen vom augenblicklichen Stand aus die Dinge betrachtete. Eine ungeheure Summe, die, das glaubte er, für ihn die Voraussetzung sein könnte, den Aufstieg zu schaffen.
Berger las er und fror. Was wird er denken? Was wird er sagen? Wird er dir helfen? Mit einigen Mark wenigstens? Was kannst du ihm erzählen? Was, wer du geworden bist? Er hatte keine Illusionen. Er wußte, daß er eine Figur war, mehr nicht. Der Abklatsch seines früheren Selbst, unfähig, über das hämmernde Selbstmitleid hinwegzukommen, über die hassende Trauer des Verlustes. Er, der Ankläger einer Welt, in der er sich sehr wohl gefühlt hatte. Ehedem Raubritter, dem nun die Waffen aus der Hand geschlagen worden waren. Jetzt Mitleidsempfänger. Das war der Virus, der ihn beherrschte, das Klagelied seiner Wehleidigkeit, die ihn hinderte, ernsthaft zu kämpfen, um von der Straße fortzukommen.
Er starrte auf den Namen. Er überwand sich und klingelte. Es dauerte fast eine Minute, ehe die Tür elektrisch geöffnet wurde. Im Flur, einem langen Schlauch, an dessen rechter Seite billige Postkästen angebracht waren, roch es nach Bohnerwachs und Desinfektionsmitteln. Achsen stieg die Stufen empor.
Berger erwartete ihn auf dem Treppenabsatz. Er trug eine wollene Hausjacke. Seine Augen waren trüb. Er hatte wohl die Brille abgelegt. »Sie?« fragte er verhalten.
»Ich, ja. Wollte mal sehen, wie es Ihnen geht, Oberst.« Worte, die trocken wie Sand über die Lippen Achsens rannen. Er schämte sich. Den Kopf hielt er gesenkt. Ein Bettler, der sich überwunden hatte, vor seinem ehemaligen Diener zu knien.

Berger drehte sich um, streckte die Hand aus, wies auf den Eingang der kleinen Wohnung. »Bitte«, sagte er überwältigt und nicht unfreundlich.
Achsen trat ein. Die Wärme tat ihm gut. »Setzen Sie sich, Herr Achsen. Sie sehen nicht gut aus? Kann ich Ihnen einen Tee anbieten?«
Ein kleines Wohnzimmer. Nachgedunkelte Möbel der Jahrhundertwende. Plüschrolle auf dem Sofa, aber warm und gemütlich. Der Hort eines alten Mannes, der seinem Tod entgegenlebt.
»Danke«, sagte Achsen. »Ich bin eigentlich nur so gekommen, wollte mal Guten Tag sagen. Man kennt sich doch. Wir haben lange und gut miteinander gearbeitet.«
»Wie geht es Ihnen?« fragte Berger, dem der bittere Schweißgeruch seines ehemaligen Chefs in die Nase stach.
»Schlecht, Oberst. So schlecht, daß ich überlege, ob ich Schluß machen soll. Mit dem Leben«, fuhr er fort. »Man hat mir keine Chance gelassen. Keine, verstehen Sie?«
»Ich habe einen gehörigen Teil mitbekommen.«
»Ja natürlich.«
»Wollen Sie nicht doch Platz nehmen?«
»Nein, bestimmt nicht. Nur eine Verlegenheit, verstehen Sie? Was ich sagen will, ist... ob Sie nicht vielleicht... ob Sie mir aus einer momentanen Verlegenheit helfen könnten. Für einige Tage, Oberst.«
Berger nickte. Stumm drehte er sich um, öffnete einen mit geschliffenem Glas versehenen Vitrinenschrank, nahm seine Brieftasche heraus und klappte sie auf. »Ich bin kein wohlhabender Mann, Herr Achsen. Wahrhaftig nicht.«
Achsen sah, daß es ein Fünfzigmarkschein war. Er leckte sich über die Lippen. Berger reichte ihm den Schein. Achsen mußte sich beherrschen, um nicht danach zu grapschen. Er faltete die Banknote, behielt sie in der Hand. »Das werde ich Ihnen niemals vergessen, Oberst. Einige Tage, dann haben Sie es wieder. Bitte, glauben Sie nicht...«
»Möchten Sie nicht doch einen heißen Tee?«

Achsen schüttelte den Kopf. Zwanghaft war der Drang, Erklärungen abzugeben. Hart stieß er hervor: »Ein Komplott, verstehen Sie? Die wollten mich fertig machen. Die Dreher und das Kapital, dem unser Aufstieg seit je ein Dorn im Auge war. Aber denen werde ich's zeigen. Einen Achsen kriegen die nicht endgültig klein. Ich habe noch gewisse Eisen im Feuer. Sehr bald, ich schwöre es Ihnen, stehe ich wieder oben. Und Sie können sich darauf verlassen, daß ich dann an Sie denke. Sie kommen zurück, Oberst, Ihren Posten kriegen Sie wieder. Das ist ein Versprechen.«
Berger schwieg.
»Ich sage, das wird sich wieder ändern. Danke. Vielen Dank, Oberst. Ich muß dann wieder, und Sie bekommen die Gefälligkeit selbstverständlich sofort beglichen.«
Er hastete zur Tür. Flüchtig der Händedruck. Er floh die Stufen hinab, umkrallte den Geldschein und stürzte auf die Straße.
Er zog sein Taschentuch, schneuzte sich, wischte die Tränen von den Wangen. Seine Lippen zuckten. Schweine, schrie es in ihm, Schweine, Schweine!
Er hetzte über die Straße, zwang sich gewaltsam zur Ruhe. Er fand einen Zigarettenladen, kaufte eine Packung und rauchte mit gieriger Hast.
Gier auch, die ihn in die nächstbeste Kneipe gehen ließ. Er bestellte Korn und Bier. Er trank. Er bestellte nach. Nach der vierten Lage fühlte er sich besser.
Die Gäste um ihn her lärmten. Musik dröhnte aus der Box. Der Wirt wischte sich andauernd mit einem feuchten Lappen über die Stirn, obwohl es in der Gaststätte nicht sehr warm war.
Achsen zog sich auf einen Hocker. Und wie immer, wenn Nebel durch sein Hirn zogen, fiel er in die Wolken des Selbstmitleids.
Irgendwann, das wußte er, würde er diesen wildfremden Menschen erzählen, wer er einmal gewesen war, würde seine ureigene Verschwörungstheorie offerieren, würde

behaupten, nur üble Machenschaften skrupelloser Freunde hätten ihn kaputtgemacht, würde von den Fakten dröhnen, die er in der Hinterhand hielt und lauthals versprechen, die ganze Blase vom Markt zu fegen. Dann, wenn er alkoholisiert war, glaubte er seinen Worten, konnte er sich daran berauschen und war überzeugt, daß seinen Worten auch Taten folgen würden.
Er bestellte Schnaps und Bier.
Schuld an allem war Mickler. Der Kerl hätte abwarten müssen, hätte nicht schießen dürfen. Gewonnen hatte nur dieser impotente Schweinehund. Achtzigtausend!
Du meine Güte, was mit einer solchen Summe anzufangen wäre. Klein natürlich, aber solide und marktgerecht. Keine Experimente mehr, sondern harte, geduldige Arbeit. Lieber achtzehn und zwanzig Stunden in einer kleinen Klitsche stehen und die Kundschaft bedienen als solch ein Leben wie jetzt. Lieber Herr in der eigenen Hütte, als Diener in einem Palast. Das hatte Vater immer gesagt. Aber den gab es nicht mehr. Der lag friedlich unter der Erde und brauchte sich keine Gedanken mehr zu machen.
Und Mickler?
Er hob den Kopf. Er schmeckte den Gedanken ab. Der Kastrat hatte achtzigtausend kassiert. Der mußte Geld haben! Vor allem hatte er seine Freiheit zu verlieren, ein Killer, der verdammt vorsichtig zu sein hatte...
Das ist es, dachte Achsen. Er soll bluten.
Er zahlte.
Er verließ die Gaststätte, sparte das Geld für die Straßenbahn und ging zu Fuß bis zum Hauptbahnhof, wo er sich eine Zeitung kaufte. Stricher schätzten ihn ab, verloren ihr Interesse, als sie seine Kleidung in Augenschein nahmen. Achsen setzte sich in Richtung Steindamm in Bewegung.
Ich werde ihn bluten lassen, dachte er. Er wird zahlen, weil er muß. Was hat er denn für 'ne Wahl? Knast oder Geld. So'n Kerl zahlt, weil er nicht in den Knast will, aus dem er nicht mehr rauskommt. Möglich, daß er sogar noch die

ganze Summe hat. Aber damit kannst du ihm nicht gleich kommen, du mußt das erklären, mußt die Sache so drehen, daß er das Gefühl hat, dir helfen zu müssen. Man sitzt im gleichen Boot, man muß gemeinsam rudern. So ungefähr, sagte er sich und blieb vor einem Pornoladen stehen.
Er nickte.
Ich werde ihn ausfindig machen, aber nicht jetzt. Er zog das Geld aus der Tasche. Knapp über dreißig Mark. Er drehte sich um. Er nahm sich vor, noch einige Gläser zu nehmen, ehe er zu Kiki gehen würde, dieser mageren Hure, die hier irgendwo in einem Hauseingang stand und hin und wieder für einige Mark einen Freier abschleppte.

Irgendwann während dieses Abends war der Alkoholspiegel in Achsens Blut so hoch, daß er wieder Mut zu fassen begann. Zwar war er sich der schweren Probleme noch immer bewußt, gegen die er zu kämpfen aufgehört hatte, aber er sah sie jetzt als klares Muster und war sicher, sie bewältigen zu können. Schnaps und Bier hatten seine Hemmungen fortgespült. Wie unter Zwang hatte er den Mittrinkern von seiner glorreichen Vergangenheit erzählt, vom Komplott, dem er – selbstverständlich unschuldig – zum Opfer gefallen war. Geschworen hatte er, es ihnen zu zeigen, allen, die er wortreich zum Zwergendasein verurteilte. Alkohol frißt Angst. Achsen war sicher, ein neues, gesundes Selbstvertrauen gefunden zu haben, das Durchsetzungsvermögen, die Kampfkraft, die ausreichen würden, das – wie er behauptete – »augenblickliche Tief« zu überwinden. Die Person Mickler war für ihn zum Schlüssel seiner Zukunft geworden. Denn dort mußte Geld sein. Eine Summe, die zu haben war, die er kassieren konnte, wenn er den Mörder Elvira Drehers nur unter Druck setzte. Wenn ein Mann vor die Alternative gestellt ist, entweder zu zahlen oder für den Rest seines Lebens

hinter Gitter zu müssen, wird er, wenn seine Ganglien noch nicht ganz verrottet sind, das Bare aufblättern.
Die Frage war nur, ob Mickler noch immer unter der alten Adresse zu finden war.
Die Antwort fand Achsen im Telefonbuch, das er sich vom schwatzhaften Wirt aushändigen ließ. Die Bestätigung hatte er, als er die Gaststätte verließ und wenig später eine öffentliche Telefonzelle betrat und die Nummer anrief.
»Bei Mickler«, sagte die sanfte Stimme einer Frau.
Achsen nickte. »Ist er da – Mickler?«
»Ja, einen Augenblick bitte.«
Achsen zündete sich eine Zigarette an. »Ja bitte?«
Achsen sog den Rauch in die Lungen. Er schwieg.
»Hallo!«
Achsen verzog die Lippen. Du Schweinehund, dachte er bitter. Nur sein Atem strich über die Muschel.
»Frechheit«, sagte Mickler und knallte den Hörer auf die Gabel.
Achsen verließ die Zelle. Der Hörer pendelte hin und her. Die erste Hürde, fand er, war genommen. Mickler war greifbar, lebte noch immer in seinem Apartment. Vielleicht mit dieser Frau, die sich gemeldet hatte. Wieso Frau? War er operiert worden? Funktionierte es mit ihm wieder?
Achsen blieb im Eingang des Hansa-Theaters stehen. Er strich sich mit der linken Hand über die Stirn. Was, wenn er wieder in Ordnung ist? Wenn er das Geld für die Ärzte ausgegeben hat?
Er hatte nicht mehr die Kraft, Antworten zu finden. Seine Beine waren schwer. Er wankte weiter, wich einem Schwarzen aus, der – ein Kofferradio in der rechten Hand – nach der aus dem Lautsprecher dröhnenden Musik tänzelte.
Kiki fror im Eingang des Radiogeschäftes. Er blieb vor ihr stehen. »Na?« fragte er lallend. »Wie sieht es aus?«
Sie schnippte mit den Fingern. »Flau«, sagte sie bitter. Die Glut ihrer Zigarette verbrannte ihr fast die Finger. »Kommst du von oben?«

»Da gehe ich jetzt hin.«
»Guck nach dem Kind«, sagte sie. »Und deck sie zu, wenn sie wieder gestrampelt hat.«
Er ging ohne Worte, taumelte über den Bürgersteig, die Stirn sorgenvoll in Falten gezogen. Kiki war eine Null im Gewerbe. Zu mager, zu verbissen, mit einem grauen, abweisenden Gesicht, das die Freier abschreckte. Und weil sie fror, steckte sie immer in dicken Klamotten. Niemand konnte abschätzen, ob sie Fleisch auf den Knochen hatte. Die anderen Mädchen, die sie hier auf der Straße nur duldeten, waren da anders. Die froren zwar auch, aber sie zeigten etwas und sie sprachen die Kunden an.
Kiki wartete, bis man sie fragte. Das ist es, dachte Achsen. Sie ist zu passiv, sie läßt sich bitten, als wenn sie der Star wäre. Aber sie ist nicht der Star, sie ist häßlich und mager wie ein Karrengaul, sie ist eine Null.
Er fiel gegen die Haustür, verlor den Schlüssel und kniete sich nieder, um ihn zu suchen. Er lallte. Er fand den Schlüssel, die Treppe, zog sich auf wackeligen Beinen nach oben. Er schloß auf. Die Enge der Wohnung ängstigte ihn selbst im Suff. Er vergaß, nach dem Kind zu schauen, die Tür zu schließen, stolperte in die Schlafnische und ließ sich auf das Bett fallen.
Er schlief augenblicklich ein.
Er erwachte, weil Geräusche im Raum waren, das Klirren von Geschirr und das dumpfe Dröhnen des Wasserkessels. In der verbrauchten Luft hing Kaffeeduft.
Achsen schlug die Augen auf, starrte gegen die Decke und zuckte zusammen, als Kiki mit schriller, kippender Stimme zu singen begann.
»Hör auf!« schrie er sie an.
Der Vorhang, der die Schlafnische von der Küche und dem kleinen Wohnzimmer trennte, wurde zurückgeschoben. Kiki trug einen billigen Morgenmantel, der in Bauchnabelhöhe einen Brandflecken aufwies.
»Du mußt dich beschweren«, schrillte sie. »Du warst wieder

besoffen wie ein Schwein. Ich frage mich nur, wie du immer an die Kohle kommst.«
»Schrei nicht so!«
»Ich schrei ja nicht, ich sage nur die Wahrheit.«
Er winkte ab. Kiki kam heran, langte nach der Schnur und versuchte, das Rollo hochzuziehen. Achsen griff nach ihr, zog sie zu sich herab und faßte ihr zwischen die Schenkel.
»Hör auf!« schrie sie.
»Komm schon«, sagte er und preßte sie an sich.
»Du säufst rum, während ich mich mit den blöden Kerlen rumschlage, und dann mal eben bumsen.«
Sie gab nach. Achsen zog sie über sich. Er hatte Mühe, aus den Kleidern zu kommen. Er nahm sie brutal und schnell. Sie kroch vom Bett, während er mit geschlossenen Augen dalag und sich nicht rührte.
»Komm jetzt«, sagte sie. »Der Kaffee ist fertig, und es ist schon fast Mittag.«
»Ich komm schon«, gab er zurück, wartete aber ab, bis sie wieder in der Küche war. Dann erhob er sich und stahl sich in das nach Luftreiniger riechende Quadratmeterbad, in dem es ein winziges Becken und eine tropfende Duscheinrichtung gab. Er wechselte das Hemd. Als er sich setzte, sagte er: »Der Anzug müßte mal gemacht werden.«
»Du hast doch den ganzen Tag Zeit. Wenn du nicht säufst, meine ich.«
»Hör mit dem unqualifizierten Zeug auf!«
»Ist doch wahr! Was hab ich denn mit dir, wenn du dauernd besoffen bist und dann so was wie soeben. Meinst du, ich bin 'ne aufblasbare Puppe, die du dann einfach wieder weglegen kannst?«
»Nein.« Er biß in das frische Marmeladenbrötchen und trank einen Schluck des schwarzen Kaffees.
»Aber du tust so, als wenn ich der letzte Dreck wäre. Dabei möchte ich wissen, wo du jetzt wärst, wenn ich nicht gewesen wäre. Manchmal denk ich, du willst mich nur ausnehmen.«

»Was soll ich denn bei dir ausnehmen?«
Sie funkelte ihn an. »Dich stört wohl, daß ich spare, was?«
»Ganz im Gegenteil.«
»Aber ich sage dir, ich komm aus dem Dreck eines Tages raus. Eines Tages habe ich die Gaststätte, und eines Tages wird das alles anders sein. Das Kind soll ein ordentliches Zuhause haben.«
Er nickte. »Meinst du, ich will so weitermachen?«
»Du säufst so unheimlich. Woher hattest du denn gestern die Möpse?«
»Ich hab meinen ehemaligen Prokuristen getroffen. Von ihm.«
Sie blickte ihn über den Rand der Tasse an. »Weißt du, manchmal glaube ich dir das alles einfach nicht. Daß du mal so gut dagestanden hast. Dann denke ich, du lügst dir in die eigene Tasche. Daß das nichts weiter als'n Traum von dir ist.«
»Ich kann dir Beweise en masse geben.«
»Das isses ja, Robert. Daß du das warst, meine ich. Ein Mann wie du muß doch was Besonderes sein, wenn er so eine Firma unter sich hatte. Aber du bist nix Besonderes, du bist richtig kaputt, glaube ich manchmal. Daß du gar nicht hoch willst, ist mir sowieso klar. Dir reicht's, wenn du dir den Schädel mit Schnaps vollblasen kannst, und wenn du 'ne Triene wie mich hast. Das isses, was ich nich verstehe.«
»Das wird sich ändern.«
»Ja?«
»Ich schwör's dir. Ich hab da was in Aussicht. Und keinen Läpperbetrag.«
»Das hast du schon so oft gesagt. Aber was kam? Nichts kam. Nur heiße Luft, Ende.«
»Diesmal ist es anders.«
»Und was?«
Achsen leerte die Tasse, schenkte nach, zündete sich eine Zigarette an. »Das fiel mir gestern ein«, sagte er undeut-

lich. »Daß ich noch Geld zu kriegen habe. Erst mal zwanzig-, dreißig, später bestimmt mehr.«
»Was zwanzig-dreißig?« »Mille. Tausender.«
Kiki, die eigentlich Karin Nothelle hieß, lehnte sich zurück. Aus schmalen, mißtrauischen Augen blickte sie ihn an. »Und das soll wahr sein?«
»Ja. Ich hatte die Sache schon ganz vergessen, aber gestern fiel sie mir wieder ein. Daß ich jemandem mal was geliehen habe, der es nie zurückgab. Privat, verstehst du? Ich hole es zurück.«
»Wenn das wahr wäre! Mit soviel Geld kannst du schon was machen.«
»Das wird werden. Die Idee mit deiner Kneipe ist gar nicht schlecht, wenn man das richtig anfängt. Erst mal ganz klein anfangen, später dann mehr. Laden für Laden, bis man wieder oben ist.«
»Auf mich könntest du zählen. Ich kann arbeiten.«
»Das wird schon«, sagte er bestimmt. »Diesmal ist es kein Blaba. Da ist was dran.«
Kiki räumte das Geschirr in die Spüle. Danach nahm sie sich Achsens Anzug vor, bürstete und bügelte ihn. »Zieh dir 'ne Krawatte an«, sagte sie, als sie ihm das Kleidungsstück auf den Stuhl legte. »Wenn man ordentlich aussieht, haben die Leute auch mehr Vertrauen zu einem.«
Er nickte, zog sich an, stieg in die Schuhe und verließ die enge Wohnung. Er kaufte sich eine Zeitung, steckte sie achtlos in die Außentasche seiner Jacke und ging zum nahen Hauptbahnhof. Er besaß noch sieben Mark fünfundachtzig. Er betrat eine Telefonzelle. Er wählte Micklers Nummer.

Als Mickler die heisere Stimme hörte, kehrte alptraumhaft das Bild der getroffenen Elvira Dreher in ihm zurück. Er hielt den Atem an, während Achsen sagte: »Erinnerst du dich?«

»Klar. Wieso rufst du an? Immerhin hatten wir eine klare Abmachung getroffen.«
»Die Dinge ändern sich.«
»Ich weiß. Ich habe davon gelesen.« Mickler schnaufte. »Was willst du?«
Achsen schwieg einen Augenblick, dann sagte er: »Mir geht es nicht gut. Um ehrlich zu sein, mir geht's sogar dreckig.«
»Was habe ich damit zu tun?«
»Was? Das will ich dir sagen: Irgendwie bist du es, der mir alles kaputtgemacht hat.«
»Du spinnst!«
»Nein. Ich habe versucht, dich noch zurückzuhalten, weil sich die Dinge geändert haben. Aber du warst schon weg. Ich konnte nichts mehr verhindern und ... aus.«
»Wir hatten klare Abmachungen. Für mich gelten sie nach wie vor.«
»Für mich nicht. Ich meine, wenn zwei Leute so was miteinander machen, dann sind sie sich auch verpflichtet.«
»Ich sehe das anders. Du mußt dich damit abfinden, daß das Spiel gegen dich gelaufen ist. Ich kann nichts dafür, wenn du dich verkalkulierst.«
»Doch, Mickler, doch! Ich habe nichts mehr zu verlieren. Mir ist im Augenblick alles scheißegal.«
Mickler spürte, wie seine Handflächen naß wurden.
»Was also willst du konkret?« fragte er mit erzwungener Ruhe.
»Du hast achtzig Mille kassiert. Mit dreißig wäre ich aus der Scheiße. Ich finde, ich habe einen Anspruch darauf.«
»Ich sagte schon, du spinnst.«
»Du hast keine große Wahl. Ich sagte schon, mir geht's dreckig und mir ist alles egal. Auch das Zuchthaus. Da ginge es mir besser als jetzt hier draußen.«
»Du bist wahnsinnig!«
»Nein, ich weiß genau, was ich tue. Ich will das Geld. Ich will es um jeden Preis, Mickler. Dreißig, und du bist aus allem raus. Ich weiß, daß du es hast.«

Mickler griff nach den Zigaretten, die auf dem Telefontischchen lagen. Er schüttelte den Kopf. Auf seiner Stirn perlte der Schweiß. »Du irrst dich«, sagte er. »Ich habe die Mediziner bezahlen müssen. Das Geld ging für die Operationen drauf. Restlos!«
Achsen schnaufte. »Du lügst!«
»Es ist die Wahrheit. Es ist nichts übrig geblieben.«
Achsen atmete schwer. »Haben die wenigstens Erfolg gehabt?«
»Ja.«
»Du kannst also wieder?«
»Es ist alles in Ordnung, ja. Nicht so wie früher, aber es geht. Ich muß nur gewisse Einschränkungen in Kauf nehmen. Aber sie haben gute Arbeit geleistet.«
»Das freut mich, wirklich, das gönne ich dir. Aber du mußt auch meine Situation verstehen. Ich bin am Ende. Ich brauche die Kohle. Du mußt sie beschaffen, irgendwie. Es gibt immer Gelegenheiten.«
»Warum nimmst du sie dann nicht wahr?«
»Für dich, meinte ich. Ich kriege nirgendwo auch nur eine müde Mark. Aber du könntest einen Kredit aufnehmen. Du arbeitest, dir schmeißen die Banken das Bargeld nach, wenn du einen Lohnstreifen vorzeigst.«
»Und wenn ich nein sage?«
Achsen zögerte, aber schließlich sagte er hart: »Dann, ich schwör's, wirst du es bereuen. Ich werde zu den Bullen gehen und ein Geständnis ablegen, ich werde sagen, wie es war. Dabei ist sicher, daß ich vielleicht wieder rauskomme, du aber hast keine Chance. Du hast immerhin geschossen!«
»Aber ich habe das Geld nicht«, sagte Mickler bitter.
»Wieviel könntest du denn aufbringen?«
Mickler rechnete. Von der Mordsumme war in der Tat wenig übriggeblieben. Die Operation hatte annähernd fünfzigtausend verschlungen. Aus dem Rest hatte er eine Reise in den Süden finanziert, um sich zu erholen, hatte

Ingrid, der Frau, mit der er zusammenlebte, Geschenke gemacht. Er besaß noch gute siebentausend Mark.
»So gut wie nichts«, log er. »Ich habe schon einen Kredit laufen. Das heißt, meine Frau hat ihn genommen. Ich kriege ja nichts, weil... weil es nicht geht«, fügte er hinzu. Es ging Achsen nichts an, daß er sozusagen illegal in Hamburg lebte und noch immer die Verhaftung wegen der Tötung Lieutenant Morellis befürchtete.
»So kommen wir nicht weiter«, schrie Achsen. »Entweder machst du einen vernünftigen Vorschlag oder ich gehe gleich zur Polizei. Ich mach das, glaub mir!« stieß er wütend nach.
Blufft er? fragte sich Mickler. Will er dir nur Angst einjagen? Oder ist er entschlossen, die Katastrophe heraufzubeschwören?
»Du kannst einem nackten Mann nicht in die Tasche greifen«, sagte er lahm. »Wie soll ich die Kohle beschaffen?«
»Das ist dein Bier.«
»Aber es geht nicht!«
»Trotzdem dein Bier. Ich nehme da keine Rücksichten. Du hast abgesahnt, ich bin kaputtgegangen. Jetzt bist du dran. Ich will dir was sagen: Ich gebe dir eine Stunde. Dann rufe ich wieder an. Wenn du dich dann noch immer weigerst, marschiere ich zu den Bullen. Dann ist's aus, Mickler! Ich schwöre, daß ich's mache. – Ist das klar?«
Er legte auf.
Mickler ließ den Hörer sinken. Seine Mundwinkel zuckten. Panik überrollte ihn wie eine Woge. Er lief zur Tür, wollte im ersten Impuls Hals über Kopf flüchten, zwang sich jedoch, die Klinke wieder loszulassen, ruhig stehen zu bleiben und nachzudenken.
Er kannte Achsen zuwenig, um ihn richtig einschätzen zu können. Das eine sind Worte, dachte er, das andere Taten. Ist der Schweinehund wahrhaftig bereit, mich und sich selbst anzuzeigen? Hat der 'ne Vorstellung, was auf ihn zukommt, wenn er bei der Polizei schwätzt? Wie rechnet er?

Daß er billiger davonkommt? Lächerlich, er ist der Auftraggeber, er hat die Idee gehabt, das Geld, den Vorteil gesehen. Nur ist es für ihn in die Hose gegangen. Mord aus niedrigen Beweggründen. Für ihn. Für dich?
Zu Buche schlüge sicherlich die Ausnahmesituation, in der er sich vor dem Schuß befunden hatte. Mitleid werden sie mit dir haben, dachte Mickler, weil du kein Mann warst. Die werden Psychiater zu Rate ziehen, Lescek, der haarklein berichten wird, wie es um dich stand. Du wirst den Makkenbonus kriegen. – Wenn alles normal wäre, wenn du nicht Morelli über den Haufen geschossen hättest. Aber das hast du. Dafür werden sie dich dann auch krallen, werden dir mindestens lebenslänglich geben. Keine Aussicht, je wieder die Freiheit wiederzuerlangen. Finish. Es ist dann besser, du hängst dich gleich auf.
Insoweit hat Achsen recht. Den Knast überstehst du nicht. Es ist kein Trost, daß Achsen mitschmoren wird. Nein, keiner.
Er will Geld.
Ein mieser Erpresser, der erst einmal testet, ob er überhaupt was holen kann. Wenn, wird er kassieren, wird mit Engelszungen reden und dir versprechen, keine Nachforderung zu stellen. Aber er wird wiederkommen, wird nochmals fordern. Immer wieder und wieder, weil es so verdammt bequem ist, sich auf diese Art und Weise finanzieren.
Die Ratte!
Micklers Hände öffneten und schlossen sich.
Wenn man wüßte, wo er zu finden ist...
Er lief auf und ab. Grelle Vernichtungsbilder durchrasten sein Gehirn. Ruhe wirst du nur dann haben, wenn du ihm den Hals zudrückst, wenn er unter deinen Händen verröchelt.
Er warf sich in einen Sessel. Er rauchte. Die rechte Faust trommelte auf der Armlehne. Erpresser versuchen es immer wieder. Am Ende lassen sie dich dann doch hochgehen.
Du hättest von hier weggehen sollen, dachte er. Nach einer

solchen Sache ist es gefährlich, die Adresse beizubehalten. Aber du bist geblieben, dachte er weiter, und wenn du weinst, änderst du nichts.
Du mußt ihn packen!
Er wartete!
Um Punkt elf Uhr rief Achsen wieder an.
Mickler war kühl. »Okay«, sagte er, »ich habe mir Gedanken gemacht. Das höchste, was drin ist, sind fünftausend Mark. Entweder bist du damit zufrieden, oder du läufst zu den Bullen. Das ist mein letztes Wort.«
Es überraschte ihn nicht, daß Achsen zustimmte. Erleichtert zustimmte, wie Mickler fand.
»Wo kann ich dich finden, Achsen?«
Achsen lachte. »Du glaubst doch nicht, daß ich dir meine Adresse gebe?«
»Nein. Aber irgendwie wirst du das Geld in Empfang nehmen wollen.«
»In aller Öffentlichkeit, unter Menschen, Mickler. Glaube nicht, mir was antun zu können. Ich habe vorgesorgt. Ich habe einen langen Bericht geschrieben, der alles enthält, was die Polizei interessiert. Dieser Bericht wird abgeschickt, wenn mir was zustößt. Hast du begriffen?«
Er lügt, dachte Mickler. Laut sagte er: »Du brauchst dich nicht so anzustellen. Ich gebe dir die fünf Mille. Aber nur die, Achsen. Solltest du mit einer Nachforderung kommen, wird mir alles egal sein. Nur eines nicht: daß du lebst. Dann, mein Junge, breche ich dir das Genick. Ist das klar?«
»Blas dich nicht so auf.«
»Ich schwör's! Ich werde dich zu finden wissen. Auch Hamburg ist nicht so groß, daß du dich verstecken könntest. Sei mit dem zufrieden, was du bekommst. Werde nicht größenwahnsinnig.«
»Keine Bange.«
»Wie willst du das Bündel also haben?«
»Im Hauptbahnhof. Intercity Restaurant. Sei heute nachmittag um drei da.«

»Okay.«
»Und versuche nichts, Mickler! Denke an den Schrieb, der sofort zu den Bullen geht.«
»Alles klar.«
Mickler legte auf. Er duschte sich den kalten Schweiß vom Körper. Für Ingrid hinterließ er eine Notiz. Er öffnete das Versteck am Boden des Badezimmers, nahm das Geld heraus und zählte zehn Fünfhunderter ab. Er steckte sie in ein weißes Kuvert. Mit dem Geld in der Manteltasche verließ er die Wohnung.
Er fuhr in Richtung Hauptbahnhof, in der Hoffnung, Achsen zu erkennen, ehe der ihn ausgemacht hatte. Denn er war sicher, daß der Erpresser die Umgebung genau beobachten würde. Darin aber sah er seine Chance, sich die jäh aufgetauchte Gefahr vom Hals zu schaffen...

Achsen versuchte vergeblich, das schmerzhafte Angstgefühl zu unterdrücken, das in seinen Eingeweiden wühlte. Wütender Hunger ließ seinen Magen wie den eines wilden Tieres knurren. Aber es war nicht nur die Furcht, von Mickler entdeckt und für die Erpressung zur Rechenschaft gezogen zu werden, die ihn trieb, mit der U-Bahn kreuz und quer durch Hamburg zu fahren. Es war eine tiefe Unzufriedenheit, deren Anlaß ihm erst bewußt wurde, als der große Zeiger seiner Uhr unerbittlich der Zwölf zutickerte und anzeigte, daß der Termin der Geldübergabe sich näherte. Der Anlaß war zermürbender Neid.
Mickler hatte seine Schwierigkeiten überstanden. Er hatte sich operieren lassen. Er hatte seine Impotenz überwunden, lebte offensichtlich im Gleichklang seiner Gefühle, geborgen in sicheren Verhältnissen und schien unfähig, Angst vor der Zukunft zu empfinden. Eine sorgende Frau stand an seiner Seite. Er schien über einen ordentli-

chen Job zu verfügen, der es ihm erlaubte, ein gediegenes Familienleben zu führen. Er war ein Mann, der das Große Los gezogen hatte – der Gewinner.
Das war es: daß Mickler es geschafft hatte! Daß er – der Kaputte, der Eunuch, der Halbe – aus der Tiefe heraus war und offensichtlich einen Höhenflug ohne Ende angetreten hatte, während er, Achsen, in den Niederungen des Lebens herumkrebste und sich eingestehen mußte, der Geschlagene, der Verlierer zu sein.
Im Bewußtsein Achsens stand Mickler turmhoch über ihm: ein Gigant, dessen Panzer nicht zu durchdringen war. Das, obwohl Mickler von der Anlage und Herkunft her gar nicht das Zeug hatte, das Leben erfolgreich zu meistern. Ein subalterner Geist, eine Niete, ein Kerl, der zum Befehlsempfänger geboren war.
Achsen starrte durch das Fenster des ratternden U-Bahnwagens. Er schwamm in einem Meer aus Angst. Seine Hände zitterten, als er daran dachte, diesem Mann gegenübertreten zu müssen, der seinen Weg trotz aller Widerstände stur wie ein Panzer gegangen war. Er war nicht bereit, sich einzugestehen, daß er sich unterlegen fühlte, als Wurm, der sich schon beim Nahen des zutretenden Stiefels krümmte.
Er hatte wenig getrunken. Zwei Bier am Stehausschank. Er bereute es jetzt, weil er fürchtete, in letzter Sekunde den Mut verlieren zu können. Was ihn dennoch aussteigen ließ, als über den Lautsprecher Hauptbahnhof Süd ausgerufen wurde, war die Vorstellung, 5000 Mark kassieren zu können.
Als erste Rate, wie er sich schwor.
Er war sicher, daß Mickler mehr lockermachen konnte.
Er schob sich auf die Rolltreppe zu, glitt zwischen schnatternden Berufsschülern nach oben, starrte in jedes Gesicht und suchte das eine, das ihm klar und deutlich vor Augen stand.
Ob er Freunde hat?
Ob die ihm helfen, das Gebäude unter Kontrolle zu halten?

Hat Mickler den Bluff mit der Niederschrift durchschaut? Ahnt dieser Hund, daß du nichts geschrieben hast?
Er stieg die Treppen zu den Bahnsteigen hinab. Ein Penner hielt ihm die offene Hand entgegen. Es roch nach Urin. Es roch nach Schweiß. Achsen registrierte, daß es der eigene war, der bitter von seinen Geruchsnerven aufgenommen wurde.
Instinktiv hielt er sich an Menschen, die mit ihm dem Bahnsteig zustrebten. Züge rollten ein, standen, fuhren an. Abfahrtszeiten dröhnten über blechern scheppernde Lautsprecher. In der Luft zitterten blaugraue Dieselabgase. Weiße Schilder mit Städtenamen. Stade und Kopenhagen. Das Restaurant lag auf der anderen Seite der riesigen Halle.
14 Uhr 59.
An der breiten Treppe zögerte er. Die Angst schüttelte ihn. Wie würde Mickler reagieren? Brachte er das Geld?
Er ging weiter. Die Schenkel schmerzten vom ungewohnten Treppensteigen. Seine Blicke saugten sich an den unzähligen Gesichtern fest, prüften, scheuten, wenn Ähnlichkeit mit dem einen aufblitzte. Am Pressestand vor den Niedergängen blieb Achsen stehen.
Er starrte auf die Eingänge des Restaurants.
War Mickler bereits eingetroffen?
15 Uhr.
Man könnte, sagte er sich, wenn alles schief läuft, wenigstens die Geschichte an eine Illustrierte verkaufen. Damit kann man dann den Anwalt finanzieren...
Er rieb sich die Hände. Er atmete tief durch. Es sind fünf Mille, dachte er, wenigstens fünf, mit denen du wieder hochkommen kannst. Und wenn er einmal zahlt, dann zeigt er, daß er Angst hat.
Er hängte sich an eine Bahnpolizeistreife, die die Halle durchquerte. Er löste sich aus dem vermeintlichen Schutz, drückte die Flügeltür auf und stand im Zwischenraum. Er spähte durch die Scheiben der zweiten Tür. Frauen, Män-

ner, Kinder vor Getränken und Speisen. Weiße Tischtücher, Kellner.

Kein Mickler.

Er trat ein.

Sein Herz raste.

Seine Blicke huschten über die Tische. Er sah nach oben auf die Empore. Hinter ihm scharrte die Tür.

»Hier«, sagte Mickler kalt.

Achsen fuhr herum.

Mickler trug einen hellen Trenchcoat. Die Hände hielt er in den Taschen. Wie hypnotisiert starrte Achsen darauf. Seine Bauchmuskeln zogen sich schmerzhaft zusammen.

»Bitte!« stieß er gehetzt hervor.

»Setzen wir uns«, sagte Mickler ruhig.

Achsen unterdrückte den Drang zur Flucht. Er nickte. »Hast du das Geld?«

»Ich will mit dir reden, um einiges klarzustellen, Achsen. Da drüben ist ein freier Tisch.«

Er setzte sich in Bewegung, nahm Platz. Achsen folgte zögernd. »Es gibt nichts zu reden«, sagte er stockend. »Was zu reden war, ist gewesen. Gib mir das Geld.«

»Setz dich!« sagte Mickler hart. Er deutete mit der linken Hand auf einen der nachgedunkelten Stühle. Die Rechte hielt er immer noch in der Manteltasche.

Achsen gehorchte. Er starrte Mickler ins magerer gewordene Gesicht. Er hob die Schultern. »Irgendwie tut es mir leid«, quetschte er sich ab. »Daß es so gekommen ist, aber...«

Er brach ab. Ein Kellner erschien. »Kaffee«, sagte Mickler. Achsen nickte nur.

»Ich habe keine Fehler gemacht«, sagte Mickler leise. »Ich habe mich an unser Abkommen gehalten.«

»Ich weiß.«

»Ich wäre auch ohne diese Geschichte nicht gestorben, Achsen. Irgendwie, du kannst sicher sein, hätte ich das Geld für die Operation aufgetrieben. Es wäre gelaufen, auch

ohne dich. Du warst es, der mich bedrängt hat. Du hast deinen Vorteil gesehen. Gemessen an dem, was du hättest gewinnen können, war der Betrag, den du mir gegeben hast, lächerlich. Ist es so?«
»Es hat keinen Sinn, über Vergangenes zu reden. Ich habe dich nicht aus einer Laune heraus angerufen. Mir geht's nicht gut, verstehst du? Ich bin am Ende. So weit, daß ich ... mir ist alles scheißegal, Mickler. Wirklich.«
»Du hast keinen Anstand, das ist es.«
»Hör auf mit solchem Unsinn!«
»Und du hast auch keinen Charakter, Achsen.«
»Tritt nur zu!«
Mickler lehnte sich zurück, als der hochgewachsene Kellner auf einem Tablett die Kaffeeportionen brachte. Er zahlte sofort. Als sie wieder allein waren, sagte er flüsternd: »So kommst du nicht weiter, Achsen. Nicht mit mir. Ich sage dir eines: Vielleicht lasse ich es darauf ankommen, vielleicht entschließe ich mich, selbst zur Polizei zu gehen. Ich habe den Eindruck, daß ich nur so Ruhe vor dir bekommen kann.«
Achsen schluckte. »Du bist bescheuert!«
»Ich? Du bist es, Achsen. Du rührst eine Brühe auf, an der wir beide ersticken können. – Was ist mit deinem angeblichen Bericht? Wer hat ihn?«
»Ein Notar. Hältst du mich für einen Idioten?«
»Ja, Achsen. Weil du nicht begreifst, was du anrichtest.«
Achsen ballte die Hände. »Ich weiß es verdammt genau. Du hast mich in alles hineingeritten!«
»In deinem Auftrag.«
»Den ich zurückgenommen habe. Nur habe ich dich nicht mehr erwischt.«
»Fest steht, zu ändern ist nichts. Es ist Gras über die Geschichte gewachsen. Wir sind bisher davongekommen. Es sieht danach aus, daß die Akte irgendwann einmal als unerledigt geschlossen wird. Warum willst du das auf's Spiel setzen? Warum geigst du das hoch? Ist es nicht der

reine Wahnsinn, jetzt daran zu rühren? Für die paar Kröten, die du kriegen kannst?«
»Du hast reichlich kassiert!«
»Ich habe auch reichlich gezahlt!«
»Aber du hast das Geld. Ich habe gesagt, daß ich mit dem zufrieden bin, was du geben kannst. – Komm, gib mir das Bündel. Dann stehe ich auf, und du hast deine Ruhe.«
»Daran habe ich meine Zweifel.«
»Ich gebe dir mein Ehrenwort!«
Mickler betrachtete das Gesicht seines Gegenübers. Er suchte den Blick des Mannes, aber konnte ihn nicht festhalten. »Nein«, sagte er, »ich traue dir nicht. Mir geht's nicht um die fünf Mille, mir geht's um das Nachher!«
»Ich schwöre...«
»Du hast auch damals geschworen, Achsen!«
»Das war was anderes.«
Mickler gab Sahne in den Filterkaffee, rührte und trank. Er beobachtete Achsen. Er verspürte keinen Haß, aber er verachtete den Heruntergekommenen und traute ihm nicht. Achsen lügt, dachte er. Er plant jetzt schon den zweiten Schritt. Er will nur herausfinden, ob du zahlst. Wenn, wird er kassieren, wird das Geld durchbringen und zum zweiten Schlag ausholen. Ein Erpresser!
»Und wenn ich deine Forderung nicht erfülle?«
Achsen schob den Stuhl zurück. »Dann schreie ich, Mickler, dann trommle ich hier alles zusammen und sorge dafür, daß nichts mehr geht. Es ist mein Ernst. – Gib mir das Geld!«
Mickler hielt den Atem an. »Hör auf mit dem Unsinn!« zischte er.
»Hier sind genügend Bahnpolizisten, Mickler! Ich habe nichts zu verlieren! – Geld oder...«
In Achsens Augen glitzerte Panik. Der Mann war nahe daran, die Nerven zu verlieren. Weil er glaubt, er verliert auf der Stelle sein schäbiges Leben, dachte Mickler.
»Du kriegst das Geld«, sagte er ruhig. »Setz dich wieder!«

Achsen gehorchte zwanghaft. »Ich meine es ernst. Wirklich!«
Mickler zog das Geldkuvert aus der Tasche, legte es vor sich hin und sagte: »Das erste und letzte Mal, Achsen. Ich habe nichts mehr. Ich habe das Zeug zusammengekratzt. Mehr ist nicht drin. Solltest du es dennoch noch einmal versuchen, mach ich nicht mehr mit, dann, nimm das für bare Münze, schlachte ich dich ab, gleichgültig, welche Folgen das für mich haben wird. Aber du wirst hin sein. Haben wir uns verstanden?«
Achsens Finger zuckten. »Du kannst dich auf mich verlassen.«
Mickler schob ihm das Kuvert entgegen. Achsen ergriff es, riß es auf. Er sah die Scheine. »Ich wollte nur sichergehen.« Er stand auf. »Ich gehe jetzt. Allein. Glaub nicht, daß du mich linken kannst!«
»Denk an meine Worte!«
Achsen drehte sich um. Fluchtartig stürzte er zur Tür und verschwand.
Mickler erhob sich ebenfalls.
Er war entschlossen, Achsen zu finden.

19

Achsen war wie von Furien gehetzt durch die Bahnhofshalle gelaufen, hatte immer wieder rückwärts geblickt und die Eingänge des Restaurants kontrolliert. Mickler war nicht aufgetaucht.
Er verharrte am Steinwall-Eingang und spähte in die Halle. Die große Uhr an der Decke der Halle zeigte fünf nach drei. Mickler trat heraus. Er schloß seinen Mantel, zündete sich eine Zigarette an, steckte das Feuerzeug ein und ging zielstrebig in Richtung Kirchenallee davon.
Achsen atmete auf.
Er hat's geschluckt, dachte er erleichtert.
Das Kuvert knisterte in seiner Tasche. Er löste sich von dem Eingangspfeiler, wich einer Punkgruppe aus, die Bierdosen kreisen ließ, fuhr mit der Rolltreppe in die Unterführung und tauchte wenig später in der Spitaler Straße auf. Er wandte sich nach links, überquerte die Straße und tauchte in einem Kaufhaus unter. Immer wieder blieb er stehen und blickte zurück. Mickler schien kein Interesse an einer Verfolgung zu haben.
Achsen fühlte sich sicherer. Er fuhr in die Cafeteria. Er trank einen Kaffee. Unter dem Tisch riß er das Kuvert vollends auf und zählte die Scheine. Fünftausend Mark.
Er hat Angst, dachte er. Der Kerl weiß ganz genau, daß er zahlen muß. Seine Klamotten sind von guter Qualität. Er hat Geld. Und wenn nicht er, dann seine Frau. Heutzutage kriegt jeder Angestellte sofort Geld von den Banken.
Er zerknüllte das Kuvert. Einen Fünfhunderter steckte er in die Jackentasche, die anderen zwängte er in den Socken. Beim nächsten Mal, sagte er sich, werden wir das anders

drehen. Keine persönliche Begegnung mehr. Der soll das Geld deponieren, oder er soll es mit der Post schicken. Daß du sicher bist. Du mußt dir da was einfallen lassen. Und dann muß er tiefer in die Tasche greifen. Mindestens zwanzig. Wenn er's nicht hat, kann er's besorgen. Durch seine Frau oder so.
Er verließ die Cafeteria.
Was du brauchst, sagte er sich, sind neue Klamotten. Einen guten Anzug, Schuhe. Du mußt zum Friseur, wieder raus aus der verdammten Gleichgültigkeit.
Das ist es, was dich kaputtmacht! Daß du dich gehenläßt, daß du gleichgültig geworden bist. Du packst es wieder, wenn du einen glatten Schnitt machst. Die Idee mit der Gaststätte ist nicht mal schlecht, daraus kann was entwickelt werden.
Er wich einem Bus aus, lief über die Straße und tauchte in einem der Eingänge eines Bekleidungshauses unter. Sein Magen knurrte. Er fuhr in die Herrenabteilung, wanderte an den Anzugreihen entlang und suchte sich einen gediegenen grauen Anzug aus.
Er probierte in der überheizten Kabine. Er fühlte sich besser, als er vor dem Spiegel stand und den Sitz prüfte. Dreihundertfünfzig Mark. Er winkte dem jungen Verkäufer. »Ich möchte ihn gleich anbehalten. Ist das zu machen?«
»Selbstverständlich.«
Er kaufte eine silbergraue Weste dazu und zahlte. Den alten Anzug ließ er einpacken. Er stopfte ihn auf der Straße in einen Papierkorb.
Dann kaufte er elegante italienische Schuhe. Er sah auf das Geld, kaufte keine Spitzenqualität. Die alten Treter ließ er ebenfalls in einem Abfallbehälter verschwinden.
Er fuhr mit der U-Bahn zum Gänsemarkt, aß in einer Bäckerei zwei Schinkenbrötchen und trank dazu eine Tasse Kaffee. Als er wieder auf die Straße trat, war es dunkel.
Mickler hatte nachgegeben. Mickler hatte gezahlt. Er hatte den Bahnhof als Geschlagener verlassen, als ein Mann, der

wohl eingesehen hatte, daß er auf der Verliererbahn war. Er würde nie Achsens Adresse herausbringen.
Dieser fühlte sich ausgesprochen gut und sicher.
Ein im Grunde dummer Hund, dachte er, dieser Mickler. Ihm fehlt die Intelligenz, dieses gewisse Maß an Durchtriebenheit, das man haben muß, um in dieser Welt zu bestehen. Wenn er nicht so dumm gewesen wäre, hätte er aus den achtzigtausend was gemacht. Ein Geschäft aufgezogen, Geld verdient. Mit dem Gewinn hätte er dann die Operation bezahlen können, wäre wirtschaftlich gesichert und geheilt worden. Aber er ist dumm; einer, der nur den Augenblickserfolg sieht. Nicht zum Planen fähig.
Er stoppte ein Taxi und stieg ein. »Steintorweg«, sagte er und lehnte sich zurück.
Die Räder des Taxis rollten gleichmäßig über das Pflaster. Achsen verschränkte die Arme vor der Brust und schloß die Augen. Viertausend kommen weg, dachte er. Einige Tage läßt du verstreichen, dann rufst du ihn wieder an. Diesmal gehst du nicht runter, diesmal müssen es zwanzig sein. Kiki hat auch. Irgendwo hat sie ein Konto oder ein Versteck, wo ihr Bumsgeld liegt. Du mußt ihr nur sagen, daß sie nicht immer so ein Gesicht ziehen soll, daß sie zu lachen hat. Initiative ergreifen, darauf kommt es an. Und wenn sie sich netter anzieht, wenn sie sich bemalt, wenn sie Beine und Busen zeigt, steigen auch mehr auf sie ein. Dann rollt die Kohle und in drei, vier Monaten sind wir aus der Misere raus. Die Kneipe! Dann die zweite und die dritte. Das läuft von selbst. Bessere Lieferantenbedingungen, wenn du größere Bestellungen machst. Die Masse macht's. Du verkaufst eher hundert billige Gläser als zehn teure. Und das macht's. Der Umsatz!
Er nickte. Er sagte Ja. Der Fahrer drehte sich um. »Was sagten Sie?«
»Sagte ich was?«
Der Fahrer hob die Schultern.
Achsen verschränkte die Arme vor der Brust. Eines Tages

bist du wieder da, sagte er sich. Trotz der Schulden, trotz allem. Offiziell wird das über Kiki laufen, aber da gibt's Wege. Holding in Liechtenstein oder so, wo klare Verhältnisse geschaffen werden. Irgendwas, daß das Mädchen nicht verrückt spielen kann. Es geht alles, wenn man nur will.
»Acht Mark sechzig«, sagte der Fahrer.
Achsen zahlte mit einem Zehner. »Schon gut«, sagte er und stieg aus. Kälte schlug ihm entgegen. Er rieb sich die Hände. Er hielt sich dicht an den Hausfassaden.
Kiki stand bereits an ihrer Stellung.
»Was?« fragte er heiser.
Sie betrachtete ihn. »Du hast also Geld bekommen?«
»Habe ich das nicht gesagt?«
»Du siehst gut aus, richtig gut, Alter.«
»Nicht nur ich. Alles sieht gut aus. Ab jetzt geht es aufwärts! Die Sache mit der Kneipe machen wir. Wir sprechen dann darüber.«
»Wohin gehst du?« fragte sie, als er sich in Bewegung setzte.
»Nach oben.«
»Nicht in die Kneipe?«
Er schüttelte den Kopf. »Das ist vorbei. Ab jetzt ändert sich vieles. Auch du solltest was machen, Kiki, dich zumindest heißer anziehen, damit mehr Bares in die Kasse kommt.«
»Hast du 'ne Ahnung, wie kalt es ist, wenn du hier rumstehst?«
»Wenn du mehr Freier hast, frierst du auch weniger. Ist doch 'ne klare Sache, oder?«
»Du mit deinen Sprüchen!«
Er lachte. Er ging. Er suchte den Schlüssel, fand ihn, schloß auf und betrat den Gang. Er drückte den Minutenschalter und stieg nach oben. Als er auf dem vorletzten Treppenabsatz war, hörte er, wie unten die Tür zuschlug.

Es waren zwei Gründe, die Mickler sicher machten, Achsen müsse in unmittelbarer Nähe des Hauptbahnhofes wohnen. Erstens die Auswahl des Geldübergabeortes, zweitens sein heruntergekommenes Äußeres, das genau dem entsprach, was der Erpresser von sich behauptet hatte: am Ende zu sein. Wer aber am Ende ist, hatte Mickler überlegt, während er an der verglasten Restaurantstür stehengeblieben war und die Flucht Achsens beobachtet hatte, wird sich die Nähe Gleichgestellter suchen. Die Nähe des Hauptbahnhofes, durch den Tag für Tag unendlich viele am Boden Zerstörte ihr Glück versuchten – oder in den Tag dämmerten, versuchend, wenigstens eine Mahlzeit und einen Schluck aufzutreiben. Indem sie bettelten, stahlen oder Reisenden Gefälligkeiten erwiesen oder sich prostituierten. Daß Achsen den Bahnhof als Übergabeort gewählt hatte, ließ vermuten, er sei mit der näheren und weiteren Umgebung vertraut.

Mickler hatte das Restaurant verlassen, sehr wohl wissend, daß Achsen ihn beobachtete. Er war draußen neben einem Zeitungsverkäufer stehengeblieben und hatte gesehen, wie Achsen in der Unterführung untertauchte. Er war ihm gefolgt, hatte ihn jedoch nicht mehr einholen können.

Im ersten Augenblick war er zur Aufgabe entschlossen gewesen, doch dann war er der Eingebung gefolgt, am Steindamm und in Sankt Georg aufzutauchen, um dort Erkundigungen einzuziehen. Achsen war trotz des schäbigen Anzuges eine auffallende Persönlichkeit, war groß, schlank, hatte ein markantes Gesicht und hellblondes Haar. Mickler klapperte Kneipe für Kneipe ab. Vorsichtig erkundigte er sich nach Achsen. In einem Stehbierausschank bekam er den ersten Hinweis. Ein triefäugiger Penner hielt ihm die Hand hin, die er mit einem Zweimarkstück bediente. »Dat is der Chef, wett ich, der Pinkel, dem mal so'n Riesenladen gehört hat, eh?«

»Eine Billig-Supermarkt-Kette«, hatte Mickler bestätigt. »Hast du eine Ahnung, wo ich ihn finden kann?«

»Bist du'n Bulle?«
»Sehe ich so aus?«
»Die sehen alle nich so aus.«
»Aber ich bin keiner, ein Bekannter, mehr nicht. Weißt du's?«
»Ich weiß nur, daß der oben an der Ecke war. Gestern abend. Da ist er oft. Die Kneipe mit dem billigen Bier und Fusel.«
»Da am Kofferladen?«
»An der Ecke, ja.«
Mickler war in die Gaststätte gegangen, hatte sich zwischen die Männer und Frauen am Tresen gekeilt, Bier getrunken, den dazugestellten Klaren an eine füllige Frau weitergereicht und diese ausgefragt. Sie hatte den Kopf geschüttelt. »Ich bin nicht von hier, von Lüneburg, verstehst du?«
»Ja, ich verstehe.«
»Ich kenn so'n Typ, aber der ist nicht hier, den kenne ich in Lüneburg.«
»Der ist es sicherlich nicht.«
Die ersten Straßenmädchen waren hereingekommen, um sich aufzuwärmen, was zu trinken, einen Imbiß zu nehmen. Zweimal blitzte Mickler ab. »Du kannst mit mir raufkommen, Langer, aber Fragen beantworte ich nicht.«
Dann hatten rauchgraue Augen ihn angesehen. Sie gehörten zu einem gebrechlichen, grell geschminkten Geschöpf von knapp zwanzig Jahren, das grobmaschige Netzstrümpfe und sehr hohe Pumps trug. »Das ist der Typ von Kiki, mein' ich. Die steht da in der Gegend vom Pulverteich, nur auf der anderen Seite, so' ne Magere, die sich immer in ihren grauen Mantel einwickelt, in 'nem Eingang von 'nem Radiogeschäft.«
Mickler hatte dem Mädchen eine Flasche Piccolo ausgegeben, war hinausgegangen, hatte das Radiogeschäft – und Kiki gefunden. Er war im dunklen Eingang eines Hauseinganges stehengeblieben, hatte vier Zigaretten geraucht, darauf hoffend, das mausgraue, magere Mädchen da auf der

anderen Seite werde endlich einen Freier abschleppen und ihm zeigen, wo sie wohnte.
Dann war Achsen wie aus dem Nichts aufgetaucht. Ein eleganter Achsen.
Mickler hatte die Zigarette unter dem Absatz zerquetscht. Seine Augen waren schmal geworden.
Achsen hatte einige Worte mit der Frau gewechselt, war um die Ecke gegangen und in einem Hauseingang verschwunden.
Mickler war losgerannt.
Er hatte die zuschlagende Tür in letzter Sekunde gestoppt und war in den Flur gelangt.
Er hörte die polternden Schritte Achsens.
An der Decke hing eine tulpenförmige Porzellanlampe. Die Stufen knarrten. Er hielt sich rechts, nahm drei, vier Stufen auf einmal. Als er das zweite Geschoß erreichte, verklangen die Schritte oben.
Er blieb stehen.
Schlüssel klirrten gegeneinander.
Er schob sich höher.
Laut dröhnte der Schloßriegel. Musik hing wie trommelnder Regen im engen Treppenschacht. Es roch nach gebratenem Huhn, nach frischem Zement, nach billigen Parfums.
Die Tür knarrte, als Achsen sie aufstieß.
Mickler tauchte wie ein Schatten auf. Das Flurlicht erlosch. Es klickte. Licht flutete von oben ins Treppenhaus. Im Türrahmen zeichnete sich schattenhaft Achsens Gestalt ab.
Mickler nahm die letzten vier Stufen.
Achsen wollte die Tür schließen, da sprang Mickler vor.

Achsen spürte den heftigen Schlag, verlor den Halt und stürzte gegen die billige Kommode im Flur, die unter ihm nachgab und zerbrach. Er schrie, warf sich herum, versuchte aufzuspringen, als ihn der nächste Tritt wieder zurückschleuderte.

Mickler schloß die Tür, verriegelte sie und lehnte sich dagegen.
Achsen verstummte. Sein so schon fahles Gesicht verlor alle Farbe, wurde grau. Die Augen traten weit aus den Höhlen. Hilflos streckte er die Hände aus und schüttelte den Kopf.
»Nein!« stieß er hervor.
»Bist du allein hier?« fragte Mickler heiser. Sein Atem ging vom schnellen Treppensteigen stoßartig und schnell.
Achsen nickte.
»Hoch mit dir!«
»Was hast du vor? Was willst du?«
Mickler preßte die Hände gegeneinander. Er trug Lederhandschuhe.
Achsen schob sich an der Wand hoch. »Bitte nicht! Wir können reden! Du mißverstehst das alles, ich will dir erklären...«
»Wo ist der Schrieb, von dem du gesprochen hast?«
Achsen keuchte. Er runzelte die Stirn. Wovon sprach Mickler? Er starrte den Mann an und war wie gelähmt. Ihm fiel keine plausible Erklärung ein, auch dann nicht, als ihm einfiel, welches Schreiben gemeint war.
Mickler kam heran. Er spähte in die dunklen Räume. Seine Hand tastete über die Küchenwand. Er fand den Schalter und legte ihn um. Licht flammte auf.
»Geh da hinein!« befahl er grob.
Achsen schwankte. »Laß uns reden«, bat er flehend und stolperte in die Küche.
»Wo ist die Niederschrift, Achsen? Gibt es sie?«
Achsen schüttelte den Kopf, obwohl er es mit aller Willensstärke verhindern wollte.
Mickler zog den Vorhang zur Seite, der die Küche vom Schlafzimmer und angrenzenden Wohnzimmer trennte. Er schaltete auch in diesen Räumen das Licht ein, ohne Achsen aus den Augen zu lassen. Er nickte zufrieden, als er festgestellt hatte, daß sonst niemand in der muffigen Wohnung war.

Er taxierte Achsen, der wie erstarrt am Küchentisch stand. Seine Blicke wanderten weiter, fanden einen Haltepunkt an den Schubladen des weißlackierten Schrankes. Er ging darauf zu.
»Was hast du vor?«
Micklers linke Hand schloß sich um den Schubladenknopf. Er zog die Lade auf. Geschirrtücher und Verbandszeug.
Achsen stieß sich jäh ab. Er lief auf den Flur zu. Mickler wirbelte herum. Er bekam Achsen an der Schulter zu fassen, riß ihn an sich und schlug mit der Rechten zu.
Achsen schrie.
Mickler rammte ihm das linke Knie in den Bauch.
Achsen stürzte zu Boden. Blut schoß ihm aus dem Gesicht. Er versuchte hochzukommen und stemmte sich auf. Mickler schlug wieder zu. Die Faust traf den Mund, zerfetzte die Unterlippe und brach zwei Zähne aus dem Kiefer.
Achsen brüllte.
»Ruhe!« zischte Mickler.
Er holte aus. Er visierte die Schläfe Achsens an und ließ die Faust mit ganzer Gewalt kommen. Der Knöchel explodierte am rechten Haaransatz. Achsen quiekte wie ein Kaninchen, riß die Arme hoch und prallte gegen die Wand, fand daran Halt und versuchte eine schwache Gegenwehr. Mickler beugte sich über ihn. Er riß ihn hoch. Mit dem Knie stieß er in das blutverschmierte Gesicht. Achsen wurde schlaff.
Mickler schleifte ihn ins Schlafzimmer, wo in einer Ecke ein großer Wäschekorb mit dem schlafenden Kind stand, und warf den Wehrlosen auf das knarrende Ehebett. Einen Augenblick überlegte er, ob er sein Opfer verschnüren sollte, unterließ es und kehrte in die Küche zurück. Er öffnete die Schubladen. In der obersten neben der Spüle fand er, was er suchte. Ein Brotmesser, das lang und scharf genug war.
Er dachte an das erpreßte Geld und nahm sich vor, es Achsen wieder abzunehmen, ehe er ihm den Hals durch-

schnitt. Im gleichen Augenblick hörte er das Ächzen einer Diele.
Er drehte sich um, das Brotmesser stoßbereit in der Hand.
Die Wohnungstür wurde aufgerissen.
Mickler jagte nach vorn, riß den Vorhang zum Schlafzimmer zur Seite und entdeckte, daß das Bett leer war.
Er stieß einen Fluch aus und jagte los.
Aus dem Treppenhaus klangen Achsens Schreie, trommelten dessen Schuhe den Verzweiflungstakt des Flüchtenden.
Mickler erreichte die Tür. Im Flur war es dunkel. Er tastete nach dem Lichtschalter.
Von unten dröhnte Achsens angstzerrissene Stimme herauf.
Mickler lief los. Er umklammerte das Messer und schob es in die rechte Manteltasche. Eine Tür flog auf. Stimmen erklangen. Mickler blieb abrupt stehen. Irgendwer wird die Polizei rufen, dachte er plötzlich unsicher. Oder Achsen wird es selbst machen. Er ist entnervt, er stirbt vor Angst, er wird dorthin flüchten, wo er sicher zu sein glaubt. Und das ist die Polizei.
Mickler nahm keine Rücksicht und lief weiter. Vom Treppenabsatz sah er eine fette Frau, die in den Flur hineinsprach. Das Licht erlosch. Mickler huschte weiter. Als das Licht wieder anging, befand er sich bereits unten im Flur.
Er trat auf die Straße.
Von Achsen keine Spur.
Mickler atmete tief durch. Wenn er zur Polizei geht, dann in die Wache oben an der Kirchenallee, überlegte er. Wenn du schnell bist, kannst du ihn vor dem Eintritt abfangen. Du mußt schnell sein...
Er lief los.
Er brauchte fünf Minuten bis zur Wache, vor der zwei Einsatzwagen parkten. Er starrte auf die erleuchteten Fenster und umkrallte den Griff des Brotmessers.
Hatte Achsen die Nerven verloren und sich hierher geflüchtet?

Mickler biß sich auf die Lippen.
Wenn ja, sagte er sich, ist es aus, dann wird er seine Geschichte erzählen, dann wird es nur noch Stunden dauern, bis die Polizei bei dir in der Wohnung auftaucht und dich verhaften will. Wenn nein, hast du eine Chance. Dann, wenn er sich wieder meldet...
Wenn ja, kannst du es gleich hier erledigen, kannst ihnen sagen, daß sie nicht zu fahren brauchen, daß du derjenige bist, den sie suchen...
Er setzte sich in Bewegung. Er lief die Stufen hinauf und betrat die Wache. Ein brusthoher Tresen, eine Schwarze im Pelzmantel, zwei Penner, die an der Wand lehnten, und eine gebeugte Frau mit Regenschirm, die geduldig den Erklärungen eines Beamten lauschte.
Mickler spähte in den hinteren Raum.
Kein Achsen!
»Was kann ich für Sie tun?« fragte ein junger Beamter, der seinen Kopf über den Tresen hob.
Mickler nahm die Hände aus der Tasche. Achsen hatte also doch nicht die Nerven verloren und war im Straßengewirr von Sankt Georg untergetaucht.
»Ich habe mich verfahren«, sagte er beherrscht. »Ich will in die Hummelsbütteler Straße. Mir wurde draußen gesagt, daß sie hier mit Sicherheit nicht zu finden ist.«
»Wahrhaftig nicht«, gab der Beamte zurück. »Wo stehen Sie denn?«
»Auf der anderen Seite vom Bahnhof, ich kenne den Namen der Straße nicht.«
Der Beamte schlug einen Stadtplan auf. Mit einem Bleistift deutete er auf einen Punkt. »Hier genau sind Sie. Wenn Sie zur Hummelsbütteler wollen, fahren Sie am besten...«
Mickler hörte geduldig zu, dankte und verließ die Wache.
Schneeflocken torkelten ihm entgegen. Er schob die Hände in die Taschen. Er überquerte die Straße, blieb im Durchgang zum Bahnhof stehen und dachte nach.
Achsen war gewarnt. Ganz sicher wagte er es nicht mehr,

die Wohnung in der Nähe des Steindamms wieder aufzusuchen. Er würde untertauchen. Irgendwo in der Stadt. Würde er wieder anrufen und weitere Forderungen stellen? Mickler ging weiter, bis er seinen Wagen erreichte, den er vor der Zollabfertigung abgestellt hatte. Unter dem Wischer steckte ein plastikgeschützter Strafzettel. Er ließ ihn stecken, schloß auf und stieg ein.
Wie immer auch Achsen sich verhalten würde, eines war sicher: Er blieb eine Gefahr. Eine Gefahr, dachte Mickler, die ausgeschaltet werden muß.
Er beschloß, die nächste Zeit nur noch dazu zu nutzen, Achsen ausfindig zu machen, um ihn zu töten.

20

Es war mehr als Angst, die Achsen schüttelte. Es war eine tiefsitzende Panik, die, das ahnte er, Bestandteil seines Lebens bleiben würde, wenn es ihm nicht irgendwie gelang, die Ursache zu beseitigen: Diesen zum rasenden Mördertier gewordenen Mickler, dem er in allerletzter Sekunde wie durch ein Wunder entronnen war.

Achsen war wie von Sinnen in Richtung Pulverteich und dann weiter in Richtung Polizeipräsidium gerannt, immer darauf bedacht, sich in Deckung zu halten und einen etwaigen Verfolger sofort auszumachen. Er hatte wie ein geprügeltes Kind geheult, hatte vor Schmerzen geschrien und vergeblich versucht, den Blutstrom einzudämmen, der vom Stoff seines neuen Anzugs aufgesaugt wurde. Er hatte gespürt, wie sein Gesicht quoll, war aber trotz der stechenden Lungen, der schwindenden Körperkraft unfähig gewesen, irgendwo anzuhalten, um neue Energien zu schöpfen. Jeden Augenblick hatte er mit einer weiteren Attacke Micklers gerechnet, dieser instinktsicheren Killerbestie, die – der Himmel mochte es wissen, wie – seine Wohnung anscheinend problemlos ausfindig gemacht hatte.

Irgendwo in einer Nebengasse hatte er sich hinter Mülltonnen in einem Hof verkrochen. Ein wundes Tier, das seine Wunden leckte. Ein Mann, der haargenau wußte, daß er vor wenigen Minuten dem Tod entronnen war. Nicht aus Können, sondern aus Gnade.

Das war's: das Schicksal hatte ihn verschont. Er sollte nicht im Dreck verenden, er wird seinen Aufstieg haben... Er leierte die immer wiederkehrenden Sprüche seiner Gedanken wie ein Nepalmönch herunter, ohne den Mut zu haben, sich aus seinem stinkenden Versteck zu erheben. In der Welt dort draußen, aus der Verkehrsgeräusche heranrauschten, war Eiseskälte. Dort lauerte das Untier, witterte Mickler, der Mann, der ihm übermächtig und unverwundbar erschien. Allein der Gedanke, in die Wohnung Kikis zurückzukehren, ließ ihn erschauern. In seiner Vorstellung hielt Mickler sie unter ständiger Beobachtung, bereit, seinen mißlungenen Anschlag diesmal mit tödlicher Präzision zu wiederholen.

Seine Hände zitterten, als er Zigaretten und Feuerzeug aus der Tasche zog. Er schmeckte sein Blut, er tastete nach der zerschlagenen Unterlippe, er stöhnte gequält auf, als der Rauch in der offenen Wunde brannte. Er dachte daran, Rettung im nahen Polizeipräsidium zu suchen.

Was ihn hinderte, war die Furcht, Mickler könnte ihn vorher erwischen. Was ihn den Gedanken schließlich verwerfen ließ, war die Gewißheit, mit einem Geständnis vor der Polizei nicht nur die Gefahr Mickler abzuwenden, sondern sich selbst zu treffen. Es war keine Alternative, den Rest des Lebens in einer Zelle in Fuhlsbüttel zu verbringen.

Die Kälte fraß an ihm. Er verschränkte die Arme vor der Brust, krümmte sich trotz der Schmerzen zusammen. Angst schnürte ihm die Kehle, als Licht durch die Einfahrt flutete. Ein grauer Lieferwagen rollte in den Hof, ein Mann stieg aus, schloß eine Garage auf und der Fahrer bugsierte den Wagen hinein. Erst als die Männer gegangen waren, fühlte Achsen sich besser. Er begriff, daß er mit seiner Verwundung unter der Einwirkung des Schocks und der beißenden Kälte in diesem Hinterhof verenden würde, wenn er sich nicht endlich aufraffte und bewegte.

Er brauchte Hilfe und ein sicheres Versteck. Er tastete über sein rechtes Bein, die Finger schoben sich über den Strumpf. Er spürte die Erhebung und atmete auf. Wenigstens das Geld war ihm geblieben.

Er war bewegungsfähig, er konnte Entfernungen überwinden und ein Hotel bezahlen. Klar war ihm, daß der Unter-

schlupf, den Kiki ihm während der letzten Wochen geboten hatte, verloren war.
Solange Mickler nicht beseitigt war.
Das war's: Seine Zukunft hing vom Untergang des Jägers ab. Wenn Mickler lebte, starb er. Nur dann, wenn Mickler starb, konnte er leben.
Er horchte in sich hinein. Die Angst war geblieben. Eine neue kam hinzu: Die Furcht, den Giganten nicht überwältigen zu können. Ihm war klar, daß er dem Mann nicht gegenübertreten könne, aber auch, daß er zum Töten fähig war.
Mickler quoll in seinen Augen zu einer riesigen schwarzen Wolke, aus der tödliche Blitze wetterten. Mickler war der Gewinner. Damals und jetzt. Er würde nicht eher aufgeben, bis er ihn, Achsen, gefunden, gestellt und wie eine Flamme ausgelöscht hatte.
Was blieb, war die Flucht.
Nur wohin? Wohin? fragte er sich und versuchte sich zu erinnern, ob aus der guten Zeit nicht doch eine Person geblieben war, der er vertrauen, die ihm helfen konnte.
Seine Lippe brach auf, als er bitter lachte. Nicht eine, dachte er. Sie haben dich alle wie ein stinkendes Stück fallen lassen.
Und Ruth?
Er wischte sich das Blut vom Kinn. Das Papiertaschentuch in seiner Hand zerweichte.
Ruth?
Sie lebte mit diesem Kerl in Buxtehude. Auch sie hatte das Beste aus der Situation gemacht, ihr einziges Kapital, den noch ansehnlichen Körper, bedenkenlos an den Meistbietenden verkauft. Eine Nobelhure, die ihren Preis verlangt und bekommen hatte. Aber gewissenlos.
Wird sie helfen?
Achsen las die Uhrzeit ab. Nach Mitternacht. Er hatte mehr als drei Stunden zwischen dem Abfall verbracht. Sein Körper war von der beißenden Kälte gelähmt. Hinkend und

krumm schlich er auf die Ausfahrt zu, verharrte im Schlagschatten, den die Mauer warf, spähte auf die Straße und fand den Mut, sie zu betreten.
Ruth muß dir helfen, dachte er. Du kannst sie darauf hinweisen, daß die Polizei bisher noch nichts davon weiß, wer den Mordgedanken entwickelt hat. Sie ist durchtrieben genug, um zu begreifen. Und sie ist eine Frau, die bei dir ihre Höhenflüge erlebt hat.
Er lief. Die Lichter einer Tankstelle tauchten auf, das Transparent einer Gaststätte. Achsen wankte darauf zu, stieß die Tür auf, ging auf den Tresen zu.
Wenige Gäste. Fernfahrer, die für die nahegelegenen Speditionen fuhren. Sie starrten ihn an. Der Wirt kniff die Augen zusammen. »Was'n passiert?«
»Schlimm sehe ich aus, was?«
»Überfall?«
Achsen schüttelte den dröhnenden Kopf. »So Verrückte«, stieß er hervor. »Die müssen voll gewesen sein. Ich hab' nur das Mädchen angeguckt, da sind die ausgestiegen.«
»Ich rufe die Grünen«, sagte der Wirt.
Achsen winkte ab. »Das mach ich schon selbst. 'n Sinn hätte das auch nicht. War ja oben am Steindamm. Ich bin abgehauen. Hätt ich was anderes machen können?«
»Ich würd mich von 'nem Arzt begutachten lassen«, sagte ein untersetzter Fernfahrer.
»Klar. – Kann ich'n Schnaps haben?«
»Das geht auf mich«, sagte der Wirt und schenkte ein Gläschen ein.
Achsen trank. Der Alkohol brannte in den offenen Wunden. Er unterdrückte den Schmerzensschrei und schüttelte sich. »Wo is'n die Toilette?«
Der Wirt wies ihm den Weg. Achsen betrat sie, stellte sich vor den Spiegel. Er schloß verzweifelt die Augen. Die Lippe war ein einziger Brei aus Fleisch und Blut. An der linken Schläfe war eine große Schwellung. Der Hals war bis in den Nacken aufgeschrammt.

Achsen beugte sich über das Becken. Er ließ Wasser laufen und schaufelte es sich ins Gesicht. Blut spritzte auf das weiße Porzellan des Beckens, wurde vom Wasserstrahl in den Ausguß gewaschen.

Er nahm mehrere Papierhandtücher und preßte sie gegen das Gesicht. Es sah schon bedeutend besser aus. Er schüttelte sich und kehrte in die Gaststätte zurück.

»Hast du denn die Schweinehunde gekannt?« fragte der Wirt.

»Noch nie gesehen«, sagte er und schob das leere Glas zurück. Der Wirt füllte nach. »Ich sag' das immer, heutzutage kannst du nur mit dem Ballermann raus. Mir sollte mal so'n Giftheini kommen, ich schwör', daß ich ihm den Schädel vom Hals blase. Das sind doch Tiere.«

»An die Wand«, rief einer der Gäste. »Jetzt klaun'se schon ganze Lastwagen.«

»Wie im alten Rom«, nickte der Wirt. »Nur daß du heute nich die Freiheit hast, die Schweine den Löwen zum Fraß vorzuwerfen. Das geht immer weiter bergab.«

»Wir in Wilhelmsburg überlegen, ob wir nich 'ne Privattruppe aufstellen«, rief einer der Männer. »Nur da haben die Behörden was gegen. Wär' Sache der Polizei. Aber was machen die? Die schaukeln ihre Uniformen durch die Gegend und kommen doch gar nich, wenn wirklich mal Hagel is. Dann warten sie, bis alles vorbei ist.«

»Das sind doch auch nur arme Schweine. Die dürfen ja gar nicht«, knurrte der Wirt. »Was meinst du, was ich so höre? Die dürfen nicht, sag ich, weil, wenn du heute so 'nem Schweinehund auf die Finger kloppst, sofort was los ist. Dann kriegen die 'n Rappel. Die Politik stimmt nicht mehr, das isses.«

»Irgendwer wählt die doch.«

»Ich nich, ich schon lange nich mehr.«

Achsen trank, preßte die Papierhandtücher gegen die Lippe und überlegte fieberhaft, was er unternehmen könnte. Die Idee, Kiki anzurufen, verwarf er wieder. Er traute Mickler zu, das Mädchen in der Wohnung als Geisel festzuhalten, sie zu zwingen, auf sein Spiel einzugehen. Nein, das war kein Weg. Es war besser, sich ein Hotel zu suchen. Aber nicht in Hamburg. Irgendwo auf dem platten Land. Die Jagdhütte in Hemmoor? Oder doch Ruth?

»Wären Sie so nett, mir ein Taxi zu rufen?« bat er.

»Klar«, sagte der Wirt. Achsen schob einen Zehnmarkschein über den Tresen. Der Wirt winkte ab. Er rief an. Es dauerte drei Minuten, bis der Wagen kam. Achsen stieg hinten ein. »Fahren Sie mich nach Harburg«, sagte er.

Der Fahrer beobachtete ihn im Spiegel. »Ich hoffe, Sie können auch zahlen. Ich sag das nur, weil ich keine Schwierigkeiten haben will.«

»Wollen Sie das Geld sofort?«

»Ich meine nur.«

Er schwieg während der Fahrt. Er ließ an einer Ecke halten, zahlte und stieg aus. Er wartete, bis der Wagen verschwunden war, ging in Richtung Markt und stieg dort in ein anderes Taxi. »Nach Stade«, sagte er. »Sie brauchen keine Angst haben, daß Sie das Geld nicht bekommen. Ich hatte nur einen Unfall.«

»Das sieht man.«

Er erzählte die erfundene Geschichte, schmückte sie mit einigen Lügen aus. Unter anderem die, in Stade zu Hause zu sein, dort ein Schmuckgeschäft zu besitzen. »Kein Ladengeschäft, einen Großhandel«, fügte er hinzu.

Es befriedigte ihn, als er sah, daß der Mann ihm glaubte.

Es war 2 Uhr 30, als er am Zeughaus ausstieg. Der Wagen fuhr ab. Verloren stand er vor den erleuchteten Schaufenstern eines Bekleidungshauses, spürte die Kälte, die sich wieder in seinen Körper fraß, und fand es dumm, daß er aus Hamburg geflüchtet war.

Aber er fühlte sich sicher.

Er ging los. An der Post blieb er stehen. Er trat in eine Telefonzelle, steckte Münzen in den Apparat und wählte. Kiki meldete sich.

»Wieso bist du nicht hier? Jetzt haste Geld, jetzt säufste wieder, was?«
»Du bist zu blöde«, sagte er wütend und hängte ein. Er blieb in der Zelle stehen. Nein, es hatte keinen Sinn mehr, die Verbindung zu Kiki aufrechtzuerhalten.
Er verließ die Zelle. Er kannte einen Nachtclub in Hörne, einen Puff. Er beschloß, den Rest der Nacht dort zu verbringen.

Schnee glitzerte in der Sonne, unter der Dachrinne hingen tropfende Eiszapfen. Es hätte idyllisch sein können, wenn nur nicht diese furchtbaren Schmerzen gewesen wären, die sein Gesicht wie Blitze durchpulsten. Und wenn Ruth ihn nicht so abscheulich erschreckt angesehen hätte.
»Was ist geschehen, Robert?«
Er wand sich unter ihren Blicken, bereute, am frühen Morgen nach Buxtehude gefahren zu sein. Unbewußt registrierte er, daß seine ehemalige Geliebte Schwarz trug.
»Ich hatte ein bißchen Pech«, sagte er lahm. »Eine Auseinandersetzung, die fast mein Leben gekostet hätte.«
»Du siehst fürchterlich aus! Aber komm doch rein, es ist kalt.« Sie berührte seine linke Hand und stutzte: »Dein Leben hätte kosten können? Was ist geschehen?«
Die Tür schloß sich sanft hinter ihm. Undeutlich lallte er: »Willst du die Wahrheit, Ruth?«
»Du erschreckst mich!«
Er sog den Atem pfeifend durch den zerschlagenen Mund. »So'n Verrückter ist hinter mir her«, murmelte er, »ein Kerl, der nicht eher ruhen wird, bis er mich gefunden und umgebracht hat.«
Sie griff sich an den Hals. Unwillkürlich blickte sie aus dem Fenster, als könnte auf der Straße bereits die von Achsen heraufbeschworene Gestalt stehen. »Ich rufe die Polizei«, sagte sie mit deutlich hörbarem Vorwurf in der Stimme. Er hatte sie mit seiner tiefsitzenden Angst angesteckt.

»So schlimm ist es nicht. Er weiß nicht, wo ich bin, und er wird es auch nicht herausfinden. – Wie geht es dir?« wechselte er abrupt das Thema.
Ruth führte ihn in das gut geheizte Wohnzimmer. Hinter einem schweren Eisengitter loderten Buchenscheite im Kamin. »Wieso gehst du nicht zum Arzt, Robert? Da warst du doch noch nicht, oder?«
»Nein.«
»Ich rufe unseren.«
»Laß das! Die registrieren alles. Ich muß Antworten geben, die ich nicht geben will. Darf ich mich setzen?«
»Natürlich.«
Er blieb vor dem Kamin stehen, rieb sich die Hände und schüttelte sich. »Ich habe immer nur an dich denken können«, sagte er bibbernd. »Von all den vielen Freunden, die ich mal hatte, ist keiner zurückgeblieben, keiner, Ruth...«
»Was hast du denn erwartet?«
»Nicht das.«
»Möchtest du etwas essen? Einen Kaffee? Ich habe ihn stehen und noch nicht gefrühstückt.«
Ihm wurde wärmer. Er nahm auf der Couch Platz. Er verschränkte die Arme vor der Brust. »Bitte«, sagte er. »Ich bin froh, hier sitzen zu können. – Ist dein... dein Mann in der Firma?«
»Nein, er ist tot. Das Herz. Es war nichts mehr zu machen.«
Achsen hob witternd den Kopf. Seine Blicke glitten über die gediegene, wenn auch ein wenig zu bürgerliche Einrichtung.
»Ja«, sagte sie, »das hat er mir hinterlassen, und einige Papiere, von denen ich leben kann.«
»Allein?«
Sie lachte. »Hin und wieder nicht. – Aber jetzt bring ich das Frühstück. Und wenn du willst, rufe ich den Arzt. Du mußt dich verbinden lassen.«
Sie hatten gefrühstückt, ein halbes Dutzend Zigaretten geraucht. Achsen hatte vom gestrigen Vorfall berichtet, aber

nicht die Ursache genannt. Die Müdigkeit hatte ihn beinahe aufgefressen. Ruth hatte ihm das Bad und das Gästezimmer gezeigt. Achsen war auf der Stelle eingeschlafen und erst am späten Nachmittag wieder erwacht.
Auf der Ablage vor dem Bett lag ein neuer Anzug, zwei Hemden, Unterwäsche und Socken. Ruth hatte die Sachen wärend des Tages in der Stadt besorgt. »Sie müssen passen«, sagte sie. »Ich habe die Maße der verschmutzten Sachen genommen. Willst du sie reinigen lassen?«
»Das hat wohl keinen Sinn bei soviel Blut«, hatte er geantwortet.
Sie hatten gegessen. Sie hatten wenig gesprochen, eine Scheu voreinander gespürt, die lange nicht zu überbrücken gewesen war. »Du machst auch mir Vorwürfe, nicht wahr?«
»Wenn du weinst, kriegst du auch nichts«, hatte er lahm gesagt. »Ich bin schon froh, daß du mich nicht rausgeschmissen hast.«
»Das doch nicht! Ich habe übrigens den Arzt bestellt. Er kommt um acht, hat er versprochen.«
Er war gekommen, hatte die Wunden gründlich gereinigt, Hautfetzen abgeschnitten und Verbände aufgelegt. Achsen hatte sich besser gefühlt. Nur das ungeheure Schlafbedürfnis war geblieben. Er war um zehn wieder ins Bett gekrochen und erst gegen zehn am nächsten Morgen aufgewacht. Mit einer seelenvergiftenden Angst im Herzen, von Mickler aufgespürt und in einer Orgie der Gewalt wie ein Insekt vernichtet zu werden.
Er sprang aus dem Bett, dem Fenster entgegen, riß die schweren Samtvorhänge zur Seite und wischte mit den Händen über die beschlagene Scheibe. Er hatte das sichere Gefühl, den großen, schlanken dunkelhaarigen Mann zu entdecken. Was er jedoch sah, war gleißend blitzender Schnee und eine alte Frau, die ihren überfetten Dackel an kurzer Leine spazieren führte.
Auf den Dächern der Autos lagen dicke Schneedecken, über die der Wind strich und kristallen glitzernde Schleier hin-

gen. Achsens Blicke saugten sich an den Nummernschildern fest. STD, STD, STD, las er, während das heftig kreisende Blut in seinen Ohren rauschte und er zum erstenmal seit dem Erwachen wieder den Wundschmerz spürte. Er atmete tief durch, preßte die Hände gegen die Schläfen, redete sich ein, schlecht geträumt zu haben, gleichzeitig aber versuchte er herauszufinden, ob Mickler überhaupt eine Möglichkeit hatte, die Verbindung zwischen ihm und Ruth zu recherchieren.

Wenn er Zeitung liest, dachte er. Als die Firma zusammengebrochen war, hatte es eine Flut von Klatschberichten in allen möglichen Blättern gegeben, Fotoberichte, Verdächtigungen und Vermutungen, die sich wie stinkender Tran zwischen den Zeilen breitgemacht hatten. Ruth war als teuflische Verführerin und Anlaß des Zerwürfnisses mit Elvira, als Stein des Anstoßes und – der Teufel mochte wissen, woher die Reporter die Bilder hatten – in sehr freizügiger Aufmachung abgebildet worden. Kein Zweifel, Mickler mußte es seinerzeit gelesen haben. Kein Zweifel auch, daß er sich erinnern würde. War das aber der Fall, konnte es nicht sehr schwer sein, Ruths augenblickliche Adresse ausfindig zu machen.

Der Vorhang schwang zurück. Achsen stöhnte. Wenn aber dieses Haus hier keine Sicherheit bietet, wohin kannst du gehen? Die lächerlichen 4000 Mark sind in wenigen Tagen verbraucht, wenn du von Hotel zu Hotel ziehst. Der Zeitpunkt wird kommen, an dem du absolut mittellos bist, bedingungslos auf Ruth angewiesen, denn nur sie kann und wird dir helfen. Findet Mickler aber diese Adresse...

Er schüttelte sich.

Zum ersten Mal seit dem mörderischen Angriff Micklers in Kikis Wohnung begriff Achsen, daß er nur dann Ruhe und Frieden finden konnte, wenn sein Jäger physisch ausgeschaltet wurde, wenn er starb. Solange Mickler lebte, gab es keine Zukunft, war er, Achsen, gezwungen, das Dasein eines Maulwurfs zu führen, sich von Versteck zu Versteck zu hangeln, immer die zermürbende Gewißheit vor Augen, eines Tages einen Fehler zu begehen und erwischt zu werden.

Er fröstelte trotz der Hitze im Zimmer. Wie eine überscharf gefilmte Szene lief das Geschehen am Steindamm vor seinem geistigen Auge ab: Mickler, der sich daran machte, ihm den Hals durchzuschneiden...

Achsen begriff plötzlich, daß es auf Leben und Tod ging.

Mickler mußte aus der Welt geschafft werden.

In seine Angst mischte sich ätzender Haß. Haß auf den Gewinner.

Was er nicht begriff, war, daß er den Mann, der ihm zur tödlichen Gefahr geworden war, gleichzeitig bewunderte. Dessen Durchsetzungsvermögen, dessen Kälte und Skrupellosigkeit. Mickler verfügte über alles, was ihm selbst fehlte.

Ein Mickler, das war ihm unbewußt klar, hätte in seiner brutalzupackenden Art die Firma gerettet, wäre mit den Schwierigkeiten fertig geworden, hätte das Desaster verhindert. Ein Mickler hatte die zielgerichtete Energie, seinen Gegner ausfindig zu machen und zu vollenden, was er sich vornahm. Mickler war der geborene Gewinner, vom Schicksal mit Attributen ausgestattet, die ihm, Achsen, besonders in Krisenzeiten fehlten.

Achsen warf sich auf das Bett. Er vergrub das Gesicht in dem weichen Kissen. Er wird dich finden, dachte er. Hier in diesem Haus. Eines Tages wird er wie ein Gewitter hereinplatzen und dich wie ein lästiges Insekt zertreten.

Grelle Bilder zerplatzten vor seinen Augen. Er sah Ruth. Eine Ruth, die Mickler lächelnd empfängt, er entdeckt Bewunderung für den großen, gutaussehenden Mann in ihren Augen, bemerkt ihr hintergründiges, einladendes Lächeln. Mickler geht an ihr vorbei ins Wohnzimmer, sie schließt die Tür, bleibt im Durchgang stehen und streicht sich scheinbar unbewußt über die Brüste. Ihr Lächeln, in dem eine geheime Aufforderung mitschwingt, wird zum

Demonstrieren ihrer Körperlichkeit. Das rechte Bein bewegt sich, spannt das Kleid über den Hüften, offeriert die Bereitschaft, sich nehmen zu lassen. Sie spürt instinktiv den Leitbullen, die Kraft und die Macht und unterwirft sich. Ihre Hand deutet auf das Schlafzimmer. Sie nickt. Mickler dreht sich schweigend um, lautlos nähert er sich der Tür, stößt sie auf. Er dringt in das Zimmer, stößt mit demMesser zu und beendet dieses Leben, das ihm zur übergroßen Gefahr geworden war. Er kehrt zurück. Befreit. Ruth steht nackt vor dem Kamin, in der Hand einen Champagnerkelch, hebt das Glas und nickt ihm zu. Er nimmt sie auf dem Teppich vor dem Kamin, mit seiner brutalen, nicht zu bändigenden Kraft. Und sie schreit, schreit ihre Lust gegen die Wände, in das Blut, in das auch sie verliebt ist. In das Blut und in die Macht des Fleisches...
Achsen ballte die Hände. Er wußte plötzlich, daß er Micklers wiedergewonnene Potenz haßte, dessen erdrückende Körperlichkeit. Aus der Angst stieg die Vision, Mickler mit einem stumpfen Messer erneut zum Kastraten zu machen.
Ein Goliath, der auf David treffen wird. Er schwor sich, Mickler zu beseitigen.

21

Als nach fast einer Woche die Polizei trotz seiner Erwartung nicht aufgetaucht war, war die ungeheure Spannung, unter der Mickler lebte, eher noch angestiegen. Er roch förmlich die Gefahr, die über seinem Kopf schwebte, er wußte, daß ihn Schreckliches erwartete. Nur wußte er nicht, was.
Achsen wuchs in seinen Augen zum bedrohlichen Schatten. Tag für Tag hatte Mickler frühmorgens die Wohnung verlassen, war nach Sankt Georg gefahren, hatte sich in der Nähe der Wohnung herumgedrückt und den Hauseingang beobachtet, ohne Achsen zu Gesicht zu bekommen. Er hatte sich Kiki vorgenommen, ihr eine abenteuerliche Geschichte erzählt und herauszubekommen versucht, ob sie Kenntnis über Achsens Aufenthaltsort hatte. Sie hatte sich bei ihm ausgeweint, den Flüchtigen als skrupellosen Ausbeuter beschimpft und behauptet, er habe sie fallenlassen, weil er – aus welchen Quellen auch immer – einen »Haufen Schotter gekriegt« habe. »Nur einmal hat er kurz angerufen, besoffen war er, er hat gesagt, daß er nicht kommen könne, einen Grund hat er nicht genannt.«
»Aber seine Sachen hat er noch nicht abgeholt?«
»Was für Sachen denn? Zerfetzte Unterhosen? Der hat ja nichts, nicht viel jedenfalls.« Sie hatte einen Arm um ihre Tochter gelegt und das eingeschüchterte Kind an sich gepreßt. »Er sah ja so fürchterlich aus, als er gerannt ist. Die haben ihn zusammengeschlagen. Ich wette, er hat irgendeinen Kerl geprellt und nun sind sie hinter ihm her.«
Keine Hinweise.
Mickler hatte nicht aufgegeben. Rund um die Uhr war er in

der Nähe geblieben, hatte Kneipen abgeklappert, den Bahnhof observiert, seine Streifzüge in die nähere Umgebung und schließlich nach Sankt Pauli ausgedehnt. Von Achsen keine Spur! In ihm aber war eine fressende Unruhe, komprimierte Angst, die verhinderte, daß er seine Mahlzeiten einnahm. In einer Woche war Mickler um sieben Pfund abgemagert.

Er wurde hektisch, ungeduldig, obwohl er wußte, daß er besonders jetzt mit kühlem Verstand zu operieren hatte. Das tiefe Gefühl der Unsicherheit verleitete ihn dazu, die Mordwaffe, jenen Carcano Karabiner, mit dem er Elvira Dreher erschossen hatte, im Auto mit sich zu führen. Er hatte Lauf und Kolben verkürzt, um die Waffe versteckt am Körper tragen zu können. Für den Fall, daß er Achsen erwischte und rasch handeln mußte. Im Magazin steckten vier Patronen, deren Köpfe plattgeschliffen waren.

Er hatte keinen Zweifel, daß er Achsen, wo auch immer er ihn erwischen würde, gnadenlos abschießen würde. Er sah keine andere Möglichkeit, das, was er seine Freiheit nannte, zu verteidigen und wiederzugewinnen. Für ihn war der manische Versuch, die Gefahr zu beseitigen, nichts weiter als ein Akt der Notwehr.

Die Idee, jene Illustriertenberichte zu durchforsten, die nach dem Zusammenbruch von Achsens Firma erschienen waren, kam ihm am Wochenende. Er meldete sich in einem großen Zeitungsverlag an, und bat um Einsicht in die verschiedenen Sammelbände. So konnte er das Material in einem der Verlagsräume durchsehen.

Als er die Fülle der erwähnten Namen auf seinem Block sah, begriff er, wie mühsam es werden würde, geeignete Informationen zu gewinnen. Aber nicht nur das: Wenn er – unter welchen Vorwänden auch immer – nach Achsen zu forschen begann und Achsen Verbindung zu seinen alten Freunden hielt, würde der Gesuchte gewarnt werden. Außerdem kostete das Unternehmen Geld. Und Geld war für Mickler eine rare Sache geworden.

Aufgeben, fragte er sich, als er den Verlag verlassen hatte, es darauf ankommen lassen? Die Wohnung wechseln, irgendwo untertauchen und neu beginnen?
Auch das ist eine Geldfrage. Außerdem wird Ingrid Erklärungen haben wollen. Eine Ingrid, die sowieso schon unruhig geworden war, weil sie hinter seinen Exkursionen eine Geliebte vermutete.
Sie stellte Fragen, denen er auswich. Irgendwann würde sie auch bemerken, daß er den Diamantring, den er ihr bei ihrem Einzug in die Wohnung geschenkt hatte, genommen und verhökert hatte. Für knapp ein Drittel des ursprünglichen Preises. Sie würde den Verlust des Armbandes und der Münzen bemerken, die er in der Tasche trug, um auch sie zu verkaufen. Nur verstehen, warum er das machte, würde sie nicht. Man kann seiner bürgerlichen Freundin nicht sagen, daß man dabei ist, einen Schweinehund zu finden, dem man das Gehirn aus dem Schädel schießen will.
Er stieg in den Wagen. Er fuhr nach Harburg, stieg aus, betrat den kleinen An- und Verkaufsladen, nickte dem feisten Kerl mit dem runden Gesicht zu, der zwischen Fernsehern und Trödel in einem Sessel saß, packte die Münzen und das Armband auf den Tresen und schwieg.
Tonndorf erhob sich. Seine wurstigen Finger grabschten nach dem Schmuck. Er schob sich eine Lupe ans rechte Auge, taxierte, hob die Schultern. Schweigend bediente er die Waage, die – davon war Mickler überzeugt – falsche Werte angab. »Fünfhundert«, sagte er nuschelnd. »Und das ist ein Freundschaftspreis.«
Mickler schüttelte den Kopf. »Das hat mal über vier Mille gekostet.«
»Ich war auch mal hübsch und jung. Guck mich an!«
»Zweitausend«, sagte Mickler.
»Für zweitausend kannst du den Laden haben. – Fünfhundert.«
Es sind Blutsauger, die deine Ausweglosigkeit riechen, dachte Mickler.

»Ich verschenke nichts.«
Tonndorf hob die Hände, der Kopf verschwand fast zwischen den massigen Schultern. »Du kannst es ja woanders versuchen.«
»Tausend.«
»Ich gebe dir sechshundert. Mein letztes Wort.«
»Eines Tages drehe ich dir das Gesicht nach hinten.«
»Bringt das Geld?«
Mickler winkte ab. Er hielt Tonndorf die offene Rechte entgegen. Tonndorf lachte meckernd. Er zog die speckige Brieftasche, zählte sechs Hunderter ab, warf sie auf den zernarbten Holztresen. »Das hat alles keinen Wert mehr«, kommentierte er.
Mickler steckte das Geld ein. Er ging hinaus, ohne ein weiteres Wort zu verlieren.
Er besaß jetzt knappe siebenhundert Mark. Über Reserven verfügte er nicht. Er stieg ins Auto, starrte durch die Windschutzscheibe auf die Straße. Haß brannte in ihm. Er startete, legte den ersten Gang ein und trat aufs Gaspedal. Die Räder drehten auf dem glatten Untergrund durch.
Er lenkte den Wagen auf die Autobahn Hannover. Fünfzehn Minuten später stieg er vor dem Kasino in Hittfeld aus. Er betrat die Halle, wies sich aus, betrat den Salon, nahm an einem der Roulettetische Platz und hörte das Gesinge des Croupiers wie durch Watte gefiltert. Er wechselte fünfhundert Mark am Tisch. Er setzte Finale Vier/Sieben zu je zwanzig. Die weiße Kugel stürzte auf die 33.
Der Rechen harkte die Jetons zusammen. Eine weißhaarige Dame mit zerknittertem Gesicht streckte die Hände nach dem Kolonnengewinn aus. »Finale Vier/Sieben«, sagte Mickler und schob sieben Zwanziger-Jetons über den Filz. Kaum merkliches Nicken des blassen Gesichts. Ein Lächeln. Plastik klirrte. Rauch wehte. Das Kreuz im Kessel rotierte. »Bitte Ihre Einsätze zu machen.« Und wenig später: »Nichts geht mehr.«
Hundertvierzig und Hundertvierzig sind Zweihundertacht-

zig, rechnete Mickler, obwohl er sich gegen die Kalkulation sperrte. Never count Your Money... Das Rasseln der weißen Kugel, das Klickern, als sie Fahrt verlor. Der Fall. Die näselnde Stimme: »Vierzehn... rot...«
Zehn mal sechzehn, rechnete Mickler, sind 160.
»Doppelt«, sagte er, »Finale Vier/Sieben.«
Er verlor.
Finale Vier/Sieben. Das Lächeln des Croupiers, das steinerne Gesicht des Chef du Table. Sie kommt! Sie muß kommen. Die Wahrscheinlichkeit und außerdem... Die Kugel, auf die er nicht blicken konnte, das mahlende Rasseln, das Klickern... »Neunundzwanzig... schwarz...«
Später trank er einen Mokka. Zu mehr reichte sein Geld nicht. Er setzte sich in den Wagen. Die Scheiben waren vereist. Der Himmel düster. Regen, fein wie Spinnweben, hing in der eiskalten Luft. Er fuhr aggressiv. Das Radio peitschte Rockmusik an seine Ohren. Du hättest auch gewinnen können, sagte er sich, als er die Tiefgarage erreichte und mit dem Lift nach oben fuhr. Ingrid öffnete.
Er sah es ihrem Gesicht an, daß sie den Verlust der Schmuckstücke bemerkt hatte. Er drückte sich an ihr vorbei ins Wohnzimmer, warf die Jacke auf einen Sessel und schaltete den Fernseher ein. Er zerknüllte die leere Zigarettenpackung, nahm eine neue vom Tisch, riß sie auf. Sie schwiegen sich an, bis Ingrid, das Gesicht verzweifelt leer, tonlos sagte: »Vielleicht sollten wir mal miteinander sprechen. Findest du nicht auch?«
»Bitte«, sagte er. »Ich habe nichts dagegen.«
»Scheinbar doch. Du bist so anders, so furchtbar kalt. Ich habe das Gefühl, als wenn... ich weiß es nicht... als wenn du es darauf anlegtest, alles zu zerstören. Was ist mit dir? Was habe ich dir getan?«
»Du hast gar nichts getan.«
»Aber warum weist du mich ab? Warum?«
»Das ist doch nicht wahr!«
»Du bist anders. Ganz anders.«

»Das bildest du dir ein.«
Sie weinte. Er ließ es zu, ohne sie tröstend an sich zu ziehen, ohne ihr eine Erklärung zu bieten. Stumm zog sie sich ins Schlafzimmer zurück. Durch die angelehnte Tür sagte sie: »Warum hast du die Sachen genommen?«
Mickler preßte die Hände gegen die Schläfen. »Warum, warum!« brüllte er verwundet auf. »Ich habe das Zeug genommen, weil... weil ich Geld brauchte.«
»Du hättest es mir sagen können. Du weißt doch, daß ich bereit bin, dir alles zu geben. Warum diese Heimlichkeit? Irgendwann kommt man ja doch darauf, und dann ist das Vertrauen weg, dann sagt man sich, daß da noch ein dickes Ende kommt. Du weißt nicht, was du mir damit angetan hast, du bist so kalt, so stur, so... ach, geh doch zum Teufel!«
Sie schlug die Tür zu. Mickler erhob sich und wollte zu ihr, blieb aber stehen.
Er hörte ihr Weinen. Seine Hände zuckten.
Achsen, das Schwein!
Auch das kam auf sein Konto, dieses Weinen, der Schmerz dieser Frau.
Er warf sich wieder in den Sessel. Er hatte keine Erklärungen. Er durfte nicht erklären. Wie hätte Ingrid verstehen können, daß er nichts sehnlicher wünschte, als einen Mann zu töten?
Er hörte sie kommen. Ihren sanften Schritt. Er wagte nicht aufzublicken, senkte den Kopf, hob ihn erst, als die Wohnungstür leise in den Angeln quietschte.
Ingrid trug ihren Koffer.
»Was soll das?« stieß er hervor. Er sprang aus dem Sessel, streckte die Hände aus.
»Ich gehe«, sagte sie. »Ich muß. Aber das wirst du ja nicht verstehen.«
Er hatte nicht die Kraft, ihr nachzulaufen. Sie schloß die Tür. Mickler stand mitten im Raum. Er schlug sich gegen die Stirn. So sehr es ihn aber schmerzte, daß Ingrid gegan-

gen war, so erleichtert war er auch, weil er nun keine Rücksicht mehr auf sie zu nehmen brauchte.
Er setzte sich wieder.
Er starrte auf die Fernsehbilder. Er fühlte sich wie ein Mann, der von innen her von einer ätzenden Säure aufgefressen wird. Und doch: Er fühlte sich befreit. Von jetzt ab gab es für ihn keinerlei Beschränkungen mehr, Achsen ausfindig zu machen.
Er begann mit der Auswertung der im Illustriertenverlag gemachten Notizen ...

Ruth lag auf dem Rücken. Im Kamin knisterten die Buchenscheite, von denen ein angenehm riechender Duft ausging. Das sanfte Streicheln Achsens machte die gesättigte Frau schläfrig. Matt sagte sie: »Viel Glück hast du mit deinen Unternehmungen nie gehabt, nicht wahr?«
»Wenn du nur das Ende siehst, nicht. Aber es hat auch die Jahre davor gegeben, den wahnsinnig schnellen Aufbau, das große Geld und die Macht, die man sich angehäuft hat. Vergiß nicht, daß ich viele meiner Konkurrenten an die Wand gedrückt habe.«
»Es gibt Leute, die behaupten, das sei Elviras Werk gewesen.« »Solch ein Unsinn!«
Ruth hielt Achsens Hand fest, die sich zwischen ihre Schenkel schob. »Für einen Verletzten bist du ganz schön auf Draht. Was ich meine, ist, daß es ihr Geld gewesen sein könnte.«
»Nein«, sagte er fest. »Geld ist wie Sprit für ein Auto. Ein Mittel, Ruth. Egal, welche Sorte du tankst, du fährst ein gutes oder ein schlechtes Auto. Ich war gut, ich bin gut. Ich gebe zu, gewisse Fehler gemacht zu haben, aber ich weiß auch, daß sie mir kein zweites Mal unterlaufen. Auch ich habe gelernt.«
»O ja«, sagte sie. »Du mußt sexuell in sehr fremden Händen gewesen sein. Aber das gefällt mir. – Wer war sie?«

»Irgendwer.«
»Sah sie gut aus?«
»Überhaupt nicht. Ein Besen.«
»Ein biegsamer mit vielen Ideen, nehme ich an.«
»Mag sein. Ich möchte über meinen Vorschlag reden, wissen, wie du es siehst. Wir wissen beide, daß du nur eine begrenzte Zeit von dem leben kannst, was dein Asthmatiker dir hinterlassen hat.«
»Wenn ich mich anstrenge, finde ich jemanden«, murmelte sie.
»Bin ich dir so wenig wert?«
»Zuviel«, gab sie zurück. »Das ist es, was mich erschreckt. Ich beginne, dir wieder hörig zu werden.«
»Belastet es dich?«
»Nein.«
»Dann gibt es keinen Grund, dir nicht einen neuen Geldgeber zu suchen. Wir könnten es diesmal gemeinsam versuchen. Ein Risiko ist es für dich nicht, weil der Laden auf deinen Namen liefe.«
»Und wenn es eine Bauchlandung wird?«
»Fast unmöglich! Diesmal hätte ich das Herz, kräftig abzusahnen, ehe es soweit ist.«
»Was heißt das?«
»Kredite, die nicht verwendet, sondern in die Schweiz gebracht werden. Du kriegst auf alles was. Je mehr Waren in den Regalen, desto mehr Geld von den Banken. Man könnte sich innerhalb von wenigen Monaten auf zwei, drei Millionen hochschaukeln. Ich weiß, wovon ich spreche.«
»Und dann verschwinden?«
»Warum nicht?«
Sie drehte sich auf die Seite, stützte sich ab. »Das würdest du machen?«
Er nickte.
»Und welche Rolle spiele ich dabei?«
»Die der Betrogenen, wenn du so willst. Ich halte den

Kopf für dich hin. Ich gehe nach Südamerika. Von da holt auch dieser Staat mich nicht mehr zurück.«
»Aber ohne meinen Anteil, ja?«
»Fifty/Fifty«, sagte er und hob die rechte Hand zum Schwur.
Ruth erhob sich. Sie war während der letzten Monate fülliger geworden. Die Haut unterhalb des Nabels war weniger fest. Sie hatte Mühe, ihr Gewicht zu halten. Vielleicht lag es aber auch nur an ihrer größeren Gleichgültigkeit.
Sie nahm ein Glas, gab Eis und Whisky hinein. Sie nahm einen Schluck, setzte sich auf die Bank vor dem Kamin.
»Angenommen, ich sage ja. Auch zu dieser komischen Sache, die du bereinigt wissen willst. Was geschieht?«
»Du meldest ein Einzelhandelsgewerbe an. Kostet hier in Buxtehude fünf Mark und ein Lächeln.«
»Weiter?«
»Wir mieten die Halle oben an der B 73, richten sie mit einigen billigen Klamotten her, füllen die Regale und eröffnen mit 'nem gehörigen Werberummel.«
»Und die liefern so einfach, die Hersteller?«
»Auf einen Anruf hin. Die brauchen alle Umsatz.«
»Aber verschicken auch Rechnungen.«
»Ja, Ruth, das machen sie, aber du hast Zeit, sie zu begleichen. Genügend, um die Kredit- und Wechselschraube zu drehen. Am Ende spuckt der Laden unsere Millionen aus.«
»Du bist ganz sicher?«
»Absolut! Es kann nichts schiefgehen, wenn du es von vornherein auf Schwindel anlegst. Schwierig wird es, wenn du vorhast, mit dem Laden Geld zu verdienen.«
»Wieviel brauchst du?«
»Erst mal die zwanzig Mille für die andere Sache. Dann Miete und Kaution für die Halle, Geld für die Kassen und Regale et cetera, alles in allem runde sechzigtausend.«
»Und das reicht?«
»Ich schwör's.«
»Das klingt verlockend. Ich habe mal gerechnet. Das Geld

wäre aufzutreiben, Robert. Ich frage mich nur, wo der verdammte Haken ist. Und ob du es ehrlich meinst.«
Auch er stand auf. Er hielt ihr die Hände hin. Sein Gesicht war fast verheilt. Eindringlich sagte er: »Du weißt doch, was die Schweine mit mir gemacht haben! Nichts haben sie mir gelassen, verhöhnt haben sie mich. Besonders die Banken haben sich wie Raubtiere benommen. Ich habe keinerlei Skrupel, ganz im Gegenteil, für mich ist es so was wie berechtigte Rache. Ein Haken? Nein, wenn wir das andere Problem aus der Welt haben.«
»Warum kostet das soviel Geld? Zwanzigtausend Mark sind kein Pappenstiel, nicht wahr?«
»Willst du die Wahrheit?«
»Bitte, wenn es sich machen läßt.«
»Die Wahrheit ist«, gab Achsen fast flüsternd zurück, daß ich fürchterliche Angst vor diesem Kerl habe. Ich habe darum gebetet, den Mut zu haben, ihm gegenüberzutreten. Aber trotz der frommen Sprüche bringe ich das nicht fertig. Ich breche in Angstschweiß aus, wenn ich nur an ihn denke.«

»Kein Mensch, ein Ungeheuer?«
»Das ist nicht zum Lachen, Ruth. Ich weiß, wovon ich rede. Ich weiß auch, daß nichts geht, solange der Typ geradeaus gehen kann. Wenn du mir insoweit hilfst, kriegst du nach einigen Monaten mindestens eine Million. Ich glaube, du solltest nicht länger nachdenken.«
Sie leerte ihr Glas. Sie füllte nach. »Es ist seltsam«, sagte sie, »alles in mir sträubt sich dagegen, ja zu sagen, aber ich nicke trotzdem, Robert. Wider besseren Verstand. – Wann brauchst du das Geld?«
»Ich treffe meinen Partner heute abend. Es wäre gut, wenn dann auch die zwanzig Mille da wären.«
Ruth ging auf ihn zu. »Gut, ich ziehe mich an. In einer Stunde wirst du das Geld haben.«
Achsen zog sie an sich und küßte sie. »Du wirst es nicht bereuen«, sagte er. »Ich schwör's dir.«

22

Mehr als drei Wochen vergingen, ehe Mickler die erste tragfähige Spur fand. Sie führte in die Anwaltskanzlei Herwarth & Stocker auf der Wexstraße. Dr. Herwarth fungierte, wie mehrere geprellte Lieferanten einstimmig behauptet hatten, als zentrale Abwicklungsstelle der immer noch gegen Achsen andauernden Rechtsstreitigkeiten. Vor dem Landgericht lief außerdem eine Zivilsache, in der Dr. Herwarth Achsen vertrat. Es war anzunehmen, daß der Gesuchte mit der Kanzlei Verbindung hielt, auch war es möglich, daß Achsen den Gerichtstermin wahrnehmen würde. Ein Wunder jedenfalls, wenn nicht zuträfe, daß dieser Anwalt Achsens derzeitige Adresse kannte.
Mickler verbrachte drei Tage in der Nähe der Kanzlei, registrierte jeden Besucher, begriff aber rasch, daß nur ein Zufall ihm Achsen über den Weg laufen lassen konnte. Was er benötigte, war ein Vorwand, um nach Achsens Adresse zu fragen.
Er versuchte es telefonisch mit dem Hinweis, die Zulassungsbehörde zu sein. Er gab vor, Achsen habe eine TÜV-Überprüfung eines Fahrzeuges versäumt, der Wagen sei somit aus dem Verkehr zu ziehen, es ginge um die Sicherstellung der Nummernschilder. Das Gespräch wurde zu Dr. Herwarth durchgestellt, dem er die Geschichte noch einmal vortrug. Der Anwalt war sehr entgegenkommend, war jedoch nicht bereit, Achsens Anschrift auf der Stelle preiszugeben. »Ich habe die Postzustellungsvollmacht«, sagte er. »Geben Sie die Sache brieflich herein. Sie werden demnächst eine Antwort erhalten. Im übrigen, unter welcher Nummer kann ich Sie zurückrufen?«

Mickler gab irgendeine Zahlenfolge an, sagte einen geläufigen Namen und dankte, sehr wohl wissend, daß er sich etwas Besseres einfallen lassen mußte.
Nach dem Anruf fuhr er zu seinem Vater und lieh sich einhundert Mark. Zusammen mit dem Erlös aus dem Verkauf seines Fernsehers, des Feldstechers und einer Reihe von Elektroartikeln brachte er knappe fünfhundert Mark in seine Tasche. Vierhundertzwanzig überwies er der Vermietungsgesellschaft, fünfzig steckte er in die Innentasche seiner Jacke, um sie als eiserne Reserve zu sichern, den Rest – knappe zwanzig Mark – bestimmte er für die anfallenden Ausgaben.
Er fuhr nach Hause, brütete über die Möglichkeiten, die ihm blieben, über die Anwaltskanzlei an Achsens Adresse zu kommen. Es gab einige, alle aber setzten einen guten Hintergrund voraus. Und Geld. Was unter dem Strich blieb, war die vage Idee, in die Kanzlei einzubrechen, um sich die Information mit Gewalt zu holen.
Er brauchte Geld.
Nicht nur, um Achsen zu finden, sondern um zu überleben. Er starrte in die Dämmerung des Wohnzimmers, auf den Fleck, wo bis vor kurzem noch der Fernsehapparat gestanden hatte, zermarterte sein Gehirn und fand dennoch keine Lösung.
Er dachte an seine Mutter, die seit Monaten nichts mehr von ihm gehört hatte. Sie anrufen? Ihr was vorheulen? Ihr sagen, wie es um ihn stand? Jos verdiente einen Haufen Dollar. War sie bereit, ihm etwas zu schicken?
Er rieb die Hände gegeneinander, biß sich auf die Zähne und freundete sich schließlich mit dem Gedanken an, die unkalkulierbare Jagd aufzugeben. Immerhin hatte Achsen keinen Versuch der Erpressung mehr unternommen. Und auch seine Drohung, die Polizei zu informieren, nicht wahrgemacht. Höchstwahrscheinlich war der Kerl zufrieden, seinerzeit mit dem Leben davongekommen zu sein. Ihm saß der Todesschrecken im Nacken. Möglich, daß man sich

niemals wieder begegnete, daß der Mann endgültig zur Vernunft gekommen war und Ruhe hielt.
Mickler nickte. Er tastete nach den Zigaretten. Im gleichen Augenblick schrillte das Telefon.
Ingrid, dachte er und nahm ab.
»Hör zu, du Scheißer«, sagte Achsen. »Du sollst nicht glauben, daß die Sache vergessen ist. Du wolltest mich wie ein Schwein abstechen, obwohl ich es ehrlich meinte. Du wirst dafür zahlen!«
Mickler brachte kein Wort hervor. Nur ein dumpfes Gurgeln drang aus seiner trockenen Kehle.
»Ich will Geld, Mickler, hast du verstanden?«
Die Verzweiflung explodierte in Mickler. »Du machst'n Fehler, Achsen!« stieß er hervor. »Du solltest nichts tun, um mich zu reizen. Ich bin bereit, dich in Ruhe zu lassen, wenn du es auch tust. Wir gehen uns aus dem Weg.«
»Ich brauche und ich will Geld. Wenn du nicht zahlst, gehst du hops. Ich gebe dir eine Frist, Mickler. Eine ganze Woche, wenn du willst, aber dann zahlst du. Versuche nicht, mich dußlig zu reden. Ich gehe davon nicht ab. Zehntausend!«
»Du bist nicht bei Verstand. Ich habe kein Geld, ich weiß noch nicht mal, wovon ich die Bude hier bezahlen soll. Ich kann's nicht, Achsen.«
»Du hast eine Woche. Überfalle von mir aus eine Bank. Aber mach was, wenn du nicht im Zuchthaus landen willst. – Ich rufe wieder an.«
Die Leitung war stumm. Mickler sprang auf, lief auf und ab. Das Schwein, wütete er, diese Ratte. Er hatte das Gefühl, Achsens Hals zwischen den Händen zu haben. Er drückte zu, aber da war nur Leere. Die gleiche, die er im Hirn spürte. Keine Ideen, nur diese brennende Verzweiflung, die ihn schließlich auf die Idee kommen ließ, sich an den Wohnzimmertisch zu setzen, um ein Geständnis niederzuschreiben.
Wirre Worte, die er immer wieder durchstrich, Ansätze einer Erklärung, die – das ahnte er – keinen Schuß Pulver

wert war. Er zerknüllte die Bögen, legte sie schließlich auf einen Teller und zündete sie an.
Wo ist er? fragte er sich in wachsender Panik.
Er nahm die letzte Dose Bier aus dem Kühlschrank. Er leerte sie hastig und rauchte. Immer wieder schlug er sich die rechte Faust gegen den Schädel. Wo konnte Achsen nur stecken? Wieder in Hamburg? Wie hatte die Stimme geklungen? War das ein Ortsgespräch gewesen?
Er zog sich an. Er verließ die Wohnung. Er fuhr in die Tiefgarage, nahm den Wagen und fuhr in die Innenstadt. Haarscharf schrammte er an einem Bus vorbei, als er bei Rot eine Ampel überfuhr. Er trat aufs Gaspedal, fuhr davon, zwang sich gewaltsam zur Ruhe, um keine weiteren Fehler zu begehen.
Kiki, die er aufsuchte, schwor, Achsen nicht gesehen zu haben. Seit jenem Abend nicht, als er verletzt davongelaufen war. Mickler glaubte ihr nicht. Er zwang sie in die Wohnung, kontrollierte die Zimmer, suchte nach Spuren, die sein Todfeind hinterlassen haben konnte. Er fand Kikis kranke Tochter, aber nichts von Achsen.
Er blieb in Sankt Georg, opferte seine Geldreserven und suchte in den Kneipen.
Von Achsen keine Spur.
Er nahm die U-Bahn und fuhr zum Rathaus. Er stieg aus, hastete die Treppen empor und marschierte in die Wexstraße. In den Praxisräumen brannte noch Licht. Keine Aussicht, dort ungesehen einsteigen zu können. Später vielleicht, weit nach Mitternacht. Er kehrte nach Sankt Georg zurück.
Kiki nickte ihm zu. »Nichts los heute«, sagte sie traurig. »Das ist, weil keiner mehr Geld hat. – Warum suchst du Achsen? Hat er dich gelinkt?«
»So was, ja«, gab er zurück.
»Der linkt jeden. Eines Tages wird man ihn mit durchschnittener Kehle im Gulli finden.«
»Ja«, sagte er und kehrte ihr den Rücken zu.

»Du könntest mit mir raufgehen«, rief sie ihm nach. »Es kommt sowieso nichts mehr.«
»Ich habe kein Geld.«
»Ich will dein Geld nicht.«
Er blieb stehen. Er sah sie an. Eine magere, gesichtslose Frau mit strähnigem Haar, das im kalten Wind flog. Sie fror. Nicht nur äußerlich, auch innen.
Er nickte. »Gut«, sagte er, »gehen wir.«

Achsen lehnte sich zurück. »Ich habe ihn angerufen«, berichtete er lächelnd. »Ich habe seine Angst gerochen. Gerochen, sage ich dir! Er hat geschwitzt und kleine Brötchen gebacken. Aber ich traue ihm nicht. Sobald er Morgenluft wittert, keilt er wieder aus. Und wenn der losgelassen ist, bleibt kein Auge mehr trocken.«
»Du haßt ihn, nicht wahr?«
»Ich hasse ihn wie nichts auf der Welt. Weißt du, wie das ist, wenn du genau weißt, daß dich solch ein Schwein abstechen wird? Was du dann denkst und fühlst?«
»Das hat er versucht?«
Achsen nickte. Er gab Ruth Feuer. »Du hast mein Gesicht gesehen. Das war er. Zwei Schläge. Ich dachte, mein Schädel quillt wie eine überreife Tomate auseinander. Ein Tier, sage ich dir, einer dieser Kerle, die da in Vietnam und Südamerika als Söldner hausen. Die haben nichts anderes als umbringen gelernt.«
»Ich habe davon gelesen. Wieso hattest du mit ihm zu tun? Solche Leute lernt man doch nicht nur so kennen?« Sie beobachtete Achsen.
Als dieser nur die Schultern hob, fuhr sie nachdenklich fort: »Was hattest du mit ihm zu tun? Und warum ist er hinter dir her?«
Achsen lachte. »Du läßt nicht locker, nicht wahr?«
»Es ist nicht nur Neugierde, Robert. Immerhin unterstütze ich dich bedenkenlos. Unter Umständen kommt eines Tages

die Polizei zu mir und behauptet, ich sei so etwas wie deine Komplizin gewesen. Die feine englische Art ist es ja nicht, quasi gegen bestehende Gesetze zu handeln und sich – ist es denn nicht so? – ein Richter- und Rächeramt anzumaßen.«
»Weißt du, was geschieht, wenn ich eine Anzeige mache?«
»Nein.«
»Dann nehmen die Burschen das auf, dann schicken sie irgendwelche jungen Spunde, die einen Haufen Papier vollschmieren, das irgendwann einmal einem Staatsanwalt vorgelegt wird, einem Staatsanwalt, Ruth, der nur den Kopf schüttelt und die Sache einstellt, weil die Kiste einen Haken hat: Der Vernommene streitet alles ab, behauptet, das sei an den Haaren herbeigezogen. Es steht Aussage gegen Aussage, das heißt, dann gibt's nur noch eine, weil der Schweinehund mich inzwischen unter die Erde gebracht haben wird. Die können nichts machen, die wollen nichts machen. Vielleicht, weil sie zu viel zu tun haben, vielleicht, weil sie unfähig sind, vielleicht auch, weil ihnen das nicht ins Raster paßt. Fest steht, ich zöge den kürzeren. Und das will ich nicht.«
»Gut, das ist die eine Seite, eine Antwort aber hast du mir noch nicht gegeben. Warum will er dich umbringen?«
»Weil . . . mein Gott, Ruth, ich habe, als alles am Ende war, in der Gosse gelegen. Ich habe wie eine Ratte um mich gebissen. Zufällig auch diesen Mann dabei erwischt. Er versteht leider keinen Spaß.«
»Das ist alles?«
»Ja.«
»Verstehe ich nicht . . .« Sie senkte den Blick und betrachtete ihre Hände. Langsam schüttelte sie den Kopf. Sie ahnte, daß Achsen sie belog. Er hatte andere Motive. Seine Angst war zu ausgeprägt, sie verfolgte ihn bis in die wirren Träume, aus denen er schweißgebadet erwachte, in denen er schrie und um sich schlug. Vage stieg plötzlich der Verdacht in ihr auf, die Sache könnte mit Elvira zu tun haben. Hatte Achsen bei ihrer Ermordung mitgewirkt?

Sie nahm das goldene Feuerzeug, das neben ihr auf dem Beistelltischchen lag und ließ es aufflammen. »Wann«, fragte sie wie nebenbei, »hast du eigentlich in Erfahrung gebracht, daß meine Schwester dich wieder in Gnaden aufzunehmen gedachte?«

Achsen hob den Kopf. Er sah wie ein mißtrauisch witternder Wachhund aus. »Wann?« Er stieß einen Seufzer aus. »So zwei, drei Tage, bevor sie umgekippt ist. – Warum fragst du?«

Ruth rechnete. »Sie wurde Samstagmorgen erschossen. Das heißt also, du wußtest schon Mittwoch Bescheid?«

»So in etwa.«

»Das kann nicht sein, Robert. Sie hat die Verträge erst am Freitag ausfertigen lassen.«

»Sie hat mich angerufen und von ihrer Absicht erzählt.«

»Aha«, machte sie.

Er lügt, dachte sie. Sie hat es ihm nicht gesagt. Er war überrascht, als er Bergers Brief im Vorraum seines Hauses fand und las. Er ist in wilder Hektik auf und davon. Er traf nur wenige Minuten nach dem tödlichen Schuß bei Elvira ein...

»Was denkst du?« fragte er nervös.

»Nichts Besonderes.«

»Angst brauchst du nicht zu haben.«

»Habe ich auch nicht«, sagte sie ruhig.

»Tut dir das Geld leid?«

Sie schüttelte den Kopf. »Bestimmt nicht. Wenn du es so verwendet hast, wie du behauptetest.«

»Das habe ich. Es wird Wunder wirken. Dieser Typ wird dank der Scheine auf die Nase fallen. Ich bin da ganz sicher. Es gibt gar keine andere Möglichkeit.«

»Bist du dir denn dieser Menschen, die du bezahlst, auch ganz sicher?«

»Absolut. Schon deshalb, weil sie ihren Lohn erst nach Vollendung der Sache bekommen. Für Geld, das solltest du wissen, tun manche Leute alles.«

»Du auch?«
»Ich halte Geld für die einzig gültige Währung.«
»Selbstverständlich«, gab Ruth zurück. »Wenn man damit sogar den Tod kaufen kann.«
Achsen zuckte zusammen. Seine vernarbten Lippen zuckten. »Was willst du damit sagen?« fragte er dumpf.
»Nichts«, sagte sie, war aber nun sicher, daß Achsen Elviras Tod veranlaßt hatte. Für die Zukunft, wie immer sie auch aussehen mochte, war es gut, über ein solches Wissen zu verfügen. Niemand weiß, was noch alles kommt...

Mickler blieb in der eiskalten Bahnhofshalle stehen. Er zog Zigaretten aus der Tasche, schob sich eine zwischen die Lippen und zündete sie an. Seine Blicke glitten über die Menschen. Stricher, Bahnpolizisten in Uniformen, traubenweise Südländer, die hier in der klirrenden Kälte Wärme im Beisammensein suchten. Punks, die wie fremdartige Wesen – und trotz ihrer bizarren Aufmachung uniform wirkend – die Halle durchliefen. An den Schließfächern zwei in schäbige Mäntel gehüllte Frauen, die auf ihrer Habe, einigen Plastiktüten, saßen und hin und wieder verstohlen Flaschen an die verkniffenen, blutleeren Lippen setzten. Das übliche Bild des Großstadtbahnhofes, des Netzes, in dem sich der Bodensatz der Gesellschaft fing, hoffend, ein Ziel zu finden. Und doch: Er spürte Augen, die ihn beobachteten.
Irgendwer taxierte, maß ihn.
Achsen?
Er ging weiter, versuchte, sich nichts anmerken zu lassen. Er schielte in die sich spiegelnden Glasflächen der Kioske und versuchte, den Absender der Signale ausfindig zu machen. Ohne Erfolg.
Er betrat die Bierschwemme, nickte dem Buffetier zu, den er während häufiger Besuche kennengelernt hatte, mied den Tresen, zwängte sich durch die Tischreihen und nahm am

Ende der nach Schweiß, Rauch und Bier dünstenden Halle Platz.

»Bier«, sagte er. »Und einen Fernet Branca.« Magensäure kam ihm in die Kehle. Vergebens versuchte er sie herunterzuschlucken. Er fühlte sich nicht gut.

»Sechsachtzig«, sagte der rothaarige Kellner. Mickler zählte das Geld ab, legte – widerstrebend – zwanzig Pfennig dazu. Er kippte den Kräuterschnaps, schüttelte sich und spülte mit Export nach.

Er schob die Hände in die Taschen seiner dicken Jacke. Er starrte in den Raum, von dessen Wänden die Stimmen der Reisenden widerhallten. Koffer. Ergeben gekrümmte Rücken. Gähnen. Lautsprecherdurchsagen. Bahnsteig 13, der Intercity von Kopenhagen nach Innsbruck...

Da kam ein Gesicht auf ihn zu, das einer blassen, verhärmten Frau voranzugehen schien. Sie wirkte zu zerbrechlich für den deformierenden Pelzmantel, in den sie sich gehüllt hatte. Wie ein ruderloses Boot steuerte sie auf seinen Tisch zu. Ein schon im Ansatz brechendes Lächeln, dunkle, traurige Augen, ein schmaler Mund, der erst zu erkennen war, als sie leise fragte, ob sie sich setzen dürfte. »Wegen dieser Leute da«, sagte sie und ließ die Hand sinken, die in Richtung Tresen gedeutet hatte. »Man wird ja dauernd belästigt, wenn man allein sitzt.«

»Bitte«, sagte er verständnisvoll. »Wollen Sie verreisen?« Sie schüttelte kaum merklich den Kopf. »Nein, nein. Ich komme hin und wieder her. Nur so.«

Sie nahm das Kopftuch ab. Eine Fülle schwarzen Haares fiel herab und machte das durchscheinende Gesicht noch schmaler, die Augen groß wie Teller. Nervös zerknautschte sie das Tuch und schob es in die Seitentasche ihres Mantels. »Niemand kümmert sich um die Gäste«, sagte sie. »Er hat doch genau gesehen, daß ich hier Platz nehme. Aber er geht vorbei.«

Mickler winkte dem Buffetier. Ein Nicken. Der rothaarige Kellner setzte sich in Bewegung. Er kam heran, lächelte

säuerlich. »Was darf es denn sein, Gnädigste?« fragte er und zwinkerte mit einem Auge.
Er kennt sie, dachte Mickler und musterte die sonderbare Erscheinung.
»Kaffee«, sagte die Frau. »Dazu einen Cognac. Haben Sie Hennessy?«
»Haben wir, ja.«
»Und seien Sie so nett, ziehen Sie mir eine Schachtel Zigaretten.«
Mickler hielt ihr seine Packung hin. Sie lehnte ab und öffnete den Mantel. Sie war gut entwickelt. Unter der cremefarbenen Bluse spannten sich die Brüste. Mickler schätzte sie auf fünfunddreißig. Jetzt, da sie ihm vertrauter war. Ihre Augen glänzten krankhaft. Als wenn sie unter Drogen stände, dachte er. Aber es konnte auch was anderes sein. Fieber oder sonstwas.
»Man wird so oft angepöbelt«, fuhr sie mit kaum hörbarer, klagender Stimme fort. »Hier versammelt sich ja alles. Ich hoffe, Sie mißverstehen mich nicht?«
»Was könnte mißverständlich sein?«
Sie lächelte. Ihr Gesicht veränderte sich jäh. Es war offen, sympathisch, schien aufzublühen. »Nun«, sagte sie, »so was kann leicht als Aufforderung verstanden werden.«
»Als Aufforderung zu was?«
»Sie spielen den Naiven, nicht wahr? Sind Sie zum ersten Mal hier?«
»Häufig.«
»Dann wissen Sie auch, was ich meine. Diese Kerle, die auf ihre Gelegenheiten warten. Dieser Bahnhof ist Durchgangsstation für so manche Frau, die dann in einem Klub verschwindet. Kein Wunder, wenn man diese Kinder sieht, diese Verzweifelten, die nicht mehr ein und aus wissen. Dann kommt einer dieser Herren, salbt sie ein, bietet Halt, bietet Geld und – sie findet sich in seinem Bett wieder. Ehe sie das Ganze begreift, ist sie

schon verloren. Die wenigsten kommen jemals wieder heraus. Die wenigsten«, wiederholte sie.
»Sie mögen recht haben.«
»Habe ich. Für Frauen ist dies hier eine gefährliche Ecke.«
»Warum kommen Sie her?«
Sie faltete die Hände.
»Entschuldigen Sie«, fuhr er fort. »Ich wollte Sie nicht bedrängen.«
»Das haben Sie auch nicht. Ich kann es Ihnen auch sagen, einem Fremden. Es hat ja keine Bedeutung. Mir ist bewußt, daß ich kein Einzelfall bin. Betrogene Frauen haben keinen Seltenheitswert, nicht wahr?«
»Vermutlich nicht.«
Ihre Getränke und die Zigaretten kamen. Sie zahlte. In ihrem Portemonnaie steckte ein ansehnliches Bündel Geld. Mickler kniff die Augen zusammen. Er betrachtete ihren Schmuck. Gute Stücke. An der linken Hand Weißgold und Smaragd. Ein Gliederkettenarmband. Brillantbesetzter Ehering und ein weiteres Stück, das im Licht der Schwemme blitzte. Keine arme Frau. Der Nerz mußte mehr als einen Monatslohn gekostet haben.
»Ganz sicher nicht«, nahm sie das Gespräch wieder auf, nachdem sie Zucker in den Kaffee gegeben hatte. »Es ist das Schicksal der meisten. Nur viele wollen es nicht wissen oder sind zu dumm, die Zeichen zu erkennen. Ich bin da anders. Oder sagen wir, ich war anders. Bis vor einiger Zeit bin ich fast gestorben, wenn ich es herausgebracht habe. Heute ist es anders, heute kann ich gelassener sein, obwohl es furchtbar brennt, wenn man weiß, daß man hintergangen wird. Das Unerträgliche ist, daß er's so billig treibt. Wissen Sie, wenn Sie sogar Angst haben müssen, angesteckt zu werden, dann hört's auf! Wenn Sie wissen, daß er sich aus diesem Abschaum hier die Frauen aussucht, dann ... dann wird einem doch übel! Ich hoffe nur, ihn eines Tages in flagranti zu erwischen. – Können Sie das verstehen?«

»Natürlich.«
»Ich habe sehr lange die Augen vor den Tatsachen verschlossen. Ich habe gehofft, es sei nichts weiter als Abwechslungsbedürfnis, das ihn dazu treibt. Ich weiß es inzwischen besser. Er sehnt sich nach dem Schmutz. Es ist eine Art von Perversität, wenn er diese verlausten, stinkenden Streunerinnen aufgabelt, ihnen Geld gibt, um sie in irgendeiner billigen Absteige zu nehmen. Er liebt den Schmutz, das Seichte, die Verkommenheit. Dabei ist er so penibel! Einen Großteil seiner Zeit verbringt er im Bad, wäscht, duscht sich, sprayt und pudert. Können Sie das verstehen?«
»Fast jeder hat seine Macken.«
»Aber doch nicht das Recht, den angetrauten Ehepartner langsam und sicher unter die Erde zu bringen!«
Mickler rutschte unbehaglich auf dem Stuhl hin und her. Die Worte der fremden Frau verunsicherten ihn. Hastig stieß er hervor: »Warum machen Sie dem Ganzen mit einer Scheidung kein Ende?«
Sie ließ den Kaffeelöffel fallen. »Ihm die Freiheit geben? Nein, nein! Dafür hasse ich ihn viel zu sehr. Es wäre anders, wenn ich ihn demütigen könnte. Dann vielleicht, aber nicht in der Gewißheit, ihm kampflos den Sieg zu überlassen. – Sind Sie verheiratet?«
»Glücklicherweise nicht.«
»Warum glücklicherweise?«
»Wenn ich Sie so höre, Ihre Probleme...«
»Es gibt auch glückliche Ehen.«
»Klar.«
»Es ist eine Charaktersache, nichts weiter. – Leben Sie in Hamburg?«
»Ja.«
»Warum haben Sie keine Frau?«
Mickler nahm einen Schluck Bier. Er hob die Schultern.
»Sie sind ein gutaussehender Mann. Haben Sie keinen Mut?«

»Das ist es nicht«, gab er widerwillig zurück, um dann offen hinzuzufügen: »Ernähren Sie mal eine Familie, wenn Sie keinen Job haben.«
Sie schwieg, legte die Hände wieder zusammen. »Sie sind wenigstens ehrlich«, sagte sie leise. »Wovon leben Sie denn?«
»Ich mache Gelegenheitsarbeiten. Großmarkt, Hafen.«
»Eine unsichere Sache.«
»Mal haben Sie was, mal nicht. Aber was wollen Sie machen? Es liegen Millionen auf der Straße.«
»Bekommen Sie keine Unterstützung?«
»Nein.«
»Sie haben ein Recht darauf.«
»Ich mag nicht hingehen, nicht zu diesen Federfuchsern, die einem das Gefühl geben, der letzte Dreck zu sein.«
»Sie sind zu stolz.«
»Mag sein. Ich kann es trotzdem nicht.«
Zum ersten Mal suchte sie seinen Blick und hielt ihn lange fest. Er hatte das Gefühl, als wenn ihre schmalen, zarten Hände wie Fühler eines Insekts auf ihn zustießen. Er glaubte die Berührung zu spüren, wagte aber nicht, den Blick zu senken.
»Sind Sie sich so wenig wert, daß Sie lieber zugrunde gehen?« hörte er ihre Stimme wie aus weiter Ferne.
Er schüttelte den Kopf.
Er sah ihre Hände. Sie lagen noch immer ineinander.
»Sie sind ein seltsamer Mensch«, flüsterte sie. »So ganz anders ... so bescheiden. Darf ich Sie einladen? Nicht hier«, setzte sie schnell hinzu, »irgendwo, wo man diese Gesichter nicht sieht, wo ich nicht immer an dreckige Schlüpfer und meinen Mann denken muß. Bitte!«
»Wenn Sie unbedingt möchten...«
»Ja! Bitte!«
Sie erhoben sich. Sie verzichtete darauf, das Kopftuch umzulegen. Sie ging beschwingt. Sie lächelte. Sie reichte Mickler nur bis zur Schulter.

»Bestimmen Sie unser Ziel«, sagte sie und hakte sich bei ihm unter.

23

Später, als sie das Bierhaus wieder verlassen hatten, im Taxi saßen und seiner Wohnung entgegenfuhren, gestand sie ihm ein, ihn schon vor dem Eintritt in die Bahnhofsgaststätte beobachtet zu haben. »Ich will nicht, daß du das mißverstehst«, sagte sie, »du bist mir aufgefallen. Sozusagen als Fremdkörper. Ich war sicher, daß du nicht zu diesen Leuten gehörtest, sondern ... auf der Suche warst. Ich habe mich gefragt, was es wohl sein könnte, das du suchst.«
»Und du?« fragte er zurück.
Sie lächelte. »Irgendwann kommst du auf die Idee, Gleiches mit Gleichem zu vergelten.«
»Was heißt das?«
Sie legte den linken Zeigefinger auf die Lippen, deutete mit dem Kinn auf den Fahrer und schüttelte den Kopf. Er verstand. Sie schwiegen, bis der Wagen vor dem Apartmenthaus stoppte. Anne zahlte. Sie stiegen aus. Mickler versenkte die Hände in den Jackentaschen.
»Was?« fragte er leise.
Ohne zu zögern sagte sie: »Ich hatte beschlossen, auch ihn zu betrügen.«
»Bist du deshalb mit mir gekommen?«
»Ganz sicher nicht. Als ich ja sagte, war es schon etwas anderes. Du bist das Motiv. Ich glaube, du hast etwas in mir bewegt.«
Er hob die Brauen. »Wir haben eine Menge getrunken.«
»Es ändert nichts. – Wollen wir hier weiter frieren?«
Er führte sie ins Haus. Ihm fiel ein, daß sein Wagen noch in der Bahnhofsgegend stand. Sie fuhren mit dem Lift nach

oben. In der Wohnung war es kalt. Er hatte aus Kostengründen die Heizung heruntergedreht. Er stellte sie auf volle Stärke. »Ich bin nicht auf Gäste eingerichtet«, sagte er. »Ich habe nur eine Flasche Wein da. Magst du roten?«
Sie nickte. Sie rauchte, kuschelte sich in ihren warmen Pelzmantel. »Warum bist du allein?« fragte sie. »Ein Mann wie du?«
»Das alte Lied«, sagte er, während er Gläser aus der Spüle nahm und sie mit Côte du Rhône füllte. »Du glaubst, jemanden zu haben, aber du hast ihn nicht. Er mißtraut dir und – aus.«
»Hast du sie betrogen?«
»Eben nicht. Aber sie glaubte es, weil ich einige Male nachts ausblieb. Und...« Er verschwieg, daß er Ingrid den Schmuck weggenommen hatte.
»Und – was?«
»Szenen: Kofferpacken, gehen.«
»Das alte Lied«, wiederholte sie und nahm das Glas. Sie nippte nur daran. »Manchmal wünschte ich, man könnte einfach drüber hinweggehen. Aber das geht nicht. Du denkst immer daran.«
»Ich schlafe auf der Couch«, sagte er unvermittelt.
»Du bist lieb, du bist rücksichtsvoll, aber du brauchst mich nicht zu schonen. Ich will es. Wirklich«, fügte sie hinzu und faßte nach seinen Händen.
»Hinterher wirst du dann unglücklich sein.«
»Und wenn?«
»Dann wirst du mir Vorwürfe machen.«
»Ich bin eine erwachsene Frau.«
»Aber du kommst nicht darüber hinweg, daß er dich betrügt. Du willst Rache, nicht wahr?«
»Auch«, sagte sie, »aber nicht nur. Das hier hat mit ihm nichts zu tun. Nur mit dir.« Sie erhob sich, schlang ihre Arme um seinen Hals und küßte ihn. Er dachte daran, daß er unter Umständen versagen könnte. Sie streichelte

seine Wangen, schmiegte sich an ihn und drängte ihn zum Bett. »Ich mag dich, das ist es«, murmelte sie.
Mickler zweifelte, obwohl ihr Verhalten seinem Selbstbewußtsein Auftrieb gab. Sie war eine gutaussehende und wohl auch wohlhabende Frau, ein Mensch, der einen Abwehrwall um sich errichtet hatte und sich wohl nur aus tiefer Verzweiflung oder einer Laune heraus mitgeteilt hatte. Kaum vorstellbar, daß während der wenigen verflossenen Stunden ein derart entscheidender Wandel in ihr stattgefunden haben sollte. Sympathie hin und her, ihr Antrieb war offensichtlich Verzweiflung, der Versuch, ihrem untreuen Ehemann wenigstens theoretisch eins auszuwischen. Möglich, daß er sie niemals mehr wiedersehen würde, möglich auch, daß sie sich hingab, weil sie eine Waffe brauchte, die sie ihrem Mann um die Ohren hauen konnte.
Er gab seinen Widerstand auf und ließ zu, daß sie ihm die Hose öffnete und sein Glied streichelte. Sie war erfahren und machte keine dummen Sprüche, als sie seine Stärke bemerkte. Zart strichen ihre Finger über die Eichel. Sein Herz schlug schneller, seine rechte Hand glitt unter ihre Bluse, den Brüsten entgegen. Die Hand stieß auf festes, schwellendes Fleisch, das von keinem Büstenhalter eingeschnürt war.
Er stöhnte, als sein Unterleib sich unter dem Ansturm seines Blutes spannte, er riß die Frau an sich, saugte sich an ihren Lippen fest und suchte nach dem Verschluß ihres Rockes.
Sie befreite sich, atmete heftiger, richtete sich auf und ließ den Nerz von ihren Schultern gleiten. »Bitte«, sagte sie schwer atmend, »ich möchte, daß wir auf dem Fell liegen. Rück zur Seite.«
Er gehorchte und sah zu, wie Anne ihren kostbaren Mantel auf das Bett legte, glattstrich und sich die Bluse öffnete. Er entledigte sich seiner Schuhe, der Hose, streifte Hemd und Slip ab und zog den Bauch ein, weil er das Gefühl hatte,

diese zerbrechlich wirkende Frau würde davonlaufen, wenn sie sein gewaltiges Geschlecht wahrnahm. Ihr schwarzer Rock fiel, die Bluse. Sie blickte zu ihm auf, lächelte. »Ich freue mich«, sagte sie. »Du ahnst nicht, wie sehr.«
Sie trug ein fast durchsichtiges Höschen, Strümpfe, die sie mit gespreizten Fingern nach unten rollte.
Welch eine Frau, dachte er und ahnte, daß sie ihm niemals richtig gehören würde. Welch ein Idiot, der vor ihr davonlief, um irgendwelchen Teenagern nachzulaufen.
Ihr Höschen fiel.
Sie umschlang seine Hüften, preßte ihr Gesicht gegen den wuchernden Schampelz, rieb die Brüste über seine Schenkel. »Du«, sagte sie. »Nur du.«
Sie legte sich auf den Nerz und streckte ihm die Hände entgegen. Sie öffnete sich ihm. »Nimm mich!«
Er kam zu ihr. Er spürte ihre Hände, die ihn umfaßten, den Widerstand, Feuchtigkeit und Wärme, stieß in sie hinein, beugte sich vor, preßte die rechte Hand gegen ihr Gesäß und stützte sich mit der linken ab. Sie kam ihm entgegen. Er hatte das Gefühl, in angenehm temperiertes Wasser zu gleiten, sich darin zu verlieren. Ihre Nägel gruben sich in das Fleisch seiner Hüften. Ihr Atem wehte an sein Ohr, wurde – wie der Druck ihrer Krallen – heftiger, zischte, um nach wenigen Sekunden in einem grellen Aufschrei zu enden. Ihr Körper bäumte sich auf, die Bauchmuskeln wurden hart und die Beine stießen zuckend in das Laken. »Ja, ja«, gellte es an seine Ohren. Er wurde heiß umspült und spürte, wie ihr brennendes Fleisch sich unter ihm entspannte.
Es gibt Frauen, dachte er, die treiben es reihenweise und bilden sich immer ein, nur den Mann ihrer Träume auf sich zu haben.
Er beobachtete ihr Gesicht. Sie hielt die Augen geschlossen. Ihre Lider zitterten. Die Nasenflügel waren gebläht, zogen sich wieder zusammen. Ihre kleinen, regelmäßigen Zähne

leuchteten weiß im geöffneten Mund. Zwischen ihren Brüsten lag wie ein dünner Film perlender Schweiß.
Sie öffnete die Augen. Schwarze Dotter in tiefen Höhlen. Sie lächelte. »Ich habe es gewußt«, sagte sie.
»Was?«
Sie sog Atem in sich hinein. »Daß du es bist, der ihn klein und häßlich macht.«
»Du sprichst von deinem Mann?«
»Von meinem Alptraum, ja. Ich habe immer geglaubt, nur bei ihm Erfüllung finden zu können.«
»Ein Irrtum, wie du siehst.«
Sie bewegte ihre Hüften und küßte Mickler. »Ein Irrtum«, murmelte sie. »Aber einer, der mich Jahre meines Lebens gekostet hat. Ich komme langsam dahinter, daß ich mich viel früher hätte wehren müssen.«
»Lösen«, sagte er leise.
»Ja, lösen. Und zerschneiden, abtrennen, zerstören.«
Sie umfaßte seine Hüften, preßte ihn an sich. Mickler bewegte sich auf und nieder. Er wußte, daß er unendlich lange in ihr bleiben konnte, ohne sich zu ergießen. Zum ersten Mal, seitdem er seine Liebesfähigkeit zurückgewonnen hatte, ging es ihm nicht darum, sich zum Ziel zu bringen, sondern die Frau zu erschöpfen. Diese Frau glücklich zu machen.

»Ich verstehe es selbst nicht«, sagte sie und stützte sich auf dem Kissen ab, das Mickler ihr untergeschoben hatte. Ihr Haar war schweißnaß. Die Schatten unter ihren Augen reichten bis an die stark hervortretenden Wangenknochen. »Ich wehre mich dagegen, aber es kommt wieder. Immer wieder.«
Mickler rauchte. Er kämpfte gegen den Versuch, sich fallen zu lassen, zu schlafen. Die Lider waren geschwollen und schwer. Der Wecker auf dem Nachttisch zeigte 5 Uhr 12. Anne schien über unerschöpfliche Energien zu verfügen,

obwohl er sie schon viele Male zum Orgasmus gebracht hatte.
»Einmal habe ich nachts auf ihn gewartet. Ich habe mich gequält und mir vorgestellt, wie er solch ein armseliges Ding mit Geld vollstopft und in einer billigen Absteige verführt. Ich habe mir ausgemalt, wie ich das Paar verfolgte, wie ich an dem Portier vorbei die knarrende Holztreppe hinaufstieg und in das Zimmer eindrang, wo sie auf dem Bett lagen, vor dem ihre schmutzige Wäsche lag. Ich habe ihn gesehen, seinen behaarten Rücken, den schwitzenden Nacken, habe sein Stöhnen gehört, sein plötzlich zerfallenes Gesicht gesehen, die stierenden Augen, die Angst, die aus ihm herausquoll wie... wie Mehl aus einer geplatzten Tüte. Weißt du, ich hatte eine Pistole. Ich richtete sie auf ihn und war entschlossen, ihn und das schmutzige Luder umzubringen, gleichgültig, was danach geschehen würde. Seine Angst kroch über die Wände. Es war jämmerlich, wie er winselte, wie er kroch. Ich sagte mir, daß ich abdrücken müßte, aber ich habe nicht abgedrückt. Ich habe plötzlich erkannt, daß das keine Strafe sein kann. Er wird ja erlöst, wenn er stirbt, ja? Er leidet ja nicht mehr. Er ist nur tot.« Sie blickte auf. »Verstehst du? Er hat es überstanden, sobald die Kugel sein Bewußtsein zerschlägt. Es ist keine Strafe... oder nicht die, die dieser Kerl verdient. – Der Tod ist Strafe nur im Bewußtsein der Zurückbleibenden. Habe ich recht?«
Mickler seufzte. Er ahnte die brennenden Wunden des Hasses in ihrer Seele, aber auch die Intensität der Gefühle, die sie diesem ihm fremden Mann entgegengebracht haben mußte. Wie hingabebereit sie sein konnte, hatte er während der letzten drei Stunden erlebt. Sie war außer sich gewesen, von Sinnen, wie flüssiges Metall, das die Vereinigung erzwingt. Eine Frau, unfähig zu Kompromissen, ein Wesen, das ihn wegen seiner Eindeutigkeit erschreckte. Trotz der Müdigkeit, die sein Wahrnehmungsvermögen abstumpfte.
»Habe ich recht?« fragte sie mit dumpfer Stimme.
Er preßte das nasse Gesicht ins Kissen. »Ich weiß es nicht«,

sagte er und wagte nicht, Anne zu berühren. »Man weiß ja nicht, was hinter der Linie ist, die für uns der Tod ist.«
»Darauf kommt es nicht an. Es ist dieses Leben, das einem zur Qual wird. Ich jedenfalls kann keine Genugtuung darin finden, ihn tot zu wissen, leb- und empfindungslos. Mein Verstand weigert sich, darin die Antwort zu sehen. Was sein müßte, überlegte ich damals, ist Vergeltung, jene, die das Alte Testament meint, wenn da geschrieben steht: Auge um Auge, Zahn um Zahn.«
Sie drehte sich um und berührte Micklers Schulter. »Verstehst du?«
»Ich versuche es erst gar nicht, obwohl ich das schon irgendwie nachvollziehen kann, was du fühlst. Deswegen meinte ich, daß du mich ausgesucht hast, um dich zu rächen.«
»Eben nicht. Erstens weiß er nichts davon, zweitens wird er es nie erfahren und drittens habe ich es für dich und für mich gewollt. Und viertens würde es ihm nichts ausmachen, glaube ich. Ganz im Gegenteil, er hätte endlich einen Grund, sich noch mehr gehenzulassen.«
»Warum ist er noch immer ein solch großes Problem für dich?«
Sie dachte nach. Sie nahm eine Zigarette, gab auch Mickler eine. Sie rauchte und antwortete schließlich: »Es ist wohl die Ohnmacht seiner brutalen, verachtenden Gewalt gegenüber, die mich hindert, einen Schlußstrich zu ziehen. Ich stehe bis zum Hals im Sumpf seiner Demütigungen. Ich weiß, nur eine Tat kann mich aus dieser Abhängigkeit befreien. Weißt du, daß ich vor gar nicht langer Zeit nachts auf ihn gewartet habe, darauf, daß er einschläft, um ihm mit einem Messer sein Geschlecht abzuschneiden?«
Mickler richtete sich auf. Er starrte sie an und atmete schwer. »Hast du eine Ahnung, was du ihm damit angetan hättest?«
»Ja.«
»Wirklich?«

»Ja. Es wäre die angemessene Vergeltung gewesen. Daran wäre er, wenn er schnell genug in medizinische Behandlung gekommen wäre, nicht gestorben, aber er hätte sein ganzes Leben lang darunter gelitten. Das ist es.«
Zögernd fragte Mickler: »Warum hast du es dann nicht getan?«
»Weil ich Angst vor Strafe hatte.«
Er schwieg. Sie nickte. »Ich hätte mich selbst getroffen. Er hätte die Genugtuung gehabt, mich sühnen zu sehen. Die Waage hätte sich wieder zu seinen Gunsten geneigt. Das aber hätte ich nicht verkraften können.«
Ihre Augen loderten und sprühten. Mickler zog die Decke über sich, weil er plötzlich fror. Diese Frau wurde ihm unheimlich. Er ahnte, daß sie dabei war, etwas Schreckliches zu tun.
Er biß sich auf die Lippen. Er sah an sich herab. Er fragte sich, wieso Anne ausgerechnet auf ihn gekommen war. Spürte sie, die zur Gewalt bereit war, eine Art Seelenverwandtschaft? Ahnte sie, daß er sich mit Blut bespritzt hatte und dabei war, weiteres zu vergießen?
»Ich habe lange darüber nachgedacht, wie ich es bewerkstelligen könnte, ohne selbst in Mitleidenschaft gezogen zu werden«, sagte Anne leise. »Ich bin darauf gekommen, als ich von einem Sprengstoffanschlag las. Die Leute haben ein Auto vor einer Militärschule abgestellt. Die Bombe war mit einem Zeitzünder versehen. Die Täter waren längst in Sicherheit, als der Wagen in die Luft flog und verheerende Zerstörungen anrichtete. Ich habe mir vorgestellt, wie dumm die Polizei eigentlich dasteht, dann, wenn sie keine personenbezogenen Spuren sichern kann. Wie wollen sie die Urheberschaft beweisen, wenn die Täter eisern schweigen? Unmöglich, nicht wahr?«
»Es werden immer wieder Fehler begangen. Du vergißt, daß diese Leute nicht allein auf der Welt sind. Mögliche Zeugen und so weiter.«
»Ich glaube, daß ich es schaffen könnte. Leider habe ich

keine Ahnung, wie man sich Explosivzeug beschafft und wie man eine solche Bombe baut. – Du?«
»Aber ja doch!«
»Du weißt nicht, was du sagst!«
»Die technische Seite ist nicht das Problem«, sagte Mickler rauh. »Das wirst auch du bewältigen können. Es kommt auf das andere an.«
»Darauf, sich nicht dumm anzustellen. Ich weiß.«
»Den Zufall ausschalten. Noch mehr... Mach dich nicht unglücklich, Anne. Es bringt nichts.«
»Mir schon. – Du weißt also, wie man so etwas macht?«
»Ein wenig Ahnung habe ich, ja.«
»Woher?«
»Ich war Soldat.«
»Das muß nichts heißen.«
»In meinem Fall schon. Ich habe mit solchen Sachen umzugehen gelernt.«
»Wäre es machbar, eine Bombe so zu dosieren, daß es einen Mann – sagen wir – für immer impotent macht?«
»Mein Gott, Anne!«
»Ja oder nein?«
»Ja«, brachte er zögernd heraus.
»Läßt sich der Zeitpunkt der Explosion genau berechnen oder einstellen?«
»Auch ja, sogar präzise. Du brauchst nur eine Uhr mit einbauen. Es ist simpel. Der Bau einer Sprengvorrichtung ist das leichteste.«
»Aber man braucht doch Sprengstoff! Wo bekommt man ihn? So was ist doch nicht mal eben zu kaufen.«
Er zerdrückte seine Zigarette, zündete sich eine frische an. Den Rauch ausstoßend sagte er: »Du brauchst das Zeug nicht zu kaufen. Keinen Sprengstoff. Es gibt eine Menge an Materialien des täglichen Bedarfs, aus denen du Explosivstoffe mischen kannst. In jeder Küche beispielsweise findest du Mittel...«
»Du scheinst dich auszukennen!«

Mickler hob die Schultern. »Zucker«, sagte er, »kann als Basis verwendet werden.«
»Du glaubst, auch ich wäre in der Lage, so etwas zu machen?«
»Grundsätzlich ja, tatsächlich nein, weil du eine Packung brauchst, die Präzisionsarbeit leisten soll.«
»Könntest du es machen?«
»Ich habe es gelernt.«
»Verlockend«, sagte sie und lächelte hintergründig.
»Absurd«, gab er zurück. »Du machst dich nur unglücklich damit.«
»O nein, ich hätte das Gefühl, nach langen Jahren aus dem Gefängnis entlassen zu werden.«
»Dort wirst du Ewigkeiten verbringen!«
»Wie, wenn es keine Spuren und keine Hinweise auf mich gibt? Wenn es ihn unerwartet trifft? An einer Stelle, an der ich nicht sein kann? Zu einem Zeitpunkt, für den ich ein todsicheres Alibi habe?«
»Du brauchst einen Komplizen, da aber liegt schon die Gefahr.«
Sie schüttelte den Kopf. »Ich kenne den Weg. Was ich brauche, ist eine gute Anleitung zum Bau der Bombe. Oder die Bombe selbst.«
»Und dann?«
Sie hob die Schultern. Ihre Hände strichen über sein Kinn. »Dann«, sagte sie frohlockend, »hätte ich keine Alpträume mehr. – Willst du mir helfen?«
»Du bist verrückt!«
Anne beugte sich über Mickler. Sie küßte seine Stirn. »Danach«, sagte sie, »lasse ich mich von ihm scheiden. Ich stoße ihn aus meinem Leben. – Willst du, daß ich dir Geld gebe?«
»Bitte, hör auf!«
»Ich gebe dir Geld! Wieviel willst du? Zehntausend? Reichen zehntausend? Ich gebe dir mehr. Soviel du willst! Du kannst alles von mir haben ...«

»Bitte, Anne!«
»Ich habe genug«, sagte sie. »Die Wohnung gehört mir, die Möbel. Kostbarer Plunder, der sicherlich was abwirft, wenn man ihn verkauft. Da sind Konten, da ist das Geschäft. Ich will nichts, wenn er bestraft wird. Bitte!«
Mickler schloß die Augen. Er wehrte sich gegen den Gedanken, mitzuhelfen, einem Mann das anzutun, was ihn beinahe umgebracht hätte. Es war ein Treppenwitz des Schicksals, was sie verlangte. Er, der Mann, der sein Geschlecht verloren und nur durch den Lohn eines Auftragsmordes wiedergewonnen hatte, sollte nun darangehen, es einem anderen zu nehmen!
Er lachte.
»Es ist nicht deine Verantwortung«, sagte Anne. »Es geht voll auf mein Konto. Ich schwöre dir, dich niemals zu erwähnen, sollte wider Erwarten etwas schiefgehen. Und wenn du willst, werde ich dich danach niemals mehr wiedersehen, obwohl... Himmel... es wäre schlimm, zu wissen, daß es dich gibt, daß du irgendwo bist und ich nicht zu dir könnte. – Bitte, sage ja, baue mir das Gerät! Ich gebe dir das Geld... bitte!«
Er schwieg.
Er dachte an Achsen, daran, daß er finanziell am Ende war und er nicht wußte, was er am nächsten Tag essen sollte. Konnte er es sich erlauben, Skrupel zu haben? War er verantwortlich für das, was Anne mit der Sprengpackung unternahm? Würde sie nicht sowieso tun, was ihr vorschwebte?
»Er ist kein Bruder, den du schützen müßtest«, sagte Anne leise. »Er ist ein Schwein. Und er wird ja nicht tot sein.«
Mickler seufzte.
»Reichen zehntausend?« fragte sie eindringlich.
Achsen, dachte er. Sein Anruf wird kommen. Er wird Geld fordern. Diesmal fängt er es geschickter an, nagelt dich fest...
»Fünfzehn?« fragte sie ruhig.

Er öffnete die Lider, richtete sich auf. »Gut«, sagte er, »ich mach's. Aber verlange nicht, daß ich mehr als baue. Mit der Tat selbst will ich nichts zu tun haben.«
»Wirst du nicht. Ich gebe dir das Geld, sobald ich kann. Einverstanden?«
»Einverstanden«, sagte er.
Anne küßte ihn.

24

Hör mir genau zu, sagte Achsen am Telefon. »Ich war großzügig, ich habe dir genügend Zeit gelassen, um das Geld aufzutreiben. Ich habe dir gesagt, daß ich am Ende bin. Und ich sage jetzt, daß du noch heute verhaftet wirst, wenn du nicht zahlst. Ich werde zu den Bullen gehen und alles haargenau berichten, wenn du paßt. Ich brauche das Geld. Du zahlst in bar oder gehst in den Knast. Die Wahl hast du. – Was ist?«
Mickler preßte die Hand um den Hörer. »Du mieses Schwein«, zischte er wütend. Er war atemlos vor Zorn. »Warum kannst du dich nicht an die Abmachungen halten? Du hast doch schon kassiert! Warum läßt du mich nicht endlich in Ruhe?«
»Weil du der einzige bist, der mir helfen kann, Mickler. Es ist nun mal so wie es ist.«
Mickler zwang sich gewaltsam zur Ruhe. Anne hatte ihm am frühen Morgen zehntausend Mark gegeben. Als Gegenleistung für die kleine Sprengbombe, die er ihr gebaut hatte. Das Geld steckte in seiner Gesäßtasche, war so etwas wie eine Überlebensgarantie. Aber nun kam dieser Achsen, der es ernst zu meinen schien, ein Achsen, der alles zu vernichten drohte. Diesmal, schien es, war es kein Bluff. Diesmal ging es um Kopf und Kragen.
»Ich werde nicht wieder anrufen. Ich will die Antwort jetzt. Ich stehe in einer Telefonzelle, von der aus ich den Turm des Polizeipräsidiums erkennen kann, Mickler. Ich weiß, wohin ich zu gehen habe. Der Beamte, der die Ermittlungen in der Hand hat, heißt Eggert. Ich werde innerhalb von fünf Minuten vor seinem Schreibtisch stehen und auspacken –

wenn du nicht zahlst. Das ist mein letztes Wort. Was also ist?«
»Wieviel?«
»Zehntausend, Mickler. Zum letzten Mal.«
»Du wirst niemals Ruhe geben!«
»Mein Wort, Mickler. Wenn du das noch rüberschickst, hörst du nichts mehr von mir.«
Auch diese Worte klangen ehrlich. Mickler atmete schwer.
»Wann?« fragte er mit wutzitternder Stimme.
»Heute!«
»Und wenn ich es nicht habe?«
»Mir egal. Dann ziehe los und raube eine Bank aus, mach, was du willst, aber zahle. Du kennst meinen Weg, wenn ich das Geld nicht erhalte.«
»Wo und wie?«
»Du lieferst also?«
Mickler schwieg. Nein sagen? fragte er sich, es darauf ankommen lassen? Hatte Achsen den Mut, sich und seine Freiheit aufzugeben? Er hat, dachte er, diesmal macht er's.
»Ja«, sagte er. »Ich geb dir das Zeug. Sag mir, wo!«
Achsen lachte erleichtert auf. »Das sag ich dann noch. Jetzt haben wir sechzehn Uhr. Ich brauche einige Zeit, um mich abzusichern. Ich kann mir vorstellen, was jetzt in dir vorgeht, daß du mich am liebsten wie einen Hund umbringen würdest. Ich verstehe das sogar, Mickler, aber es wäre nicht gut, wenn du es versuchtest. Ich habe vorgesorgt, habe alles präpariert. Ich werde dir ganz offen entgegentreten, kassieren und gehen. Und du wirst Ruhe halten, weil du haargenau weißt, daß du keine Chance hast, wenn du mich erledigst. Weißt du, ich bin soweit, daß es mir sogar gleichgültig ist, ob du mich umbringst. Ich wollte es selbst schon tun, war aber zu feige. Ich habe keine Angst mehr. Auch davor nicht. Hast du verstanden?«
»Ja.«

»Gut, dann rufe ich wieder an. Heute abend. Laß in der Zwischenzeit Dampf ab und denke nüchtern. Du wirst sehen, dann hast du es leichter.«
Er legte auf.
Mickler ließ den Hörer fallen. Er ballte die Hände. Wie gewonnen, so zerronnen, dachte er und zog das Geld aus der Tasche. Diese Ratte!
Er fühlte sich an die Wand gedrückt, hilflos, ohnmächtig. Er kochte. Seine Zähne knirschten. Er warf das Geld auf den Tisch, knurrte wie ein gefangenes Tier, lief auf und ab. Aber er wußte, daß es für ihn keinen Ausweg gab. Achsen hatte offensichtlich vorgesorgt. Er würde kassieren und triumphieren. Er würde das Geld wieder einmal verprassen und es dann wieder versuchen. Immer wieder!
Es sei, sagte Mickler sich, du schlägst ihn tot, du schießt ihm den gierigen Kopf vom Hals, du bringst ihn um! Und dann verschwindest du.
Er verließ die Wohnung. Er stieg auf den Dachboden und öffnete das Versteck, in dem der Carcano Karabiner lag. Er nahm die Patronen, steckte sie ein, die Waffe schob er sich unter die Jacke, stieg wieder nach unten und schloß sich ein.
Achsen wollte das Geld in aller Öffentlichkeit übernehmen. Gut, sagte Mickler sich, dann wird er eben in aller Öffentlichkeit sterben. Er zündete sich eine Zigarette an. Danach nahm er neben dem Telefontischchen Platz, schlug sein Nummernverzeichnis auf und wählte die Nummer seiner Mutter in Baton Rouge/Louisiana.
Sie wird beim Frühstück sein, dachte er, als das Knattern der Überseeleitung an seine Trommelfelle schlug.
»Hello«, sagte sie. Ihre Stimme war so klar, als riefe sie vom Hansaplatz aus an.
»Ich«, sagte er gepreßt. »Dein Sohn. Wie geht es dir?«
Sie war zu überrascht, um gleich eine Antwort geben zu können. Es dauerte mehrere Sekunden, bis sie sagte: »Du wirst es nicht glauben, aber ich habe an dich gedacht.

Gerade eben. Irgendwie ahnte ich, daß du anrufst. Du klingst so nahe? Bist nicht mehr in Deutschland?«
»In Hamburg«, sagte er. »Auch deine Stimme ist zum Greifen nahe. Wie geht es dir, Mama? Was macht Jos?«
Es war gut, ihre Stimme zu hören, von ihren kleinen Sorgen und Wehwehchen, von Jos, der, wie sie sagte, »a good money« machte, von dem kleinen Holzhaus, in dem sie immer noch wohnten. »Wir haben einen neuen Wagen, auf den Jos sehr stolz ist. Ja, das hätte ich beinahe vergessen, ein gewisser Lieutenant Ginger hat einige Male angerufen und seltsame Fragen gestellt. Er wollte in Erfahrung bringen, wo du zu erreichen bist.«
»Allan Ginger?«
»Allan, ja. Er hat seine Nummer und seine Anschrift durchgegeben und hat uns gebeten, dir zu sagen, daß du ihn anrufen sollst. Er hat sehr darum gebeten, mein Junge.«
»Nannte er einen Grund?«
»Keinen. – Ist er dir bekannt?«
»Er war mein Vorgesetzter.«
»Drüben?«
»Ja.«
»Du könntest ihn anrufen, nicht wahr?«
»Ich werde es mir überlegen.«
Mickler nahm keine Rücksicht auf die Telefongebühren. Es war einerlei, wie hoch die Rechnung werden würde. Im Zuchthaus, dachte er, hat auch die Post ihre Rechte verloren.
Er sprach mehr als eine Stunde. Seine Mutter gab ihm Gingers Nummer durch. Für ihn war es tröstlich zu wissen, daß Lieutenant Allan Ginger wenigstens nach ihm gefragt hatte.
Eine gute Nachricht vor dem Ende!
Er braute sich einen Kaffee und ging auf und ab. Er hätte gern Musik gehört, aber das Radio hatte er verkauft. Er hob den Hörer ab und wählte Gingers Nummer. Seine Frau meldete sich.

»Sorry«, sagte sie, »er ist im Dienst. Aber dort werden Sie ihn erreichen.«
Eine weitere Nummer. Fort Lauderdale. Army. Kaserne. Er rief an, bekam einen Sergeant Witters in die Leitung, wurde durchgestellt. Ginger!
»Alter Junge!«
Mickler schluckte. Er hatte Mühe, die Tränen zurückzuhalten. »Du hast meine Eltern bombardiert«, sagte er stockend.
»Warum, Allan? Was ist geschehen?«
»Ich versuche es seit einigen Monaten, Sergeant ... Ich habe Himmel und Hölle in Bewegung gesetzt, aber leider hat's nicht funktioniert. Wo steckst du?«
»Sag ich lieber nicht.«
»Weil dein Arsch auf Grundeis geht?«
»Ja.«
»Bloody Motherfucker! Du hast keinen Anlaß! Keinen, sag ich.«
»Morelli, Lut. Das ist Anlaß genug.«
»Eben nicht. Morelli ist kein Problem, Serge, dein Verschwinden ist es. Es hat eine Untersuchung gegeben, eine richtig ordentliche. Rawlings, du erinnerst dich an den Hengst? – Rawlings hat die Sache in die Hand genommen. Es kam'n Unfall raus, mehr nicht. Was wir brauchen, ist die Erklärung, wieso du so lange in Urlaub geblieben bist.«
»Das ist die Wahrheit?«
»Die ganze Wahrheit, alter Junge. Ich habe hier mit unserem Psychologen gesprochen. Ich habe die Antwort für dich.«
Mickler ließ sich auf die Knie fallen. »Was für 'ne Antwort, Lieutenant?«
»Du kriegst'n Schein, mein Junge, der dich saubermacht. Deine Verletzung, überspannte Nerven und all den Mist, den die Dachdecker sich ausdenken. Was du zu tun hast, weißt du. Du mußt dich melden. Schon wegen deines angelaufenen Soldes. Verstehst du mich?«
Mickler hielt den Atem an.

»Das ist kein Trick?«
»Mann!«
»Ich meine...«
»Habe ich dir je Anlaß gegeben, mir zu mißtrauen?«
»No, Sir.«
»Dann weißt du jetzt, wie es steht. Wo immer du bist, Soldat, gehe zur nächsten US-Dienststelle und melde dich. Keine Aussagen. Warte damit, bis du in Fort Bragg bist. Ich werde da sein. Wir werden sprechen. Wir kriegen das hin, hast du verstanden?«
Mickler befeuchtete sich die Lippen. »Du meinst, ich bin grundlos abgehauen? Da war gar nichts wegen Morelli?«
»Da war nur was, weil du verschwunden bist, alter Junge. Aber das bügeln wir glatt, das machen wir platt wie wir die verdammten Commies erledigt haben. – Kann ich mich auf dich verlassen?«
»Yes, Sir, das kannst du.«
»Gut. Ich warte. Rufe mich an. Und zögere nicht länger, verstanden?«
»Yes, Sir«, sagte Mickler und legte auf.
Er ließ den Kopf auf den Sessel fallen. Sein Körper bäumte sich auf. Er schluchzte. Tränen flossen über seine Wangen. Er schüttelte sich.
Welch ein Hohn!
Er hatte sich in Deutschland verkrochen, überzeugt, daß die US-Behörden nach ihm fahndeten, weil er diesen Morelli über den Haufen geschossen hatte. Aber Morelli war'n Unfall gewesen. Die Jungens hatten die Sache dargestellt wie sie war, Rawlings hatte ihn herausgehauen. Und da war Allan Ginger, der auf ihn wartete, der ihn zurückholen wollte in die Army, nach dort, wohin er gehörte...
Aber hier war Achsen, die Ratte, der ihn an die Wand zu drücken versuchte. Ohne Achsen keine Probleme. Okay, dachte er, steck ihm die zehntausend in den Rachen, laß ihn laufen und tu', was Allan gesagt hat. Geh zum Kon-

sulat, melde dich, erzähle irgendeine Geschichte und gehe nach drüben.
Er stand auf. Er ging ins Bad. Er wusch sich das Gesicht.
Der Karabiner muß verschwinden, dachte er, das ist ein Beweisstück. Er trocknete sich ab. Er ging zurück. Der Carcano lag auf dem Bett. Das Magazin steckte, war mit vier Patronen gefüllt. Mickler kniff die Augen zusammen. Er nahm sich vor, die Waffe in der Elbe verschwinden zu lassen. Im Schlick und Schlamm würde sie langsam und sicher verrotten.
Er nickte und wartete auf Achsens Anruf.

Vor der Gaststätte hielt ein Taxi. Eine Frau stieg aus, hangelte sich, tütenbepackt, über die aufgeworfenen Schneeberge, strebte dem Eingang des Apartmenthauses entgegen, in dem Mickler lebte.
Achsen ließ die beiden Zehnpfennigstücke in den Schlitz des Telefonautomaten fallen. Sein Atem wehte weiß in die Zelle. Er wählte die ihm geläufige Nummer.
Mickler nahm sofort ab.
»Es ist kurz vor acht«, sagte Achsen. »Ich denke, wir sollten zum Ende kommen.«
Micklers Stimme klang frostig, aber sie war klarer und nicht mehr so voller Haß. »Wo, Achsen?«
»Du hast also das Geld?«
»Ja.«
»Dann ist alles gut. Flughafen, Mickler. Untergeschoß. Du weißt, wo die Autovermietungsfirmen ihre Buchten haben?«
»Bekannt.«
»Bei InterRent, ja? Acht Uhr. Behalte die Nerven.«
»Du wirst selbst kommen?«
»Werde ich. Punkt acht Uhr, ja? Der Weg ist ja nicht weit. Komm du auch alleine! Denke daran, daß ich vorgesorgt habe. Keine Panik.«

»Gut, acht Uhr«, sagte Mickler. »Sonst noch was?«
»Das ist alles.«
Mickler legte auf.
Achsen verließ die Zelle. Er blickte nach oben. Micklers Wohnung lag im sechsten Geschoß. Auf dem Verandageländer türmte sich Schnee. Nur hinter der großen Scheibe des Wohnzimmers brannte Licht. Es erlosch nach wenigen Sekunden.
Achsen ging über die Straße. Vor dem Hauseingang bog er nach rechts ab, schlidderte die abschüssige Ebene der Garagenausfahrt hinab. Wärme schlug ihm entgegen. Er wurde schneller, preßte sich hinter einen Pfeiler. Die Leuchtanzeige über der rotbraun gespritzten Fahrstuhltür blinkte auf. Mickler befand sich in der 2. Etage.
Achsen atmete schneller. Die Eins leuchtete auf. Sekunden später das E.
Achsen hielt den Atem an, als die Schiebetüren auseinander glitten. Mickler trug einen hellen Trenchcoat. Er ging gebeugt. Die rechte Hand hielt er in der Tasche. Deutlich zeichnete sich darunter ein länglicher Gegenstand ab.
Achsens Herz schlug schneller. Er ist bewaffnet, dachte er in wachsender Panik. Er schielte in Richtung Auffahrt. Grün leuchtete das Ampelauge im grauen Beton.
Micklers Schritte hallten nach. Er ging auf den Wagen zu. In der linken Hand hielt er den Schlüssel, schob ihn ins Schloß. Die Tür sprang auf.
Mickler blieb gebückt stehen. Er zog das Gewehr unter dem Mantel hervor und warf es auf den Beifahrersitz.
Das Schwein, dachte Achsen. Angst kroch wie lähmendes Gift in seine Glieder. Er atmete flach. Er spürte Schweiß unter seinen Achselhöhlen. In seiner Mundhöhle sammelte sich Speichel.
Er will dich töten, sagte er sich. Er schrak zusammen, als sein Gesicht den eiskalten Beton des Stützpfeilers berührte. Mickler beugte sich herab, um einzusteigen. Dann warf er sich auf den Sitz. Er zog die Tür zu. Er warf einen kurzen

Blick in den Rückspiegel, stieß gegen den Lauf der Waffe und schob den Schlüssel ins Schloß.
Achsen zitterte. Er wollte fliehen, hatte aber nicht die Kraft, sich vom Pfeiler zu lösen. Seine Zähne schlugen aufeinander. Er hatte das Gefühl, es seien dröhnende Trommeln, die Mickler unbedingt hören mußte. Nur die wachsende Angst hielt ihn an seinem Platz.
Mickler drehte den Schlüssel.
Die Anzeigen am Armaturenbrett leuchteten auf. Der Anlasser begann sich mahlend zu drehen.
Und dann kam der furchtbare Schlag.
Hitze. Schmerz. Rauch. Er schrie. Er fühlte sich emporgehoben und gegen das Dach des Wagens gepreßt, während er spürte, wie sich das Fleisch von seinen Schenkeln löste, sein Unterleib zerfetzt wurde und ein riesiges Maul nach seinen Eingeweiden schnappte.
Instinktiv tastete er nach dem Türgriff. Er brüllte. Er schlug um sich, spürte Fleischfetzen und Blut, schrie wie ein in die Enge getriebenes Tier und warf sich gegen den Schlag. Die Tür flog auf. Er schwankte, fiel, schlug mit dem Kopf gegen den kalten Beton.
Vor seinen Augen wallten rote Nebel. Er versuchte, Halt zu gewinnen. Seine Nägel schrammten über den Beton. Er kroch. Er sah das leuchtend grüne Auge der Ampel über der Ausfahrt. Er hörte Schritte. Und er sah den Mann, dieses Gesicht, über dem seltsam helles Haar leuchtete. Er erkannte Achsen.
Er kniete nieder, preßte beide Hände gegen den Unterleib, der ein Brei aus Fleisch und Blut war. Und wieder sah er Achsens verzerrtes Gesicht. Er hörte das hohle Lachen des Mannes. Er spie Blut und gurgelte.
»Die Quittung«, rief Achsen. Die Stimme dröhnte, als würde sie von riesigen Lautsprechern übertragen.
Mickler heulte.
Er begriff. Anne. Die Bombe. Hinter allem stand Achsen...

»Die Quittung«, wiederholte Achsen. »Du oder ich. So ist es doch, nicht wahr?«

Achsen drehte ihm den Rücken.

Mickler brüllte. Er rutschte dem Wagen entgegen. Er riß die Hände nach oben. Der Schmerz explodierte in Wellen in seinem Körper. Er bekam die Waffe zu fassen. Er repetierte. Er drehte sich um. Unter ihm breitete sich eine Blutlache aus.

Achsen war jetzt unter dem leuchtend grünen Auge der Ampel.

Mickler knickte ein, fiel aufs Gesicht. Seine Hände schrammten über den rauhen Beton. Er spürte den Stahl der Waffe. Sein Finger suchte den Abzug. Er schob das Gewehr über den Beton. »Achsen!« brüllte er. Seine Stimme kam als hohles Echo von den Wänden der Tiefgarage zurück.

Achsen drehte sich um und lachte.

Mickler hob die Waffe. Er schoß.

Achsen verschmolz mit dem grünen Licht, stürzte wenig später daraus hervor, auf Mickler zu.

Mickler repetierte. Mickler zielte auf den weißen Klecks der Haare, hielt ein wenig tiefer. Er zog durch.

Die präparierte Kugel platzte gegen die Oberlippe Achsens. Die Kugel zerschlug die Schneidezähne, fraß sich durch den Gaumen und prallte am Luftröhrenknochen auf.

Mickler repetierte. Er zielte wieder, obwohl er genau sah, wie Achsens Kopf auseinanderflog. Achsen überschlug sich. Ein kopfloser Körper, dessen Hände verzweifelt nach Halt suchten.

Mickler feuerte gegen das grüne Licht. Mit einem Knall zerplatzte es. Scherben regneten herab.

Mickler krallte die Nägel in den Beton. Er kroch voran, eine breite Blutspur hinter sich herziehend. Er heulte. Seine Zähne schlugen aufeinander. Er spürte, wie Kälte sich auf ihn stürzte, eine nie gekannte Leere. Einen halben Meter vor dem leblosen Torso verließ ihn die Kraft.

Sein Kopf sackte herab. Das Gesicht preßte sich an den

kalten Kunststein. Er seufzte, fühlte sich emporgetragen, wieder fallengelassen und tauchte in den warmen Sud einer unendlichen Tiefe, an deren Grund lächelnd Allan Ginger winkte ...

Ausklang

Die Lebensbäume zwischen den Grabreihen bogen sich im Wind. Am Himmel trieben dunkle Wolken. Die Schuhe des mageren Mannes versanken im Morast des Beetes, als er die umgefallene Vase und die Rosen aufhob, die wohl der Sturm verstreut hatte. Mit zitternden Händen schob er sie in den Steingutkelch, preßte diesen in die weiche Erde und trat dann zurück.
Er faltete die Hände. Er schüttelte sich, schloß für Sekunden die Augen und griff dann in die rechte Außentasche seines abgewetzten Mantels. Er hob die flache Flasche, löste den Verschluß und trank. Er nickte dem Kranz zu, einem mageren Gebinde, dessen Schleife vom Regen zerweicht war.
Er schüttelte sich wieder, drehte sich um, als er das Knirschen des Kieses hörte. Er sah die Frau. Sie trug einen schwarzen, breitrandigen Hut. Unter dem teuren Nerz sah man ein schwarzes Kleid, lange, mit schwarzen Nylons bedeckte Beine. Ihr Gesicht war weiß.
Ihre Blicke trafen sich.
»Ich habe nur die Vase wieder aufgestellt«, sagte der Mann entschuldigend. »Wenigstens das bin ich ihm schuldig.«
Sie schwieg.
»Ich bin der Vater«, murmelte er.
Erst jetzt sah er, daß die Frau in der linken Hand in Zellophan eingewickelte Blumen trug. Langstielige Rosen, rot, wie jene, die aus der Vase geweht worden waren.
»Kannten Sie ihn?« fragte er.
Sie nickte.
Er sah zu, wie sie die von ihm in die Erde gepreßte Vase

aufnahm, die Rosen entfernte und ihre frischen hineinstellte. Sie richtete sich wieder auf, verharrte, als betete sie.
»Sie also sind das, die die Rosen bringt«, sagte er und sehnte sich nach einem Schluck aus der Flasche.
Sie drehte sich um.
»Ja«, sagte sie. »Ja.«
»Kannten Sie ihn näher?«
Sie hob die Schultern.
Sie musterte den mageren Mann, dessen strähniges Grauhaar vom Wind gepeitscht wurde.
»Wie heißen Sie?« fragte er. »Möglich, daß er von Ihnen erzählt hat.«
»Anne«, sagte sie.
»Was verband Sie mit ihm?«
Sie drehte sich weg und zeigte ihm den Rücken. Kies knirschte. Das Haar ihres Nerzes wurde vom Wind aufgeplustert. Sie ging schneller und verschwand zwischen den Gräbern. Micklers Vater schmatzte. Er nahm die Flasche wieder aus der Tasche, setzte sie an die Lippen und leerte sie bis zur Neige.

Ein hochkarätiger Thriller, der nicht nur durch seine Fakten besticht

Als Band mit der Bestellnummer 10697 erschien:

Kanter, ein deutscher Manager, kehrt in den Libanon zurück, um seinen Folterer, dessen Stimmen er nur kennt, aufzuspüren und zu töten. In dem von Gewalt und Anarchie beherrschten Beirut beginnt eine dramatische Verfolgungsjagd...

Roman eines waghalsigen Abenteuers

Als Band mit der Bestellnummer 10603 erschien:

Mit einer alten Ju 52 soll nach 50 Jahren ein Flug wiederholt werden, der einst eine ganze Nation begeisterte: Berlin–Bangkok. Mit von der Partie ist Sabrina Hoffstedt, die Enkelin des damaligen Flugkapitäns, dessen Maschine samt Besatzung auf dem Rückflug unter mysteriösen Umständen verschollen ist.
Nach einem dramatischen Flug landet KRANICH II in Bangkok. Hier beginnt Sabrina ihre Nachforschungen und gerät in tödliche Gefahr, ehe der undurchdringliche Dschungel sein Geheimnis preisgibt.

Ein Roman, so spannend und gespenstisch wie Hitchcocks VÖGEL

Als Band mit der Bestellnummer 10758 erschien:

Gewaltige Fliegenschwärme fallen über die Menschen her. Krankheit, Wahnsinn, Tod und Verbrechen werden von einer gierigen Sensationspresse skrupellos vermarktet. Falschmeldungen und Intrigen machen die Runde. Mitten im hereinbrechenden Chaos entdeckt ein ehrgeiziger Wissenschaftler die wahren Ursachen. Aber kann er die Katastrophe noch aufhalten?

Ein Hochspannungs-Thriller

Als Band mit der Bestellnummer 10754 erschien:

Drei Millionen Russen wurden nach dem Zweiten Weltkrieg an die Sowjets ausgeliefert. Die angeblichen Überläufer und Verräter erwartete ein grausames Schicksal: Gefangenschaft, Folter und Tod in Sibirien. Jahrzehnte später, als ein hoher Sowjetfunktionär, einstmals als Lagerleiter für das Geschehen verantwortlich, nach Paris reist, hält eine Geheimorganisation die Stunde der Vergeltung für gekommen. Mit kaltblütiger Präzision beginnt eine abenteuerliche Aktion anzulaufen...